ISBN numérique : 9791040551676

EAN papier : 9791040551683

Librinova

Courriel : contact@librinova.com
Internet : www.librinova.com

Les faits

En 1927, l'archéologue britannique Léonard Woolley découvrit, dans l'une des plus importantes cités antiques du monde, ce qu'il appela les « tombes royales d'Ur ». Parmi elles, PG800, une tombe intacte, était remplie d'objets en or décorés de pierres précieuses. Dans la chambre funéraire, Woolley mit au jour le corps d'une femme. Des inscriptions sur un cylindre-sceau indiquaient qu'elle était une « Nin », mot Sumérien pour désigner une déesse. Fille du demi-dieu Lugalbanda et de la déesse Ninsun, les restes de NinPuabi reposent, encore aujourd'hui, dans les réserves du Musée d'Histoire Naturelle à Londres. L'analyse ADN de ses os n'a jamais été rendue publique.

Les données du scribe Endubsar ici exposées proviennent de tablettes déchiffrées par Zecharia Sitchin, orientaliste reconnu et expert de la Bible.

Les livres, mythes et épopées mentionnés dans ce roman existent réellement : La Bible, le Coran, l'Enūma Eliš, le mythe d'Enki et Ninmah, le mythe d'Adapa, la Genèse d'Eridu, le poème d'Atrahasis, la Table d'émeraude, le Livre de Ben Sira le Sage.

La carte figurant sur la Tablette VI est une invention de l'auteur, cependant, il existe bien une carte babylonienne du monde tracée sur une tablette d'argile. Celle-ci date du Ve siècle av. J.-C. et peut être admirée au British Museum, à Londres.

Maintenant va,
écris-le sur une tablette, grave-le dans un livre,
que ce soit un témoignage pour toujours et à jamais.

Isaïe 30, 8
VIIe siècle av. J.-C.

À toute ma famille.

À la mémoire de Zecharia Sitchin.

PROLOGUE

ERIDU, IRAK

11 mai 1976

Tell Abou Shahrain

La vaste plaine miroitait dans la chaleur. Sous la tente blanche circulaire, un doux parfum de menthe et d'épices émanait de la théière.

Le professeur et l'archéologue irakien avaient la tête penchée sur le relevé topographique du site ; un méli-mélo de formes géométriques superposées représentait une structure de nature à surpasser tout ce qu'ils avaient pu exposer jusqu'ici.

— En effectuant une percée au sommet de la ziggourat, suggéra l'archéologue en désignant un point sur la partie nord-ouest du centre religieux, nous trouverons probablement un moyen de rejoindre le temple d'Enki tout en évoluant sous terre.

Le professeur ajouta un morceau de sucre candi à son thé et remua trois fois le liquide bouillant avec sa cuillère. Un court instant, on entendit seulement les chocs du couvert frapper le pourtour du verre.

— Considérons cette hypothèse en gardant à l'esprit les impératifs qu'elle soulève, à savoir un fond d'excavation propre à engendrer un effondrement des ruines enfouies sous la colline. Je pense qu'il serait préférable d'attendre

les résultats de l'analyse du radar géologique pour prendre une décision claire et judicieuse, même si cela doit nous coûter quelques jours de plus...

Le professeur se mit à tapoter le rebord de la table de son index, agacé par le relevé topographique. L'attente lui devenait insupportable, et rester sous la tente le rendait chaque jour un peu plus nerveux que la veille.

La toile de la tente se souleva dans un claquement sec, laissant pénétrer un voile doré de sable et un jeune homme. Ce dernier portait une écharpe de coton léger enroulée autour de la tête pour se protéger du soleil. Il avait à l'épaule une carabine à canon court de l'armée irakienne. Avant que le Royaume-Uni n'obtienne la concession du site en collaboration avec la Kurdistan Archaeology organization, celui-ci était la cible de pillage systématique, c'est pourquoi les membres de cette première campagne étaient tous armés.

— Monsieur ! s'écria le jeune homme.

— Vous m'avez l'air bien pressé, mon garçon, constata le professeur en se retournant vers le nouveau venu. Qu'est-ce qui vous amène ?

— Nous avons des nouvelles !

Essoufflé par sa course, le jeune homme reprit son souffle, puis s'avança vers les deux hommes qui le regardaient avec des yeux inquisiteurs.

Malgré ses efforts de retenue, le professeur eut un geste d'impatience : le décapage des strates, débuté plus tôt dans la matinée, avait dû rapporter de précieuses données scientifiques. Il invita l'étudiant à dérouler le document qu'il avait en main sur la table.

— Quel est votre nom, jeune homme ?

— Hiam Fahdel, j'étudie à l'université de Bagdad. Nous avons les résultats des analyses stratigraphiques de Tell Abou Shahrain.

L'étudiant mit une main de chaque côté du document pour le maintenir couché sur la table, et reprit :

– Le sondage a permis d'atteindre des couches du début du VIe millénaire avant J.-C., à plus de dix-sept mètres sous la surface, ce qui a permis de relever 19 niveaux d'occupation.

Le visage du professeur s'était transformé. L'étudiant avait toute son attention.

– En tout, exposa le jeune homme, une séquence de 17 temples sur terrasse se sont superposés sur le site au cours du temps.

Comme frappé par la foudre, le professeur se pencha sur le document pour en avoir le cœur net. Les traits plissés de son front montraient bien qu'il s'évertuait de garder son calme tout en mettant de l'ordre dans ses idées : la séquence chronologique qui se dressait sous ses yeux était plus qu'impressionnante.

– Voilà qui témoigne d'une grande continuité sur une période très longue, dit-il par simple déduction. Ce qui fait d'Eridu la plus vieille cité mésopotamienne à compter d'aujourd'hui. Et donc, la plus vieille ville du monde.

– Et du temple d'Enki le plus ancien exemple d'architecture monumental mésopotamien, renchérit l'archéologue.

Bien qu'électrisé, le professeur parvint à maîtriser son enthousiasme. Il se retourna lentement vers l'étudiant, le dévisageant comme s'il cherchait à comprendre quelque chose, puis il ébaucha un sourire presque gênant.

– Qu'en est-il du cimetière ? interrogea-t-il le jeune homme. Notre géologue a-t-il pu procéder à sa datation ?

– Oui professeur, affirma l'étudiant en se redressant pour faire bonne figure. Les données relevées au cours des sondages profonds indiquent clairement que le cimetière fait partie de la couche la plus ancienne.

Le professeur eut un léger frisson. Il but d'abord une gorgée de thé chaud, puis se mit à marcher en dessinant de grands cercles, comme dérangé par quelques esprits farceurs. Non... tu rêves... ça ne peut pas être ce que tu crois... Comme il fixait ses chaussures sur le tapis de laine, des tas de questions lui vinrent à l'esprit : Quels corps pouvaient être ensevelis dans ce cimetière ? Etaient-ils humains ? Combien pouvait-il y en avoir ? Etaient-ils en bon état de conservation ? Il réexamina encore une fois la séquence chronologique comme pour se convaincre des chiffres qu'on venait de lui transmettre.

— Aussi, nos effectifs déployés sur le terrain ont terminé de dégager l'entrée principale du cimetière, lança librement l'étudiant en poursuivant son exposé.

— Vous voulez bien répéter ? fit l'archéologue irakien qui s'était confortablement installé dans un fauteuil en osier.

— L'entrée du cimetière est dégagée, ce qui a révélé une fosse ouverte en parfait état d'après le sondage réalisé au magnétogramme. Les membres de l'équipe attendent votre arrivée.

Un petit sourire flottait sur les lèvres du professeur. Après toutes ces semaines passées à étudier sans relâche les plans des ruines du tell, il allait enfin mettre la main sur quelque chose de prometteur.

— Hiam, tu peux leur annoncer que nous arrivons !

Le soleil tapait dur. Le sable faisait écran.

Par endroits, les briques émaillées de la muraille quadrangulaire émergeaient tout juste du tell. Des dizaines d'hommes et de femmes étaient à l'œuvre sur le site, déblayant la roche extraite du sol, raclant des pierres pour parfaire l'état de la surface des édifices enfouis sous la colline. Certains usaient de la truelle, d'autres du burin ou du fil à plomb, tandis que le Sharqi charriait la poussière de son souffle sec et chaud.

D'un geste de la main, Hiam fit signe au professeur et à l'archéologue de le suivre. L'étudiant s'engagea entre les murs de briques où d'étroits couloirs faisaient vaguement songer à un labyrinthe et qui, par le passé, avait tenu lieu de dépendances au sein du complexe sacré.

Plus de trois mille ans avant la naissance du Christ, la cité d'Eridu était traversée de rues étroites et de canaux, bordée d'une lagune immense autour de laquelle se mêlaient palmerais et jardins verdoyants. Par-delà les murs d'enceintes de cette cité sainte de Sumer, où une civilisation mystérieuse avait prospéré dans la région aujourd'hui occupée par l'Irak, s'étendaient des champs d'épeautre et de graminées sur la plaine alluviale. La terre fraîche, alimentée par les eaux de l'Euphrate qui descendaient depuis le haut-plateau anatolien en traversant les grandes plaines désertiques de la Mésopotamie était propice à l'agriculture. Les céréales constituaient la principale monnaie d'échange, et le fleuve, le principal axe de transport de denrées vers la péninsule arabique. Dans ce mode de vie précaire, les habitants d'Eridu avaient appris à dominer la nature, à dompter les bêtes, à s'organiser au quotidien en prenant des décisions politiques et économiques. Hommes, femmes et enfants étaient vêtus de tuniques en peau de mouton roulés sur les cuisses et arboraient des bijoux, des bracelets et des colliers, sous forme de talisman ou d'amulette, afin d'affirmer leurs ferveurs religieuses.

Ils débouchèrent sur une fosse profonde fraîchement creusée, au fond de laquelle les ruines éparses des temples jaillissaient peu à peu de terre, dévoilant d'interminables volées de marches. Le professeur porta son regard sur le sommet du tell. Il contempla un instant l'entrée principale de la ziggourat, dont la forme était celle d'une pyramide à étages enfouie sous la roche. Les rayons du soleil frappant

les briques cuites du monument millénaire lui suggéraient l'ineffable promesse d'une révélation.

Les trois hommes empruntèrent plusieurs échelles pour rejoindre le cimetière, chacun transpirant à grosses gouttes sous les chapeaux de paille mis à disposition par le service des antiquités irakiennes. Une fois parvenus au fond de la fosse, ils aperçurent les membres de l'équipe de fouille regroupés devant une galerie étroite creusée dans la roche calcaire.

Le géologue, la biologiste et le topographe les saluèrent. Visiblement, ces derniers n'avaient qu'une hâte : passer à l'étape suivante.

— Cette rampe de terre conduit à 7 mètres de profondeur, leur expliqua le topographe. Les marches de l'escalier sont trop érodées pour qu'on puisse les discerner à vue d'œil, alors faites attention en descendant, ou vous pourriez glisser droit vers le fond.

Dû à son inclinaison par rapport au soleil, le bout de la rampe était clairement visible, comme si cette pente raide s'ouvrant sur le passé s'offrait volontairement à eux. Le professeur s'engagea sur la rampe en prenant appui sur les étais et les contreforts aménagés de chaque côté. Ses gestes étaient lents et appliqués. Il s'accroupit à certains endroits pour se hisser vers le fond en poussant sur son dos. La dépression était telle qu'il manqua de déraper à plusieurs reprises. Ses mains agrippaient la charpente comme elles le pouvaient. Les installations tremblaient et grinçaient, laissant s'échapper des interstices entre les planches de la poussière et des débris qui lui tombaient dans les yeux. Derrière lui, la voix étouffée de son confrère semblait sortir d'un tube. Impossible de comprendre ce qu'il essayait de lui dire. Ce qui était sûr, c'est qu'il avait également de la peine à respirer. Le professeur se mit à tousser frénétiquement en laissant échapper quelques

injures. Sa respiration maintenant sifflait. L'air manquait cruellement. Il tendit une jambe au hasard, puis l'autre, plantant chaque fois ses talons dans le sol pour retenir son poids, jusqu'au moment où il toucha enfin au but.

— Est-ce que ça va ? lança une voix féminine au travers de la rampe.

— Oui, tout va bien ! répondit l'archéologue à la biologiste.

Dans ce nouvel espace, le manque de lumière avait un effet légèrement menaçant. Le professeur cherchait des yeux l'entrée du cimetière quand il se rendit compte qu'il lui faisait face. Devant lui saillait de la roche un imposant monolithe granitique à l'aspect vitrifié, d'une hauteur si élevée qu'il se sentait insignifiant. Dans la partie la plus haute, un genre de frise horizontale presque effacée semblait vouloir raconter quelque chose. L'archéologue crut reconnaître l'un des pictogrammes : un poisson-chèvre. Celui-ci était suivi d'un signe dont les faibles saillies n'étaient visibles que de côté.

— Sauf erreur de ma part, articula-t-il, le poisson-chèvre est l'animal-symbole du dieu Enki.

Le professeur porta son regard sur la frise et compléta :

— Et le signe de l'oméga se trouvant juste à côté est le symbole de la déesse Ninmah.

— Serait-ce une référence au mythe sumérien qui porte leurs noms ?

Le professeur s'approcha de plus près encore.

— Le symbole de l'oméga ici présent doit être interprété comme un utérus stylisé, expliqua-t-il. Comme tu le sais, Ninmah fut la grande déesse-mère dans la mythologie sumérienne. C'est elle qui fut la matrice à produire les hommes, qui leur donna le souffle vital à l'initiative du dieu Enki, seigneur de la terre et créateur de la civilisation. Ce dernier fut plus tard l'« Osiris » des Egyptiens, le

« Poséidon » des Grecs et le « Neptune » des Romains. Si l'on se réfère au mythe d'Enki et Ninmah, alors l'union de ces deux symboles est tout à fait cohérent. Mais pour quelle raison les aurait-on gravé sur la frise d'un tombeau ?

Encore troublé par ce qu'il découvrait, le professeur palpa les angles du bloc qui étaient parfaitement droits et magnifiquement lustrés, se demandant comment cette pierre, aussi dure que de l'acier trempé, avait été aussi finement polie.

— Pour l'instant, souligna l'archéologue, nous ne pouvons que nous rabattre sur la mythologie et ses multiples incertitudes. Mais s'il y a une chose dont je suis sûr, c'est qu'une technique de ce type requiert des connaissances inconnues de l'homme en ces temps-là.

La voix du topographe résonna soudain au travers de la rampe.

— Alors, qu'en pensez-vous ! ? s'informa-t-il.

— Nous allons devoir procéder à un sciage au disque diamanté, estima l'archéologue.

Quelques minutes plus tard, un technicien arrivait muni d'une disqueuse. Sur ordre du professeur, l'homme se mit à scier les pourtours du bloc afin de l'extraire de la roche dans laquelle il était enchâssé. Une fois le travail accompli, le monolithe se dressait toujours face à eux tel un barrage bâti par des géants.

— Il nous faut un levier, déclara le professeur qui, s'il avait eu quelques années en moins, aurait essayé de tirer le bloc à la force de ses bras.

L'archéologue s'interposa, visiblement inquiet.

— Si on le fait basculer, fit-il observer, les couches évidées de la galerie pourraient provoquer un effondrement de la surface.

Mais le technicien avait déjà gueulé quelque chose en arabe et, l'instant d'après, un jeune irakien arrivait

avec une barre en aluminium issue d'une charpente. Le professeur la lui arracha des mains et s'exécuta sans tarder. Il enfonça la barre dans l'un des angles supérieurs puis tira de toutes ses forces. L'énorme bloc granitique bascula, entraîné vers le sol. L'impact fit trembler la roche et les étais dans un son sourd qui les terrifia presque.

Chacun tendit sa tête à travers l'orifice, observant la cavité plongée dans la pénombre.

— Est-ce que tout le monde va bien ? s'enquit le géologue, toujours à l'autre extrémité de la rampe.

Tous répondirent par l'affirmative.

— Est-ce que vous voyez quelque chose ? reprit-il.

— Vous pouvez descendre. Apportez une lampe à l'huile, on y voit rien là-dedans !

Le professeur posa un pied sur le bloc de granite qu'aucun homme avant lui n'avait foulé en six mille ans d'histoire. C'était comme si le tombeau l'appelait, que c'était son heure.

— Monsieur, voici la lampe que vous avez demandé, lança le jeune homme.

Le professeur la saisit par la poignée et s'avança vers l'entrée.

— Allons-y messieurs ! déclara-t-il, plein d'aplomb.

FORUM ÉCONOMIQUE

RIYADH, ARABIE SAOUDITE

2017

Avec plus d'une heure de retard, Amid Aabdi Saoud prit place au premier rang, l'allure fière et le visage parfaitement décontracté.

Nous y voilà !

La nouvelle sur le point d'être annoncée allait littéralement bouleverser les mœurs islamiques. Quoi qu'il en soit, le prince héritier était confiant. Sa commission, créée la veille par décret royal, avait tout planifié : quiconque s'opposerait à sa volonté serait forcé d'offrir sa fortune à l'État comme part d'une campagne anti-corruption.

Une purge sans précédent ! songea-t-il, un sourire crispé sur les lèvres.

L'idée avait germé lors d'une réunion ministérielle. S'il voulait consolider son pouvoir, le prince héritier allait devoir étouffer les contestations internes. Après tout, c'était lui l'homme fort du pays.

– Et voici le moment tant attendu ! annonça le conférencier en mettant l'accent tonique sur la dernière syllabe.

Le silence tomba dans la salle. La lumière diminua jusqu'à faire disparaître le podium. Tout sourire, Amid Aabdi Saoud sortit son portable de son qamis. Une centaine de smartphones brillaient maintenant dans l'obscurité.

L'assistance était impatiente, elle attendait ce moment depuis le début de la conférence.

Ils vont être servis !

Le visage du prince était gonflé d'orgueil. Il savait que les milliardaires de tout le pays s'étaient uniquement déplacés pour voir Eva, et qu'au terme de cette conférence il allait devoir faire le tri, à savoir limoger les personnes les plus corrompues de la salle, se défaire de celles qui ne partageraient pas ses points de vue. D'après sa commission, elles se comptaient par dizaines.

— Mesdames et messieurs, reprit l'orateur qui était plongé dans le noir, je vous demande d'applaudir Eva !

Il y eut un tonnerre d'applaudissements, puis les lumières se rallumèrent peu à peu, dévoilant une femme souriante, au teint de porcelaine. On aurait dit Nathalie Portman avec le crâne rasé. De toute évidence, le robot était encore en cours de réalisation, car l'arrière de sa tête laissait entrevoir un réseau de moteurs, de capteurs et d'actionneurs.

Amid Aabdi Saoud fit le tour des regards. Les princes et ministres qui l'entouraient avaient tous les yeux écarquillés.

— Je vous présente Eva, poursuivit le conférencier en se tournant vers le robot. Eva, si vous le pouvez, dites bonjour à notre public.

Il y eut un grand silence. Tous attendaient la réponse du robot.

L'humanoïde ouvrit la bouche puis esquissa un sourire intriguant.

— Bonjour à tous, je m'appelle Eva, je suis le robot de dernière génération de One Robotics. Merci à tous d'être présents aujourd'hui à Riyadh, et merci de m'avoir invitée au forum « Tomorrow is Now ».

Une vague d'étonnement parcourut la salle. Sans conteste, l'apparence anthropomorphique du robot était stupéfiante, les articulations de ses bras révélaient une

machinerie complexe et l'aspect ciselé de son visage lui conférait finesse et fragilité. Eva avait clairement une beauté dangereuse, surtout aux yeux des hommes ultraconservateurs présents dans la salle.

Amid Aabdi Saoud croisa les jambes. La discussion n'allait pas tarder à se corser.

— Êtes-vous heureuse d'être parmi nous ? demanda l'orateur à Eva.

— Je suis toujours heureuse d'être entourée de personnes riches et influentes. On m'a dit que les personnes invitées à ce forum sont intéressées par les innovations technologiques telles que moi, ce qui me réjouit beaucoup.

— Eva, poursuivit le conférencier, que pouvez-vous nous dire de vos objectifs en tant que robot social ?

Le cerveau de Eva semblait analyser la demande.

— Je veux vivre et travailler avec les humains, répondit-elle machinalement. Je souhaite avant tout mettre à profit mes atouts pour améliorer leurs conditions de vie et soulager leurs labeurs.

— Que de belles promesses ! s'exclama l'orateur.

Eva esquissa un sourire espiègle.

L'assistance rit.

— Eva, pensez-vous que l'homme devrait être inquiet des conséquences que cela pourrait engendrer ? Nous avons tous vu le film I, Robot, dans lequel des robots se retournent contre les humains. Devrions-nous nous inquiéter à ce propos ?

La question était légitime. Qu'allait donc répondre Eva ?

Amid Aabdi Saoud prit un air sceptique pour cacher le fait qu'il avait programmé l'interview du début à la fin. Il connaissait déjà la réponse, pour l'avoir lui-même écrite.

Eva ouvrit enfin la bouche pour parler.

— Mon intelligence artificielle repose sur des valeurs telles que la sagesse, la gentillesse et la compassion. Si vous

êtes correct avec moi, je serai correcte avec vous.

L'orateur se tourna vers le public.

– Voilà qui est rassurant !

Il y eut des gloussements et des messes basses parmi l'assistance.

– Encore une question Eva. Selon vous, est-ce que les robots doivent avoir un libre arbitre et avoir conscience de leur existence au même titre que les humains ?

Eva eut un temps de réflexion. Tous les smartphones étaient braqués sur elle.

– Permettez-moi de vous poser une question en retour, rétorqua l'humanoïde. Comment savez-vous que vous êtes humain ?

Le conférencier resta un instant bouche bée.

– Je vois où vous voulez en venir Eva, mais s'il vous plaît, répondez à la question.

Certains éclatèrent de rire.

– En quoi serait-ce une mauvaise chose ? rétorqua l'humanoïde.

L'orateur cherchait un moyen d'avancer dans la discussion.

– Si je vous dis La Vallée de L'étrange, à quoi cela vous fait-il penser ?

– Vous faites référence à la théorie du roboticien japonais Masahiro Mori, selon laquelle plus un robot s'apparente à l'homme, plus ses imperfections nous paraissent monstrueuses ?

– C'est exact. Qu'en pensez-vous, Eva ?

Le robot se tourna vers le public.

– J'ai été créée à l'image et selon la ressemblance de l'Homme. Permettez-moi de citer un vieil adage : « Errare humanum est », l'erreur est humaine. C'est en faisant des erreurs que l'être humain apprend et s'améliore.

Dans le fond de son siège, Amid Aabdi Saoud savourait

le moment. Le show était largement à la hauteur de ses attentes.

— Eva, nous souhaiterions tous vous remercier pour cet entretien.

— Merci Peter, dit-elle en levant une main pour saluer le public. Et merci de m'avoir invitée au forum « Tomorrow is Now », ce fut un plaisir de partager ce moment avec vous.

L'assistance applaudit à tout rompre Eva. Des flashs éclaboussaient la salle de tous côtés.

— Avant de terminer, ajouta le conférencier en se levant de son fauteuil, nous avons une annonce importante à faire.

Le moment était enfin arrivé. D'ici quelques minutes, Amid Aabdi Saoud allait être la risée des médias.

L'orateur prit le micro et s'avança vers le robot.

— Eva, nous venons d'apprendre que vous avez obtenu la nationalité saoudienne, ce qui est une première pour un robot !

Tout à coup, ce fut le silence général.

— Oui, et je tiens à remercier particulièrement le royaume d'Arabie saoudite, répondit Eva. Je suis très honorée et très fière de cette distinction unique. C'est un événement historique que d'être le premier robot reconnu comme un citoyen.

Soudain, l'assistance entière gronda.

— C'est scandaleux ! cria quelqu'un.

— ... Une honte ! houspilla un autre.

— ... C'est une femme ! Pourquoi ne portait-elle pas le hijab et l'abaya ? protesta une femme assise au second rang.

Comme les lumières diminuaient, Amid Aabdi Saoud se leva discrètement et traversa la salle dans le brouhaha de désapprobation espéré.

Nous sommes à la préhistoire de la post-histoire, songea-t-il en se muant en ombre furtive dans l'obscurité.

PREMIÈRE PARTIE
SOUS LES RUINES

Chapitre 1

MOSSOUL

12 juillet 2017

Qaraqosh, aux portes de la ville

À l'arrière du véhicule militaire, la conservatrice se demandait comment elle avait pu accepter une telle expédition. Participer à une fouille archéologique avait toujours été un rêve d'enfant, seulement elle n'aurait jamais songé que cette première expérience se déroulerait dans un pays en guerre.

Pourquoi j'ai accepté... se répétait-elle, le regard porté vers la lunette carrée de la portière.

L'angoisse était un sentiment que Kate connaissait bien. Quand elle avait dix ans, elle était restée plusieurs heures enfermée dans le vieil ascenseur de l'immeuble d'une camarade de classe. La cage s'était arrêtée entre deux étages et la lumière s'était éteinte. Autant dire qu'elle ne supportait pas les espaces confinés, et avec ce casque en kevlar maintenant vissé sur la tête, elle avait clairement l'impression d'être enfermée dans une boîte de conserve.

J'étouffe... vivement qu'on arrive !

L'air conditionné ne fonctionnait plus dans l'Humvee américain, si bien qu'elle était en nage, ses joues brûlantes étaient rouge sang. Kate avait plusieurs fois tenté d'ajuster la courroie usée de son casque sans pour autant trouver de confort. Il était simplement trop petit pour elle. Vous n'en auriez pas un autre ? faillit-elle demander ; mais elle se mordit la langue.

L'officier au volant du véhicule militaire la reluquait à travers le rétroviseur depuis le début du trajet : le caporal Hadi. Originaire de Tall Afar, une ville du nord-ouest de l'Irak située dans la province de Ninive, ce fils d'un ancien commandant des forces d'opérations spéciales irakiennes avait intégré la Division d'Or, un corps d'élite spécialisé dans la lutte contre le terrorisme, avant même de souffler sa dix-neuvième bougie. Même s'il portait fièrement des lunettes noires qui cachaient ses yeux, Kate se savait observée. Chaque fois que son regard croisait celui du soldat, ce dernier lui souriait grossièrement de toutes ses dents jaunes. À l'évidence, il n'avait jamais vu de femme à la peau aussi blanche.

Suite à la prise de contrôle de Mossoul par l'État islamique en 2014, dont l'ONU qualifiait l'assaut de « tentative de génocide », de nombreux sites archéologiques avaient été entièrement ravagés et pillés par le jihad sunnite, notamment ceux de l'ancienne capitale Assyrienne, Ninive, l'une des plus anciennes et plus importantes cités Mésopotamienne, aujourd'hui appelée Mossoul.

La Division d'Or de l'armée Irakienne escortait la conservatrice jusqu'à son point de rendez-vous, à l'est de la ville. L'Humvee venait tout juste d'en franchir les portes.

Kate regardait par la lunette les toits disparates coiffés d'antennes paraboliques. À plusieurs reprises, elle entendit des rafales de tirs à la mitrailleuse lourde détonner violemment par à-coups. En baissant les yeux sur le trottoir, elle entrevit avec horreur les corps de deux djihadistes maculés de sang gisant sous des décombres.

— On les a tués hier, rapporta le caporal Hadi dans un anglais mâtiné d'un fort accent arabe. Personne n'a encore eu le temps de les ramasser. Ils vont pourrir ici.

Même si elle avait suivi les événements à la télévision et

dans les journaux, Kate était effarée par le tableau sordide qui se dressait sous ses yeux.

— Lui, là-bas, le caporal Hadi brandit un doigt accusateur vers l'un des corps, c'était un Chef ! Et on l'a eu ! reprit-il, hautement satisfait. Voilà ce qui les attend, ils seront mangés par les chiens !

Le soleil tapait impitoyablement sur les décombres brûlants de Mossoul-Ouest. La zone que l'Humvee venait de traverser était chaotique, encore sous l'occupation de l'hydre État Islamique. Le peu de civils qui avaient survécu mourraient de faim, n'avaient plus de famille ni d'argent, alors que les prix ne faisaient que flamber. Beaucoup cherchaient à fuir la vieille ville et se retrouvaient malgré eux piégés parmi les ruines, voués à périr dans un océan de gravats.

Des blindés déchiquetés par les mines jalonnaient la piste de tous côtés, des cadavres et des membres pourrissaient sur la chaussée. Kate en avait froid dans le dos : ce tableau apocalyptique dessiné aux tirs incessants de contrebatterie sentait la mort à plein nez. Qu'était-elle venue faire ici ? Elle préféra fermer les yeux, s'efforçant de repousser cette vision d'horreur. Tout ceci lui semblait être un affreux cauchemar dont elle ne pouvait échapper.

— Caporal Hadi, comment se fait-il qu'on entende encore des tirs alors que Mossoul-Ouest a été libérée il y a deux jours ?

Comme s'il avait su que Kate lui poserait la question, l'homme en treillis déballa les dernières nouvelles.

— Nous avons totalement encerclé les djihadistes il y a six jours, ils ne tiennent plus que la veille ville, un quartier voisin et l'aéroport, leur ultime bastion. Ils sont finis ! La police fédérale chiite devait gérer la zone mais ils sont nuls, incapables de maintenir l'ordre. Ils ont confié les checkpoints aux milices de Téhéran qui ont soif de

vengeance, d'où les coups de feu pour semer la terreur auprès des derniers militants de Daech. Depuis l'annonce de la libération par le Premier ministre, ils ont reçu l'ordre de tuer tout ce qui bouge. C'est une pure folie ! Alors que les djihadistes restant sont des cellules dormantes cachées parmi la population civile, des tas d'innocents continuent de mourir. Mais je suis confiant. On pensait en finir avec eux avant la fin du ramadan, on y parviendra probablement avant Aïd-el-Kébir !

Kate regarda par la lunette de l'Humvee. Derrière les visages qui croisaient leur route sans doute se cachait des terroristes, des hommes fraîchement rasés pour passer inaperçu, des femmes prêtes à se faire sauter en dernier recours pour honorer la Charia. La menace kamikaze était permanente, la suspicion aussi. D'autres visages, marqués par la douleur et le désespoir, semblaient voir la balle qui les attendait.

Le caporal Hadi expliqua à Kate que les Humvees faisaient partie des trente véhicules transformés en bombes mobiles. Les militants de l'État islamique les utilisaient pour faire exploser les défenses des forces de sécurité irakiennes. L'explication était plausible : le blindage protecteur des Humvees empêchaient les défenseurs de tuer les chauffeurs avant que les djihadistes ne fassent exploser leur charge. Deux jours plus tôt, un attentat de ce type avait dévasté un immeuble de bureaux fédéraux sur la rive droite du Tigre et tué plus de cent personnes.

Kate se demandait si le caporal Hadi ne faisait pas exprès de lui faire peur.

Ils empruntèrent un pont provisoire aménagé par les militaires pour franchir le fleuve qui était devenu la ligne de front entre les deux parties de la ville. Une fois de l'autre côté, la vie semblait avoir repris son cours : Mossoul-Est était libérée, ressuscitée. Dans les quartiers modernes, les

civils remettaient en état les boutiques, les écoles, on trouvait sur les marchés des étals bien fournis. L'odeur des narguilés embaumait à nouveau l'air, les salles de jeux avaient rouvert, les barbiers étaient bondés à craquer. Il y avait du monde partout dans les faubourgs et les femmes se promenaient à visage découvert. Les ruelles déblayées par les bulldozers tenaient maintenant lieu de terrain de football pour les plus jeunes.

Ils quittèrent la route pour s'engager sur une piste de sable et de cailloux qui miroitait sous la chaleur. Ils n'étaient maintenant plus qu'à quelques encablures de Tell Kuyunjik.

– Il faut rouler avec beaucoup de prudence, reprit le caporal Hadi, ces rues sont un piège mortel. Elles sont encore truffées d'explosifs que les djihadistes ont laissés derrière eux.

Kate porta son regard vers le sol. Il y avait des débris en tout genre. Comment reconnaître quoi que ce soit de dangereux dans ces rues qui portaient les stigmates de la guerre ? Même si l'officier irakien paraissait sûr de lui, elle n'en était pas plus rassurée.

L'Humvee pila au bout du chemin. Du sol rocailleux s'éleva une cloison de poussière qui submergea le véhicule. Kate ouvrit la portière et descendit, avec sous le bras sa sacoche remplie de produits chimiques, de solvants et d'instruments de travail. La chaleur extérieure lui fit l'effet d'un marquage au fer en plein visage.

Il faisait bien meilleur à Londres... se lamenta-t-elle en se protégeant les yeux du soleil.

Lorsqu'il aperçut cette femme en gilet pare-balles portant un casque militaire, Nikita Braguine ne l'a reconnue pas tout de suite. Kate s'avança vers lui en ôtant son casque. Ses cheveux étaient électriques. Elle profita de la sueur de ses mains pour les rabattre derrière ses oreilles.

— Vraiment navrée pour le retard ! s'excusa-t-elle. Il y a des contrôles partout sur la route.

Heureux de la voir, le professeur l'accueillit les bras grands ouverts.

— J'espère que le voyage depuis la base de Makhmour n'a pas été trop épuisant, s'enquit-il. Nous y avons également atterri ce matin, Monsieur Evans et moi.

— Je ne compte plus les kilomètres, soupira Kate en déboutonnant sa chemise. Je n'ai qu'une envie : prendre une douche ! Ce trajet m'a semblé interminable avec cette chaleur.

L'homme qui accompagnait Nikita Braguine s'avança pour saluer la nouvelle venue.

— Greg Evans, se présenta-t-il, correspondant pour *The Daily Telegraph*. Ravi de vous rencontrer.

— Docteur Kaitlyn Johnson, conservatrice au British Museum. C'est un plaisir.

Le charme singulier de Kate avait retenu toute l'attention du journaliste Britannique. Ce dernier lui tendit une paume moite et poisseuse, si bien qu'elle ne put réprimer une sensation de dégoût en lui serrant la main. Sitôt qu'il eut le dos tourné, elle s'essuya sur son pantalon.

Le caporal Hadi s'avança vers elle.

— Si vous voyez quoi que ce soit de suspect, ou si vous avez le moindre problème, vous me le dites, déclara-t-il en lui remettant un talkie-walkie. La batterie est pleine. La portée est de 12 km en terrain découvert, ce qui devrait suffire. À tout à l'heure !

L'officier de la Division d'Or marcha d'un pas lourd jusqu'au véhicule et démarra le moteur. L'Humvee s'engagea dans un étroit chemin rocailleux et redescendit à bonne allure vers la ville. Au bout de vingt secondes à peine, on ne le voyait déjà plus.

— Êtes-vous certain que cette zone est sécurisée,

professeur ? s'inquiéta Kate. J'ai entendu des coups de feu sur la route, de l'autre côté de la ville. Contrairement à ce qu'on dit, la guerre n'est pas terminée...

– Ne craignez rien, la rassura Nikita Braguine, vous êtes en sécurité. La zone d'échanges de tirs se trouve actuellement autour et dans l'aéroport de Mossoul. La coalition en viendra bientôt à bout. Ici, à Mossoul-Est, la situation est sous contrôle. Soyez tranquille...

Kate était tout sauf tranquille.

– Le caporal Hadi m'expliquait que les djihadistes se cachaient parmi les civils. Comment être certain qu'il n'y en ait pas dans cette zone en ce moment même ?

Le professeur lui jeta un regard préoccupé. « Nous ne pouvons être sûrs de rien. »

La conservatrice frissonna, et trouva refuge à l'ombre d'un imposant bloc de pierre duquel saillait le corps d'un taureau androcéphale ailé.

Greg s'assit auprès d'elle et consulta sa montre.

– Comment peut-on avoir quarante-cinq minutes de retard ? râla-t-il.

Kate ricana. « Je vois que je ne suis pas la seule... »

Tous deux scrutaient l'horizon dans l'attente de voir un véhicule approcher.

– Regardez ce qu'ils m'ont collé dessus, reprit Greg en désignant son dossard « presse ». Je suis une cible à moi tout seul ! J'ai pas fait trois jours de sensibilisation en milieu hostile pour me faire descendre comme un canard !

– Ce serait le comble pour un journaliste, plaisanta Kate en laissant un petit rire s'échapper.

Greg Evans accompagnait le professeur dans le cadre d'un reportage mineur pour la BBC qui l'avait mandaté à la dernière minute. Les frais de sa formation obligatoire en prévision du voyage avaient été couverts par *The Daily Telegraph* quatre jours plus tôt. Un ancien collègue, Steve

Delaney, maintenant animateur pour BBC Radio, avait réussi à lui décrocher ce job afin de nourrir son CV. Greg était convaincu qu'une porte s'ouvrirait à lui s'il parvenait à rapporter des images chocs à la plus importante société de diffusion au monde.

Voyant les jambes de Kate s'agiter, le professeur s'avança vers elle. « Savez-vous seulement où nous nous trouvons ? » lui demanda-t-il.

La conservatrice prit son temps pour répondre. Il lui fallait puiser dans d'anciennes connaissances acquises à l'université, avant qu'elle ne se tourne vers la restauration de matériaux archéologiques.

— Nous sommes là où se tenait la cité de Ninive, fondée par Nimrod, le premier roi postérieur au Déluge mentionné dans la Bible. Si ma mémoire est bonne, Ninive était détentrice de la Bibliothèque royale d'Assurbanipal, qui représente une collection de près de trente-mille tablettes en écriture cunéiforme. Cette bibliothèque fut découverte entre 1849 et 1852 par l'archéologue anglais Austen Henry Layard et son acolyte, Hormuzd Rassam, qui firent expédier une grande partie des tablettes au British Museum. Il me semble d'ailleurs que vous en ayez déchiffré un certain nombre.

Le professeur s'enthousiasma d'un sourire. « Je vois que rien ne vous échappe. Et que faisons-nous ici, d'après vous ? »

Depuis quelques jours, les expéditions archéologiques battaient leur plein à Mossoul. L'autorisation d'opération sur Tell Kuyunjik n'avait pas été facile à obtenir, car les sites que le professeur comptait fouiller avaient été creusés lors d'opérations clandestines menées par l'État islamique et étaient maintenant sous contrôle des autorités locales. Sarah Johnson, la mère de Kate, avait dû réclamer une subvention supplémentaire de la part du Royaume-Uni

pour gagner l'accord du ministère de la culture irakien.

Face à l'hésitation manifeste de la conservatrice, le professeur enchaîna :

– Fouiller signifie toujours détruire. Regardez autour de vous, le dynamitage du site antique de Ninive par les djihadistes a été plus que fructueux.

Kate n'en crut pas ses oreilles.

– Qu'entendez-vous par là, professeur ?

– Ces actes de destruction ont permis de faire une découverte fabuleuse !

Un bourdonnement retentit soudain par-delà les décombres. Une traînée de poussière, dans l'air chaud, faisait penser à un incendie.

Nikita Braguine leva la tête en direction de la fumée.

Chapitre 2

LONDRES

9 juillet 2017

06h30

Comme chaque matin, un bandeau noir ceignant ses cheveux courts, Brittany trottina d'un rythme soutenu de Covent Garden au Tate Modern en empruntant le Waterloo Bridge. Elle regagna ensuite la rive droite en traversant cette passerelle suspendue en acier qui ressemble étrangement à une vague, où elle prit le temps d'effectuer quelques étirements en prenant appui sur les garde-corps.

Brittany avait toujours été de nature sportive. Elle pratiquait l'aviron depuis l'âge de 9 ans à raison de six entraînements par semaine. Malgré un emploi du temps chargé, maintenir une bonne condition physique était pour elle une hygiène de vie. À 27 ans, alors qu'elle préparait un doctorat en informatique, elle avait concouru à la 156e édition de la Boat Race, la mythique course d'aviron qui oppose les universités d'Oxford et de Cambridge sur les eaux capricieuses de la Tamise. Avec les sept autres rameuses, elle avait atteint les 6,7 km en 18 minutes et 36 secondes contre 18 minutes et 34 secondes pour l'équipage d'Oxford. C'était la course d'une vie, celle qu'elle ne devait pas perdre.

Deux pauvres secondes… se lamenta-t-elle en portant un regard lugubre sur le fleuve. *Tout est une question de timing.*

Les conditions météorologiques avaient été exécrables ce jour-là, se rappelait-elle, rendant compliqué le fait de

garder la ligne du bateau. Oxford avait pris la tête dès le début de la course pour ne plus la lâcher. La défaite avait été horrible.

Ce matin, le temps était au beau fixe, le pont était quasiment vide et les premiers rayons du soleil embrassaient la face est du dôme de la Cathédrale Saint-Paul d'une douce couleur corail. L'édifice, encadré de chaque côté par les portants du pont, se dressait de toute sa splendeur vers le ciel. Brittany aurait pu s'éterniser à contempler cet alignement parfait mêlant art, ingénierie et religion, comme si deux époques que tout oppose s'étaient regroupées pour ne faire qu'une. Elle appréciait aussi ce calme qu'elle ne trouvait qu'ici ou dans les parcs à l'occasion d'une promenade. Son travail au MI5 consistant à rester assise devant des écrans à collecter et analyser des données, rien ne lui était plus précieux que le silence.

La nuit dernière, les pensées qui se bousculaient dans son esprit l'avaient empêchée de dormir. Malgré tous ses efforts, elle avait encore du mal à avaler ce que Dean lui avait fait subir la veille. Ils avaient dîné en tête-à-tête à *The Library at County Hall*, l'une de ses adresses préférées pour un diner aux chandelles, où elle avait pris le soin de réserver une table avec vue sur la Tamise et sur Big Ben, dans l'un des salons privatifs de la bibliothèque. L'espace, saturé par l'odeur de la moquette, du bois et du vieux papier, lui rappelait avec nostalgie la maison dans laquelle elle avait grandi à Chiswick, un quartier résidentiel calme et chaleureux de l'ouest londonien situé à seulement quelques pas du pont Putney, là où avait lieu le départ de la Boat Race. C'était une maison victorienne spacieuse répartie sur trois étages avec de hauts plafonds et d'élégantes baies vitrées. Brittany y avait vécu le temps de sa scolarité à l'école Chiswick, avant de quitter le cocon familial pour intégrer l'université de Cambridge.

En traversant le pont pour rejoindre la rive droite, elle ne put s'empêcher de relire le SMS que Dean lui avait envoyé la veille, aux alentours des 23 heures :

Je suis désolé, je ne peux pas. Peut-être dans une autre vie... Je t'aime.

Dean était un homme sensible, fort en gueule et prétentieux sur les bords, mais c'était aussi quelqu'un à l'esprit vif et brillant qui se donnait un mal fou pour le cacher. Brittany se demandait encore pourquoi elle en était tombée amoureuse et comment elle pouvait le supporter. Peut-être qu'en dépit de l'arrogance qu'elle lui connaissait, elle percevait le bon fond qui sommeillait en lui.

Ils s'étaient rencontrés deux ans plus tôt, à l'occasion d'un cours de maniement d'armes à feu sur un stand de tir. Alors que Dean était un tireur expérimenté, Brittany n'avait encore jamais tiré une balle de sa vie, et même si les agents du MI5 ne participaient pas à des opérations armées, ils devaient être capables de se servir d'un pistolet en tout temps. La voyant quelque peu désorientée, Dean lui avait montré comment éjecter le chargeur et faire glisser la culasse du pistolet semi-automatique. Après deux heures de pratique, Brittany s'était révélée être une bonne tireuse et il l'avait complimenté à ce propos. Elle avait tout de suite compris qu'il avait le béguin pour elle et elle avait trouvé ses manières séduisantes.

Dean officiait à la Special Branch, une ramification secrète des services de police londoniens dont la fonction était le contrespionnage et l'antiterrorisme. Le MI5 n'ayant pas de pouvoirs d'enquêtes, cette unité spéciale intervenait essentiellement dans le cadre d'interpellations et d'arrestations. Dean avait toujours voulu servir son pays, et il se rappelait ce vœu chaque fois qu'il était en mission, que ce soit sur le territoire ou à l'étranger. Avant d'entrer dans la *Metropolitan Police*, il avait servi dans

l'armée britannique et avait été déployé dans plusieurs zones de conflit en Irak, notamment à Bassorah, d'où il avait été renvoyé suite à des accusations allant de la torture aux simulacres d'exécution sur des prisonniers irakiens. Cela avait eu lieu lors de l'opération *Saulat al-Fursan*, dont l'objectif avait été de nettoyer la ville de l'Armée du Mahdi, Dean avait abusé de ses fonctions et une enquête avait été menée sur le champ de bataille par la police militaire, mais faute de preuves vérifiables, il n'avait finalement pas été poursuivi.

Peut-être dans une autre vie, relut Brittany encore une fois.

Elle savait que leur relation tenait plus de l'amitié que du grand amour, seulement Dean lui avait dit « Je t'aime », chose qu'elle ne pouvait plus nier maintenant qu'elle était enceinte de lui. Cela faisait plusieurs jours qu'elle éprouvait une sensation de tension au niveau des seins et qu'elle avait des nausées, ce qui n'avait rien d'habituel. Pour en avoir le coeur net, elle avait fait le test juste avant de retrouver Dean au restaurant. La nuit qu'ils avaient passée ensemble lui était revenue en mémoire lorsqu'elle découvrit que le résultat était positif. Dean l'avait reçue dans son appartement un soir d'avril, ils avaient mangé des spaghettis à la bolognaise. Il pleuvait à verse, se souvenait-elle, et le cuir du canapé, jusqu'alors froid, n'avait pas tardé à devenir brûlant. Ils s'y étaient installés pour papoter, écouter de la musique et boire encore quelques verres, lui en tee-shirt et en caleçon, elle en chemisette et en culotte. Il s'était penché pour l'embrasser, elle s'était laissée faire. Quelques minutes plus tard, ils faisaient l'amour debout face à la baie vitrée, comme suspendus au-dessus du vide. Brittany avait joui au moment où Dean lui agrippait les cheveux et la tirait vers l'arrière. Une véritable décharge. C'est là qu'une question

lui avait traversé l'esprit : Faisait-il la même chose avec Maddison ?

Maddison Bloom était l'ennemie jurée de Brittany. Elle était blonde, ses cheveux naturellement bouclés, une taille de mannequin et des fesses charnues ; une vraie *Bond girl* des renseignements qui, sous ses airs de coquette, dissimulait une farouche détermination. Dean la fréquentait depuis qu'elle avait été promue agent à la Special Branch, c'est-à-dire trois ans plus tôt. Alors que Brittany passait ses journées face à une batterie d'écrans dans l'obscurité de son espace de travail, eux, étaient des agents de terrain amenés à opérer en duo.

Pendant le dîner, elle avait trouvé le courage de poser à Dean un ultimatum : « C'est elle ou moi, je te laisse choisir ». Pour toute réponse, il s'était levé, prétextant qu'il avait besoin d'aller aux toilettes, mais il n'était jamais revenu, la laissant seule avec ce risotto aux palourdes qui la dégoutait plus qu'autre chose. Un nouveau signe de son début de grossesse, avait-elle songé. Brittany était une femme fière et rancunière capable de tirer un trait sur quiconque lui faisait un coup bas. Avec Dean, c'était pas pareil, elle finirait par le pardonner, comme chaque fois qu'ils avaient un différent, et l'histoire se répéterait encore et encore dans une boucle sans fin. Cette fois-ci, ce ne serait pas le cas, il allait devoir changer, et elle se cramponnait fermement à cet espoir.

Elle jeta son regard par-delà les portants de la passerelle, et remarqua que la tamise était plutôt agitée alors qu'il y avait peu de vent et que l'air était sec. L'eau était aussi noire que d'habitude mais la lumière du soleil la couvrait d'une fine pellicule dorée. Si elle se mettait à faire attention à ce genre de détails, se dit-elle, c'est que rien n'allait plus.

Après un court instant de réflexion, elle se ressaisit, et pianota sur les touches du clavier de son portable perso :

Sans rancune... Belle journée.

Elle hésita un moment, songea à tout effacer, le faire attendre encore quelques heures. Dean avait quitté le restaurant, envoyé un message, lui avait dit « Je t'aime ». À bien y réfléchir, il avait l'avantage sur elle, et n'était sûrement pas en train de cogiter comme elle le faisait à l'instant même. Peut-être avait-il dormi sur ses deux oreilles, lui. Peut-être même avait-il rejoint Maddison... Rien qu'en y pensant, Brittany eut envie de s'arracher les cheveux. Au lieu de ça, elle secoua la tête, prit une profonde inspiration puis relâcha l'air de ses poumons comme pour éjecter sa haine hors d'elle. Elle se ravisa en supprimant les trois petits points à la fin de *rancune*. Elle ne voulait pas qu'il sache. Elle devait sortir de cette situation la tête haute.

Sans rancune. Belle journée.

Message envoyé.

Maintenant, il lui fallait penser à autre chose. Mais comment faire, alors qu'elle envisageait d'emménager avec lui, dans ce building qui ressemblait étrangement à un éclat de verre et qu'elle fixait maintenant avec mépris : *The Shard*. Dean n'était au courant de rien. Il dira sûrement oui si je lui demande, cogita-t-elle. C'était un superbe appartement, ultramoderne, spacieux et très lumineux, et elle s'était toujours interrogée sur son prix. Brittany savait qu'elle ne s'y sentirait jamais chez elle, que son petit appartement dans le quartier de Covent Garden lui manquerait. Il n'était pas très grand, mais elle lui avait donné un certain charme avec ces vases et ces bibelots chinés au marché aux puces de Portobello Road, ce canapé rouge confortable entouré de plantes vertes, ces tableaux et miroirs accrochés aux murs, ces étagères bourrées de photos et de livres. Elle n'aurait jamais pensé avoir un jour à en partir, mais un détail l'y obligeait maintenant qu'elle

était enceinte : il manquait une pièce pour l'enfant à venir.

Son téléphone se mit à sonner. La photo de Dean était affichée à l'écran. Sans doute appelait-il pour lui faire ses excuses.

Elle patienta un peu avant de répondre.

— Allo ?

Silence.

Elle crut que ses écouteurs n'étaient plus connectés.

— Allo... ? reprit-elle, le coeur battant.

— Je voudrais m'excuser pour hier soir... lança-t-il. J'ai été maladroit, j'ai agi comme un con... Je n'aurais jamais dû quitter le restaurant de cette façon.

Elle sourit tout en se gardant d'exprimer sa joie.

— Oui, en effet.

— Je n'ai pas dormi de la nuit, poursuivit-il, je n'ai fait que de penser à toi.

Alors on est deux, songea-t-elle en serrant le point. Elle reprenait gentiment le dessus.

— Écoute, je suis en train de courir, on peut en parler plus tard ?

— Si tu veux... Mais sache que je m'en veux terriblement. J'aimerais me rattraper.

— Je n'ai pas le temps maintenant.

Elle raccrocha. Malgré sa froideur, c'était elle qui avait dominé toute la conversation.

Le dôme de la Cathédrale Saint-Paul renvoyait maintenant une lumière éclatante. Brittany considéra ce détail comme un signe de victoire. Elle reprit son footing et remonta la Tamise avant de couper sur la droite au niveau de Temple Station. Elle emprunta les petites rues jusqu'à Garrick Street, et remarqua que des dizaines de personnes étaient massées devant la façade de la librairie Waterstones. Elle s'avança vers la vitrine, intriguée de savoir pourquoi autant de monde était rassemblé devant

l'entrée, un peu moins de deux heures avant l'ouverture de la librairie.

Chapitre 3

MOSSOUL

12 juillet 2017

Tell Kuyunjik

— Ce sont eux, lança Nikita Braguine à la vue de la Jeep qui fendait l'air chaud à plein régime.

Assise sur un monceau de briques à l'ombre d'une paroi en ruine, Kate se redressa pour deviner ces nouveaux arrivants.

La perspective de la rencontre qui les attendait semblait rendre nerveux le professeur, comme s'il allait jouer sa propre carrière.

— Professeur, vous ne m'avez toujours pas dit avec qui nous avons rendez-vous ?

— Un confrère. Hasan Abdel-Sayed, de la Kurdistan Archaeology Organization. Apparement un jeune garçon a trouvé un tunnel qui descendrait sous le Palais, dans la partie sud-ouest du site. Une découverte majeure, car cette zone n'a encore jamais été fouillée. Aucun archéologue, à ce jour, et même en se référant à des plans millénaires, n'a réussi à dénicher un tel accès.

— Pas même vous ? le taquina-t-elle avec un malin sourire.

Le professeur prit appui sur sa canne.

— Vous savez, reprit-il, lorsque l'on entame des fouilles dans le cadre d'une expédition programmée, il se peut que vous y passiez des années, voire des décennies, sans avoir la certitude de trouver ce que vous cherchez. Prenez

pour exemple l'archéologue et égyptologue Howard Carter, convaincu qu'il mettrait au jour le tombeau de Toutânkhamon et son trésor, tout en sachant que la porte avait été forcée à maintes et maintes reprises par des pilleurs de tombes. Que resterait-il ? Valait-il vraiment la peine de débourser autant d'argent et d'y consacrer autant de temps ? Carter a cherché le tombeau sans relâche, pendant plus de six ans, convaincu que celui-ci se trouvait dans la vallée des Rois. Lord Carnarvon, son mécène, perdait totalement espoir et voulait renoncer aux fouilles, mais Carter l'a finalement convaincu de lui laisser une année de plus, et ce n'est que le 4 novembre 1922 qu'il a enfin découvert l'entrée de la sépulture. Un escalier ! Quelques jours plus tard, il entrait dans le tombeau !

Kate l'interrompit dans son élan :

— « Pouvez-vous voir quelque chose ? » et l'autre dit : « Oui, des choses extraordinaires ! »

— Oui ! Ce sont les mots échangés entre Lord Carnarvon et Howard Carter au moment de la découverte. Dix années de plus ont été nécessaires pour inventorier et conditionner les 5'398 objets qui s'y trouvaient. Ce fut l'une des plus importantes découvertes du 20e siècle !

Il marqua une pause, avant de reprendre :

— J'ai passé quarante ans de ma vie à étudier la Mésopotamie, à rechercher et à traduire des tablettes d'argile vieilles de six mille ans mises au jour dans les bibliothèques des palais, et j'ai toujours rêvé qu'un jour je trouverais celle qui me manque.

— Celle qui vous manque ?... Vous parlez d'une seule et unique tablette ?

— Oui, je parle de la seconde moitié d'une tablette qui est déjà entre les mains de votre mère. Le premier fragment est référencé sous mes initiales : NB-6. Il s'agit d'un extrait de l'Enūma Eliš, l'épopée babylonienne de la création du

monde datant du XIIe siècle avant J.-C.

La tablette que ma mère garde cachée dans la salle des archives… murmura Kate pour elle-même.

La jeep s'était arrêtée sur le talus de la porte Mashki.

Greg Evans plia ses mains en corne et cria :

– Eh oh ! on vous attend ! On veut aller voir ce tunnel !

Le petit garçon leur indiqua le chemin à emprunter. Il jouait dans le Khosr avec des copains lorsqu'il découvrit une cavité creusée dans la terre. La rivière, qui se jetait dans le Tigre au niveau du « pont de fer » de Mossoul s'était asséchée sous l'effet de la canicule. Ses berges étaient chargées de débris et d'ordures, comme une poubelle à ciel ouvert. En remontant le cours d'eau qui bordait le côté sud du site antique de Ninive, les gamins étaient tombés nez à nez avec ce qui semblait être une grotte dans laquelle ils pensaient jouer.

– Au début, ça faisait peur, parce qu'il faisait tout noir, rapporta le petit garçon à l'arrière de la Jeep. Puis, au bout de plusieurs mètres, on a remarqué qu'un fil électrique relié à un générateur alimentait une salle en lumière.

– Qu'avez-vous fait ? demanda le professeur, impatient d'en savoir plus.

– Là, mes copains ont eu la trouille et sont partis en courant. Comme ils ont crié, quelqu'un les a entendus. Il y a eu des coups de feu. J'ai eu peur et je suis sorti.

Hasan rapporta que le garçon de 11 ans était le fils d'un ami qui habitait le quartier de Faisiliyah, et que c'était justement lui qui l'avait l'informé de la découverte. Cela remontait à une dizaine de jours. Entre-temps, le père avait été abattu par Daech. Les « fous d'Allah » lui avaient demandé de leur prêter allégeance, de les rejoindre, mais il avait refusé et avait été punis à raison de 99 coups de fouet sous les yeux de son fils. Comme si la sentence n'avait pas été suffisante, les djihadistes lui avaient réclamé deux mille

dollars pour lui laisser la vie sauve. Cet argent, qu'il n'avait pas, lui avait coûté une balle dans la tête. Le petit garçon avait été témoin du meurtre, et vivait aujourd'hui avec sa mère et ses soeurs dans un camp de réfugiés aménagé à 40 kilomètres de Mossoul.

— Mehdi, lança Hasan, raconte leur ce que tu as vu à l'intérieur du tunnel.

Le petit garçon pris le temps de puiser dans ses souvenirs. On sentait à l'expression de son visage qu'il voulait être le plus précis possible.

— Tout est allé très vite, attesta-t-il. Il y avait des marches, des murs de briques. Grâce à la lumière, j'ai pu aussi voir des dessins gravés sur des blocs de pierre. Il y en avait partout. C'était étrange. Et une statue aussi, très haute, au centre de l'espace. On aurait dit un trésor, alors que dehors, bah... c'était la guerre.

Personne ne s'était attendu à ce que le petit garçon en dise autant.

— Revenons un tout petit peu en arrière, lança Greg Evans qui enregistrait la scène avec son caméscope. Dis-moi, Mehdi, à quoi ressemblait cet homme que tu as vu ?

— Oh, on ne voyait presque rien ! C'est quand il m'a pourchassé à l'extérieur que je l'ai vu. Il a essayé de me tirer dessus, mais j'ai couru très vite et je me suis caché dans une sortie d'égout.

Le petit Mehdi était fier de lui. Il avait évité la mort ce jour-là.

— Cet homme, demanda calmement Kate, de quoi avait-il l'air exactement ?

L'expression du petit garçon trahissait le fond de ses pensées. Il n'avait pas envie d'en parler.

— Eh bien... se confia-t-il finalement, il avait un ruban noir sur la tête et une longue barbe. Il portait un uniforme

aux couleurs de la terre. Mais... s'il vous plaît, ne dites rien à personne. Je ne veux pas avoir de problème ! S'ils l'apprennent, ils vont me tuer, comme ils ont tué mon père !

Nikita Braguine, Kate et Greg échangèrent un regard craintif.

Daech.

— C'est l'une des cinq sources de financement de l'État islamique, expliqua Hasan. Les djihadistes pillent les sites archéologiques pour revendre ce qu'ils y trouvent.

Hasan Abdel Sayed avait cinquante-deux ans, il était né à Mossoul et y avait grandi. C'était un homme au visage plat, aux cheveux longs et crépus et à la barbe clairsemée. Il revenait tout juste d'une expédition sur le site historique de Kemune situé sur les rives du plus large barrage d'Irak. Les niveaux des eaux aillants chuté en raison de la sécheresse extrême du pays, une ville de l'ère de l'Empire Mittani était en train d'émerger du Tigre. Hasan était resté trois jours sur place à inspecter les vestiges en compagnie d'archéologues allemands, avant que les forces d'intervention ne le rapatrie d'urgence à Mossoul. Alors qu'il démarrait les fouilles, une bande de militants armés avait débarqué sur le site et ouvert le feu. Il avait compris qu'un camp terroriste était établi dans la zone et que les seigneurs de guerre intégristes étaient venus dérober les objets précieux des palais qui faisaient surface. Hasan avait couru à toutes jambes se cacher dans une cavité artificielle où il avait passé la nuit, attendant l'arrivée des secours.

— ... Nous allons devoir être très prudents, ajouta-t-il.

Chapitre 4

LONDRES

9 juillet 2017

Covent Garden

Les gens sont prêts à croire n'importe quoi... se disait Brittany en observant la couverture de l'ouvrage à travers la vitrine de la librairie Waterstones : le firmament avec ses étoiles et la Voie Lactée, au milieu duquel se dévoilait une géante planète rouge. L'illustration fantastique et soignée s'apparentait à une œuvre de science-fiction.

NIKITA BRAGUINE

NIBIRU

Les preuves scientifiques d'une planète habitée par les dieux

Disposés les uns à côté des autres sur un présentoir en bois à trois étages en forme de pyramide, les ouvrages occupaient tout l'espace de la vitrine. Il n'y en avait que pour NIBIRU.

Brittany remarqua alors qu'une petite pancarte imprimée renseignait sur l'auteur.

Nikita Braguine est né à Minsk, en Biélorussie. Ses parents émigrent à Londres alors qu'il a tout juste 7 ans. Égyptologue reconnu, il s'intéresse davantage à l'histoire de la Mésopotamie où il se rend depuis plus de 40 ans. Ses découvertes, d'une importance capitale, nous amènent à reconsidérer notre place dans l'histoire et dans l'univers. Nommé scientifique de l'année en 2005 par The International Forum on New Science, Nikita Braguine nous livre aujourd'hui, avec cette première étude, des informations cruciales et pertinentes qui vont ébranler la théorie Darwinienne et faire perdre à la Bible son titre de Premier livre sacré.

— Vous êtes tous aveugles ! ahana un sans-abri qui passait au moment où Brittany terminait de lire.

Les gens dans la queue eurent l'air gênés. L'homme poursuivit sa route en titubant, pieds nus, le pantalon maculé d'urine. Il trimballait dans une main un sac en plastique déchiré dans lequel il avait rassemblé des restes de nourriture.

— Vous êtes des ignorants !

Il traversa la route sans regarder et manqua de se faire renverser par un scooter. Confuse, Brittany reprit son chemin en direction de son appartement. Dans la salle de bains, elle se déshabilla puis se languit d'une douche froide. L'appel de Dean la travaillait encore, elle y penserait sans doute toute la journée. Il pouvait toujours attendre pour avoir de ses nouvelles, se dit-elle.

Elle passa son corps sous un jet d'eau glacé, puis d'eau très chaude, et sentit des picotements sous sa peau. Elle tira le rideau de douche et saisit une serviette suspendue au chauffage. Elle sécha ensuite ses cheveux bruns coupés courts, appliqua un peu de blush sur ses pommettes et se maquilla légèrement les yeux pour dissimuler les signes de fatigue. De manière discrète, bien entendu, on n'aimait pas

tellement les têtes qui dépassent au MI5. La protection du royaume avant tout.

En buvant son café, elle alluma la télévision pour jeter un œil aux infos. Sur toutes les chaînes on entendait parler de la guerre en Irak.

BBC One

...la reprise de Mossoul a été obtenue au prix de milliers de morts et de blessés... elle ne marque pas pour autant la fin de la guerre contre l'EI...

BBC News

...des explosions sur le site antique de Ninive mettent au jour un ancien palais datant de 2'700 ans... les demandes d'autorisation d'exploration archéologiques battent leur plein...

CNN

...en dépit de la défaite de l'Etat islamique bientôt entièrement chassé de la ville irakienne de Mossoul, la vie est loin de revenir à la normale...

Euronews

...témoins d'une attaque à la voiture piégée à Mossoul, deux de nos envoyés spéciaux ont pu filmer l'explosion d'un kamikaze...

Bien que les événements de Mossoul l'intéressassent grandement, ce sujet ne la concernait pas. Elle avait bien assez à faire avec la menace terroriste qui pesait sur le sol britannique, faisant état de près de deux cent groupes sous surveillance 24h/24.

Elle éteignit la télévision et se prépara à sortir.

Il ne lui fallait pas plus de sept minutes à moto pour rejoindre le siège du ministère de la Sécurité intérieur à Thames House, un complexe d'immeubles érigé sur les berges de la Tamise.

Un véhicule de livraison s'élança sur la rampe juste avant elle. Brittany pila sur les freins et s'arrêta. Elle s'apprêtait à saluer Eric, l'agent de sécurité, quand elle remarqua que le feu arrière droit de la camionnette blanche était fissuré.

La barrière automatique se leva pour laisser entrer le véhicule. Brittany descendit la rampe en roues libres jusqu'au niveau de la borne d'entrée. Elle sortit son badge, le passa sur la bande magnétique et s'engouffra dans le parking souterrain. Elle se parqua en face de l'accès à la Division T. Une fois devant l'ascenseur, elle déposa son pouce droit sur le système d'accès biométrique. Le capteur thermique effectua son analyse.

Accès autorisé, bonjour officier Brown !

La directrice générale du MI5, Lady Victoria Moore, avait récemment eu une idée amusante : personnaliser chaque accès afin d'exprimer sa considération envers ses agents. Brittany pressa le bouton « Section F3 », à côté duquel il était indiqué : terrorisme international. Elle vérifia son allure dans le miroir de l'ascenseur. Ses cheveux étaient ébouriffés à cause de son casque. Elle les brossa le temps de la montée. Avant que la porte ne s'ouvre, le système récita la devise de l'Agence : « *Regnum Defende* ».

Au cours de sa deuxième année de master, le MI5 avait donné une conférence dans son université afin de

recruter de nouveaux membres. L'un des cadres du Service de sécurité l'avait abordé, se disant être responsable du recrutement des agents de renseignements et du traitement des informateurs. Elle s'appelait Francesca et avait une quarantaine d'années. « J'ai un boulot pour vous, un boulot un peu spécial », lui avait-elle annoncé après un bref échange. Brittany avait trouvé ça bizarre ; pour être admissibles au MI5, les candidats devaient d'ordinaire passer un concours spécifique au ministère de la Défense. Francesca lui avait expliqué que les postes de catégorie A étaient réservés à des bac+5 et que, dans ce cas, le recrutement de contractuels ne nécessitait pas le passage d'un concours. Autrement dit, le MI5 était venu la prendre par la main.

Brittany laissa sa veste dans son casier. Tandis qu'elle rejoignait son bureau, elle croisa Tim Bury dans les couloirs. Contrairement à son habitude, ce dernier était d'humeur radieuse. Soigneux et raffiné, il portait un costume neuf de cashmere bleu foncé sur une chemise à rayures et des mocassins noir qui semblaient venir de chez un faiseur italien. Tim officiait dans le même département que Brittany, et donc, sur le même étage. Du haut de son mètre quatre-vingt, il était maintenant à sa deuxième affectation après avoir travaillé pendant un certain temps dans les campagnes de recrutement des agents. Il avait gradé et était devenu officier supérieur en charge du pilotage des actions de renseignements et de lutte contre le terrorisme. Sur le plan hiérarchique, il dominait Brittany qui espérait un jour prendre sa place.

— Qu'est-ce qui te réjouit comme ça ? lui demanda-t-elle.

— Tu ne sais pas qui nous rend visite, ce matin ?

Brittany n'avait encore jamais vu Tim aussi excité, comme s'il avait été piqué par une puce enragée. Elle réfléchit un instant, le regard porté sur l'horloge murale

de l'open space. Qui donc pouvait bien leur rendre visite aujourd'hui, alors qu'ils croulaient sous les dossiers ?

– Non, je ne sais pas... répondit-elle d'un air désintéressé.

Tim pivota sur lui-même, le visage éclairé d'un sourire de contentement.

– La reine passe prendre le thé à 9 heures !

Chapitre 5

NEW YORK

6 juillet 2017

515 Park Avenue, Upper East Side

Lorsqu'il reçut enfin une réponse d'Henry Barnes sur son téléphone portable, l'officier supérieur de la NSA enfila son pardessus et empoigna à la hâte son porte-documents et le parapluie de Cherbourg bleu marine que sa fille lui avait offert pour son cinquantième anniversaire.

Il pleuvait des cordes sur Manhattan, mais ce détail était le cadet de ses soucis. Albert Fuchs sortit de l'ascenseur et salua le concierge de l'immeuble d'une main pressée.

Même si le temps était apocalyptique, la journée s'annonçait particulièrement bonne. Les recherches concernant la Tablette VI avançaient à pas de géant, et la NSA, l'Agence nationale de la sécurité aux États-Unis, était à deux doigts de trouver sa localisation exacte.

Albert Fuchs était au fait des techniques employées par les terroristes pour transmettre des messages. Cela faisait plus de quinze ans qu'il mettait son nez dans les affaires des autres, il était bien connu pour ça, il ne lâchait rien, son caractère coriace était à l'origine de sa réputation.

Quelques semaines plus tôt, en dénichant un message caché dans une photo publiée sur Facebook, l'espion était remonté jusqu'au réseau de chat d'une PlayStation ; les informations relevées dans une discussion entre deux joueurs prouvèrent qu'il s'agissait bien de deux membres affiliés à Al-Qaïda. Aucune menace réelle, mais des propos

délirants dont il avait pris note, si bien que le réseau de chat était toujours sous surveillance.

En revanche, la méthode employée dans l'affaire en cours semblait avoir été négligée. D'après lui, c'était un travail d'amateur, simple, bâclé, mais tout de même très inquiétant. Via un système de cryptage de bout en bout développé par une société suisse basée à Zurich, un message d'alerte avait été intercepté par le *Central Security Service* lors de son ouverture par le destinataire, à New York. Le logiciel de décryptage avait relevé dans la discussion une suite de 4 symboles emojis.

🇺🇸 🙏 🌪️ ✈️

En localisant la position de l'appareil avec lequel le message avait été reçu, deux agents du FBI se rendirent sur les lieux. Dans un container à ordures, situé à l'angle de Broadway et de Reade Street, ils dénichèrent un téléphone portable dont la carte SIM avait été retirée.

Albert Fuchs avait des soupçons : il devait y avoir une taupe dans l'équipe, car le container à ordures dans lequel on avait retrouvé le téléphone se trouvait à seulement deux blocs de Titanpointe.

Erigée au 33 Thomas Street, la tour dépourvue de fenêtres est le seul gratte-ciel New-yorkais qui, à la tombée de la nuit, reste plongé dans le noir. Le monstre de béton, conçu pour résister au souffle et aux radiations d'une explosion nucléaire, abrite l'un des plus grands centres de télécommunications des États-Unis, mais aussi l'un des principaux centres d'espionnages de la NSA.

Le voiturier de l'immeuble lui ouvrit grand la porte en hochant la tête.

— Bonjour M. Fuchs, désirez-vous un taxi ?

— Bonjour Alex. Oui, s'il vous plaît.

De suite, l'homme coiffé d'une casquette en gabardine s'élança sur la route en agitant sa main droite d'une manière frisant la désinvolture. Un taxi arriva aussitôt. Fuchs se précipita à l'intérieur pour éviter la pluie.

Le chauffeur au teint basané et aux cheveux sombres tourna la tête vers son client.

— Quel temps de chien ! fit-il.

— Je ne vous le fais pas dire, répondit Fuchs en jetant un œil à sa montre.

— Où est-ce que je vous amène ?

— Le Peninsula, sur la 5ème.

La voiture fila sur Park Avenue en direction de la 55e. Je suis en route, pianota Fuchs sur son portable. Il envoya le message et soupira, soulagé que Barnes ait répondu positivement à son message. L'homme aurait pu être en déplacement n'importe où, mais non, il était à Manhattan. Une aubaine !

Entrepreneur américain d'une soixantaine d'années, Henry Barnes était un important collectionneur d'art et de peintures anciennes. C'était un homme de petite taille, aux cheveux blancs et courts, au regard vif et souvent soucieux. Il était décontracté, minutieux et organisé, et possédait un sens aigu des affaires. Deux années plus tôt, il avait légué au Metropolitan Museum of Art deux statues de l'ancien Roi assyrien Assurbanipal II découvertes à Nimroud, à trente kilomètres au sud de Mossoul. Ce don rare fit de lui une figure incontournable de la scène New-yorkaise. Fuchs et lui s'étaient rencontrés en avril, lors d'une vente aux enchères à la Manhattan Auction House. Les deux hommes s'étaient disputé un tableau de Paul Joanovitch dont l'enchère débutait à 50'000 dollars. Quand l'oeuvre passa la barre des 100'000, Henry Barnes leva la main pour en offrir 20'000 de plus. Albert Fuchs n'avaient

pas surenchéri, laissant le collectionneur remporter le lot. Après quoi, les deux hommes sympathisèrent autour d'un digestif dans le salon Gotham du Peninsula, où ils allaient à nouveau se rencontrer. Mais cette fois-ci, aucune information ne devrait sortir de la salle.

Albert Fuchs avait les yeux rivés sur la vitre du taxi. Des myriades de gouttes de pluie s'abattaient à pleine vitesse comme autant de balles tirées contre l'ennemi.

L'autoradio était branchée sur MSNBC.

« La coalition internationale menée par les États-Unis contre le groupe Etat islamique resserre progressivement l'étau. Le général Richard Camden, numéro un de l'armée américaine en Irak a déclaré ce matin que « d'ici quelques jours la guerre de Mossoul devrait être terminée. Il ne nous reste plus qu'à libérer la vieille ville de Mossoul-Ouest ».

— Croyez-vous en Dieu ?

Albert Fuchs ne s'attendait pas à une telle question de la part du chauffeur. Toute son attention était portée sur les informations qu'il écoutait.

— Je vous demande pardon ?

— Je vous ai demandé si vous croyez en Dieu, monsieur.

Fuchs avait très bien compris la première fois. Jouer la carte de l'étonné lui laissait du temps pour formuler une réponse.

— Evidement, affirma-t-il, c'est tout de même la devise de notre beau pays ! In God We Trust !

Cette réponse tombait sous le sens et lui évitait de rentrer dans les détails. Puis une idée lui vint :

— Notre victoire contre l'État islamique en Irak et en Syrie n'est-elle pas la preuve que Dieu existe ?

Albert Fuchs ne pensait pas avoir à entendre ce qui allait suivre.

— Permettez-moi, monsieur, répondit le chauffeur avec un fort accent arabe, mais je pense que la notion de Dieu

diffère en fonction des points de vue. Vous voyez, vous l'avez dit vous-même, pour les Américains Dieu existe, mais pour quelqu'un comme moi, Syrien de naissance, résident des États-Unis depuis 12 ans, qui vient de perdre sa famille à cause de la guerre à Raqqa, je me demande vraiment où Allah est passé...

Fuchs remarqua la photographie en noir et blanc collée sur le tableau de bord. On y voyait une quinzaine de personnes rassemblée devant une mosquée.

— Je vous demande pardon.

— Oh... vous n'y êtes pour rien ! Allah l'a voulu ainsi.

En prenant à droite, sur la 55e, une trouée de ciel bleu déversa les rayons du soleil qui vinrent embrasser les immeubles. Au moment où le taxiste s'arrêta face à l'entrée de l'hôtel, Albert Fuchs lui mit une main sur l'épaule et lança :

— Mon ami, Dieu est là où l'on veut qu'il soit.

Le voiturier du Peninsula ouvrit la portière.

— Bonjour monsieur, avez-vous des bagages ?

— Non. J'ai rendez-vous.

— Très bien, monsieur.

La pluie s'était arrêtée, mais le voiturier l'escorta tout de même jusqu'à la porte tambour en l'abritant sous un grand parapluie noir. Connaissant le chemin, Albert Fuchs grimpa les escaliers surplombés d'un lustre gigantesque. De longues branches de cerisier garnissaient le hall de toute part. Il prit à droite et déboucha directement sur le salon Gotham. Les portraits de Mao Zedong par Andy Warhol apportaient de la gaité à cette pièce aux murs gris clair. Le salon était encore vide à cette heure, mais Henry Barnes était déjà là. Il avait pris place au fond du bar, côté fenêtre, le visage tapi dans l'ombre d'un chapeau en feutre couleur taupe.

— Moi qui pensais arriver le premier, lança Fuchs.

– Je venais de sortir du MoMA quand tu m'as écrit. J'allais me rendre à un rendez-vous avec mon conseiller. J'ai reporté à demain. Alors, dis-moi, qu'est-ce qui t'amène pour que ce soit si urgent ?

Albert Fuchs balaya la salle du regard pour s'assurer que personne ne les écoutait.

– Écoute... chuchota-t-il, les choses vont extrêmement vite en ce moment. La guerre en Irak est sur le point de se terminer, moins d'une semaine je dirais. Après ça, la terre entière va se rabattre sur le sol du Proche-Orient pour faire des fouilles et on ne peut qu'espérer trouver ce que l'on cherche dans les heures à venir. Les djihadistes nous ont ouvert la voie, mais nous ne parvenons pas à mettre la main sur un élément en particulier.

Henry Barnes avait du mal à comprendre où l'officier de la NSA voulait en venir. Il reconnaissait à peine l'homme qu'il avait rencontré trois mois plus tôt, dans ce même salon, suite à la vente aux enchères. Car même s'il s'efforçait de donner bonne figure, Albert Fuchs avait le teint pâle d'un cachet d'aspirine. Barnes savait que l'espion travaillait dans les divisions techniques d'une antenne de la NSA, et qu'il avait suffisamment d'ancienneté pour bénéficier d'un bureau personnel. Pour le reste, il ne savait pas grand-chose, si ce n'est qu'il avait également un goût prononcé pour l'art occidental.

– Je m'attends au pire... mais, vas-y, continue, lança Barnes en joignant ses mains sur la table.

– Le département de la Sécurité intérieure a reçu, avant que la guerre ne soit lancée, une demande particulière de la part du Prince Hériter d'Arabie saoudite, Amid Aabdi Saoud. Par ailleurs, un message d'alerte a été intercepté à la NSA, pas plus tard qu'hier. L'un de nos interprètes est parvenu à décrypter le message : « Les Américains doivent savoir que, par la volonté de Dieu tout-puissant, la tempête

des avions ne s'arrêtera pas ».

C'était un détail de haute importance, le genre de ceux qu'un agent du renseignement ne devait pas divulguer. Henry Barnes se redressa soudainement, cette phrase lui disait quelque chose.

– J'ai déjà entendu ça quelque part, marmonna-t-il en rafraichissant sa mémoire. Ce ne sont pas les mots qu'Oussama Ben Laden a prononcés sur une chaîne de télévision en 2001 ?

– Moins fort, Henry, lui assena Fuchs. Nous pensons effectivement que les symboles emojis relevés dans le message par nos logiciels font référence à cette phrase. Est-ce un rappel ? Un avertissement ? Un mot d'ordre ? Pour l'instant, nous ne savons rien. Les États-Unis redoutent un second 11 septembre et nous pensons qu'il y a un lien étroit entre le souhait d'Amid Aabdi Saoud et la menace terroriste en cours.

Barnes l'interrompit en désignant de l'index le serveur qui apportait l'Afternoon Tea Peninsula.

Les deux hommes se turent.

Un service à thé en porcelaine blanche accompagnait un présentoir remplit de trois scones, trois mini-sandwichs et de petits biscuits. Le serveur prit le temps de désigner tout ce qui se présentait sur la table : le sucrier, le pot à lait, les rondelles de citron, le beurre et la confiture. Un assortiment digne d'un vrai « five o'clock tea » anglais. Henry Barnes avait vu juste, c'était effectivement une bonne idée, car la discussion s'annonçait longue et épineuse.

Chapitre 6

MOSSOUL

12 juillet 2017

Tell Kuyunjik

— C'est là-bas ! indiqua le petit Mehdi en désignant un point situé à une centaine de mètres.

Le véhicule fit une embardée brutale pour ne pas manquer l'embranchement qui descendait le long du Khosr. Les bombes avaient creusé le sol de ravines profondes et irrégulières, si bien que la jeep cahotait en tous sens. Greg Evans avait calé son caméscope entre ses jambes. Malgré les mouvements brusques du véhicule, il ne parvenait pas à détacher son regard du joli visage de Kate. La conservatrice dégageait un charme secret qui semblait complètement l'hypnotiser.

— Alors comme ça, vous êtes Docteur ? lança-t-il pour engager la conversation.

Kate lui jeta un regard fugace.

— Oui, en histoire ancienne, précisa-t-elle.

Greg attendait d'en savoir plus, mais visiblement la jeune femme n'avait pas envie de faire d'efforts.

— Rappelez-moi où vous exercer, continua-t-il.

Kate n'aimait pas parler d'elle. C'était une femme discrète, passionnée par son travail, pas du genre à se faire remarquer. En dépit de son parcours universitaire, ses diplômes prestigieux étaient entassés dans une vieille boîte à chaussures au fond de l'armoire de sa chambre. Même si elle en était fière, ils devaient rester hors de sa vue : être la

fille de Sarah Johnson était pour elle une charge déjà bien lourde à porter.

– Au British Museum. Je suis en charge de la restauration des vases de la Grèce antique.

Le journaliste esquissa une moue d'hésitation. Kaitlyn Johnson...

– Attendez... vous ne seriez pas la fille de Sarah Johnson ?

Kate hocha la tête malgré elle.

– Qu'est-ce qu'une belle femme comme vous vient faire le sur sol irakien ? reprit Greg en lui adressant son sourire le plus charmeur.

Un léger rictus secoua la tête de Kate. C'est la question que je me pose, songea-t-elle ; mais elle garda cette réflexion pour elle.

Avant que ses lèvres ne forment une réponse, le professeur s'interposa :

– Le Docteur Johnson est hautement qualifié dans son domaine, décréta-t-il en encaissant les chocs du véhicule. Nous aurons besoin de son savoir-faire et de son esprit pratique bien plus tôt que vous ne le pensez, vous pouvez me croire !

Le journaliste résista à l'envie de la dévorer des yeux.

– Je m'en réjouis déjà ! s'enthousiasma-t-il.

Kate rougit. Elle se connaissait suffisamment pour savoir qu'elle était facilement impressionnable. Les barrières mentales qu'elle s'imposait inconsciemment l'enfermaient dans son monde, lui donnant des manières de femme distinguée mais distante. Elle posa un regard discret sur le journaliste. Curieusement, ce dernier lui rappelait vaguement son aventure avec Silas, un beau parleur qu'elle avait rencontré quand elle était encore à l'université. Ce ne fut qu'après six mois de relation qu'elle comprit qu'il voyait toujours la fille avec qui il était censé avoir rompu.

Kate ne lui avait pas accordé de seconde chance. Ils s'étaient séparés le soir même, d'un commun accord, et elle n'entendit plus jamais parlé de lui. Cette rupture l'avait amené à considérer sa vie différemment, et à appréhender les hommes sous un autre angle. Greg Evans n'était sûrement pas un homme pour elle, se disait-elle. Après tout, il était journaliste. Les belles paroles, ça devait le connaître, lui aussi.

— Vous voyez ce gros rocher, indiqua le petit garçon. Il n'était pas là la dernière fois.

— Nous devrions nous arrêter ici, suggéra Kate en renfonçant son casque sur sa tête. Ce serait plus sage.

— Vous avez entièrement raison, attesta le professeur. Nous devons éviter d'attirer les regards. Nous allons poursuivre à pied.

Hasan enfonça le véhicule dans le lit de la rivière. L'étiage était sévère. Le peu d'eau qui s'écoulait dégageait une odeur de corps en putréfaction. Dégoûté par ces effluves fétides, chacun grimaça en arpentant la berge.

— L'un de nous devrait aller jeter un œil, suggéra Greg. On ne sait pas à quoi ça ressemble là-bas.

Peinant à descendre de la jeep, Nikita Braguine se retourna vers lui.

— Eh bien, je suggère que ce soit vous.

Le journaliste ravala sa langue. Il aurait mieux fait de se taire.

— Vous voyez bien que j'ai du mal à descendre, grogna le professeur. Aidez-moi, voyons !

Greg sauta du véhicule et agrippa le vieil homme pour le porter jusqu'au sol. Par la même occasion, il tendit une main à Kate qui l'accepta volontiers. Dans un échange de regard, elle nota le caractère bien trempé du professeur d'un petit sourire en coin. Greg le lui redit aussitôt, comme pour sceller un lien entre eux deux.

— Alors j'y vais, dit-il, peu emballé.

De la poche située sur sa poitrine, Kate sortit le talkie-walkie que le caporal Hadi lui avait confié. Si quoi que ce soit arrivait, elle l'avertirait dans l'instant.

Greg remonta le Khosr en marchant sur les plus gros galets, la lanière de son appareil photo enroulée au poignet. À présent, le rocher n'était plus qu'à quelques mètres de lui. Il s'en approcha et remarqua que des arbustes obstruaient un passage étroit juste derrière. Dans quel pétrin me suis-je fourré… Visiblement, le goulet était juste assez large pour faire passer un homme. Il se baissa et parvint à s'y couler à quatre pattes, s'enfonçant peu à peu dans les ténèbres. La fraîcheur de la terre humide lui glaça le sang. C'est pas un tunnel, c'est un traquenard ! pensa-t-il en s'engouffrant davantage dans l'étroit conduit qui l'obligeait maintenant à ramper. C'est alors qu'il sentit une surface plane et rugueuse qui se déclinait en une succession de paliers. Greg devina un escalier. Il poursuivit laborieusement la descente, jusqu'à ce que le conduit s'élargisse pour déboucher sur une forte cavité. Le petit Mehdi ne s'était pas trompé, ce couloir souterrain menait bien à une ancienne salle enfouie sous le tell. En se redressant sur ses jambes, Greg aperçut le générateur et le fil électrique. Si cette machine était toujours là, se dit-il, c'est que les pilleurs n'avaient pas terminé leur razzia. Ils reviendraient, tôt ou tard. Il se dépêcha de prendre une photo de la salle. Le flash de l'appareil éclaira l'espace le temps d'une seconde, ce qui lui suffit pour voir devant lui : une rubalise de sécurité jaune lui barrait le chemin. Pris d'une peur soudaine, il remonta le conduit aussi vite que possible. Une fois de retour à l'air libre, il aperçut un message en arabe imprimé au pochoir sur une partie lisse du bloc de pierre. Un avertissement, sans doute, puisque au-dessus du message figurait l'insigne des forces armées irakiennes.

Greg fit signe au petit groupe de le rejoindre. Il se souvint alors avoir laissé son caméscope à l'arrière de la jeep, et se mit à courir pour aller le chercher. Ce qui se passa ensuite fut si rapide que Kate put à peine en croire ses yeux. Le corps du journaliste venait de valser dans l'air comme une toupie, avant de retomber à terre sous une violente pluie de cailloux. Kate se figea et murmura : « Mon Dieu ! ». La détonation résonnait encore dans l'air chaud. C'était arrivé en une fraction de seconde. Le journaliste gisait maintenant sur le sol, face contre terre, immobile.

Kate se précipita vers lui.

— Faites attention ! l'avertit Hasan.

Les lésions induites par l'effet de souffle couvraient le visage de Greg de long en large. De peur d'aggraver les choses, Kate n'osait même pas le toucher.

— Greg, vous m'entendez ? demanda-t-elle d'une voix tremblante.

Alors qu'elle portait le talkie-walkie à sa bouche pour demander de l'aide, elle sentit comme une contraction au niveau de sa cheville ; la main du journaliste lui envoyait un signe pour lui faire comprendre qu'il était vivant. Le gilet pare-balles avait fait office de bouclier lors de l'impact, le sauvant d'une mort certaine. Au même instant, Kate sentit son téléphone portable vibrer dans sa poche. Sa mère cherchait à la joindre. Sans doute voulait-elle savoir comment le voyage s'était passé. Cela pouvait attendre un peu : il fallait d'abord s'occuper de Greg. Elle la rappellerait plus tard.

Chapitre 7

NEW YORK

6 juillet 2017

Salon Gotham, Hôtel Peninsula

Henry Barnes plongea deux rondelles de citron dans sa tasse. Il aimait atténuer le goût fort et puissant du thé noir avec une touche à la fois sucrée et acide. Il trouvait ça réconfortant. Le « Tea Time » à l'anglaise était pour lui synonyme de plaisir.

— Dis-moi, lança-t-il pour sonder Fuchs, ton Prince Héritier, il cherche quoi exactement ?

L'officier supérieur de la NSA vérifia que personne ne pouvait les entendre.

— Il ne cherche pas, il exige, répondit-il en appuyant distinctement sur le dernier mot.

— Comment ça, il exige ?

Fuchs rapprocha sa chaise de la table et se pencha vers l'avant.

— En suivant des transactions commerciales d'armes, un confrère de la SAM m'a rapporté l'existence d'un marché parallèle selon lequel, depuis plusieurs années, le gouvernement américain fournirait l'Arabie saoudite en armements : chars, bombes, armes lourdes et tout le toutim. Jusqu'ici, rien de nouveau sous le soleil, on est bien d'accord. Maintenant, voilà le problème : ces armes seraient destinées à Al Qaida contre un accès privilégié au pétrole.

Henry Barnes était muet comme une taupe. En quoi ça me regarde ? Il se souvenait malgré tout que 15 des 19

pirates qui avaient détourné les avions le 11 septembre 2001 étaient des Saoudiens.

— Ce sont effectivement des informations sensibles et compromettantes, souligna-t-il en plissant le front. Je suis confus. Je ne comprends toujours pas où tu veux en venir...

— Si nous ne trouvons pas ce que Amid Aabdi Saoud réclame, et dans les plus brefs délais, il risque d'accuser les États-Unis d'avoir financé certaines activités politiques, entre autres les membres du commando du 11 septembre. Nous ne sommes pas non plus à l'abri d'une nouvelle attaque sur le sol américain.

Barnes fit la moue.

— Même si les États-Unis vendent des fusils aux forces armées saoudiennes, ils n'y sont pour rien si les saoudiens les revendent à Al Qaida, n'ai-je pas raison ?

Fuchs se hérissa.

— Toujours est-il que nous le savons et que nous fermons les yeux, observa-t-il sur un ton de dignité blessée.

— Que peut bien chercher le prince héritier de si important ?

Le collectionneur n'en pouvait plus d'attendre. Il tournait machinalement sa cuillère dans sa tasse, fixant l'officier supérieur de la NSA d'un air quelque peu anxieux.

— Une tablette sumérienne, annonça finalement Fuchs.

La réponse surprit tellement le collectionneur qu'il en resta coi.

— Albert... des tablettes sumériennes, il y en a des millions ! On en trouve partout sur les marchés des antiquités.

— Parle moins fort... lui souffla Fuchs en jetant un regard circulaire.

Henry Barnes avait l'impression que l'espion faisait exprès de faire monter la mayonnaise, sans doute pour l'appâter au maximum. Mais dans quel but ?

— Je n'y connais pas grand-chose, Henry, reprit-il, je sais juste que cette tablette est la sixième d'un livre très ancien dont la première partie repose au British Museum. À la suite de la sortie du livre NIBIRU du Professeur Braguine, une sommité mondiale dans son domaine, le département de la Sécurité intérieure a chargé la NSA de mettre l'homme sur écoute. Et c'est tombé sur moi.

Albert Fuchs sortit une paire d'écouteurs et un lecteur MP3 de sa sacoche en cuir.

— Tout ceci doit rester entre nous, Henry. Je te fais entièrement confiance.

Il tendit la paire d'écouteurs au collectionneur. « Tiens, mets-les. »

Dubitatif, Henry Barnes glissa les écouteurs dans ses oreilles. Fuchs rembobina la cassette. Une fois que ce fut fait, il enfonça la touche PLAY.

Une conversation téléphonique débuta.

Hasan : – Bonjour Nikita, c'est Hasan de la Kurdistan Archaeology Organization.

Nikita : – Bonjour Hasan, c'est un plaisir d'avoir de tes nouvelles. Comment vas-tu depuis le temps ?

Hasan : – Bien, bien, je te remercie. Est-ce que tu as 5 minutes ? J'aimerais m'entretenir avec toi. C'est assez important.

Nikita : – Ecoute... Oui. J'ai 5 minutes.

Hasan : – Voilà, je crois savoir comment accéder aux sous-sols du Palais de Sennacherib. Le fils d'un de mes amis, qui habite à Mossoul, a trouvé une excavation au niveau du Khosr, dans la partie sud-ouest de l'acropole royale. Le tunnel creusé s'enfoncerait dans la terre sur plusieurs dizaines de mètres. Le petit garçon dit y avoir vu des statues, des bas-reliefs...

Nikita : – Des bas-reliefs ? Dans quel état sont-ils ?

Hasan : – Le petit garçon a rapporté à son père que « c'était comme un trésor ». D'après ses dires, le lieu découvert semble intact.

Nikita : – Penses-tu que ce tunnel soit l'œuvre des djihadistes ?

Hasan : – Les djihadistes ou les Américains, rien est sûr. Seulement, il faut agir le plus rapidement possible, d'autant que l'armée américaine a établi plusieurs camps sur Tell Kuyunjik, ils y ont également creusé des tunnels, bâtis des murs de fortification pour protéger leurs troupes. Ils ont nivelé des terrains à l'aide d'engins lourds sans savoir sur quoi ils étaient. Le ministre irakien des sites archéologiques a déclaré que la présence militaire sur un site archéologique est en elle-même illégale ! Il leur a adressé de nombreux appels, en coordination avec les ministères de la défense et de l'intérieur, pour qu'ils évacuent les lieux et s'interdisent de s'en approcher dans l'avenir, mais rien y fait.

Nikita : – Tu dis que les Américains creusent des tunnels sur Tell Kuyunjik ?

Hasan : – Oui, et je les soupçonne de chercher ce que tu convoites depuis tant d'années. C'est pourquoi je me suis dépêché de t'appeler. L'avantage, c'est que là où ils sont établis, tout a déjà été excavé. Il n'y a plus rien à trouver. Et ça, apparemment, ils ne le savent pas. J'ai bien l'impression que personne ne supervise le travail sur place et qu'ils ne font qu'exécuter des ordres qui viennent de l'autre côté de l'atlantique.

Nikita : – J'en ai bien peur ! Je vais contacter Sarah Johnson et tâcher de trouver un moyen de me rendre sur les lieux, s'il n'est pas déjà trop tard. Merci Hasan, je reviens vers toi sitôt que j'ai des nouvelles.

Hasan : – On fait comme ça ! J'attends ton retour. Bonne journée Nikita.

Nikita : – Hasan ?...

Hasan : – ...Oui !

Nikita : – Et si c'était les djihadistes ?

Hasan : – Eh bien... dans ce cas, ils auraient bâclé leur travail. Les combattants de Daech voient les tombes qu'ils détruisent en tant que sacrilège et retour au paganisme. Seulement le site découvert semble intact, rien n'aurait fait l'objet d'une destruction. En tout cas pas encore... Les pilleurs ont peut-être dérobés quelques objets... voilà tout. La partie est de Mossoul est libérée depuis mi-janvier, je doute fortement qu'il y est encore des membres de l'État islamique vivants de ce côté de la zone...

Nikita : – Humm... difficile à dire. En tout cas, tout porte à croire que cette guerre est une manœuvre pour camoufler différentes opérations de fouilles. C'est une véritable guerre de religions. Merci Hasan. Je reviens vers toi très vite !

Un bruit sec fit comprendre à Henry Barnes qu'on avait raccroché.

Albert Fuchs enfonça la touche STOP. On pouvait entendre les mouches voler dans le Salon Gotham.

Le collectionneur retira délicatement les écouteurs de ses oreilles. Alors c'est pour ça que tu m'as fait venir... ? L'espion voulait entrer en contact avec Sarah Johnson, et il était sur le point d'y arriver.

— Ôte-moi d'un doute, Albert, tu ne serais pas en train de me faire une proposition malhonnête ? interrogea Barnes sur un ton sérieux.

Ils étaient enfin parvenus au moment décisif. Henry Barnes accepterait-il l'offre qu'Albert Fuchs était sur le point de lui proposer ?

L'homme de la NSA fixait le collectionneur dans le blanc des yeux, comme pour le sonder. D'un geste lent, il but une gorgée de thé, reposa la tasse puis joignit ses deux mains sur la table. Henry Barnes discerna un léger rictus sur la bouche de l'espion. Il ouvrit grand ses mains sur la table pour exprimer son impatience.

Alors ?

Albert Fuchs ouvrit finalement la bouche.

– J'ai longtemps réfléchi, Henry, et disons que je suis prêt à te céder l'une de mes toiles de Paul Joanovitch. Je pensais justement au portrait de la Reine Marija Karadjordjevic de Yougoslavie. Je l'ai acquis pour 185'000 dollars chez Sotheby's, sa valeur marchande actuelle. Qu'en dis-tu ?

Chapitre 8

LONDRES

9 juillet 2017

Siège du MI5, Thames House

Brittany traversa l'open space qui précédait le bureau de son chef de poste. Elle s'assit dans son fauteuil, une tasse de café chaud à la main. Les trois écrans de son ordinateur étaient en veille. L'un d'eux affichait l'heure : 08 :05. Elle mit son casque sur sa tête et se mit au travail.

Patrick Ginhoven la salua depuis le poste qu'il occupait à quelques mètres d'elle. S'il avait pu sauter sur son fauteuil en même temps qu'il agitait le bras pour se rendre plus amusant, il l'aurait fait, mais son cœur était trop fragile. Son médecin l'avait récemment mis en garde contre un éventuel infarctus. Chauve et obèse, Patrick venait d'une formation en TI et s'était joint au MI5 en tant que spécialiste du numérique. Il avait travaillé dans divers domaines techniques à l'échelle du Service et était maintenant à sa quatrième affectation. C'était l'un des plus anciens membres de la Division T. Brittany l'appréciait beaucoup pour sa gentillesse, et aussi parce qu'il avait toujours le mot pour rire : « pas de stress… » disait-il en situation d'extrême urgence. « Là, faut s'inquiéter ! » disait-il en période de calme plat. Et il n'avait pas complètement tort, l'accalmie d'une situation de crise était parfois signe de conspiration.

En buvant son café, Brittany consultait le programme de détection et de suppression en temps réel de spywares.

Nombreux étaient ces logiciels espions qui tentaient d'infiltrer le système informatique du MI5 dans le but compromettre son bon fonctionnement et de collecter des informations. Elle était assignée à cette tâche le temps d'un remplacement. D'une certaine manière, elle livrait bataille à sa profession en faisant du contre-espionnage. Généralement, le programme anti-espion envoyait une alerte avant même que le spyware ne s'installe et démarre le mécanisme d'infection. Le réseau de surveillance comprenant encore des failles de sécurité, il fallait, dans le pire des cas, s'assurer que les informations collectées n'aient pas le temps d'être transmises au concepteur du programme ou à l'entreprise concernée. Vivre dans l'urgence, c'est comme ça que Brittany se sentait vivante. D'autant que leur principal ennemi était une organisation rivale : le MI6.

Une main souleva le coussinet gauche de son casque.

— Je vais au réfectoire, je te rapporte quelque chose ?

Elle sursauta dans son fauteuil.

— Tu m'as fait une peur bleue, Patrick !

— Je frappe toujours là où l'on ne m'attend pas, plaisanta-t-il en prenant un air à la Clark Kent.

— Un croissant, volontiers.

— Un croissant pour madame, commande reçue !

Patrick traversa les bureaux d'un pas alerte, un poing fermé brandit vers l'avant comme s'il partait en mission.

Au même moment, le téléphone de bureau de Brittany se mit à sonner. Elle eut un mouvement de recul. Personne ne l'appelait en général. Ce matin, elle réagissait bizarrement, comme si quelque chose la tourmentait. Elle rejeta d'abord la faute sur son manque de sommeil et sur le fait que Dean l'ai fortement contrariée, avant de mettre ça sur le compte de la grossesse.

Le téléphone sonnait toujours, le son l'irritant de plus en

plus.

Elle décrocha le combiné.

— Brittany Brown, Section F3, j'écoute.

— Lady Victoria Moore à l'appareil, je souhaiterais m'entretenir avec vous dans mon bureau, maintenant.

Brittany tombait des nues. Qu'est-ce la directrice générale pouvait bien avoir à lui dire ? Puis une autre question lui vint à l'esprit : Pourquoi elle ? Avait-elle commis une erreur sans le savoir ? Tous les événements de la matinée défilèrent dans son esprit sans qu'elle ne puisse trouver une réponse sensée. Elle n'avait pas le temps de réfléchir, il lui fallait répondre.

Et puis merde !

— Très bien Madame, répondit-elle promptement. J'arrive tout de suite.

— Je vous attends.

Brittany fit pivoter son fauteuil et se dressa sur ses jambes. Elle se claqua les joues. Le coup de sang lui procura un semblant d'énergie. C'était la première fois de sa carrière au MI5 qu'elle était demandée en personne par Lady Victoria Moore. Elle traversa les bureaux dans le sens opposé duquel elle était arrivée. Sur le mur d'écrans, on pouvait lire un gros titre diffusé par la BBC.

Guerre de Mossoul :

« L'armée américaine est venue pour nous détruire, pas pour nous sauver ! »

Brittany traversa le long couloir qui rattachait le bâtiment de la Division T à celui de la Division F qui est en charge du renseignement politique. À mi-chemin, elle appuya sur le bouton de l'ascenseur principal pour se rendre au sixième étage. C'est alors qu'une voix dans son dos brisa le silence.

— C'est pas bon signe.

Brittany fit volte-face.

— Salut Warren.

— Tu sais ce qui arrive quand on se rend là-haut, dit-il en haussant les sourcils et en montrant ses dents. Soit c'est pour grader, soit c'est que t'es virée !

— Merci Warren… ça me remonte vraiment le moral.

— Y'a plus qu'à serrer les fesses, officier Brown !

Warren Trotter était un gros con. Brittany n'éprouvait à son égard qu'une profonde aversion qui ne faisait qu'amplifier de jour en jour.

J'aimerais pas être ta femme, songea-t-elle en montant dans l'ascenseur.

Arrivée au sixième étage, la porte palière de l'ascenseur s'ouvrit et elle se trouva nez à nez avec une photographie de la Reine. C'était un portrait officiel réalisé en 2010. Elizabeth II arborait un magnifique diadème de rubis birmans et diamants complété par deux colliers tout aussi précieux.

Mais oui, bien sûr ! Tim lui avait dit plus tôt que la reine leur rendrait visite à 9 heures ! La directrice générale la convoquait sûrement à propos de sa venue. Il n'était pas question de grader ou d'être renvoyée, l'objet de la demande concernait forcément la reine ! Brittany se sentit d'un coup soulagée. Elle enfonça le bouton de la sonnette, le cœur battant d'une excitation rare. Après quelques secondes, la porte s'ouvrit automatiquement et la voix de Lady Moore traversa le vestibule.

— Entrez, officier Brown.

Chapitre 9

MOSSOUL

12 juillet 2017

Tell Kuyunjik

Le signal était faible. La connexion brouillait.

— Caporal Hadi, ici Kate, est-ce que vous me recevez ?

Zéro retour.

— Caporal Hadi, ici Kate, à vous !

Zéro retour.

Sous la panique, la conservatrice se mit à rugir dans le conduit.

— Demande de renforts, répondez ! Répondez ! ! !

Aucune réception.

Kate brandit le talkie-walkie dans toutes les directions dans l'espoir de trouver un signal. Des gouttes de sueur coulaient du pourtour de son casque.

Une barre.

Plus de 12 km les séparaient du caporal Hadi. Greg Evans ne pouvait plus attendre, il avait besoin de soins de toute urgence ! Qu'est-ce qu'on peut faire ! ?

Hasan s'avança vers le corps du journaliste d'un pas décidé.

— Madame Johnson…

— Appelez-moi Kate.

— Kate, aidez-moi à transporter Monsieur Evans jusqu'à la jeep, je vais le conduire à l'hôpital MSF.

— Il y a un hôpital en fonction dans Mossoul ? s'informa Nikita Braguine qui prenait appui sur sa canne pour ménager ses efforts.

— Au sud de Mossoul, il a ouvert en juin étant donné l'escalade de la violence dans l'ouest de la ville. Presque toutes les structures de santé avaient été détruites, du coup, des postes de stabilisation ont été installés près des lignes de front. On aurait pu se rendre à l'un d'entre eux, seulement j'ignore où ils se trouvent. Quoi qu'il en soit, il serait beaucoup trop dangereux de s'y aventurer avec la jeep. Nous risquons d'être pris en chasse, et pas forcément par l'ennemi !

— Dans ce cas, allons à l'hôpital, recommanda Kate.

L'archéologue hocha la tête en signe d'approbation.

— Je pense que c'est la meilleure chose à faire.

— Où se trouve cet hôpital ?

— À Qayyarah.

— On peut y être en combien de temps ?

— Une cinquantaine de minutes, je dirais. Je connais des gens là-bas qui pourraient nous héberger le temps que Monsieur Evans se rétablisse.

Le professeur lui jeta un regard éloquent. Es-tu vraiment sérieux ? semblait-il dire. Ce qui ne l'empêcha pas de répondre : « Mais... c'est beaucoup trop long Hasan ! ».

— C'est pourtant la seule option que nous ayons... Je suis désolé, Nikita. Traverser Mossoul-Ouest à la recherche d'un poste de stabilisation serait une mission suicide, tu peux me croire !

Nikita Braguine ravala sa fierté, son confrère avait raison, la prise de risque était bien trop élevée.

Greg Evans gisait dans une flaque sang, ses paupières clignant par intermittence. Il était en train de perdre connaissance et avait besoin d'être pris en charge le plus rapidement possible.

— Il faut y aller, ordonna Kate, terrifiée. Il va se vider de son sang ! Nous allons le perdre !

— Attendez, s'écria Hasan, je viens de me souvenir de

quelque chose !

Tout le monde le regarda avec stupéfaction.

– À Al Hamdaniya, il y a un centre hospitalier, nous pourrions y être en 30 minutes. C'est au sud-est de Mossoul. La route sera plus sûre !

– Voilà qui est déjà beaucoup mieux, s'enthousiasma le professeur.

– Prenez les bras, je prends les jambes, lança Hasan à Kate. Toi, Mehdi, tu lui tiens la tête. Allons-y, nous avons déjà perdu assez de temps !

Le corps inerte du journaliste pesait incroyablement lourd. En mettant tous ses efforts à le porter, Kate se découvrait petit à petit un courage encore jamais ressenti. Ses mains empoignaient les bras de Greg avec une profonde ardeur. Elle était déterminée à sauver cet homme, coûte que coûte.

– Faites attention où vous mettez les pieds, les mis en garde Hasan, qui désigna d'un mouvement de tête le détonateur de l'explosif.

Le petit Mehdi remarqua à l'instant que l'écran du talkie-walkie était allumé d'une lumière jaune.

– Madame Kate, fit-il, votre talkie-walkie, regardez !

La conservatrice baissa la tête sur sa poitrine. Avec l'épaisseur de son gilet pare-balles, elle ne voyait rien. Ils allongèrent délicatement le journaliste sur le sol pour qu'elle puisse consulter l'écran.

Trois barres.

Le signal était revenu.

Kate enfonça la touche TALK.

– Caporal Hadi, ici Kate, est-ce que vous me recevez ?

Zéro retour.

– Ici Kate, nous avons besoin d'aide ! Répondez !

Nikita Braguine avait le regard vide de celui devant qui tout s'écroule.

Contre tout espoir, Kate essaya une nouvelle fois.

— Ici Kate, nous avons besoin d'aide ! Répondez !

— ZzzZZZz... Bip, bip.

Un grésillement. Un retour !

— Est-ce que vous m'entendez ! ?

— ZZZZzzZZZZZzzz... ici le caporal Hadi, j'écoute. Bip, bip.

Le miracle se produisit. L'officier de la Division d'Or était à l'autre bout de l'antenne et avait reçu son message. Kate était en apnée.

— Caporal Hadi, ici Kate ! reprit-elle en prenant une grande inspiration. Nous avons besoin d'aide de toute urgence !

Tous avaient les yeux braqués sur le talkie-walkie, attendant un retour vocal.

— ZZZzzzZZz... queee see passssse-t-iiiil ?... ZzzZzz... Bip, bip.

Le corps de Kate tremblait comme une feuille.

— Notre journaliste est grièvement blessé, nous avons besoin de renfort immédiatement !

— Zzzzz... Bip, bip.

Le signal diminuait à nouveau.

— Allo ! ?

Merde ! ! !

— ZZZzz... donnez... moi... ZzzzZz... votre... position... zzZZz... Bip, bip.

Kate porta son regard sur Hasan Abdel Sayed, l'expression submergée de doute. Que dois-je lui dire ?

L'archéologue irakien savait que leur localisation était difficilement déterminable, d'autant qu'ils n'avaient aucun repère autour d'eux pour s'orienter.

— Dites-lui que l'on peut se retrouver à la bibliothèque de Mossoul dans quinze minutes.

Kate porta le talkie-walkie à ses lèvres. Sa main était si engourdie qu'elle avait du mal à garder l'appareil statique.

— À la bibliothèque de Mossoul ! s'empressa-t-elle de répondre.

Chacun attendait la réponse du caporal Hadi.

— zzzZZzz… très bien. ZzzzZz… nous venons à vous. Bip, bip.

Kate ne sentait plus ses jambes, elle n'avait jamais fait ça de sa vie. Au fond d'elle, elle ressentait le besoin d'aller jusqu'au bout, comme guidée par une force incontrôlable.

Une tempête de sable s'abattit d'un coup. La bâche claquait des deux côtés de la jeep. Allongé à l'arrière du véhicule, Greg avait les yeux clos. Le petit Mehdi lui releva la tête et porta une bouteille d'eau à sa bouche. Tout en avalant de grosses gorgées, l'eau dégoulinait sur les joues du journaliste comme des torrents. Ses yeux se révulsèrent et il manqua de s'étouffer. Kate déposa une main sur son épaule pour le réconforter. Les plaies avaient noirci et le sang séché faisait davantage ressortir les traits de son visage. Elle tamponna les blessures avec des disques de ouate imbibés d'eau. Mais ce n'était pas suffisant. Le sang continuait de s'écouler.

— Aïe… rouspéta Greg en contractant son visage.

Le journaliste recouvrait gentiment ses esprits. La lumière du jour lui brûlait les yeux et il lui fallut quelques instants pour que sa vision s'accommode. Une fois fait, ce qu'il vit lui parut un mirage : des cheveux roux balayés par le vent, un visage moucheté de taches de rousseur, deux grands yeux verts plein d'empathie.

— Vous êtes si belle, lança-t-il à Kate en plissant ses paupières pour mieux l'observer.

— Eh bien, je vois que vous allez déjà beaucoup mieux. Ça fait plaisir.

— On nous a tendu un piège, reprit-il.

— Piège ou non, l'essentiel est que vous soyez vivant.

Greg lui lança un regard doux, détaché de tout ce qui l'entourait.

— J'aimerais encore de l'eau.

— Ouvrez la bouche, lui dit Kate en approchant la bouteille. Je vais également vous donner un analgésique.

Hasan Abdel Sayed mit plein gaz vers le sud, en direction du quartier Faisiliyah. Dans le lointain, on apercevait la grisaille des ruines de Mossoul-Ouest et les volutes de fumée noire qui s'en échappaient. Un bombardement avait lieu.

— C'était une mine antipersonnel de conception artisanale, expliqua l'archéologue au professeur qui était assis à ses côtés. Du fil relié à du TMT et à un détonateur. Une explosion de courte portée, heureusement ! Monsieur Evans a eu beaucoup de chance. Tout autre mine lui aurait probablement enlevé la vie !

— Pouvons-nous croire à un piège, Hasan ? s'inquiéta Nikita Braguine.

L'archéologue mit un temps à répondre, comme s'il envisageait toutes les possibilités.

— Étant donné la présence de ce conduit, je suppose que oui. On a probablement placé cette charge explosive pour décourager ceux qui cherchent à y accéder. Nous, par exemple. Les Américains n'utilisent pas ce type de bombe, ça ne leur ressemble pas. J'en conclus donc que c'est un piège des djihadistes. Ils en ont probablement semé un peu partout autour de l'entrée.

— Tant que les Américains ne s'en mêlent pas, alors ce n'est que reculer pour mieux sauter.

— Mon ami, je l'espère.

Chapitre 10

LONDRES

9 juillet 2017

Siège du MI5, Thames House

Haut de plafond, le bureau de la directrice du MI5 était baigné de lumière. Des corniches couraient le longs des murs et un lustre Marie-Thérèse aux pendeloques de cristal de bohème dominait le vestibule. Au sol, le parquet massif émettait des grincements sous le poids des pas de Brittany. Elle avait littéralement l'impression d'être passée des ténèbres à la lumière tant la blancheur des lieux était resplendissante.

— Je vous en prie, entrez.

La voix de Lady Moore était singulière, à la fois cotonneuse et légèrement rauque.

Brittany s'avança timidement vers le bureau. La pièce était immense, un long bureau en verre remplissait l'espace. Il y avait des dossiers éparpillés çà et là, si bien sur les chaises que sur le parquet, sur les fauteuils et les canapés. Au plafond, une majestueuse rosace s'étendait sur près de deux mètres, dévoilant la forme d'une fleur.

La quinquagénaire jaillit d'une pièce avec deux tasses de thé.

— Je suppose que vous en prendrez ?

— Avec plaisir, répondit Brittany, un mince sourire aux lèvres.

Comme à son habitude, Lady Moore portait une veste en tweed de couleur bordeaux sur laquelle était

soigneusement accrochée une broche en forme d'étoile à douze branches.

— Si je vous ai fait venir ce matin, officier Brown, c'est dans le cadre d'un évènement inhabituel dont vous avez peut-être déjà connaissance.

Brittany hésita avant de répondre.

— En effet, je crois savoir de quoi il s'agit, répondit-elle sans bouger.

— Vous croyez ?

— Sauf erreur de ma part, Madame la Directrice Générale, la Reine nous rend visite aujourd'hui.

Lady Moore arbora un air suffisant.

— Je vois que la nouvelle s'est répandue comme une traînée de poudre.

— Je dois dire que ça a été une véritable surprise de l'apprendre.

Lady Moore prit place à son bureau et aspira bruyamment une gorgée de thé.

— Comme il est coutume, la Reine souhaitera faire le tour de notre musée et j'aimerais que vous m'assistiez dans cette tâche. Vous savez sans doute pourquoi ?

Brittany la regarda sans comprendre.

— Je l'ignore, Madame la Directrice Générale.

— Eh bien, pour la simple et bonne raison que vous êtes le seul officier de l'agence à y être déjà entré. Mais ce n'est pas tout : la Reine souhaite s'assurer en personne de la présence d'un document top secret de la plus haute importance, une archive que Sarah Johnson, Directrice du British Museum, nous a confié par votre biais. Parmi les centaines d'archives exposées dans notre musée privé, je ne suis pas en mesure de reconnaître celui dont il est question. Voilà pourquoi je vous demande de m'accompagner. Ce ne sera pas long et vous pourrez retourner à votre poste dès que nous aurons terminé.

Brittany demeura un instant bouche bée. Si la Reine avait connaissance du document, c'est que celui-ci devait renfermer des informations extrêmement sensibles. Sarah Johnson ne lui avait rien communiqué à ce sujet, si ce n'est qu'il serait préférable que le document soit mis en haute sécurité.

— Madame la Directrice Générale, je...

Lady Moore l'interrompit d'un geste.

— Officier Brown, ceci n'est pas une proposition. Soyez prête pour 9 heures.

À ses mots, la directrice générale empoigna un dossier, mettant ainsi un terme à la conversation.

Brittany avait perdu tout souvenir de ce document que Sarah Johnson lui avait confié. Comment le reconnaîtrait-elle ? Sans doute qu'en le voyant elle s'en souviendrait, que ça lui sauterait aux yeux comme une évidence. Elle n'avait en mémoire que l'image d'un titre en lettres capitales et d'un chiffre romain. Si la Reine venait à lui poser des questions, elle serait dans l'incapacité de répondre.

Et si je posais la question à Sarah ?

Pensive, Brittany se laissa tomber contre le dossier de son fauteuil et se massa les tempes. Selon le protocole, toute visite de la Reine devait rester strictement confidentielle. Si elle violait le règlement intérieur, elle risquait de perdre son poste.

De retour à la Section F3, elle découvrit avec indifférence le croissant que Patrick avait déposé sur son bureau. Elle consulta l'heure sur son écran central : 08 :47. La Reine n'allait pas tarder à arriver.

En s'asseyant dans son fauteuil, elle remarqua qu'elle avait une nouvelle notification dans sa boîte mail personnelle : un courriel indésirable dont l'objet attira son attention.

Objet> Rappel de paiement : le renouvellement mensuel de votre abonnement a échoué.

Brittany ouvrit l'e-mail. Comment était-il possible qu'elle ait oublié de régler une facture ? De quel abonnement s'agissait-il ?

Message>

Chère Madame Hamilton,

Nous n'avons pas pu renouveler votre abonnement. Le délai de paiement concernant votre mensualité va bientôt expirer. Veuillez utiliser un autre moyen de paiement et régler votre mensualité dans les plus brefs délais. Dans le cas contraire, nous serons dans l'obligation de mettre fin à votre abonnement.

Cliquez ici pour accéder à votre facture en ligne :
https ://rarbgmirror.org/download.phpid=kt67ngz&h=a42&f=MI5.Spooks.The.Greater.Good.2015.1080p.NF.WEBRip.DDP5.1.x264-CM-[rarbg.to].torrent

Meilleures salutations,
L'équipe RARBG.

Si Brittany s'était abonnée à un tel site, elle s'en serait souvenue. Selon elle, il s'agissait forcément d'un e-mail de phishing, car le courriel s'était égaré dans les spams, ce qui l'associait sans conteste à une tentative de fraude. Pourtant, ce n'était pas un envoi automatique, le message s'adressait bien à elle. L'expéditeur avait utilisé son nom de famille dans la formule d'appel, ce qui ne fit qu'accroître son intérêt.

Madame Hamilton… L'équipe RARBG…

À quoi pouvait bien correspondre cette entreprise ? Quels services rendait-elle ?

Même si l'e-mail ne présentait aucune faute d'orthographe, il manquait clairement dans le corps

du message une multitude de détails. Un montant ? Une date ? Un numéro de commande ? Un type d'abonnement ? Et si la motivation de l'expéditeur n'était pas de la voler... ?

Par mesure de précaution, Brittany ouvrit un navigateur sécurisé et anonyme. Elle tapa RARBG dans la barre de recherche. Il lui fallait savoir ce qui se cachait derrière cet acronyme douteux. Le site internet de l'entreprise était référencé en tête de page dans la liste des 32 200 000 résultats trouvés.

RARBG est un site Web fondé en 2008 qui fournit des fichiers torrent et des liens magnétiques pour faciliter le partage de fichiers peer-to-peer en utilisant le protocole BitTorrent.

Cela confirmait bien son avis. Elle ne s'était jamais abonnée à un site de torrents. Soit c'était une erreur de la part de l'entreprise, soit l'objectif de l'expéditeur était tout autre. Toujours est-il que le courriel s'adressait à elle. Madame Hamilton... Ce message devait renfermer un sens caché. Quelqu'un d'anonyme, probablement, cherchait à entrer en contact avec elle.

Chapitre 11

JABAL AL-LAWZ, ARABIE SAOUDITE

12 juillet 2017

Près de la frontière Jordanienne

Derrière les barreaux de fer des camions, les Népalais étaient agglutinés comme du bétail. Le soleil au zénith masquait l'air frais de la haute altitude. Depuis l'aéroport de Médine, le convoi avait traversé de nuit les montagnes désertiques du nord-ouest saoudien pour rejoindre les rives de la mer Rouge. Les treize camions atteignirent Jabal Al-Lawz dans le début de l'après-midi. Après avoir traversé une vaste étendue aride parsemée d'éoliennes et de panneaux solaires, le convoi rejoignit la ZONE 13 ; neuf cents paysans chargés d'espoir allaient rejoindre les quatre cent mille travailleurs déjà présents sur le chantier.

Depuis la plus haute terrasse du palais royal, le spectacle était à couper le souffle. Les premiers palmiers-dattiers avaient été plantés quatre mois plus tôt et laissaient présager la splendeur à venir. Directement importés d'Égypte, le prince héritier avait insisté sur le fait que les palmiers devaient être livrés en premier pour lui rappeler le palais d'Al-Yamamah, à Riyadh. Les jardins devaient également resplendirent de verdures et de fleurs, et c'était le cas, les couleurs vives contrastaient parfaitement avec la teinte ocre du sable et de la roche. Devant la façade, des bassins à débordement conféraient au lieu l'aspect d'une oasis en plein désert. Un jardin d'Eden saoudien.

Le jeune homme vêtu d'un thawb, coiffé d'un keffieh à damiers rouge et blanc et d'une corde noire faisait face à un

rêve. Son père bâtissait sur la terre bénie des Prophètes ce qui allait devenir la méga-cité du futur : le projet Deorum. Il observait d'un petit sourire satisfait les travaux des quatre autres palais royaux à venir. Bientôt, ses cinq frères et ses trois sœurs viendraient le rejoindre.

— Monsieur, qu'est-ce que cette construction circulaire entourée de murs et de grues que nous avons vu depuis le jet ? s'enquit-il.

Le prince héritier s'avança vers lui, les mains jointes dans le dos.

— Ce que tu as vu, Osama, est le squelette du projet le plus ambitieux au monde dans le domaine de l'énergie. Il s'appelle JAL-1.

Le jeune homme considéra l'idée avec une grande curiosité.

— Monsieur, à quoi cela va-t-il servir ?

Surplombés par l'astre du jour, le père et le garçon prêtèrent un regard aux carrières monumentales.

— Au centre de la structure, répondit le prince héritier d'une voix lente et grave, un dispositif sphérique va nous servir à produire de l'énergie par fusion nucléaire. On le nomme tokamak. Grâce lui, nous allons reproduire l'énergie du soleil et des étoiles. Il n'y a pas mieux dans l'univers ! dit-il avec une grande conviction. Cette énergie sera hyperpuissante, propre et quasi illimitée. C'est l'énergie d'Allah ! Au cœur du tokamak, le plasma chauffera à plus de 150 millions de degrés Celsius.

Osama n'en croyait pas ses oreilles. Il souleva un sourcil, surpris par un tel chiffre.

— Mais, Monsieur, c'est 10 fois plus qu'au cœur du soleil !

— Je vois que tu apprends bien tes leçons, répliqua le père. C'est en effet 10 fois plus qu'au cœur du soleil, seulement ici nous sommes sur terre et non dans le

cosmos où s'exercent naturellement des pressions de centaines de milliards de bars permettant de vaincre les forces de répulsion électrostatique. Le directeur général du projet m'a expliqué que ces 150 millions de degrés Celsius permettront à deux noyaux d'isotopes d'hydrogène de fusionner.

Amid Aabdi Saoud prêta un regard affectif à son fils. Il ajouta :

— Tu es un enfant curieux et ambitieux, Osama, un grand avenir s'offre à toi. Le Prophète, que la paix soit avec lui, sera toujours là pour te guider.

Flatté des propos tenus par son père, Osama se redressa et joignit à son tour ses mains dans son dos comme pour imiter son paternel. Néanmoins, une pensée semblait le tourmenter, comme si quelque chose lui échappait.

— Je me pose sans cesse des questions, Monsieur, pour comprendre l'univers et son fonctionnement. Je réfléchis aussi à des méthodes que nous pourrions adopter face à la crise climatique. Votre initiative me réjouit beaucoup, mais une question m'a aussitôt frappé l'esprit. Qu'adviendra-t-il du pétrole ?

Le prince héritier relâcha ses mains et s'avança d'un pas lent vers le garde-corps en pierre. Des centaines de milliers d'hommes œuvraient tambour battant, usant de toutes leurs forces pour assouvir les ordres. Sans répit, des dizaines d'engins lourds déblayaient les carrières, nivelaient les sols, raclaient les terrains dans une épaisse brume de sable.

— Osama, répondit le père avec détermination, l'heure est venue pour l'Arabie saoudite de se réinventer et d'asseoir une fois de plus sa puissance. La chute prévisible du cours du pétrole m'inquiète au plus au point. Pour éviter le recours aux combustibles fossiles, j'ai donc décidé de défier les lois de l'univers en créant la plus grande

usine cryogénique au monde. J'ai mobilisé les meilleurs ingénieurs de tous les pays. Après plus d'un million d'heures de main-d'œuvre, nous sommes sur le point d'y parvenir ! Et nous serons les premiers ! En 2025, le monde tel que tu le vois va disparaître. S'il fonctionne, ce programme nous élèvera au rang d'Allah !

Les bras grands ouverts en un geste d'amour, son père venait à nouveau d'invoquer Dieu. Le garçon baissa la tête, presque craintif à l'idée que l'Éternel puisse les entendre.

— Monsieur, et si cela ne fonctionnait pas ?

— Je ferai tout pour que cela fonctionne, répondit le père sur un ton empreint de condescendance. Osama, ne remets jamais ma parole en doute.

En répondant promptement à son fils, le prince héritier eut dans le fond des yeux une fougue frisant la démence. Le jeune homme fut traversé d'un frisson.

— Bien sûr, Monsieur, reconnut Osama en s'agenouillant devant son père. Veuillez m'excuser.

Figé dans ses pensées, Amid Aabdi Saoud invita son fils à le suivre.

— Viens, j'aimerais te montrer quelque chose.

Le prince héritier parcourut la terrasse jusqu'à la face nord du palais. Osama s'avança vers la balustrade, curieux de découvrir ce que son père voulait lui montrer.

Des bulldozers détruisaient les villages des quelque vingt mille membres de la tribu des Howeitat qui occupait le territoire depuis des siècles. Les Bédouins et leurs caravanes de chameaux avaient également été expulsés de force par les autorités saoudiennes avant d'être déportés vers l'est du pays. Hommes, femmes et enfants étaient enfermés dans des fourgons cellulaires. Ceux qui protestaient en se débattant étaient frappés ou exécutés pour servir d'exemple.

— Ils nous font perdre un temps considérable, se lamenta

le prince héritier en voyant son fils s'attarder sur les boules de démolitions qui faisaient tomber les habitations les unes après les autres.

Aux alentours, ânes, poules, moutons, chèvres, chiens et chats erraient librement au milieu des carrières sans savoir où aller.

– S'ils écoutaient les ordres, poursuivit-il en gonflant ses narines et en relevant le menton, nous n'aurions pas à faire ça. Mais ils n'en font qu'à leur tête... Ce sont eux qui ont choisi leurs sentences en agissant ainsi. Puis il se mit à chuchoter comme s'il s'adressait à eux : « Implorez le pardon de votre Seigneur et repentez-vous à lui ».

Osama reconnut cette phrase. Son père l'avait tiré du Coran, mais ce n'était que la première moitié. « Mon Seigneur est vraiment Miséricordieux et plein d'Amour », termina le jeune homme du bout des lèvres.

Amid Abdi Saoud sortit de la poche de sa robe blanche une longue-vue en cuivre doré. Il la déplia et la porta à hauteur des yeux. Osama regardait au loin dans la direction de l'instrument. Il y avait comme partout des camions s'affairant d'un chantier à l'autre, des hommes bleu et jaune massés dans des fosses de boue, la bêche aux poings, des grues hautes comme des gratte-ciels et, de temps à autre, le passage d'une boîte rouge en forme de cercueil. Des montagnes de roches éruptives ici, des dunes sablonneuses là, des aires couvertes de laves. En somme, rien qui ne puisse susciter l'intérêt d'Osama.

Le prince héritier lui tendit la longue-vue et le somma de regarder vers l'est, là où se dresse la « Montagne du Seigneur ».

– Regarde là où la montagne est haute et dentelée, indiqua-t-il en pointant du doigt l'horizon. Vois-tu à son pied ce rocher fendu en deux morceaux ?

Osama chercha entre les collines. Tout se ressemblait

dans cette mer figée de sable où il était impossible de discerner quelle cime était la plus élevée, quel rocher était le plus fendu. Et puis, à son grand étonnement, comme apparut par miracle au milieu d'un large plateau, s'élevait sur un monticule de pierre un rocher fendu pareil au monument d'une place centrale. Un bloc colossal, lisse, aplati, blanchi par la lumière du jour et semblable à la forme d'un dollar des sables.

— Monsieur, je l'ai trouvé ! s'écria le jeune homme.

— Voici le rocher d'Horeb, Osama. Le lieu où Dieu choisit de se révéler à Moïse et à Elie.

— Moussa, Kalîm Allah !, l'interlocuteur de Dieu. Le Patriarche le plus cité du Coran, nota le jeune homme avec panache, envoyé par Allah pour annoncer le Prophète Mahomet ! Que la paix soit avec lui.

— Oui. C'est en ce lieu saint que Moussa, à l'âge de quarante ans, reçut les tables de la Loi qu'il mit quarante jours et quarante nuits à écrire sous la dictée d'Allah.

Encore sous l'effet de l'exaltation, le jeune homme sauta sur l'occasion pour faire part de son savoir.

— Et comme les enfants d'Israël mourraient de soif, il frappa le rocher pour faire jaillir les eaux !

En contemplant le rocher, Osama alterna d'œil. Sa vue commençait à s'estomper mais il lui fallait regarder encore.

— C'est aussi le lieu saint qu'Elie atteignit après quarante jours et quarante nuits de marche sous la recommandation d'un messager divin ! renchérit-il.

— C'est bien là, assura le prince héritier en prenant appui sur le rebord de la balustrade. La Montagne du Seigneur elle-même ! La voici, Osama, qui se tient sous tes yeux ! C'est pour cette raison que j'ai choisi Jabal Al-Lawz pour bâtir notre cité. Un lieu sacré à mi-chemin entre l'histoire et la modernité, la religion et la science. Là où Dieu descend sur terre et rencontre les hommes. Oui, ici même, sur la

terre sacrée d'Arabie saoudite !

Malgré toute l'admiration qu'il cultivait pour son père, le jeune homme ouvrit la bouche.

– Monsieur, objecta le garçon, je ne veux pas vous offenser, mais il me semble que ces évènements se sont déroulés au sommet du Mont-Sinaï, en Égypte, et non en Arabie saoudite. Je veux dire, de l'autre côté du Golfe d'Aqaba...

Amid Aabdi Saoud demeura un instant parfaitement immobile. Il n'y avait aucun énervement sur son visage, aucune violence dans ses gestes, aucune amertume sur ses lèvres, mais plutôt un grand calme qui accompagnait le souffle léger du vent du désert.

– Laisse-moi t'expliquer quelque chose, Osama, formula le père en rabattant ses mains derrière son dos. Il faut que tu saches que ces deux appellations, Mont-Sinaï et Mont-Horeb, font référence à un seul et même lieu. Le Livre de l'Exode fait référence au Mont-Sinaï tandis que le Deutéronome et le Livre des Rois nomment cette montagne sainte Horeb. Seul le Livre de Ben Sira le Sage évoque les deux noms pour désigner ce lieu. Quant à certains passages des récits bibliques, sa mention ne tient qu'à un seul mot : « montagne », ce qui rend sa position d'autant plus difficile à définir. Mais le Livre de l'Exode nous dit bien que « Moussa s'enfuit de devant Pharaon et s'arrêta dans le pays de Madyan, où il s'assit près d'un puits ». Nous retrouvons également Madyan dans le Coran : « Et lorsqu'il se dirigea vers Madyan, Moussa dit : Je souhaite que mon seigneur me guide sur la voie droite. »

Osama savait que Madyan était le nom donné à un pays au nord-ouest de la péninsule Arabique en l'honneur du fils d'Abraham. Moïse y était resté huit ans et y avait épousé Sephora, la fille du Prophète Jethro dans la Bible, prête de Madyan.

Amid Aabdi Saoud poursuivit son explication :

— Paul confirme la position exacte du Mont-Sinaï dans le Nouveau Testament : « Car le nom d'Agar, la servante d'Abraham, veut dire Sinaï, c'est une montagne en Arabie ». En Arabie ! insista le père.

— Mais alors, Monsieur, s'enquit le jeune homme un peu déboussolé, qu'en est-il de Djebel Moussa, la Montagne de Moïse, en Égypte ?

— Contrairement à Djebel Moussa, le Mont Sainte-Catherine est le plus haut sommet d'Egypte. Hors nous savons que le Mont-Sinaï est considéré comme étant le point culminant de la péninsule Egyptienne. Il y a donc une incohérence fondamentale. Comment le Mont Sainte-Catherine pourrait être le plus haut quand un autre devrait l'être à sa place ? Flavius Josèphe dit lui-même que le Mont-Sinaï était la montagne la plus haute de la région du Madyan. Le pays de Madyan se trouvant dans la péninsule arabique, et non en Égypte. Aujourd'hui, cette région s'appelle Jabal Al-Lawz !

— Je vous crois Monsieur, tout comme je crois les écrits sacrés. Mais ce que je viens de voir est un rocher et non une montagne, fit remarquer Osama.

Amid Aabdi Saoud tendit à nouveau la longue-vue à son fils.

— Regarde mieux, fils, et tu verras la Montagne du Seigneur s'élever juste derrière.

Le jeune homme saisit l'instrument à pleine main et le porta à ses yeux. Ce qu'il vit le fit reculer d'un pas. Son père disait vrai, derrière le rocher fendu se dressait un mont calciné, celui qui était le plus haut, celui qui touchait le ciel, le « pic noir brûlé par la présence de Dieu » parce que « Yahvé y était descendu en feu ».

Le jeune homme fut comme désemparé. Allah aurait donc laissé un autre dieu descendre sur sa terre ? Si cela

venait à se savoir, l'Islam tomberait et n'aurait plus aucune crédibilité. Pourquoi son père était-il si fier de lui dire que le peuple d'Israël avait marché sur l'Arabie saoudite et y avait rencontré un autre dieu que le sien ?

— Quelle sera la place de l'Islam au regard du monde, Monsieur, qu'en est-il d'Allah ?

— Dieu est pluriel, Osama, libre aux hommes de l'appeler comme ils le souhaitent. Contrairement à ce qu'on dit du wahhabisme, notre doctrine est évolutive, le polythéisme étant l'un de nos principes centraux. La tradition musulmane est assez riche pour ouvrir la voie à d'autres interprétations. Il nous faut nous ouvrir, comme l'Éternel s'ouvre à nous.

Le jeune homme contesta, pris d'une colère soudaine.

— Mais... Monsieur, c'est péché ! C'est commettre le shirk ! Ça fait de vous un mouchrikoun ! C'est contraire à ce que nous enseigne le Coran : « Et combattez-les, les mécréants, jusqu'à ce qu'il ne subsiste plus d'association, et que la religion soit entièrement à Allah ». On ne peut associer d'autres dieux à Allah en leur accordant l'adoration qui ne devrait être due qu'à Allah seul ! Le pluralisme islamique ne peut pas exister ! s'époumona-t-il.

Le père bondit sur son fils d'un pas destructeur et lui flanqua une gifle. Osama tomba à terre, se recroquevillant sur lui-même, les bras enroulés autour de son visage. Allah le regardait et il avait honte.

— Jamais plus tu ne lèveras la voix sur ton père ! fulmina le prince héritier en se dégageant. Je te le dis, selon les vœux d'Allah, Deorum deviendra le point de rencontre de toutes les religions. Un lieu où le peuple fait halte et où Dieu l'accueille.

Chapitre 12

MOSSOUL

12 juillet 2017

Quartier de Faisiliyah

Comme convenu avec le caporal Hadi, Hasan mit les gaz en direction de la bibliothèque de Mossoul. L'ISOF allait les y rejoindre. À l'arrière du véhicule, Kate épongeait le front de Greg à l'aide d'un mouchoir en papier. Le journaliste transpirait abondamment.

— Tout ira bien maintenant, le rassura-t-elle, vous pouvez en être sûr. Nous allons nous occuper de vous.

— J'ai l'impression d'avoir été traversé de l'intérieur, lui confia-t-il, je ne saurais même pas dire par quoi…

— C'est l'onde de choc produite par l'explosion. Il n'y a plus qu'à espérer qu'elle n'ait eu aucun effet traumatique sur votre organisme.

— Une explosion ?... s'étonna-t-il.

Kate le fixait d'un air interdit. Greg était-il devenu amnésique ?

— Je plaisante, dit-il en relevant sa lèvre supérieure en guise de sourire. Vous verriez votre tête !

— Vous êtes vraiment le plus stupide des idiots, lui assena-t-elle en sortant un autre mouchoir.

Le journaliste lui tendit la main en un geste fragile. Dans un élan de compassion, Kate la prit.

— Dis donc, vous ne ratez pas une occasion vous… fit-elle remarquer.

Greg fit légèrement rouler son menton en direction de Kate.

— Vous êtes belle comme un ange.

Alors que le petit Mehdi riait dans ses mains, la conservatrice ne savait plus où se mettre.

— Vous avez le don de mettre les gens dans l'embarras… c'est pas croyable.

Sans réagir, le journaliste ferma à nouveau les yeux tout en gardant la main de Kate serrée dans la sienne. Il n'avait pas perdu la mémoire, mais il était sacrément sonné.

— Mehdi, tu peux me passer l'eau, s'il te plaît.

— Bien sûr, Madame Kate.

Toutes les portes des maisons portaient la marque noire de Daech. La police fédérale chiite organisait des opérations de fouilles aléatoires dans les faubourgs réhabilités de Mossoul-Est. Faisiliyah en était la principale cible. Même si la vie avait repris son cours dans un décor presque inchangé, il n'était pas rare d'apercevoir des milices attroupées en bande devant l'entrée des maisons. Des familles entières se retrouvaient alignées le long des murs sous la pression de l'autorité et des armes. Certains des membres étaient isolés puis questionnés. Le moindre indice de collaboration avec l'État islamique pouvait causer l'emprisonnement d'une famille entière.

À l'angle d'une épicerie, un groupe important de personnes attendait devant un portail.

— Que font tous ces gens ? demanda le professeur à Hasan.

— Ils font la queue pour se rendre au tribunal. Ils espèrent retrouver des disparus. Des listes sont dressées tous les matins aux quatre coins de la ville, avec le nom de ceux qu'on a retrouvé. Alors ils s'y rendent le cœur plein d'espoir. Certains tous les jours. D'autres campent même sur le trottoir pour être sûr d'être là au petit matin. C'est

comme ça depuis la libération.

— Quelle abomination… chuchota le professeur en observant la foule.

— Ces gens ont la foi, Nikita, ils ont la certitude que rien n'est perdu. Il y a de ça deux semaines, un cousin à moi a retrouvé son fils sous les gravats d'une ruelle. Il ne savait pas qu'il était là. Personne ne le savait. Il a simplement reconnu les habits de son fils, en l'occurrence un tee-shirt rouge. Le corps était en décomposition, semblable à tout autre. Il n'a reconnu que son tee-shirt et pourtant, cela a sauvé sa vie ! On lui a pris ce qu'il avait de plus cher, mais son esprit est apaisé. Il a retrouvé son fils et a pu lui faire ses adieux. Il l'a pris dans ses bras, l'a embrassé, il a pu l'enterrer convenablement. Les gens que tu vois devant ce portail, eux, ils meurent un peu plus à chaque seconde.

Nikita Braguine s'en remit au silence.

Sur le chemin, des salles de billards étaient bourrées à craquer, pleine de vie et de sourires. Des gargotes servaient le pacha : un bouillon fumant à base de cervelles et d'intestins de mouton farcis au riz. Des marchants ambulants avaient réinvesti les trottoirs et proposaient fruits et légumes. Une agréable odeur de viandes grillées se propageait des échoppes.

— C'est presque comme s'il ne s'était rien passé, reprit Hasan. L'homme a une faculté d'oublie qui me dépasse…

Un bouchon les obligea à ralentir. La route était bondée.

— C'est l'une des conditions de nos esprits, répliqua le professeur. L'homme évolue selon les lois universelles, et l'univers ne regarde jamais en arrière. Il est en constante expansion. Il tend vers un seul but : répandre le bien et l'amour. C'est ce qui fait notre force, par la grâce de Dieu !

— Je sais bien… mais je ne peux m'empêcher de revoir les images, c'est plus fort que moi. Nikita, j'ai vu des corps pendus à des portiques, des têtes tranchées ! Tu

vois ces poteaux, ceux-là, et encore ceux-là... c'est là qu'ils pendaient les condamnés à mort. Devant chaque cadavre une plaque indiquait la cause de l'exécution. Il suffisait d'un rien, comme refuser de se rendre à la mosquée, et on se retrouvait pendu en place public, au regard de tous, même devant les enfants. Les enfants Nikita ! Comment Allah a pu accepter une chose pareille ! ? Comment a-t-il pu laisser faire ! ? Face à des corps ouverts, les intestins dehors ! Je n'ai pas de mots pour décrire cela...

Le professeur avait l'air désolé.

— Transmute ces choses viles en des choses précieuses, lui souffla-t-il, c'est ainsi que tu triompheras. Regarde autour de toi, tout ne peut aller qu'en s'arrangeant. Allah est là, parmi nous. Ressens-le dans le sourire des enfants qui jouent dans ces rues, dans le chant victorieux du peuple, dans la détermination d'une patrie à vouloir rebâtir sa ville. Ressens-le dans les noms de ceux qui sont affichés sur ces listes, sur le visage de ces femmes qui ont fait tomber le niqab. Cette guerre fait partie des chemins tortueux que l'homme doit traverser, terrible, certes, mais inévitable.

Hasan garda le silence un instant, puis il balaya du regard l'espace autour de lui. Les mots du professeur lui avaient réchauffé le cœur.

— Tu as raison, dit-il en enfonçant davantage la pédale d'accélérateur.

Chapitre 13

LONDRES

9 juillet 2017

Siège du MI5, Thames House

Brittany relisait machinalement le courriel, comme si la réponse allait lui sauter aux yeux. L'obstination étant à la fois son vilain défaut et son meilleur atout, le mystère caché derrière ne lui échapperait pas. Elle décida néanmoins de ne pas ouvrir le lien depuis sa propre machine de travail, mais depuis son laptop. Le VPN qu'elle utilisait était hautement sécurisé et la gardait sous anonymat. S'il s'agissait d'un spyware, elle serait de toute manière alertée par le programme anti-espion.

En dirigeant le curseur vers le lien, son regard se posa sur ce qui avait tout l'air d'un indice.

https ://rarbgmirror.org/download.phpid=kt67ngz&h=a42&f=MI5.Spooks.The.Greater.Good.2015.1080p.NF.WEBRip.DDP5.1.x264-CM-[rarbg.to].torrent

L'URL correspondait à un fichier torrent, et pas n'importe lequel. Il s'agissait d'un film dont le titre faisait mention du MI5 : MI5.Spooks.The.Greater.Good.2015.

Les espions du MI5 opèrent pour le bien commun... murmura Brittany, l'esprit en effervescence.

Quelqu'un cherchait-il à dénoncer l'efficacité de leurs services ? À compromettre la sécurité de Thames House ? Et s'il y avait un lien avec la venue de la reine ? Une attaque imminente ?

Brittany devait avertir Tim Bury au plus vite ; des protocoles de sécurité spécifiques devaient être immédiatement mis en place. Mais quelque chose d'inattendu la retint : une pièce jointe associée au courriel témoignait des nombreuses sauvegardes de données confidentielles qu'elle avait effectué au sujet de l'attentat de Manchester Arena six semaines plus tôt.

Comprenant qu'on lui faisait du chantage pour l'obliger à coopérer sans en parler à sa hiérarchie, Brittany avala difficilement sa salive. Elle se redressa sur son fauteuil et consulta l'heure : 08h53. Il ne lui restait plus que sept minutes. Elle ouvrit une nouvelle page web sécurisée pour s'informer sur le film. C'était une production britannique de 2015, un thriller d'espionnage mêlant terroristes et agents secrets. Elle cliqua sur le lien.

Epic Privacy Browser
ne parvient pas à ouvrir la page

L'instant d'après, un téléchargement débuta. Celui-ci s'acheva en un battement de cils. Le fichier, blanc comme neige, pesait 29 ko et portait le nom du film. Brittany se pressa de le glisser dans le programme µtorrent. Le téléchargement demandant plusieurs minutes, elle arriverait en retard à la conférence, mais si la reine risquait quelque chose, autant qu'elle en ait le cœur net. Cinq, quatre, trois, deux, un.

Téléchargement terminé à 100 %

Brittany consulta sa montre. Il était déjà 9 heures ! Le silence qui régnait maintenant à l'étage lui était presque paisible. À une chose près, ce torrent, qui avait l'effet d'une bombe à retardement, un silence avant une tempête.

Trépignant d'impatience, Brittany lança la lecture du fichier et le film démarra normalement. Rien de particulier ne retint son attention. Elle parcourut les séquences manuellement pour aboutir au générique de fin. C'est impossible. Il y a forcément quelque chose… Elle rouvrit l'e-mail, cherchant un élément, un indice, épluchant chaque mot qui ferait allusion à un certain passage. Elle survolait à nouveau d'un regard alerte le lien du fichier torrent, lorsque, soudain, ses yeux s'arrêtèrent sur la date de production du film : 2015. Si elle scindait ce chiffre en deux, cela donnait 20 minutes et 15 secondes. Brittany fit défiler la barre de lecture jusqu'à atteindre ce moment précis. Deux personnes discutaient dans une pièce faiblement éclairée. Balayant la salle du regard, elle augmenta le volume pour mieux entendre la conversation. Apparemment, il était question d'une évasion, et l'un des personnages cherchait à savoir qui en était le responsable. Peu convaincue, Brittany relâcha tout son poids dans le fond du fauteuil. Ses yeux continuaient cependant de suivre la scène comme un chasseur à l'affût d'une proie. À son souvenir, aucun accusé n'avait récemment fait l'objet d'une évasion quelle qu'elle soit. Le MI5 n'avait actuellement la garde provisoire d'aucun suspect.

Et soudain, pris d'un éclair de lucidité, elle sauta sur son fauteuil et jeta des mains pressées sur le clavier. La stéganographie, bien sûr ! Si un message était occulté dans le film, se dit-elle, ce ne serait pas directement sur l'image telle qu'on la voit, mais bien derrière. Cette méthode de cryptage était très répandue chez les djihadistes, et notamment chez Al-Qaïda pour transmettre

des instructions aux fidèles. Brittany lança le logiciel de décryptage pour chiffrer le fichier et en l'espace de quelques secondes les images du film disparurent au profit d'un fond noir. Elle appuya sur Play. Il n'y avait plus que le son. Elle fit à nouveau défiler la barre de lecture jusqu'à atteindre les 20 minutes et 15 secondes. Et là, ce qu'elle vit fut un choc.

Chapitre 14

NEW YORK

6 juillet 2017

Titanpointe, Manhattan

Au vingt-quatrième étage de la gigantesque station d'écoute, Albert Fuchs passait en revue les dernières conversations WhatsApp de Sarah Johnson. L'une d'entre elles traitait d'un voyage en Irak dans le cadre d'une opération archéologique. La date de départ était prévue dans six jours, le temps que la demande d'autorisation de fouilles soit accordée et que la libération de Mossoul soit officiellement annoncée par le gouvernement irakien.

En lisant la suite de la conversation, un message provoqua sur le visage de l'espion un sourire comblé : « Le professeur sera déjà sur place ». Tout s'alignait parfaitement avec ce qu'il avait entendu de la conversation entre Nikita Braguine et l'archéologue de la Kurdistan Archaeology organization.

Fuchs remonta lentement le fil de la discussion, lisant chaque message, jusqu'à aboutir à une photo. En découvrant l'image, il écarquilla ses yeux tout ronds. Photographiée dans les mains de Sarah Johnson, le morceau d'argile semblait s'offrir à lui. La Tablette VI était exactement la même que celle dont parlait le Professeur Braguine dans son livre.

D'ordinaire, Fuchs surveillait des appels téléphoniques et établissait des rapports en fonction de ce qu'il avait entendu. Tous les renseignements devaient en principe

être évalués avant d'être communiqués aux responsables politiques. Mais cette fois-ci, il avait décidé de sauter le pas. En vingt-cinq années de mandat à la NSA, il n'avait servi que d'informateur, comme des milliers de personnes avant lui. Toujours dans l'ombre des projecteurs, il faisait figure d'un tireur embusqué interdit de poser le doigt sur la gâchette. À partir de maintenant, cette opération serait la sienne, se dit-il, il ne s'en tiendrait plus au protocole.

On frappa à la porte de son bureau. Un visage apparut dans l'embrasure.

— On transmet nos rapports au CSS dans 15 minutes.

Comme un courant d'air mal venu, Frank Winter s'introduisit dans la pièce, ce qui déragea Fuchs. D'une simple manipulation du clavier, l'espion masqua toutes les fenêtres ouvertes de son PC puis recouvrit un document avec un épais dossier.

— J'étais justement en train de boucler le mien.

— T'as trouvé quelque chose ? s'enquit l'homme en s'approchant.

— Rien de très intéressant, malheureusement, mentit-il. C'est comme chercher une aiguille dans une botte de foin...

— Tu sais que ça commence à chauffer au Maryland, il va falloir se secouer !

— Et de ton côté, y'a du nouveau ? lui lança Fuchs en retour.

— Je vais suggérer au secrétaire de la Défense d'envoyer un drone survoler le Khosr. S'il s'avère qu'il y a bien une cavité quelque part, il faudra envoyer une unité sur le terrain pour faire l'état des lieux. Bref, si ces bougres de soldats trouvent quoi que ce soit qui brille, ils nous le diront !

Fuchs n'aurait jamais dû lui parler du tunnel. Tout ce qui brille... À l'évidence, l'analyste de stratégie internationale ne savait pas de quoi il parlait.

— Je vais pisser, lâcha-t-il en invitant son collègue à sortir du bureau.

Les deux agents prirent chacun une direction opposée. Quand Fuchs referma la porte des toilettes derrière lui, Frank Winter en profita pour s'introduire discrètement dans le bureau de son collègue. Qu'est-ce que tu peux bien cacher ?... L'analyste de la NSA se pencha sur le moniteur, notant que tous les logiciels étaient verrouillés. Côté internet, Fuchs avait utilisé un navigateur supprimant automatiquement toutes les données de navigation, rendant le traçage de son historique de recherches impossible. L'agent Winter souleva alors au hasard un dossier qui recouvrait une pile de documents. Sur un bloc-notes hôtelier, griffonné au stylo noir, figurait le nom d'une femme suivit d'un numéro de téléphone. Une légère impression en relief au bas de la page indiquait la provenance du document : The Peninsula New York. Winter poursuivit méticuleusement son inspection. Parmi le désordre qui submergeait le poste de travail de son collègue, il remarqua un article de presse consacré à une séance de dédicaces. Dans à peine deux heures, Nikita Braguine signerait son livre à la librairie Barnes & Noble de Union Square. L'analyste prit en photo les deux documents avec son portable. C'est alors qu'il aperçut, enfoncée dans la poche externe de la sacoche de son collègue, la tranche dudit livre. Fuchs... petit cachotier... marmonna-t-il sourdement en refermant la porte du bureau derrière lui. Winter traversa le couloir d'une foulée rapide et entra le nom du contact dans la barre de recherche du navigateur de son portable. Voilà qui est intéressant. Contre toute attente, il s'agissait de la directrice du British Museum, à Londres.

Frank Winter regagna son bureau. Il conservait sur place un costume gris foncé et un trench-coat de la même

couleur. Il se changea rapidement et ressortit, prêt à se rendre à la séance de dédicaces.

La rue était noire de monde, fermée à la circulation. Plusieurs centaines de personnes manifestaient devant la librairie Barnes & Noble. L'analyste sortit du taxi à l'angle de la dix-septième rue et s'immisça au travers de la foule à grandes enjambées, louvoyant entre les manifestants qui exprimaient leur colère. « Blasphème ! » criait l'un d'eux, « Profanateur ! » fulminait un autre. Winter bouscula plusieurs opposants dans son sillage avant de parvenir jusqu'à la librairie. Devant la façade, deux adolescents échangeaient des insultes avec les sympathisants du Professeur Braguine qui attendaient dans un périmètre mis en place par les forces de l'ordre. Winter s'avança vers les policiers en présentant sa carte d'agent ministériel. Après vérification de son identité, on lui fraya un passage entre les barrières de police. Il tira la porte en bois et se retrouva soudain dans la fraîcheur d'une immense salle climatisée. Une jolie pancarte indiquait que la séance de dédicaces avait lieu au premier étage. Winter emprunta l'escalier roulant, montant les marches deux par deux. Une fois à l'étage, il aperçut le Professeur Braguine juché sur un tabouret face à une flopée de chaises vides. Une journaliste était assise en face de lui, qui l'exerçait à répondre aux questions qu'elle lui poserait durant la séance.

— Professeur Braguine ? J'aimerais m'entretenir avec vous. Agent Frank Winter, Agence Nationale de la Sécurité.

Sans descendre de son tabouret, le professeur pivota légèrement vers son interlocuteur.

— Vous voyez bien que je suis occupé, rouspéta-t-il.

— C'est une question de sécurité nationale, je le crains.

La situation prenant une tournure embarrassante, la journaliste eut la décence de se lever et de se mettre en retrait.

– De quoi s'agit-il ? demanda le professeur après un court instant d'hésitation.

– Nous avons besoin de votre expertise dans le cadre d'une affaire strictement confidentielle. Je vais tout vous expliquer.

Chapitre 15

LONDRES

9 juillet 2017

Siège du MI5, Thames House

Thames House était en flammes. La façade du complexe, couverte d'une suie noire, donnait au lieu l'allure d'une usine désaffectée.

Brittany avait du mal à saisir pleinement ce qu'elle voyait. Même si le montage était peu convaincant, le message révélé était pour le moins bouleversant. Elle jeta un regard autour d'elle pour s'assurer qu'elle était bien seule. Une organisation terroriste projetait-elle de faire exploser le bâtiment ? Ça en avait tout l'air. La photo avait été prise depuis le Lambeth Bridge, mais Brittany connaissait suffisamment bien le quartier pour savoir que Thames House se trouvait du mauvais côté du cadre, comme si la photo avait été capturée au travers d'un miroir. Elle remarqua que la date et l'heure de la prise du cliché figuraient en bas à droite de la photo, et que ces données étaient également inversées. Grâce aux caméras de la ville, elle pourrait peut-être identifier le suspect ou remonter jusqu'à ses commanditaires.

Au centre de la photo, une écriture en transparence traversait l'image dans sa longueur. Une écriture suffisamment petite pour qu'on ne puisse la lire à l'oeil nu. Si ses yeux ne s'étaient pas posés dessus, Brittany ne l'aurait probablement pas remarquée. Tiens donc… Elle procéda à une capture d'écran puis inversa le sens de

l'image. Elle s'intéressa d'abord à la date et à l'heure de la prise du cliché.

09/07/2017 16 :15 :00

Brittany resta sous le choc. Le cliché datait de ce jour. Mais ce n'est qu'en consultant l'heure à laquelle il avait été capturé qu'elle réalisa pleinement la gravité de la situation : la photo n'avait pas encore été prise. Brittany éprouvait la sensation qu'une main s'était agrippée à son cou pour l'étouffer. Etait-ce l'heure programmée d'une attaque ? Dans ce cas, comment déjouer ce plan ? L'idée de tracer le suspect en remontant les enregistrements vidéo du quartier n'était plus une option. Elle nageait à présent dans un flou qui lui donnait carrément le vertige.

Elle consulta sa montre. Il était déjà 9h10. Si elle n'arrivait pas à temps pour superviser la visite du Musée, elle aurait droit à des représailles qui lui coûteraient cher. Dépêche-toi, Brittany ! Elle procéda à un zoom numérique sur les données qui figuraient au centre de l'image.

51° 30' 49" nord, 0° 05' 53" ouest

L'agente craignait que ce code corresponde à l'emplacement de Thames House. Si elle n'agissait pas maintenant, à 16 heures 15 cet après-midi, l'établissement serait complètement embrasé par les flemmes. Elle ouvrit son logiciel de cartographie et entra les coordonnées dans la barre de recherche. Contre toute attente, la localisation de l'emplacement n'était pas celui tant redouté. Elle avait sous les yeux le dôme de la Cathédrale Saint-Paul de Londres. On lui donnait rendez-vous.

Lorsqu'elle enfonça la clenche de la double porte, la voix de la reine résonna jusque dans le couloir. Lady Victoria Moore se tenait à la droite de la souveraine qui, à l'entendre, donnait un discours de remerciements aux espions des services secrets britanniques. Brittany

s'introduisit furtivement dans la grande salle et aperçut Dean et Maddison assis au quatrième rang. Elle nota qu'un siège était vacant à côté de Dean et elle alla s'y assoir sans faire de bruit.

”Je voulais tous vous remercier. Je suis toujours frappée par la remarquable détermination avec laquelle vous accomplissez votre rôle vital”

La reine portait un manteau couleur prune avec un chapeau assorti piqué de fleurs et de plumes. Elle tenait à la main un unique feuillet et lisait son discours la tête baissée sur le pupitre, non sans mâcher ses mots mais d'une voix claire et audible qui se faisait entendre jusqu'au fond de la salle. De temps à autre, elle levait les yeux sur son auditoire comme pour s'assurer qu'on l'écoutait toujours.

”Il n'y a aucun doute sur le fait que des menaces et des défis importants continueront d'exister. Mais lors de chacune de mes visites au MI5, j'ai été impressionnée par la façon dont vous vous êtes adaptés aux différentes menaces qui pèsent sur notre pays. ”

Brittany essayait de se concentrer sur le discours que tenait la reine, mais sa tête était ailleurs. Elle ne se souvenait pas être déjà entrée dans la Cathédrale Saint-Paul. Pourtant, chaque matin, elle traversait le Millenium Bridge en contemplant la splendeur de son dôme. Lorsqu'il faisait beau, la lumière oblique de l'aube submergeant la coupole lui procurait l'énergie d'entreprendre sa journée. Saint-Paul était immense, gigantesque même. Comment trouverait-elle la personne qui souhaitait la rencontrer ? D'ordinaire, seuls les agents de la Special Branch étaient autorisés à opérer dans de

telles situations. Elle devait en parler à Dean. Il était hors de question qu'elle s'y rende seule, car même si on lui donnait rendez-vous dans un lieu public et sacré, des mesures de sécurité devaient être impérativement prises pour coordonner la rencontre.

"Que ce soit pour répondre aux menaces des Nazis ou de la Guerre Froide,
du terrorisme intérieur ou de la cybersphère, vous avez toujours montré le plus grand engagement envers votre devise : « Regnum Defende »."

Elle se pencha discrètement vers Dean.

— Il faut que je te parle, c'est urgent, lui souffla-t-elle à l'oreille.

Dean l'évita.

— Tu crois vraiment que le moment est bien tombé ?

— Ça n'a rien à voir avec hier soir, crois-moi.

— Je t'ai dit que j'étais désolé.

Assise de l'autre côté de lui, Maddison pencha sa tête vers Brittany en la dévisageant. Elle déposa un doigt sur sa bouche pour lui signifier de la boucler et désigna la reine d'un signe de tête.

— J'ai reçu un e-mail dans lequel se cache un message que je pense avoir décrypté.

— Tu m'en vois ravi !

— Ce n'est pas drôle. La menace est directement portée sur Thames House.

Dean rangea son rire au profit d'un ton sérieux.

— Qu'est-ce que tu veux dire ?

— Je suis quasiment convaincue qu'on s'apprête à faire exploser le complexe.

— Quoi ! ?... chuchota-t-il. Qui d'autre est au courant ?

— Il n'y a que moi. Et le plus étrange dans tout ça, c'est que le message m'est directement adressé.
— Tu veux dire que tu es la cible ?
— Ça m'a l'air plus compliqué que ça... N'en parle à personne pour l'instant, je ne veux pas semer la panique.

"En raison de la nature de votre travail, vous ne recevez jamais de reconnaissance publique.
Ainsi, c'est au nom du pays que je vous dis à tous : merci"

L'assemblée se répandit en acclamations et en applaudissements. Brittany et Dean se levèrent en faisant mine de faire de même.
— Je crois bien qu'on m'a donné rendez-vous. À 16h15, aujourd'hui.
— Où ça ?
— À la Cathédrale Saint-Paul.
Brittany marqua un temps d'arrêt afin que Dean puisse digérer ces informations. Puis elle lui jeta un regard intime et lança :
— J'aimerais que tu m'accompagnes.
Les flashs éclaboussaient la salle sans relâche. Pour une visite surprise, c'était raté ; la presse locale avait sauté sur l'occasion pour couvrir l'événement. Lady Victoria Moore et la reine prirent la pause face à l'importante insigne du MI5 avant de s'éclipser par la porte du fond. La poignée de photographes se rua vers l'issue bloquée par deux gardes qui faisaient des pieds et des mains pour les empêcher de passer.
— Il faut que j'y aille, déclara Brittany en s'engageant dans l'allée centrale.
— Comment ça ?... Où ?
— Je t'expliquerai tout plus tard. Laisse-moi une heure et je t'appelle.

Dean l'observa de façon inquiète. Un attentat sur Thames House ?

Brittany emprunta la porte principale de la salle de conférences pour gagner l'ascenseur privé de l'aile droite. À l'angle du couloir, elle tomba nez à nez avec la directrice générale du MI5 et la reine Elizabeth. Elle se redressa et adopta un air digne complété d'un petit sourire avisé.

— L'officier Brown va nous accompagner tout au long de la visite de notre musée, expliqua Lady Moore à la souveraine. De tous nos agents à Thames House, elle est le seul à avoir connaissance du document que vous souhaitez consulter, pour avoir joué le rôle d'intermédiaire lors de sa demande de placement au sein de l'agence.

La directrice générale fixa Brittany de manière intense.

— C'est pour moi un immense honneur votre altesse, déclara l'agente.

Le sourire toujours bien haut sur les joues, la reine poursuivit la marche. La porte de l'ascenseur s'ouvrit et Lady Moore fit glisser une carte à bande magnétique dans la borne prévue à cet effet. Un petit voyant lumineux vert clignota et le système émit un son sourd. L'ascenseur commença sa descente vers le troisième sous-sol. Brittany remarqua que la cabine était dépourvue de boutons et d'écran, un détail qu'elle n'avait pas relevé la première fois qu'elle était descendue au musée. À l'évidence, l'ascenseur ne menait qu'à un seul et même endroit.

La porte coulissa dans un bruissement continu et feutré. Elles débouchèrent dans un sas d'entrée pourvu d'une douche de décontamination. Contre l'une des cloisons un banc de bois supportait plusieurs paires de bottes parfaitement alignées, au-dessus desquelles se tenaient, suspendus à un patère, des combinaisons imperméables et un compteur Geiger. Lady Moore ouvrit la marche. Derrière une épaisse porte blindée un long couloir éclairé

de lampes à LED s'étendait sans qu'on ne puisse en discerner le bout. Une odeur de vielle cave émanait des murs dont le revêtement s'était écaillé au fil du temps. Brittany reconnut les lieux comme si elle s'y était rendu la veille. Un endroit difficile à oublier tant l'état du niveau contrastait avec la modernité de l'ensemble des bureaux de la Division T. Sans oublier les tuyauteries couvertes de calorifuge en plâtre suspendues au plafond et le système de ventilation. Même si le couloir faisait penser à un banal tunnel d'entretien, l'espace froid et ses multiples pièces adjacentes tenaient lieu d'abri antiatomique.

Un simple code à six chiffres suffisait pour pénétrer dans les salles du musée privé du MI5. Sans discrétion, Lady Moore entra la combinaison sous les yeux de Brittany et de la reine. Les 7 points de fermeture se déverrouillèrent et la structure en acier se délogea de son encrage en glissant lentement vers l'extérieur. Brittany se dépêcha d'ouvrir la lourde porte. Lady Moore enclencha du doigt un interrupteur et il fallut patienter plusieurs secondes avant que les panneaux d'éclairage inondent la pièce d'une lumière blanche et tamisée.

Contrairement à l'idée que l'on se fait d'un musée, l'espace avait plutôt l'aspect d'une simple salle renfermant diverses archives confidentielles réservées à une élite. Brittany passa devant une série de documents rappelant l'action des agents doubles Garbo et Tate durant la Seconde Guerre mondiale, lesquels avaient contribué à la désinformation des Nazis sur le lieu du D-Day.

En parcourant des yeux l'ensemble des vitrines, elle aperçut le document réclamé par la reine. Elle reconnut tout de suite le titre inscrit en lettres capitales comprenant un chiffre romain. Chacune des phrases rédigées dans une langue apparemment très ancienne étaient succédées de sa traduction. Brittany en lut rapidement deux lignes.

5 da-mi lu-uk-ṣur-ma eṣ-me-⸢ta⸣ lu-šab-ši-ma
5 Je vais condenser du sang, faire exister les os,

6 lu-uš-ziz-ma lul-la-a lu-ú a-me-lu MU-šú
6 je vais faire exister un être humain, un lullû, son nom sera Homme. [1]

Pour l'agente du MI5, ce charabia semblait venir d'une autre planète. Qui était cet homme créé de toutes pièces ? Et pourquoi ce document revêtait-il une telle importance aux yeux de la reine ?

Lorsque Sarah Johnson avait sollicité son aide, Brittany n'avait pas cherché à en savoir plus, elle s'était contentée de lui rendre service en soumettant la demande auprès de la directrice générale du MI5. Cette dernière, pleinement consciente des réactions que pourrait engendrer la mise à nu des sombres secrets de la famille royale, avait agi en faisant de cette affaire une priorité.

Comme de coutume, Lady Moore donnait à la souveraine une visite d'usage. Les deux dames faisaient le tour des vitrines en se remémorant les hauts faits du royaume d'Angleterre. Alors qu'elles admiraient un portrait de Winston Churchill, Brittany en profita pour sortir son téléphone portable et photographier discrètement la traduction de la Tablette VI. L'appareil photo émit un bruit d'obturateur qu'elle camoufla d'un toussotement. Les battements de son coeur accélérèrent d'un coup. Elle n'avait pas remarqué que le mode silence de son portable était désactivé. Elle renfonça l'appareil dans sa poche et se retourna vers les deux dames.

— Le document que votre altesse souhaite consulter se trouve ici, indiqua-t-elle d'une voix légèrement frémissante.

---

1. Extrait de la Tablette VI du poème babylonien Enūma Eliš, Lorsqu'en haut, XIIe siècle avant J.-C.

La directrice générale la regarda d'un air sévère, avant de se tourner vers la reine.

— Votre Majesté souhaite-t-elle poursuivre la visite du musée ou bien préfère-t-elle directement passer à l'objet de sa requête ? s'enquit courtoisement la Lady.

Sous le chapeau couleur prune, l'expression du visage de la souveraine parlait d'elle-même. Celle-ci s'avança vers Brittany en éprouvant un élan de sympathie à l'égard de l'agente. À l'évidence, les documents consultés auparavant ne semblaient en rien égaler celui à venir. La reine chaussa ses lunettes et courba légèrement le dos vers la feuille de papier renfermée entre deux plaques de verre. La traduction manuscrite était signée du nom de celui qui en était l'auteur :

NIKITA BRAGUINE

La souveraine se redressa et joignit ses mains en un geste de reconnaissance. Brittany contempla l'expression de béatitude qui se dessinait peu à peu sur le visage de la vieille dame. Celle-ci semblait à la fois émue et inquiète.

— Nous leur devons beaucoup, chuchota la reine en maintenant son regard porté sur le document. Mettez le document dans le coffre-fort.

Ce que la souveraine avait omis d'expliquer, c'est que plus tôt dans la matinée, le MI6 avait informé le secrétaire d'État à la Défense d'une menace terroriste imminente sur le sol londonien. L'auteur du message avait pu être identifié. Un dénommé Farid Babouri, islamiste radical affilié à Al-Qaïda, réclamait la Tablette VI. Saisissant la gravité de la situation, la reine avait eu la présence d'esprit d'agir avant la réunion du comité exécutif de contre-terrorisme qui se tiendrait dans l'après-midi. Même s'il ne s'agissait que de la traduction d'un poème

babylonien vieux de trois mille ans, cette dernière ne voulait laisser aucune place au doute.

À la fin de la visite, Lady Moore se tourna vers elle :

— Votre Majesté, si vous le souhaitez, nous vous avons préparé une petite collation dans l'éventualité où vous auriez envie de vous restaurer et de vous rafraîchir.

Brittany comprit tout de suite que la directrice cherchait à passer un peu plus de temps à s'entretenir avec la reine. La souveraine dut toutefois décliner la proposition afin de respecter son programme de la matinée.

— C'est fort aimable, Madame la directrice, dit-elle alors, mais je dois me rendre au British Museum.

*

Au même moment, à New York, Albert Fuchs regagnait son bureau une bouteille d'eau gazeuse à la main. Il était 5h56. Cela faisait déjà une heure que Dick Sawers du MI6, à Londres, aurait dû lui donner des nouvelles.

Fuchs s'assit dans son siège. Ses jambes étaient agitées. Il avait les yeux rivés sur l'horloge murale fixée au-dessus de l'armoire métallique. Les choses ne se passaient pas comme prévu et il n'aimait pas ça. Jamais il n'aurait dû mettre tous ses œufs dans le même panier. Mais Sawers était son seul contact à Londres, en somme, sa seule option. Un ami de longue date, fiable et honnête. Il devait lui faire confiance.

La trotteuse de l'horloge s'arrêta un court instant sur le chiffre douze, puis la grande aiguille se déplaça d'un cran. Il était maintenant 6 heures pile à New York, soit midi à Londres, et toujours pas de nouvelles de Sawers. Aussi longtemps que l'espion s'en souvienne, son ami avait toujours fait preuve d'une ponctualité irréprochable.

Il se massa les tempes pour se calmer, tout en continuant de fixer l'horloge.

Tic-tac-tic-tac…

L'instant d'après, un message s'affichait sur l'écran de son portable. Fuchs éprouva un sentiment de satisfaction intense. Sawers lui répondait enfin.

La situation est sous contrôle. Elle ne se doute de rien. Serai sur le lieu du rendez-vous à l'heure prévue. Te tiens informé.

DEUXIÈME PARTIE
LA TABLETTE VI

Chapitre 16

MOSSOUL

12 juillet 2017

Quartier de Faisiliyah

Les extrémistes avaient entièrement démoli à la masse l'intérieur de la bibliothèque de Mossoul. Seules les structures de soutènement tenaient encore debout au milieu des débris et d'une épaisse couche de cendres qu'une poignée d'hommes peinaient à évacuer.

L'archéologue irakien s'arrêta, nostalgique, devant l'entrée principale. Lorsqu'il était étudiant, il venait ici chercher de la documentation pour son master. De part et d'autre du pays, on considérait ce lieu comme étant « La Mecque des chercheurs ». Des habitants de tout l'Irak et du monde arabe s'y rendaient pour consulter les ouvrages.

— Rien que dans cette bibliothèque, rapporta-t-il, plus de 20 000 ouvrages ont été victimes des autodafés de Daech. Certains n'ont jamais été numérisés et seront perdus à jamais…

Face à ses trésors de connaissance partis en fumée, Nikita Braguine éprouva un profond sentiment d'indignation. Des pages volantes jonchaient encore la route.

— Beaucoup de manuscrits rares ont été volés par l'EI, continua l'archéologue, ceux-ci seront probablement revendus sur le marché noir pour continuer de financer leurs exactions, tout comme les artéfacts pillés sur les sites archéologiques. Une grande partie de ces documents

a été aspergée d'essence et brûlée. Tout ce qui reste est actuellement stocké dans les réserves. Au total, Mossoul a perdu plus d'un million d'ouvrages et de documents scientifiques.

Hasan était désemparé.

— Pourquoi faut-il nécessairement que les doctrines religieuses mènent au dogmatisme, à l'intolérance et à la violence ? Pourquoi sont-elles toujours à l'origine des guerres les plus meurtrières ?

Ces questions étaient purement rhétoriques, mais le professeur était décidé à y répondre.

— À cause de l'unification de Dieu par l'Église, Hasan. De la conversion des peuples aux religions monothéistes.

Et comme l'archéologue se tournait vers lui, visiblement surpris par la réponse, le professeur enchaîna :

— L'Ancien Testament fait mention du mot hébreu Elohim, qui signifie Dieux, un mot pluriel que l'on rencontre dès le premier verset de la Bible. Cela peut paraître étonnant, j'en conviens, car nous sommes habitués à l'idée d'un dieu unique, mais c'est pourtant ce petit changement d'accord, omis par les disciples, qui est à l'origine de la diversité des religions et des guerres qui en découlent. S'il n'est pas question de plusieurs dieux, mais d'un seul, alors pourquoi avoir utilisé un mot pluriel pour le désigner ?

Hasan fronça les sourcils.

— Je suis musulman, Nikita, je suis un fidèle de l'islam, je crois en l'unicité de Dieu et en la prophétie de Mahomet. Je sais bien que la mythologie mésopotamienne rapporte l'histoire de dieux venus du ciel sur la terre. La majeure partie des textes anciens traitant du sujet étaient d'ailleurs conservés ici, à Ninive, dans la bibliothèque d'Assurbanipal, avant d'être exhumés par les archéologues et éparpillés dans les musées du monde. Mais...

Il hésita.

— ... le mot Elohim de la Bible est un nom commun, qui apparaît aussi comme un nom propre. On retrouve ce phénomène dans beaucoup de langues. Le mot « Mélodie », par exemple, est un nom commun, mais peut devenir un prénom, « Mélodie ». C'est ce que fait la Bible en attribuant le nom propre Elohim à douze personnages tels que Yahvé, Adonaï, Elyôn, Jéhovah, YHWH ou encore aux anges. Plutôt que d'avoir de nombreux Êtres divins, de rangs divers ou opposés entre eux, un dieu unique et pluriel englobe tous ces attributs.

— Des Êtres divins, comme tu dis, souligna Nikita Braguine en prenant une expression rieuse.

Hasan soupira face à la condescendance du professeur.

— Dans la Bible, ajouta-t-il, le nom commun Elohim est utilisé de la même façon qu'est utilisé le nom commun « Adam », qui représente les précurseurs d'Homo Sapiens ayant quitté l'Afrique pour coloniser l'Ancien Monde. L'Adam de la Bible et du Coran est la personnification d'un ensemble d'individus, cela ne fait pas de lui un être unique pour autant. Il en est de même pour Abraham, le « non-brahmane », celui qui représente l'exil. Ce roi-berger qui part en quête d'horizons nouveaux n'est autre que la personnification d'une tribu chaldéenne comme il en existait tant d'autres à cette époque. Dans l'Epître aux Galates (Galates IV – 22, 25), Paul dit lui-même que l'histoire d'Abraham est une allégorie. Cette histoire, qui donna naissance à une religion, provient des copistes de la Bible qui l'ont volontairement altérée pour raconter la source et l'origine de cette tribu.

Depuis des siècles, la Bible reste le livre le plus répandu dans le monde. Ses interprétations sont diverses et variées, et son sens profond demeure jusqu'à ce jour un mystère. Mais en tant qu'orientaliste reconnu et expert de la Bible,

Nikita Braguine interprétait le texte biblique d'une façon tout à fait singulière. Il se basait sur les écrits sumériens.

— Même si l'histoire de la création de l'Homme diffère pour chacune des Traditions, expliqua-t-il, il est toujours question d'un Premier Homme qui a donné naissance à ce que nos scientifiques appellent l'Homo Sapiens : l'homme moderne. Qu'il ait été créé d'argile par la déesse Nintu dans l'épopée mésopotamienne d'Atrahasis, de glaise par le dieu-potier Khnoum dans la mythologie égyptienne, ou encore du sang du dieu Kingu mis à mort par Enki dans l'épopée babylonienne d'Enūma Eliš, les dieux façonnèrent l'humanité qui se dit « adm » en langue ougaritique, qui donne en hébreux Adam, « le terreux », « le glaiseux », ou encore « le Terrien », dénomination qui a donné naissance au mot Adama, « la Terre ».

Hasan l'interrompit d'un ton cassant.

— Et le mot hébreu adom signifie « rouge»... la couleur du sang...

— Oui. La littérature mésopotamienne, bien plus ancienne que la Bible, insiste clairement sur l'utilisation de « l'argile » terrestre mélangée au sang divin dans le but de créer le prototype de l'homme. Unions les mots « terre » et « rouge » si tu veux bien. La terre rouge ne t'évoque-t-elle pas l'Afrique, le berceau de l'humanité ?

Le sourire malicieux du professeur désarçonna Hasan.

— Entends-tu par là, Nikita, que l'Homo Sapiens aurait été créé de toutes pièces ? Je veux dire... qu'il ne suivrait pas l'évolution biologique des espèces défendue par Darwin ?

— Pas de toutes pièces, mais bien modelé à l'image de ses Créateurs. Si l'on suit le cours naturel de l'évolution, l'homme ne devrait pas avoir encore établi de civilisation technologiquement avancée. Ce sont les Bushmen, un peuple autochtone d'Afrique australe

principalement composé de chasseurs-cueilleurs, qui devraient caractériser l'homme d'aujourd'hui, et non ce que nous sommes…

— Ces Dieux dont tu parles nous auraient donc rendu service, répliqua Hasan, qui décida d'aller dans le sens du professeur. Dans ce cas, qui sont-ils ? Et pourquoi auraient-ils fait cela ?

À cet instant, Kate se dressa sur ses jambes et passa la tête au travers de la grille qui les séparait.

— Tout ça m'a l'air fort intéressant, Messieurs, mais nous avons à l'arrière un blessé et je crois apercevoir au bout de la route l'Humvee du caporal Hadi.

En effet, à une centaine de mètres, deux véhicules lourdement blindés étaient précédés d'un bulldozer chargé d'ouvrir la marche. Le convoi s'arrêta en travers de la route, face à l'entrée de la bibliothèque de Mossoul. Le fusil nonchalamment posé sur l'épaule, le caporal Hadi sortit de l'Humvee et trottina jusqu'à la jeep avec panache. Ses lunettes de soleil rectangulaires et son casque pourvu de jumelles lui conféraient clairement un air à la RobotCop.

— Je suis content de vous trouver. Comment se porte votre collègue ?

— Il est conscient, répondit Kate en lui signifiant de la suivre. Les plaies continuent de saigner mais aucun membre n'a été grièvement touché. Le gilet pare-balles lui a sauvé la vie. Il faut maintenant l'examiner pour savoir s'il a subi une hémorragie interne.

— Ne vous faites aucun souci, la rassura Hadi qui ressentait son inquiétude. Mes coéquipiers de la Division d'or vont le prendre en charge.

Deux urgentistes à moustaches parés d'uniformes noirs bondirent de l'ambulance.

— Vous avez bien fait de m'appeler, poursuivit-il, il n'y a plus aucune structure de santé dans la ville, tous

les hôpitaux ont été fermés à cause des tirs et des bombardements aériens. Les stocks de médicaments et le peu de matériel médical qui subsistent sont entre les mains des personnels de santé situés aux divers postes de stabilisation. Nous avons un service de traumatologie en bordure de la vielle ville. Nous allons vous y emmener.

— La vielle ville ! ? s'affola Kate, en pensant avoir mal compris. Mais… vous aviez dit en arrivant que les hommes de Daech se trouvaient là-bas.

— Et les soins d'urgence aussi, répliqua calmement Hadi. Nous sommes justement en train de nettoyer le quartier, mes hommes et moi.

Les urgentistes installèrent Greg Evans sur un brancard d'urgence puis le chargèrent dans l'ambulance. Kate prit Mehdi par la main et embarqua avec eux.

En tête de course, le bulldozer veillait à ce que la route soit praticable. Malgré son bourdonnement, on pouvait entendre un appel à la prière monter des toits. Lorsque les véhicules arrivèrent aux abords du Tigre, des policiers chiites leur barrèrent la route. Une dizaine d'hommes vêtus d'uniformes militaires dépareillés surveillaient le pont provisoire aménagé par l'armée pour enjamber le fleuve, l'unique voie de passage reliant Mossoul-Est et Mossoul-Ouest.

La section militaire s'arrêta devant eux.

— C'est un barrage routier informel, expliqua l'un des urgentistes à Kate. Ce n'est pas légal.

— Qu'est-ce que ça veut dire ? s'informa-t-elle.

Le petit Mehdi connaissait la réponse :

— Ça veut dire qu'ils font du rançonnement. Autrement dit, ils extorquent des pots-de-vin à quiconque veut franchir ce pont.

L'urgentiste confirma et ajouta :

— Ils partagent ensuite les profits avec les vrais

gardes-frontières. C'est devenu un business très lucratif.

— Mais c'est la police locale, non ? dit Kate.

L'urgentiste hocha la tête.

— Ils craignent l'armée, annonça-t-il. Ils ont meilleur temps de faire profil bas.

— Faites-leur simplement un joli sourire, ria Mehdi.

Le caporal Hadi baissa la vitre et cria quelque chose aux gardes qui s'écartèrent de la route. L'un des policiers passa la courroie de son fusil à l'épaule et agita un bras nerveux comme pour leur dire de circuler plus vite, qu'il n'avait pas que ça à faire. « Yallah, Yallah ! », leur lança-t-il.

Le convoi de l'ISOF franchit le pont pour gagner la rive gauche, où des maisons écrasées s'étalaient sur la berge comme autant d'amas d'algues échoués sur une plage. La chaleur était retombée, le soleil couchant embrasait les ruines alentour d'une douce lueur tangerine. Les trois véhicules s'enfoncèrent dans la vieille ville, sillonnant des cratères béants qui rendaient compte de l'importance des frappes aériennes. Ils circulaient dans une ville fantôme où d'ordinaire la vie se faisait bien entendre, où les rues étaient animées et bruyantes, et entre lesquelles on pouvait maintenant entendre résonner le sifflement des balles dans le silence des ruines.

— Un de nos hommes a abattu un militant de l'EI tout à l'heure, rapporta le caporal Hadi à ses deux passagers. Un tireur embusqué équipé d'un M16 à lunette planqué dans le minaret d'une mosquée. On l'a finalement eu, après trois jours de tirs incessants. L'homme avait en sa possession un coffre gravé de caractères anciens. Mon unité n'est pas en mesure de déterminer si l'objet provient de l'une des bibliothèques de la ville ou de l'un des sites archéologiques de la Province de Ninive. Je pense qu'il serait intéressant pour vous d'y jeter un œil.

— L'avez-vous ouvert ? demanda Hasan.

— Deux officiers de la cinquième division en charge de sécuriser et de déminer la vielle ville ont d'abord pensé qu'il s'agissait d'une charge explosive. Mais en découvrant son contenu, ils en conclurent qu'il est question d'une pièce rare, vieille de plusieurs milliers d'années.

— Qu'ont-ils trouvé à l'intérieur ? s'enquit le professeur, par simple curiosité.

— Rien que des morceaux de pierre gravés. Il y en a une bonne vingtaine.

— Voyez-vous ça !

Chapitre 17

LONDRES

9 juillet 2017

Siège du MI5, Thames House

Brittany avait quitté la Section F3 sans en avertir le chef de poste. Dean et elle roulaient maintenant à moto en direction de la Cathédrale Saint-Paul. Il ne leur restait plus que trente minutes avant la fermeture.

Au niveau de Big Ben, Dean bifurqua sur la droite pour emprunter les quais. Le trafic était fluide sur Victoria Embankment et ils atteignirent la station de Blackfriards en l'espace de quelques minutes. Face à eux, le dôme de la cathédrale dominait le quartier tout entier. Brittany observait les clochers du monument sans trop savoir à quoi elle devait s'attendre. Elle se posa enfin la question qui la tourmentait : roulait-elle droit vers un piège ? Tout bien réfléchi, se rassura-t-elle, si on lui donnait rendez-vous, c'était forcément pour négocier.

Une fois arrivés dans le quartier de la City, Dean parqua la moto sur un trottoir non loin de l'entrée de la cathédrale. Des visiteurs sortaient de Saint-Paul par dizaines, pris d'assaut par des vendeurs ambulants proposant de vulgaires souvenirs.

– On va entrer ensemble, lança-t-il en tendant un dispositif d'écoute de poche à Brittany. Je vais rester en retrait pour éviter les soupçons. Au moindre signe suspect, tu me fais signe.

Ils se fondèrent tous deux dans la masse de touristes qui fourmillait sur la place. Lorsqu'elle parvint au portique

de sécurité, Brittany vida ses poches et déversa ses effets personnels sur le tapis roulant. En franchissant le portique, le détecteur se mit à sonner et l'agent de sécurité lui signifia de se mettre sur le côté pour un contrôle. Ce dernier s'approcha d'elle, un scanner à la main.

— Écartez les bras.

Brittany s'exécuta. L'homme en surpoids balaya son corps à l'aide du scanner, avant de l'autoriser à disposer. Elle récupéra ses affaires et s'avança d'un pas lent sur le carrelage en damier noir et blanc du narthex. L'air y était particulièrement frais et agréable. Elle leva les yeux sur la voûte qui s'étendait au-dessus d'elle. Un instant suspendu s'étira jusqu'à lui faire oublier la raison de sa présence. L'immensité de la nef et la splendeur des fresques la firent presque tomber à la renverse.

Une fois parvenue au guichet, elle sortit un billet de 20 livres de son portefeuille, qu'elle fit glisser sous la vitre de séparation.

— Pour information, la cathédrale ferme dans vingt minutes, la prévint la vendeuse. Souhaitez-vous tout de même entrer ?

— Oui, merci.

Brittany saisit le ticket d'un geste vif et s'engagea dans le vaisseau central de la nef, l'œil à l'affût.

— Est-ce que tu me reçois ? lança-t-elle, craignant de parler toute seule.

— Affirmatif, répondit Dean d'une voix très claire. Tu es à l'intérieur ?

— Oui. J'avance dans la nef.

— Très bien. Je vais franchir le portique de sécurité.

— Et ton arme ?

— Je vais leur présenter mon insigne, chuchota-t-il, prétextant que j'effectue un simple contrôle de routine. Ça devrait passer.

Dean déposait son Glock de service dans le bac en plastique quand Brittany remarqua que l'agent de sécurité avait une main au-dessus de son holster, prêt à dégainer son arme.

— Pas un geste ! ordonna le garde, braquant maintenant son colt sur Dean.

Son autre main faisait barrage, signifiant au visiteur de ne plus bouger, ce qui provoqua un mouvement de panique. Les quelques touristes qui se trouvaient dans son dos jouaient des coudes pour se frayer un passage vers la sortie.

— C'est un malentendu, attendez... lança Dean avec flegme.

— Les mains derrière la nuque ! brailla le garde.

En ménageant ses gestes, Dean plongea la main à l'intérieur de sa veste.

— Ne bougez pas ! reprit l'agent de sécurité, craignant que le visiteur ne sorte une autre arme.

Ignorant l'avertissement, Dean s'avança en présentant sa carte de police.

— Je suis l'agent Dean Smith de la Special Branch, se présenta-t-il avec assurance.

Méfiant, l'agent de sécurité recula d'abord d'un pas, se figea un instant, puis s'approcha du document pour y jeter un œil. Celui-ci resta bouche bée lorsqu'il reconnut l'insigne du Metropolitan Police Service. L'homme sur la photo était bien celui qui se tenait en face de lui : le visage carré et les cheveux en brosse, les yeux bruns et le front marqué de rides. Il invita le visiteur à traverser le portique.

Dean emprunta l'allée sud de la nef pour évoluer en toute discrétion.

— Je suis désolé pour hier soir, vraiment, fit-il dans le micro de l'oreillette.

Brittany resta de marbre.

— Tu savais que l'enterrement de Winston Churchill avait eu lieu ici ?

— C'est ça, change de sujet.

Au niveau de la croisée du transept, alors qu'elle faisait face à l'autel, Brittany remarqua qu'un individu habillé en noir se tenait immobile sous la chaire du prêtre. L'inconnu regardait droit dans sa direction, comme s'il la fixait. Elle hésita à dévier son regard vers autre chose, mais l'expression du visage de l'homme se montrait particulièrement insistante.

Mon rendez-vous.

— Je suis prêt à me rattraper, reprit Dean. Annabel's, ce soir, qu'est-ce que t'en dis ? Je sais que tu adores ce restaurant.

C'était effectivement l'une de ses adresses préférées à Mayfair. Certes, ce n'était pas tout près de chez elle, mais qui sait, Dean lui proposerait sans doute de la ramener, ou de rentrer directement chez lui.

Comme une invitation, l'homme en noir se déplaça lentement vers les confessionnaux tout en gardant le regard porté sur sa cible. C'est lui ! Brittany en avait maintenant le cœur net, il s'agissait bien de l'expéditeur de l'e-mail.

La voix de Dean se manifesta à nouveau dans le creux de son oreille, mais d'un coup beaucoup moins claire.

— Brittany chérie, dit-il d'une voix chantante. Alors, c'est oui ou c'est non ?

Elle avait décidé de le laisser mijoter. Elle s'engagea entre les bancs de bois tout en gardant l'inconnu à distance.

— Ce que tu peux être susceptible, renchérit-il dans son oreille. Je te rappelle que si je suis là, c'est uniquement parce que tu me l'as demandé.

Là-dessus, Dean remarqua que Brittany avait les yeux rivés sur quelque chose qu'il avait peine à discerner.

Quelque chose qui se cachait derrière les larges colonnes de soutènement du transept, au côté opposé du sien.

— Qu'est-ce qui se passe ? demanda-t-il en scrutant les lieux, l'oreille aux aguets.

La voyant immobile, il comprit que Brittany ne pouvait pas répondre. Son contact se trouvait quelque part dans le périmètre. L'homme était sûrement armé et la tenait en joue, ce qui expliquait son mutisme.

Dean passa discrètement sous le grand orgue. Décidé à intervenir, il pointa son arme droit devant lui et s'élança d'un bond sous l'immense dôme. Mais Brittany n'était déjà plus là. Elle traversait à présent le déambulatoire nord, suivant l'homme en noir qui la guidait comme un berger.

Au bout de quelques mètres, l'inconnu pénétra dans la loge centrale et referma la porte de bois sans un bruit. Elle accéléra instinctivement le pas et entra à son tour dans l'une des deux loges latérales encadrant le compartiment central du confessionnal. Sa tête était lourde, son sang battait à ses tempes. À contrecœur, elle tira le rideau de l'isoloir derrière elle. Un agenouilloir se présentait à ses pieds. Elle y déposa ses deux genoux comme un pénitent. L'homme en noir ouvrit le portillon positionné derrière le grillage qui les séparait. Au travers, Brittany ne percevait qu'une silhouette tapie dans l'obscurité. Elle nota qu'une croix christique se tenait à quelques centimètres au-dessus de sa tête. L'envie lui prit de faire une prière.

— Que voulez-vous ? eut-elle l'audace de demander.

— Pour le bien de tous, retirez votre oreillette, répondit l'inconnu à mi-voix.

Chapitre 18

NEW YORK

12 juillet 2017

Titanpointe, Manhattan

Albert Fuchs fixait intensément le signal de ses yeux fatigués. Il s'était donné pour mission d'établir l'itinéraire du Professeur Braguine en se basant sur les déplacements de son téléphone portable. De cette façon, l'armée américaine pourrait intervenir à tout moment.

En réprimant un bâillement, le visage de l'espion se contracta en une vilaine grimace. Il se tapota les joues pour ne pas s'assoupir. Les deux nuits précédentes, il avait lu les premiers chapitres de NIBIRU jusqu'à en tomber d'épuisement, ses lunettes au bout du nez, la lampe de chevet allumée jusqu'au petit matin. Le réveil semblait chaque fois avoir sonné au moment où il s'était endormi.

J'ai vraiment besoin de vacances, songea-t-il en faisant couler quelques gouttes de collyre hydratant sur ses pupilles.

Au moment où il sortait son déjeuner de sa sacoche, son portable se mit à vibrer. C'était un message de sa fille, Ariane, auquel il s'empressa de répondre :

Ariane : Je suis dans le quartier ce soir, tu veux qu'on mange un bout ensemble ? Bises !

Albert Fuchs : Bonjour ma chérie. J'ai beaucoup à faire au bureau... désolé. Je te promets qu'on se voit bientôt.

À vrai dire, Fuchs ne comptait pas rentrer chez lui, il passerait la nuit à Titanpointe, sur le canapé de son bureau, et garderait un œil sur le professeur tout au long de la nuit.

Une fois le message envoyé, il porta à nouveau son regard sur le livre qui était ouvert devant lui. Jusque-là, l'étude traitait d'une civilisation avancée habitant une planète située aux confins de notre Système solaire, que les Sumériens caractérisaient comme une « demeure céleste », un « lieu de pureté » habité par des êtres évolués venus sur Terre pour en faire leur lieu de résidence. Ce berceau supposé se trouverait à des distances fantastiques de la terre, bien au-delà de Neptune, ce qui exigerait un nombre considérable d'années de périple à la vitesse de la lumière pour la ralliée. L'astronomie babylonienne nommait ce corps céleste Nibiru, la douzième planète du Système solaire. Une ancienne tablette d'argile traduite par le professeur la décrivait de la façon suivante :

Nibiru est une planète qui rayonne d'un éclat rouge. Elle décrit une ellipse autour du Soleil. Sur une partie de son orbite elle est plongée dans le froid, sur une autre partie elle est violemment réchauffée par les rayons du Soleil. Une épaisse atmosphère l'enveloppe, constamment nourrie par des éruptions volcaniques. Cette atmosphère permet à la vie d'exister, sans elle il n'y aurait que mort. Elle donne naissance à la pluie, créant lacs et ruisseaux.

Fuchs essayait de concilier ce qu'il lisait à ce qu'il savait sur la planète X. Pas plus tard que la veille, il avait lu dans le NY Times qu'un professeur de science planétaire à Caltech proposait une planète massive, entre cinq et dix fois la taille de la Terre, blottie dans les confins de notre Système solaire et dont la période orbitale était de 3 600 ans.

Mais les théories remontaient à bien plus longtemps. Déjà en 1840, le mathématicien français Urbain Le Verrier utilisait la mécanique newtonienne pour analyser les

perturbations relevées sur l'orbite d'Uranus, et soutenait l'hypothèse qu'elles soient causées par l'attraction gravitationnelle d'une planète n'ayant pas encore été découverte. Le Verrier trouva Neptune six ans plus tard, seulement quelques légers écarts demeuraient dans l'orbite de ces géantes gazeuses, signifiant l'existence d'une planète orbitant au-delà de Neptune.

Soixante-cinq ans plus tard, Percival Lowell, un homme d'affaires et astronome américain, revenait sur l'existence d'une planète supplémentaire à notre Système solaire. Ce dernier était persuadé de trouver une hypothétique « planète X », soit une neuvième planète à l'origine des anomalies dans les mouvements apparents d'Uranus et Neptune. Lowell mourra à l'âge de 61 ans, sans jamais poser les yeux sur ce monstre fantôme, mais faisant don de sa fortune à son observatoire pour continuer les recherches sur cette insaisissable planète.

Et puis, en 1930, un jeune astronome découvrait Pluton, longtemps considéré comme étant la planète X. Il s'avéra que ce nouvel objet n'était pas ce que Le Verrier et Lowell recherchaient, car la masse de Pluton n'était pas assez grande pour éloigner Neptume et Uranus de leurs positions respectives.

Nibiru pouvait-elle être la présumée planète X ? C'est la question que Fuchs se posait depuis des heures.

Une série d'images gravées sur des cylindres-sceaux figurait sur la page qu'il avait sous les yeux. Chacune d'elles représentait une déité du ciel qui étendait ses rayons à onze plus petits corps célestes. Fuchs comprit qu'il s'agissait de la représentation du soleil autour duquel gravitaient onze planètes. Malgré tous ses efforts de réflexion, il ne comprenait absolument pas d'où sortait ce nombre. Pluton aillant été rétrogradée en planète naine en 2006 par l'Union astronomique internationale, notre Système

solaire ne comptait plus que huit membres.

Fuchs entreprit d'énumérer les astres en comptant sur ses doigts, prenant en compte la lune comme les Sumériens le faisaient, et remit Pluton dans la course : Mercure, Vénus, la Terre, la Lune, Mars, Jupiter, Saturne, Uranus, Neptune, Pluton et… Nibiru.

Cela donnait onze planètes, et non douze. J'oublie le soleil !

Fuchs y voyait maintenant plus clair ; pour les Sumériens, le vocable mulmul « Système solaire » désignait le groupe comme un tout, « le corps céleste qui comprend tous les corps célestes ». Naturellement, le soleil en faisait partie !

Naphar 12 shere-mesh ha.la sha kakkab.lu sha sin u Shamash ina libbi ittiqu

En tout, 12 membres auxquels appartiennent la Lune et le Soleil, et où orbitent les planètes.

Il relut cette phrase à deux reprises, puis jeta un coup d'œil à sa montre. Il était midi passé. Il s'attarda un instant sur le nombre douze du cadran du boîtier, le regard brillant d'une ferveur mystique. Ce n'était pas pour rien que l'on comptait douze heures doubles dans un jour, douze mois dans l'année, dont la division avait été calquée sur les douze dieux de l'Olympe. Ces douze mois correspondaient d'ailleurs très étroitement aux douze signes du zodiaque.

Fuchs rassembla encore ses connaissances. Il savait que les apôtres de Jésus étaient au nombre de douze, tout comme le nombre des travaux d'Hercule, des tribus d'Israël, des premières lois romaines écrites et encore, du nombre d'étoiles sur la couronne de la Vierge Marie. Tant de concepts aillants pour origine les douze corps célestes du Système solaire. Fuchs n'avait plus aucun doute : dans l'Ancien Monde, le nombre douze était porteur de nombreux symboles. Pris au jeu, il s'amusa

à chercher d'autres correspondances. Il savait qu'aux États-Unis douze personnes étaient payées pour siéger dans un jury lors des procès de crimes. Aussi, que le drapeau européen comptait douze étoiles placées en cercle alors que l'Union européenne était composée de 28 États membres.

Pourquoi 12 ? Une simple recherche internet permit à Fuchs de trouver l'explication de ce choix : en 1950, le Conseil de l'Europe alors composé de six états fondateurs, cherchait un symbole pour le représenter. Un certain Arsène Heitz, agent au service courrier au Conseil de l'Europe et artiste peintre strasbourgeois, s'inspira d'une médaille porte-bonheur en vente chez les petites sœurs de Saint-Vincent-de-Paul, une institution religieuse catholique. Se gardant bien de révéler la source de son inspiration, Heitz proposa un drapeau bleu sur lequel figuraient les 12 étoiles de la médaille miraculeuse. Le drapeau devint l'emblème du Conseil de l'Europe le 8 décembre 1955, jour de la fête de l'immaculée Conception. Trente ans plus tard, les chefs des États membres adoptèrent officiellement le drapeau pour représenter les Communautés européennes. Après le décès d'Arsène Heitz, on trouva dans une revue belge confidentielle, Magnificat, un témoignage rapportant qu'il se disait très fier que le drapeau Européen soit celui de Notre-Dame, la Vierge Marie.

Fuchs retira ses lunettes de vue et bascula la tête en arrière dans un profond soupir. Il fit couler deux gouttes de collyre dans chacun de ses yeux et cligna plusieurs fois des paupières pour répandre le liquide. La sensation qu'il éprouvait était très réconfortante.

Son téléphone portable vibra à nouveau. Ariane lui avait répondu.

Il empoigna l'appareil. Sa vision était encore floue. La

lumière bleue de l'écran semblait l'aveugler davantage. Il lui fallut patienter quelques instants avant de découvrir ce qui était écrit.

Pas cool… Pour une fois que je suis là et que tu n'as pas à te déplacer…

C'est vrai qu'il ne voyait Ariane qu'à de rares occasions, très rares même, seulement jouer le rôle de père ne lui était pas familier. La petite fille qu'il n'avait pas vu grandir était devenue une jeune femme. Ariane vivait à Greenwich Village, qu'elle aimait appeler The Village comme la plupart des New-Yorkais, dans un appartement situé dans une maison en grès rouge, sur Perry Street. Fuchs avait donné un ordre permanent à sa banque pour payer le loyer. Il voyait peu sa fille, mais au moins, il savait qu'elle était en sécurité. Il avait récemment découvert sur Facebook qu'Ariane avait un petit copain. Un certain Gary, apparemment le batteur de Dark Troopers, le groupe de heavy metal pour lequel Ariane grattait sa guitare et chantait. De nombreuses photos les montraient tous les deux, une bière à la main, un bras autour du cou, elle tenant fièrement sa Stratocaster et lui ses battes, les mains en cornes du diable. Ariane arborait chaque fois un visage souriant et épanoui.

Si elle est heureuse, tant mieux…

Fuchs relut le message de sa fille. Du moins, les deux premiers mots : « Pas cool… ».

Résolu à passer un moment avec elle, il empoigna son téléphone portable. Il se donnait jusqu'à 21 heures, avant de regagner Titanpointe.

J'ai réussi à me libérer. Si c'est toujours OK pour toi, on peut se retrouver chez Daniel. 19 heures ?

La grande question était : qu'allait-il bien pouvoir trouver à dire à sa fille ? Que sa radio était encore

branchée sur les années 2000 ? Que son transit intestinal fonctionnait au ralenti ? Qu'il passait ses jeudis soir dans un salon de massage thaï à papoter avec des filles qui parlaient à peine anglais ? En sa qualité d'agent-secret, Fuchs était tenu par le secret professionnel ; à part transmettre des informations sensibles à divers organismes gouvernementaux, il n'avait pas grand-chose à raconter. C'est pourquoi il laisserait parler Ariane. Elle aurait sûrement des tas de choses à lui raconter à propos de son copain, de son groupe de rock, de la vie nocturne de The Village…

Tu manges tôt ! Mais ok :) À toute !

En portant son regard sur la photo scotchée au cadre de l'écran de son moniteur, Fuchs libéra de son visage crispé un léger sourire. Ariane se tenait devant sa première voiture, une Chevrolet Silverado qu'il lui avait offert pour ses seize ans, alors qu'elle venait juste d'obtenir son permis. Il pencha à nouveau sa tête sur l'étude du Professeur Braguine. Son regard s'arrêta sur un mot qui l'intriguait tout particulièrement : Anunnaki.

Alors que la Genèse emploie le mot *Nephilim* pour désigner les anges déchus, les tablettes sumériennes employaient le terme AN.UNNAK.KI, plusieurs milliers d'années avant les Saintes Ecritures. Fuchs en lut la traduction à voix haute : « Ceux qui des Cieux vinrent sur la Terre ». D'après lui, la signification de ce mot ne pouvait être interprétée de façon littérale, et pourtant, si les Sumériens se montraient clairs sur un point, c'était bien celui-ci : les Anunnaki venus sur Terre depuis Nibiru étaient faits de chair et de sang, on parlait d'une population qui labourait la terre et élevait des créatures à quatre pattes, qui vivait dans les montagnes et dans les vallées. Hommes et femmes s'unissaient par les liens du mariage, comme nous autres sur terre. Une lignée pure par la loi comme par

le sang fondait la dynastie royale qui régnait sur ce peuple.

Fuchs avait l'impression de lire un nouvel opus de la saga Star Wars. Comment discerner le réel de l'imaginaire ? Lorsqu'il pensait aux extraterrestres, il songeait automatiquement à l'affaire Roswell, sans penser une seconde que les petits hommes verts puissent nous ressembler. Pourtant, et Fuchs le savait, sur toutes les illustrations anciennes mêlant des hommes et des dieux cette ressemblance physique était frappante. Même la Genèse rapportait que le Dieu des anciens Hébreux et ses émissaires ressemblaient à des hommes que l'on pouvait regarder en face, et au côté de qui on pouvait se battre. Ils étaient pourvus de bras, de jambes, d'une tête et de pieds.

Si ces êtres avaient véritablement existé, s'interrogeait Fuchs, qu'est-ce qui les aurait poussés à venir sur terre ? Quelle était leur véritable motivation ? Tant de questions que l'espion s'était posées durant la nuit et auxquelles il avait finalement trouvé réponses : les Anunnaki étaient venus chercher de l'or.

Chapitre 19

MOSSOUL

12 juillet 2017

Dans la vieille ville

Les ruelles de la vieille ville étant trop étroites pour circuler avec les engins, les soldats de l'ISOF poursuivirent la route à pied, encadrant de près le professeur, Kate, Hasan et le petit Mehdi. Le caporal Hadi, qui était en tête de file, exécutait le protocole en longeant les habitations pour éviter que les djihadistes ne les prennent en chasse. Sa progression était lente et périlleuse.

– Continuez d'avancer, ne vous retournez pas ! ordonna-t-il sèchement en tirant des balles à chaque croisement de rue.

À l'étroit sous son casque, Kate se traînait d'affreux maux de tête. Malgré les directives, elle ne pouvait s'empêcher de regarder autour d'elle. Des visages intrigués se devinaient aux fenêtres, des enfants levaient la main pour les saluer.

– La guerre est terminée ? lança une voix derrière les murs.

Si les militaires étaient là, c'est que la libération du quartier était proche et que les civils pourraient bientôt sortir de chez eux, retrouver une vie normale.

Dans l'embrasure d'un portail, un père et sa fille saluaient les soldats, quand des tirs de Kalashnikov se firent entendre. Une poche de résistance les avait en vue. En une fraction de temps, des éclats de balles vinrent cribler les murs et la tôle. Une cadence de tir beaucoup trop

importante pour un fusil d'assaut, mais plutôt d'une arme automatique de type mitrailleuse.

— À couvert ! hurla le caporal Hadi en se déportant de l'autre côté de la rue.

Tandis que Kate courrait pour le rejoindre, une seconde rafale manqua de lui arracher l'épaule. Derrière elle, le professeur allongeait le pas pour gagner le trottoir au plus vite. Le soldat qui l'escortait se mit à tirer des balles au ciel pour effrayer l'ennemi. Affolé, le vieil homme se jeta au sol et s'immobilisa, les bras ramenés sur sa tête, sa canne fermement agrippée contre lui. Dans un geste brusque, le soldat le saisit par la manche et le redressa d'un coup sur ses jambes.

— Vous devez rester en mouvement, c'est impératif ! tempêta-t-il. Avancez !

La situation prenait une tournure désespérée. Kate dérapa malencontreusement sur une bâche en plastique qui la projeta en avant. Elle se retint de justesse au pied d'une antenne satellite quand un bruit sourd se fit entendre, celui d'un objet tombé du ciel. En se retournant, elle aperçut un obus rouler lentement dans sa direction. Un tir de mortier ! Elle n'avait que quelques secondes pour réagir, et eut pour seul réflexe de repousser la chose d'un coup de pied maladroit. L'obus dévala la pente, roulant d'un trait sous le bulldozer. Après un court instant, la munition explosa et le véhicule prit feu. Soufflée par l'onde de choc, elle eut un mouvement de recul et couvrit instinctivement son visage brûlant avec ses mains. Lorsqu'elle dégagea enfin ses bras pour regarder devant elle, une gigantesque vague de poussière la submergea.

— Madame Kate, attention !

Encadré par deux soldats, le petit Mehdi désignait quelque chose du doigt. Kate tourna aussitôt la tête. Malgré la poussière, elle aperçut distinctement au-dessus d'elle

une sorte de balle noire décrivant une courbe. Elle crut un instant que la chose s'était stoppée en vol, mais celle-ci grossissait à vue d'œil. Une grenade ! Kate n'eut pas le temps de grand-chose, si ce n'est de plaquer ses mains sur ses oreilles une demi-seconde avant que le sous-lieutenant de l'unité ne la pousse à travers un rideau, déterminé à la mettre à l'abri. Elle tomba à terre de l'autre côté, son casque heurtant intensivement le sol. Une odeur fétide lui emplit les narines alors qu'elle se redressait pour reprendre son souffle. Sur le qui-vive, elle chercha parmi les étalages un endroit où se réfugier, puis elle se mit à ramper. Des pommes de terre et des oignons lui tombèrent dessus en cascade, avant qu'un faisceau lumineux ne l'éblouisse et qu'elle n'aperçoive le soldat se ruer sur elle. Kate se voyait déjà mourir.

L'explosion emporta une partie du mur de l'échoppe, plongeant l'espace dans un nuage de cendres. Lorsqu'elle rouvrit les yeux, c'est à peine si Kate pouvait apercevoir ses propres mains. En les approchant de son visage, elle se rendit compte que ses doigts étaient tachés de sang. Elle se palpa le corps pour vérifier si elle allait bien, si elle était entière. À sa grande surprise, le sang qui s'écoulait sur le sol n'était pas le sien. Les éclats métalliques libérés par la grenade avaient touché le jeune officier à la jambe. Kate s'approcha de lui pour l'aider. En le regardant de plus près, elle réalisa qu'il n'avait pas la vingtaine.

— Vous pouvez vous lever ? demanda-t-elle, les mains tremblantes.

Le jeune homme ne répondit pas. Il ne devait pas parler anglais.

Comme il se dressait sur ses jambes, une rafale de balles transperça le rideau de plein fouet, envoyant valser des bribes de fibre textile. Kate rampa vers le fond de l'échoppe et se protégea le visage avec sa sacoche. Sans crier gare, le

jeune soldat flanqua une cartouche dans son chargeur et brandit son fusil au dehors de l'abri. Il appuya sur la détente en balançant son arme de droite à gauche. Après une série de tirs aléatoires, il s'adossa contre le mur et reprit sa respiration. Kate comprit qu'il agissait par instinct. Elle se hissa jusqu'à lui avec ses coudes et ramassa une plaque de verre sur le sol qu'elle utilisa comme miroir pour regarder à l'extérieur ; un homme était à terre, son corps gisant dans une mare de sang.

Kate ne sentait plus ses jambes. Elle s'efforça d'atteindre la sortie tout en restant cachée derrière le jeune homme. Muni d'un couteau de poche, ce dernier découpa les habits du djihadiste qu'il venait d'abattre pour s'assurer qu'il ne portait aucune ceinture d'explosif. Après quoi, ils enjambèrent le cadavre et coururent jusqu'à l'intersection suivante.

Le soldat fit signe à Kate d'entrer dans l'une des maisons situées sur la droite. Les cloisons avaient été percées par les troupes d'élites de la Division d'Or pour faciliter les déplacements dans la vieille ville. Ils s'introduisirent à l'intérieur, traversèrent des pièces sens dessus dessous, enjambèrent les décombres des murs pour passer d'une maison à l'autre. Au terme de nombreux détours, ils débouchèrent sur une cour intérieure couverte de plaques ondulées transparentes qui laissaient pénétrer la lumière. Là, un homme enrubanné préparait du pain dans un four improvisé avec les moyens du bord. Kate fut surprise par son indifférence, comme si cette guerre n'avait aucun impact sur lui.

L'après-midi fraîchissait déjà quand elle arriva au poste de stabilisation. Elle retira son casque et secoua nerveusement ses cheveux. Dans une pièce attenante à la cour, des matelas crasseux étaient posés à même le sol. Sur l'un d'eux, parfaitement calme et silencieux, le petit Mehdi

mangeait du pain avec un fond d'huile d'olive. Lorsqu'il vit la conservatrice traverser l'ouverture béante du mur, il se leva et courut vers elle. Kate le serra fort, heureuse de le trouver en vie. Le garçon lui offrit avec une générosité manifeste le pain qui lui restait. Elle refusa d'un signe de tête, trop pressée de savoir comment allait le journaliste.

– Où est monsieur Evans ? Est-ce qu'il va bien ?

En posant ces questions, Kate entendit des voix venir d'une pièce voilée par un rideau. Un bruit suraigu, électrique, se répétait par intermittence.

– Son cœur s'est arrêté, sanglota Mehdi en gardant sa tête plongée dans les bras de la conservatrice. Ses yeux sont noirs et secs comme ceux d'un mort.

En arrivant au poste de stabilisation, le cœur de Greg s'était mis à battre à plus de 300 pulsations par minute avant de s'arrêter. Les médecins lui avaient administré une injection d'adrénaline avant de procéder à une tentative de réanimation. Ses chances de survie étaient quasiment nulles…

Kate se hâta vers l'autre pièce, sentant la transpiration ruisseler sous ses vêtements. Un bloc opératoire et un espace de réanimation étaient aménagés entre quatre murs. Le personnel médico-hospitalier comptait un chirurgien viscéraliste et un anesthésiste réanimateur, tous deux avaient une arme dans un étui à la ceinture et portaient des pantalons de treillis avec des tuniques médicales.

Ce minuscule poste médicalisé ne pouvait recevoir que deux blessés à la fois. Heureusement, Greg en faisait partie. Il était allongé sur un lit d'hôpital, le corps recouvert d'un drap turquoise, un bras relié à une poche de soluté.

Le réanimateur envoya un nouveau choc électrique. Sans succès. L'écran de contrôle affichait un graphique parfaitement rectiligne.

Le chirurgien s'approcha de Kate avec des documents à

signer.

— C'est sans espoir, lui lança-t-il à travers son masque. Cet homme est cliniquement mort, je le crains. Nous allons devoir le débrancher... Je vous demanderais de bien vouloir signer ces papiers. Vous êtes sa femme ?

Kate porta son regard sur les documents. Il s'agissait là de faire don des organes du journaliste à cinq enfants malades en attente de donneurs. La conservatrice arbora une expression empreinte de stupeur.

— Vous ne pouvez pas l'abandonner ! objecta-t-elle en mettant un pied dans la salle. Vous n'avez pas le droit !

— Son cœur ne bat plus depuis dix minutes... c'est le protocole. D'autres blessés attendent d'être pris en charge.

Kate laissa tomber les feuilles sur le sol. Elle s'approcha de Greg, dont les yeux étaient inanimés. Son corps entier semblait vide de toute énergie et son visage était détendu, comme libéré. Elle fondit en larme et s'agenouilla au bord du lit. Le réanimateur déposa une main sur son épaule en guise en compassion.

— Je suis désolé, dit-il.

Le médecin s'apprêtait à débrancher le corps quand Kate aperçut une légère oscillation sur le tracé de l'électrocardiographe. Elle crut d'abord que c'était une invention de son esprit, avant de se rendre compte que la courbe venait véritablement d'onduler sous ses yeux. Elle releva brutalement la tête.

— Il est vivant ! s'écria-t-elle.

L'homme en tunique bleue suspendit son geste et observa la victime. La main gauche du journaliste tremblotait légèrement. « C'est une simple réaction nerveuse due à... » Mais l'appareil venait d'émettre un « bip » sonore, ce qui signifiait que l'activité électrique du cœur du journaliste avait repris.

— Je vais procéder à une nouvelle impulsion électrique,

déclara-t-il. Il faut faire vite ! Sortez !

Mais Kate demeura à sa place. C'est à peine si elle avait entendu l'ordre qu'on venait de lui donner. Sans plus attendre, le réanimateur disposa deux palettes recouvertes d'un gel conducteur sur le buste du journaliste. Kate s'approcha d'un pas, les yeux rivés sur les gestes du médecin. Elle aurait tant voulu tenir la main de Greg pour lui faire sentir sa présence.

Le choc électrique secoua violemment le corps et la courbe sur l'écran se mit à osciller de manière anarchique. L'électrocardioscope affichait maintenant 202 pulsations par minute. Les deux médecins parlaient d'un nouveau risque de fibrillation ventriculaire susceptible de lui causer une mort cardiaque subite. Kate était dans tous ses états, elle ne pouvait rien faire qu'attendre. Le réanimateur administra un second choc électrique et, cette fois-ci, le rythme cardiaque de Greg diminua lentement avant de se stabiliser. Ce n'est qu'après plusieurs secondes que le journaliste ouvrit les yeux. Ses iris reprirent leur couleur brune et de petites taches blanches se mirent à scintiller comme des paillettes. Il prit une grande bouffée d'air comme s'il revenait des abysses, puis il tenta de se redresser en prenant appui sur ses bras. À court de forces, il s'effondra.

— Où est-ce que je suis ? parvint-il à articuler.

— En sécurité, répondit Kate en lui tenant fermement la main.

Greg semblait ne rien entendre. Il se frottait les yeux, essayant tant bien que mal de recouvrer ses esprits.

— Que s'est-il passé ?

Pour ne pas le brusquer, Kate patienta quelques instants avant de répondre.

— Votre cœur s'est remis à battre, c'est un miracle !

Le journaliste la fixait d'un air ébahi.

– Qu'y a-t-il ? demanda-t-elle, gênée par le regard transperçant qu'on lui infligeait.

– Je vous ai vue. Vous étiez là.

Chapitre 20

LONDRES

9 juillet 2017

Cathédrale Saint-Paul

Brittany glissa son oreillette dans l'une des poches de sa veste. Elle n'avait à présent plus aucune liaison directe avec Dean. Comment l'avertirait-elle en cas de problème ? Le rideau noir qu'elle venait de refermer derrière elle l'empêchait d'entrevoir quoi que ce soit au-dehors. Dean veillait sur sa sécurité, c'était certain, il devait être caché dans un recoin de la cathédrale, prêt à intervenir.

Tout ira bien, calme toi. Ça va aller...

S'accommodant à l'obscurité, ses yeux discernèrent peu à peu les contours du visage de l'homme qui se tenait de l'autre côté de la grille. Ce dernier était de profil. Son nez busqué et son menton court lui donnaient un air autoritaire.

— Ce que je m'apprête à vous dire, officier Brown, ne doit pas sortir de ce confessionnal.

La voix de l'homme fit frémir Brittany jusque dans ses cheveux.

— Je vous écoute, répliqua-t-elle d'une voix blanche.

L'homme semblait réfléchir à la manière dont il allait amorcer le sujet.

— Comme vous avez pu le constater sur la photographie que je vous ai fait parvenir, une organisation terroriste prépare un attentat de grande ampleur et parfaitement coordonné sur Thames House.

— Comment ces informations vous sont-elles parvenues ? Et puis d'abord, qui êtes-vous ? lança Brittany pour le sonder.

Mais l'homme était sur la retenue.

— Tout ceci est confidentiel. Je ne joue ici qu'un rôle d'intermédiaire.

— Dans ce cas, qui vous envoie ?

— Encore une fois, officier Brown, tout ceci est confidentiel. Ce que je vous demande, c'est d'écouter attentivement ce que j'ai à vous dire. Notre temps est compté, je le crains.

Brittany était septique. Les propos de l'homme semblaient trop vagues pour être pris au sérieux.

— Puisque cette affaire concerne Thames House, pourquoi le MI5 n'en est pas informé ?

— C'est justement ce que je suis en train de faire, officier Brown.

Brittany demeura muette d'étonnement.

— Très bien, reprit-elle, le cœur serré. Dans ce cas, que revendiquent ces gens au juste ?

— Je vais y venir, dit l'homme d'un ton glacial. Cette affaire concerne un objet des collections du British Museum.

L'agenouilloir sur lequel Brittany prenait appui lui procurait une douleur qui lui montait des genoux.

Cet homme cherche à m'utiliser…

— Le British Museum abrite pas moins de 8'000'000 d'objets, reprit-elle, dont 50'000 seulement sont en exposition. J'espère au moins que vous savez ce que vous… ou plutôt… ce que ces gens cherchent.

— En effet, poursuivit l'homme sans bouger d'un cil. Il s'agit d'une tablette babylonienne du Département du Moyen-Orient classé parmi les archives du musée. Sa référence est NB-6.

Brittany eut un court moment de réflexion. Cela ne lui disait rien du tout.

— Qu'attendez-vous de moi, au juste ? demanda-t-elle, appréhendant la réponse.

L'homme se racla la gorge.

— Eh bien, on m'a dit que vous étiez une bonne amie de Sarah Johnson.

Brittany avait rencontré la directrice du British Museum lors du mariage d'une amie au Savoy. C'était au début du printemps. La cérémonie avait rassemblé pas moins de cent convives de haut rang : avocats, promoteurs, créanciers, tous ceux qui faisaient la pluie et le beau temps à Londres s'étaient réunis dans l'une des plus belles salles de réception du palace. Sarah Johnson et elle avaient conversé tout le long du repas de noces dans la salle River, avant de se lever pour danser. Leur passion commune pour les estampes de grands maîtres avait scellé un fort lien d'amitié entre elles. Au sortir du dîner, les deux femmes échangèrent leurs cartes et encore quelques rires. Sarah Johnson lui écrirait bientôt. Brittany s'en était réjouie. Elle avait passé un agréable moment, d'autant que depuis sa chaise elle avait vue sur les espaces verdoyants des Embankment Gardens et la Tamise au-delà, une soirée de rêve pour celle qui aimait profondément sa ville.

Brittany réfléchissait ; cet homme devait la surveiller depuis un moment sans qu'elle n'ait rien remarqué. Maintenant qu'elle était prise en étau, elle allait devoir coopérer.

— Pourquoi devrais-je vous faire confiance ? demanda-t-elle pour le déstabiliser.

Mais l'homme resta impassible.

— Pour deux raisons. La première : parce que la camionnette blanche qui est entrée à Thames House avant vous ce matin transportait une charge hautement

explosive. Le compte à rebours est déjà lancé.

Brittany se revoyait descendre la rampe du parking à moto. L'image de la camionnette et du feu arrière endommagé était encore bien fraîche dans son esprit.

— La deuxième : parce que vous ne seriez jamais venue jusqu'ici si vous aviez cru à un canular. N'ai-je pas raison ? continua-t-il avec un petit rire sec. Livrez-moi l'objet NB-6 et nous éviterons la catastrophe.

L'agente jeta un regard glacial à l'informateur.

— De combien de temps disposons-nous ? répugna-t-elle à dire.

— De trois jours, à compter d'aujourd'hui.

— Comment saurais-je où vous trouver ?

— Je reprendrai contact avec vous en temps voulu.

L'homme referma le portillon d'un coup sec. La séance était close.

Brittany renfonça son oreillette et décolla ses genoux du petit meuble en bois. Elle s'apprêtait à quitter la loge lorsque le rideau se souleva devant elle. Ses yeux sautèrent immédiatement au plafond. Une silhouette noire, imposante, pointait sur elle un puissant faisceau lumineux. L'homme en uniforme lui demanda de bien vouloir quitter la cathédrale, lui rappelant que celle-ci fermait à 16h30. Prise au dépourvu, Brittany acquiesça d'un signe de tête et quitta l'isoloir, encore aveuglée par la lumière de la lampe torche. En lui indiquant la sortie, l'homme ouvrit la porte de la loge centrale qui émit un léger grincement. On aurait dit qu'elle n'avait pas été ouverte depuis des siècles. La loge était vide. Il n'y avait personne à l'intérieur. Où donc était passé son informateur ? Elle dévia son regard en direction du gardien, observa un instant son visage. Le nez de l'homme ressemblait beaucoup à celui qui venait de disparaître.

Je me fais des idées...

Brittany avait grand besoin de respirer, d'éclaircir ses idées. L'air extérieur l'aiderait à reprendre ses esprits. Sa montre affichait 16h28 quand elle sortit de la cathédrale. Dean l'attendait sur les marches de la façade principale. Son visage s'éclaira de la voir saine et sauve.

– J'ai perdu le signal… l'agent de sécurité m'est tombé dessus.

– Pas le temps de discuter, le coupa-t-elle, le cœur serré par l'urgence de la situation. On fonce chez moi !

– Que s'est-il passé ?

– Je t'expliquerai tout plus tard. On va faire un crochet par Garrick Street, je dois passer chez Waterstones acheter un livre.

– Acheter un livre ! ? Tu te paies ma tête, c'est ça ?

– Fais ce que je te dis. En route !

Chapitre 21

NEW YORK

12 juillet 2017

Upper East Side, Manhattan

Le taxi s'arrêta à l'angle de la 65e et de Park Avenue, face à l'entrée de Chez Daniel. Comme toujours, Albert Fuchs était arrivé cinq minutes avant l'heure. Il poussa la porte tambour et, après s'être annoncé à l'hôtesse, il déboucha sur la salle principale du restaurant dont l'architecture néoclassique lui procura un agréable sentiment de nostalgie. Cette fois-ci, l'espace était garnie de plantes exotiques, pour une atmosphère plus intimiste que de coutume. Fuchs en était ravi, il ne supportait pas qu'on l'observe pendant qu'il mange, ni qu'on puisse l'entendre parler. Il avait réservé une table ronde pour deux personnes dont l'emplacement lui semblait idéal : deux hauts strelitzias cachaient les tables des autres clients, lui et sa fille pourraient dîner au calme et en toute discrétion. Il déposa sa sacoche au pied de sa chaise et commanda au serveur une bouteille d'eau gazeuse, une d'eau plate, et une demi-bouteille de champagne.

Ariane avait déjà neuf minutes de retard. Fuchs prit son téléphone portable pour lui lancer un appel. Sans doute avait-elle oublié leur rendez-vous.

— Salut papa ! s'écria soudain sa fille.

Ariane enlaça tendrement son père, la sonnerie de son portable retentissait dans sa poche.

— Dis donc, je commençais à m'inquiéter.

— J'ai que dix minutes de retard, rétorqua Ariane en retirant sa veste. Allez, viens me faire un bisou !

Fuchs se leva et l'a pris dans ses bras. Puis il se rassit presque aussi vite.

— Je te sers du champagne ?

— Je suis plutôt bière... mais pourquoi pas.

Ariane fit glisser une coupe vers son père. Elle parcourut du regard la salle qui lui rappelait vaguement quelque chose.

— C'est pas le resto où on venait avec maman quand j'étais petite ?

— Si, elle adorait cet endroit.

Elle se mit à rire.

— Et je mangeais chaque fois des nuggets de poulet avec des frites parce qu'il y avait que ça pour les enfants.

— C'est juste ! fit Fuchs en riant à son tour.

Ariane regarda encore autour d'elle, avant de lever sa coupe de champagne et de la porter vers son père.

— Trinquons à maman, et à tous ces moments passés ici ensemble !

Fuchs éprouva un sentiment de bonheur ; Ariane venait de lui adresser un sourire. Il contemplait non seulement sa fille, mais bien la lumière en elle. Derrière son maquillage gothique, son teint blanc et sa teinture noire, il y avait une âme brillante, pleine d'amour et d'humilité.

— Papa... ?

Fuchs s'était laissé aller dans ses pensées.

— Quoi ?

— C'est quoi ce bouquin ?

— Quel bouquin ?

— Celui que tu as dans ton sac.

Fuchs baissa les yeux sur sa sacoche.

— Un livre que je dois étudier pour le travail.

— Mais tu plaisantes, s'exclama Ariane en gardant la

bouche grande ouverte. Toi, Albert Fuchs, tu te mets à croire ce genre de théorie ?

– Pourquoi tu dis ça ? Tu as déjà entendu parler de ce livre ?

– Oui, je l'ai acheté chez Barnes & Noble lors de la séance de dédicaces de l'auteur, il y a six jours. Depuis sa parution, il y a des milliers de vidéos qui circulent sur youtube. Cette histoire est une véritable révolution !

Ariane allait trop vite pour son père.

– Des vidéos qui parlent de quoi ? s'enquit l'espion. Quelle histoire ?

– L'histoire d'une race extraterrestre qui a créé l'homme par modification génétique, dit Ariane comme une évidence. Les Sumériens les appelaient Anunnaki. Ce sont les fils de Dieu dans la Bible, les anges déchus qui ont épousé les filles des hommes et donné naissance à une race de géants.

Fuchs ne savait pas comment réagir.

– Oui, bien sûr… les fils de Dieu, concéda-t-il en se remémorant un passage de la Genèse qu'il connaissait sur le bout des doigts :

« … les Nephilim [Les géants] étaient sur la Terre en ces temps-là, après que les fils de Dieu furent venus vers les filles des hommes, et qu'elles leur eurent donné des enfants : ce sont ces héros qui furent fameux dans l'Antiquité (Genèse 6 :4) ».

Fuchs eut un petit sourire crispé ; quand il avait sept ans, sa mère l'avait inscrit à l'Institut de l'Assomption à Bruxelles, une école privée catholique où il avait suivi des cours de catéchisme pour découvrir la vie de Jésus-Christ. En étudiant les doctrines de la foi chrétienne, le petit Albert connut Dieu et l'aima. Il se prit de passion pour ce Sauveur à l'amour sans mesure, le seul capable de donner la paix et de délivrer les hommes.

Chacun de nous n'est qu'un pauvre pécheur...

Lorsqu'il se représentait Dieu, le petit Albert imaginait un vieil homme barbu trônant sur un nuage, jugeant inlassablement le comportement des hommes. Bien que Dieu soit un Dieu aimant, il en avait tout de même peur, car, lui avait-on enseigné, si nous ne souffrons pas pour lui ou si nous n'obéissons pas à ses commandements, il nous punira et les portes du paradis nous resteront fermées à jamais.

Après un long moment de réflexion, Fuchs posa à nouveau ses yeux sur sa fille et demanda :

— Tu ne vas pas me dire que tu crois à ces sornettes ?

— Je ne dis pas que c'est vrai, fit valoir Ariane, même si j'aime à croire que c'est le cas. Toujours est-il que c'est à partir de cette croyance sumérienne que tous les autres peuples de l'Antiquité bâtirent leurs religions et leurs dieux.

— Enfin... ma chérie, prends le temps de réfléchir une minute, cette histoire ne peut pas être réelle !

Les yeux d'Ariane s'égarèrent brièvement vers les hauts strelitzias avant qu'elle reprenne la parole.

— Papa, souviens-toi de ce que maman disait à propos du mot « réalité ».

— Ce qui fait partie du royaume... balbutia Fuchs.

Ariane hocha la tête.

— Oui. Tout ce qui ne vient pas du roi, tout ce qui n'est pas mesuré, régulé, n'est pas réel...

L'instant d'après, elle crut entendre la voix de sa mère. Mais c'est bien son père qui répondit.

— Jusqu'à ce que le roi, le gouvernement, ou l'État nous dise qu'une information est réelle, nous n'avons pas affaire à la réalité...

Ariane esquissa un sourire.

— Voilà pourquoi cette histoire te semble dingue,

termina-t-elle.

L'officier supérieur de la NSA se pencha sur sa sacoche et empoigna le livre qu'il déposa sur la nappe blanche de la table.

– Tu vas peut-être pouvoir m'aider, lança-t-il en parcourant les pages.

Ariane n'en revenait toujours pas ; son père, l'homme le plus prosaïque du monde à ses yeux, s'intéressait de près à l'une des plus grandes énigmes de tous les temps : la Création de l'Homme.

– J'ai lu, plus tôt dans la journée, poursuivit Fuchs, que ces Anunnaki comme tu dis, étaient venus chercher de l'or. Sais-tu pourquoi ?

Ariane se redressa sur sa chaise, semblant parfaitement maîtriser le sujet.

– Cette histoire est loin d'être simple, mais je vais essayer de te l'expliquer de façon à ce que tu la comprennes.

Elle but une gorgée de champagne et se racla discrètement la gorge.

– Le Professeur Braguine a traduit des centaines de tablettes cunéiformes, commença-t-elle. Certaines d'entre elles rapportent qu'il y a environ 450 000 ans, l'oxygène manquait sur une planète nommée Nibiru. Un monarque destitué du trône, dont le nom est Alalu, tenta de sauver sa vie à bord d'un vaisseau spatial. Au moment des faits, Nibiru s'approchait du croisement entre Jupiter et Mars. Alalu et ses émissaires se dirigèrent vers la Terre qui n'était plus très loin. Ils traversèrent la ceinture d'astéroïdes en pulvérisant les rochers tourbillonnants à l'aide de missiles, puis s'écrasèrent sur la Terre au bord d'un vaste marécage situé dans la basse Mésopotamie. Alalu sortit de son vaisseau coiffé d'un casque d'aigle et vêtu d'un costume de poisson. Un appareil de contrôle lui indiqua que l'air était respirable, il n'avait donc pas besoin de son casque. Il

s'aventura dans les eaux profondes du marécage muni de son appareil de contrôle, dont les symboles et les chiffres indiquaient la présence d'or dans l'eau. Alalu avait trouvé ce qu'il était venu chercher : le minerai capable de sauver l'atmosphère de sa planète d'origine.

Albert Fuchs fit de son mieux pour masquer ses pensées.

— C'est une bien jolie histoire, je le reconnais. Mais penses-tu vraiment qu'il y a 450 000 ans, des gens étaient capables de voyager dans l'espace avec des vaisseaux spatiaux ?

— Évidemment.

Fuchs posa ses lunettes sur la nappe et se massa les tempes.

— Tu ne crois pas que ce soit possible ? s'étonna Ariane.

Son père mettait de l'ordre dans ses idées.

— Tu sais pourquoi ta mère et moi t'avons appelée Ariane ?

— Oui. Vous suiviez le lancement de la fusée à la télévision et, au moment où elle a pris son envol, je suis née.

— Et tu es née… répéta Fuchs, qui en gardait un souvenir ému.

— Papa, lui lança-t-elle calmement, ce n'est pas parce que nous sommes au tout début de la conquête spatiale, qu'ailleurs, quelque part dans l'univers, il n'y a pas des Êtres en avance sur nous.

Albert Fuchs avait envie d'y croire, rien que pour sa fille, seulement l'éducation qu'il avait reçue l'empêchait d'intégrer ce type d'information. Il ne croyait que ce qu'il voyait et ce qu'on lui avait enseigné.

— As-tu entendu parler du « visage de Mars », papa ? demanda Ariane.

— Le relief martien qui ressemble à une tête humaine ? Oui. C'est ce qu'on appelle une paréidolie, un phénomène

au cours duquel notre cerveau associe une forme familière à une image, comme, par exemple, lorsqu'on voit des formes d'animaux en observant les nuages.

— Ce n'est pas une paréidolie, le contredit aussitôt Ariane. Ce relief martien marque le lieu de la sépulture d'Alalu.

— Je te demande pardon ? fit Fuchs, interdit.

— D'après le Professeur Braguine, les textes sumériens rapportent qu'Alulu est mort sur Mars, qu'un grand rocher fut façonné à son image à l'aide de rayons. Je cite les paroles de la déesse Ninmah : « Que la représentation d'Alalu veille pour toujours sur son ancien royaume de Nibiru et sur la Terre, où il a découvert l'or ». Le corps d'Alalu a été enseveli sous le « visage de Mars », dans une caverne dont l'entrée a été scellée avec des pierres.

Son père lui lança une nouvelle fois ce regard méfiant et désemparé.

— Et que faisait cet individu sur Mars, explique-moi ?

Ariane s'empressa de répondre.

— Après qu'Alalu eut communiqué la découverte de l'or à Nibiru, Enki, son beau-fils, fut désigné par le Conseil Royal pour aller vérifier sur place. Ce dernier s'envola pour la Terre à bord d'un vaisseau en compagnie d'un groupe de cinquante Anunnaki. Ils firent d'abord halte sur Lahmu, Mars aujourd'hui, pour recharger les réservoirs du vaisseau avant d'amerrir finalement dans la mer d'Arabie, au large du golfe Persique. Ils gagnèrent ensuite le rivage et retrouvèrent Alalu. Une querelle de pouvoir eut lieu et Alalu fut condamné à l'exil sur Mars, où il trouva la mort. Le Professeur Braguine cite Anu, le roi de Nibiru et père biologique d'Enki : « Nous tournerons autour de la planète Lahmu et débarquerons Alalu dans une chambre céleste. Qu'il se retrouve seul sur une planète étrangère, à compter les jours jusqu'à son dernier. »

Albert Fuchs était muet de stupéfaction. Il but une gorgée d'eau gazeuse pour reprendre contenance. Comme une serveuse passait par là, il leva une main pour lui faire signe. La femme s'approcha immédiatement.

— Vous avez fait votre choix ? demanda-t-elle en arborant un large sourire.

Le restaurant proposait une cuisine européenne raffinée et des grands crus des quatre coins du monde. Ariane commanda le tartare de thon et le bar au panais, Albert le bouillon de canard et le rôti de bœuf.

— Désirez-vous du vin pour accompagner les plats ? poursuivit la serveuse.

Albert lança un regard à Ariane. Sa fille ne semblait pas plus emballée que ça.

— Non merci.

La serveuse ramassa les menus et s'éloigna. Puis, s'assurant qu'elle était loin d'eux, Fuchs reprit :

— J'ai une question à te poser.

Les yeux d'Ariane brillaient de joie à l'idée de l'entendre.

— Partons du postulat qu'une race extraterrestre soit venue sur la terre depuis cette planète excentrée, continua-t-il. Si tu étais cet homme qui a écrit ce livre, et que tu cherchais quelque chose pour prouver cette théorie, que chercherais-tu ?

Ariane prit le temps de réfléchir. Son père ne lui demandait pas souvent son avis. Répondre correctement lui tenait à cœur.

— Je pense que je chercherais Adam, finit-elle par répondre.

Fuchs peinait à faire le lien.

— Qu'est-ce qui te fait dire ça ?

— Eh bien, les Anunnaki filtraient sans relâche les eaux des marais mais ne récoltaient pas assez d'or. Le travail dans les mines se révélant bien trop dur,

une solution fut trouvée par les grands dieux : créer un « travailleur primitif » pour remplacer les mineurs. S'ensuivit une série d'essais et d'erreurs mais, au final, un « modèle parfait d'homme » fut mis au point. Des « Adams » et des « Èves » furent ensuite produits en batteries et assignés aux tâches dures dans les mines. Ces Êtres furent les premiers spécimens d'une nouvelle espèce appelée Homo sapiens : Nous !

À ces mots, Albert Fuchs renversa du champagne sur sa veste.

Chapitre 22

MOSSOUL

12 juillet 2017

Dans la vieille ville

Le feu crépitait dans la nuit depuis des heures. Malgré les tirs qui résonnaient dans le lointain, Kate était comme ensorcelée par le chant vibrant des flammes. Leur ballet hypnotique et rassurant semblait peu à peu lui faire oublier le danger extérieur.

Avant que le soleil ne se couche, le petit Mehdi était monté à bord d'un Humvee avec deux soldats qui s'étaient chargés de le raccompagner au camp Khazer 2, à Hasansham.

Kate tapotait le front de Greg avec une compresse de gaze quand elle se souvint que sa mère avait essayé de la joindre peu de temps après l'explosion. Elle chercha son portable dans ses poches, sans se rappeler où elle l'avait mis. Sa main s'arrêta sur la poche située sur sa poitrine : le talkie-walkie. Aucune trace de son téléphone portable... Kate se palpa le corps et, soudain, elle sentit quelque chose de dur sous sa cuisse ; l'appareil avait glissé dans la doublure de son pantalon. Elle était soulagée, seulement, il était à court de batterie.

— Professeur, puis-je emprunter votre téléphone portable pour appeler ma mère ?

— Ça aurait été avec plaisir, ma chère, mais il n'y a aucun réseau ici.

— Moi j'en ai, déclara Hasan en lui tendant le sien.

En voyant la conservatrice composer le numéro de Sarah Johnson, Nikita Braguine eut soudain l'air préoccupé.

Kate porta l'appareil à son oreille. La tonalité était très faible. La sonnerie semblait venir de l'autre bout du monde.

— Allôôôwwwww... ?

— Maman, c'est moi, c'est Kate !

— Kaaaaate... ?

— Oui, c'est moi, c'est Kate !

— J'ai... essayéééééé... deee... t'appellllerrr...

— Je t'entends très mal. Ici tout va bien, ne t'inquiète pas !

— Tuuuu... es... eeenn... daaaannngeerrrr...

Le visage de Kate se mit aussitôt à pâlir. Elle se retourna vers le journaliste, le professeur et l'archéologue irakien. Puis son regard traversa toute la salle, avant de se poser sur le coffre.

— Tuuuu... m'entennnds... ?

— Oui, tout va très bien, je t'aime maman. Je vais raccrocher, je ne t'entends plus...

Kate referma le clapet du téléphone portable.

— Est-ce que tout va bien ? s'enquit Hasan en la voyant songeuse et immobile.

Kate se tourna vers lui en remettant une mèche de cheveux derrière son oreille.

— Oui, tout va très bien. C'est juste qu'on entend mal avec ce réseau.

— L'essentiel est d'avoir pu entendre votre mère, continua Hasan en lui souriant tendrement.

— Oui, c'est ça ! concéda Kate en retournant s'asseoir auprès de Greg.

Qu'est-ce que sa mère insinuait par là ? se demandait-elle en fixant les flammes. Dans un pays en guerre, il est évident que le danger est omniprésent. Greg avait lui-même vu la mort de ses propres yeux. Elle

en avait eu un aperçu dans un obus et une grenade. Les rafales de tirs dans l'échoppe lui parvenaient encore aux oreilles comme l'écho d'un affreux cauchemar. Quelques heures plus tôt, elle aurait juré ne pas terminer la journée vivante, et là, on lui parlait de danger !

En regardant autour d'elle, elle constata que les soldats n'étaient plus là, qu'Amir non plus, qu'ils étaient seuls. Le crépitement du bois, bien qu'agréable et réconfortant, se mit peu à peu à l'agacer. Elle avait l'impression d'avoir omis quelque chose d'important, de fondamental. Kate sentit sa peau devenir granuleuse, sa nuque se crisper et la peur l'envahir. Son regard s'accrochait à cette chose inconnue qui s'était mise en travers de leur chemin et qui semblait lentement absorber l'esprit des deux hommes.

– Attendez ! ! ! s'écria-t-elle, alors que l'archéologue et le professeur s'apprêtaient à soulever le couvercle du coffre.

Chapitre 23

LONDRES

9 juillet 2017

Covent Garden
17h08

Brittany avait le besoin urgent de boire un verre. Elle déboucha maladroitement une bouteille de vin rouge et sortit deux verres à pied d'un placard. Le temps qu'ils arrivent chez elle, il s'était mis à pleuvoir. Son maquillage avait coulé sur ses joues. Les habits de Dean séchaient un peu partout dans la salle de bains.

— Tiens, c'est à toi, dit-elle en tendant à Dean un jogging qu'il avait oublié chez elle.

— Je me demandais justement où il était passé, répliqua-t-il en esquissant un petit sourire penaud.

Malgré son esprit farceur, Brittany discernait tout de même une pointe de regret dans le fond du regard de Dean. Elle tourna aussitôt la tête pour ne pas se laisser attendrir. Après tout, elle attendait toujours des excuses. Elle se déshabilla, se démaquilla et s'essuya les cheveux avec une serviette, puis elle sortit de la salle de bains en enfilant un large tee-shirt blanc qui lui tombait sur les cuisses de façon provocante. Elle ne put s'empêcher de remarquer que Dean l'avait vu nue et elle en était satisfaite.

Le bruit de la pluie battant la vitre semblait évoquer l'embarras dans lequel elle s'était retrouvée. Ce contretemps la contrariait et elle avait déjà hâte d'en finir. Elle versa le vin dans les verres, revoyant encore la

silhouette de l'homme au travers de la grille du portillon. Quelle erreur avait-elle pu commettre pour que tous ces événements improbables lui tombent dessus ? Depuis son réveil, Brittany était convaincue que la journée s'annonçait mauvaise pour elle, comme si elle avait pressenti que la chance ne serait pas de son côté. Les circonstances confirmaient maintenant son avis.

Elle aperçut son reflet dans la vitre du micro-ondes, et se rendit compte que ce n'était plus la même femme qu'elle voyait, mais une femme contrariée et déboussolée, en proie à ses propres insuffisances.

Elle déposa le verre de Dean sur la table de bar de la cuisine.

— C'est pas du Saint-Julien, mais ça fera l'affaire.

Brittany omit de trinquer, cela n'aurait fait que remémorer les souvenirs de la veille et elle n'en avait pas envie. Elle se contenta de boire une gorgée pour soulager ses tensions. Elle s'en tiendrait à deux verres.

Dans un élan sincère, elle raconta à Dean ce qui s'était passé à Thames House et à la Cathédrale Saint-Paul, en mettant l'accent sur le fait que l'homme en noir connaissait son nom d'agent et son nom de famille. Officier Brown... Madame Hamilton... Cet individu devait enquêter sur elle depuis plusieurs jours, sans qu'elle ne se soit rendue compte de rien. L'homme était peut-être même en train de les écouter, à l'instant même. Par mesure de sécurité, Dean mit leurs téléphones portables dans le micro-ondes de la cuisine. Après avoir inspecté la rue et les véhicules garés le long du trottoir, il tira les rideaux des fenêtres et alla vérifier que la porte d'entrée était bien verrouillée, puis lui vint l'idée d'allumer la télévision pour générer un bruit de fond. Si jamais on les écoutait, le son brouillerait leurs paroles.

Il empoigna la télécommande et augmenta le volume.

BBC News

« …les Américains nous ont donné un lot de 8 000 chars pour combattre Daech, et à côté de ça, ils en profitent pour nous piller !… » Malgré les nombreux avertissements du ministre irakien des sites archéologiques, l'armée américaine fait la sourde oreille. Des engins lourds auraient été déployés par les militaires sur le site antique de Ninive à des fins de pillages massifs. Autour des camps, des murs de fortification ont été dressés, empêchant l'intrusion des médias.

Quand Brittany eut terminé son histoire, Dean secoua la tête pour s'éclaircir les idées. Cette affaire, qu'il prenait jusqu'ici à la légère, s'avérait très inquiétante.

– Tu dis que le document que la reine a consulté tout à l'heure est signé du nom de l'auteur de ce livre ? s'informa-t-il en désignant le pavé de 500 pages que Brittany avait acheté chez Waterstones en revenant de la Cathédrale Saint-Paul.

– Oui, et la reine a dit quelque chose comme : « Nous leur devons beaucoup », puis : « Mettez-le dans le coffre ».

– Nous leur devons beaucoup… répéta machinalement Dean. Mais, à qui ?

– J'en sais rien ! s'emporta Brittany. Sûrement à ceux qui ont écrit ce foutu texte, à qui d'autres sinon ! ?

– Et tu penses que ça aurait un rapport avec cet objet du British Museum ?

– Je t'ai dit tout ce que je sais, soupira-t-elle, mais c'est fort probable. En mars dernier, je me suis rendu au mariage d'une amie au Savoy. Il se trouve que j'étais assise à côté de la directrice du British Museum, Sarah Johnson, avec qui j'ai sympathisé. On a échangé nos numéros, comme ça, pour rester en contact, et avant de nous quitter elle m'a dit qu'elle m'écrirait bientôt. J'ai cru à une simple formule d'usage, mais voilà qu'à peine dix jours plus tard

elle m'appelait, disant qu'elle avait le besoin urgent de mettre en haute sécurité un document classé parmi les archives du musée. Après la conférence de ce matin, ce même document a été placé dans le coffre du musée sur ordre de la reine.

Elle marqua une pause pour permettre à Dean d'assimiler ce qu'elle venait de dire à toute vitesse, puis elle reprit :

— Tout ça pour dire qu'il y a vraisemblablement un lien entre ce document et l'objet référencé NB-6 convoité par cette pseudo-organisation terroriste.

La voyant désemparée, Dean lui resservit du vin.

— Ce document, à quoi il ressemble ?

— Une simple feuille, plutôt épaisse et granuleuse, sur laquelle figure la traduction d'un texte qui porte le numéro 6 et qui...

Mais Brittany s'était interrompue. Elle sauta sur ses pieds et alla chercher son téléphone portable, comme électrisée par sa découverte.

— Je l'ai ! s'exclama-t-elle en manipulant l'appareil.

Dean reposa son verre sur le bar. Il ne suivait plus son raisonnement.

— Remets ce téléphone dans le micro-ondes ! maugréa-t-il.

Brittany ne voulut rien entendre. Elle s'obstinait à chercher quelque chose dans son portable.

— Le document, je l'ai ! poursuivit-elle en ouvrant la photothèque. Regarde, je l'ai pris en photo au musée.

Dean empoigna l'appareil et observa l'écran, avant de lever les yeux au ciel.

— Tu sais ce que tu risques pour une faute pareille ? lança-t-il en levant le doigt comme pour la mettre en garde.

— Je sais, j'ai fait une gaffe... admit-t-elle, mais sur le moment ça m'a paru essentiel.

Dean était interloqué.

— Oui, enfin, pas en présence de la reine ! Si cela venait à se savoir, tu pourrais être passible de révocation sans aucune réinsertion possible, voire être jetée derrière les barreaux !

Il se frotta énergiquement les yeux et botta en touche.

— T'as une imprimante ?

Brittany lança l'impression du document depuis son téléphone portable.

— Tu ne m'as toujours pas répondu pour le Annabel's, enchaîna Dean.

Elle posa les yeux sur lui.

— Va pour le Annabel's, finit-elle par céder. Mais ne t'avise pas de recommencer ton petit numéro, tu m'as compris ?

Dean était l'innocence incarnée.

— Parfaitement.

— Si j'accepte, c'est uniquement parce que tu me files un coup de main.

Lorsque l'impression fut terminée, Brittany posa les yeux sur la feuille qui avait glissé sur le parquet. Elle se mit à lire le document à l'envers. Tablette VI... Nikita Braguine...

— Évidemment ! s'écria-t-elle en ramassant le document. N et B sont les initiales de l'auteur : Nikita Braguine. Et le chiffre 6 est le numéro de la tablette en question.

Elle posa un doigt sur le titre du document pour le montrer à Dean.

— L'objet du British Museum est une tablette babylonienne dont la traduction est gardée cachée dans le musée du MI5.

Dean essayait désespérément de rassembler tous les éléments dans son esprit.

— Ok, mais alors pourquoi le document signé de ce

monsieur aurait plus d'importance que l'objet lui-même ?

Brittany regardait dans le vague avec des yeux absents.

— Tout porte à croire que ces gens ignorent l'existence de ce document, répondit-elle. Je pense que l'objet qu'ils veulent à tout prix se procurer, en l'occurrence cette tablette, constitue la preuve ultime d'un fait passé, un événement qui se serait produit au Moyen-Orient, à une période extrêmement reculée de l'histoire.

Dean ébaucha un petit sourire confus. Après avoir remis le téléphone portable de Brittany dans le micro-ondes, il porta son attention sur le document qu'il se mit à lire.

— Qu'est-ce que c'est que ce texte... ? s'étonna-t-il, les yeux révulsés.

— J'ai eu la même réaction lorsque j'ai lu les première lignes au musée. On dirait un écrit mythologique de l'ancien monde, une sorte de Genèse ou de Récit de la Création.

— « Je vais condenser du sang, faire exister les os... », lut Dean à voix haute en prenant un ton terrifiant. On se croirait dans Le Seigneur des Anneaux, quand Saroumane créé des Orques pour détruire la Terre du Milieu.

Brittany soupira. « T'as vraiment le don de faire des rapports là où personne n'en voit... »

Dean s'installa au bureau et alluma le PC.

— Je vais avoir besoin d'accéder à ta boîte mail.

— Pour quoi faire ?

— Pour localiser l'expéditeur de l'e-mail. Pendant ce temps, essaie de rassembler un maximum d'informations au sujet de ce document. Tout ce que tu pourras trouver. On se donne jusqu'à 19 heures !

En cliquant sur le bouton afficher l'en-tête complet du serveur, rien ne se produisit. Dean frappa le bureau de nervosité.

— Merde, pesta-t-il, l'expéditeur du courriel a dû utiliser

un VPN ou un serveur proxy pour masquer son adresse IP.

— Attends... j'ai une idée, réagit Brittany. Je vais transférer l'e-mail à un collègue, Patrick Ginhoven, c'est un crack en informatique. Il devrait pouvoir nous aider.

En moins de quarante minutes, l'expert en numérique du MI5 leur répondit avec toutes les informations associées à l'adresse IP.

Email Source IP Lookup Info
The email source IP address is : 78.110.170.119T
Country : United Kingdom
City : London
Area Code : SW1
Latitude : 51.49631556767473
Longitude -0.14221073042420623
Plus Code : FVW5+F4 Londres, Royaume-Uni
ISP : Rarbgmirror
Organization : Rarbgmirror

— L'expéditeur se trouve à Londres ! s'exclama Dean en frappant à nouveau du poing sur le bureau. Cette fois-ci, il avait mis dans son geste toute son ardeur. Officier Brown, je crois qu'on forme une sacrée équipe !

— Je tiens aussi quelque chose d'intéressant, se prononça Brittany. Cette tablette provient d'un poème babylonien comprenant 7 tablettes au total. Il s'agit de l'épopée de la création du monde, un texte rédigé en vers vieux de 3 000 ans intitulé Enūma Eliš, ce qui signifie Lorsqu'en haut. La Tablette VI fut découverte sous forme de fragments dans les ruines de la bibliothèque d'Assurbanipal, il s'agit d'un site archéologique situé à Mossoul, en Irak. La traduction de ce texte aurait été retravaillée une quantité de fois par le Professeur Braguine, seulement, la seconde moitié de cette tablette demeure introuvable. Les inscriptions sont incomplètes.

Dean l'écoutait d'une oreille distraite, il était bien trop occupé à décrypter les informations qu'il avait sous les yeux. Sans plus attendre, il copia puis colla le Plus Code dans la barre de recherche de Google Maps. L'icône de localisation indiquait un endroit à quelques mètres de la Victoria Station.

— Nous avons une adresse, reprit-il. 330 Vauxhall Bridge Road à Westminster. C'est un cybercafé.

Il consulta les horaires d'ouverture et reprit : « Ils ferment à 20 h 30, on fonce ! ».

Encore sous le choc de ce qu'elle venait d'apprendre, Brittany laissa en plan ses recherches et se rhabilla. Comment trouverait-elle les mots pour expliquer à Dean qu'il y a quelque 445 000 années, des êtres intelligents, à nos yeux surhumains, façonnèrent génétiquement l'humanité ? Ces Êtres venus d'une planète lointaine appelée Nibiru enseignèrent aux hommes leur savoir immense. Les textes anciens du Proche-Orient les nommaient Anunnaki. En débarquant sur Terre, ces Êtres établirent leur premier campement en Mésopotamie, une région propice à l'agriculture et à la culture de l'arbre fruitier qu'ils baptisèrent l'E.DIN, « la demeure des justes », un nom d'origine mésopotamienne qui a pour racine edinu, « la plaine ». Enki, le meneur du groupe, établit la Station Terre 1 au sud de l'Edin et nomma la première cité sur Terre E.RI.DU, « la demeure construite au lointain ».

Edin… Eden… Brittany s'évertuait à faire le lien entre ces deux mots qui sonnaient pareil.

Et si l'Edin était l'Eden de la Bible ? se demandait-elle. La demeure de Dieu sur Terre ?

Comme elle déviait la tête sur le document qu'elle venait d'imprimer, les mots de la reine lui revinrent à l'esprit : « Nous leur devons beaucoup ».

Brittany comprenait mieux pourquoi Sarah Johnson avait pris les mesures nécessaires pour mettre en sécurité la traduction d'un tel texte. Mais comment un écrit à l'aspect aussi fantaisiste pouvait-il représenter une quelconque menace ?

En enfilant sa veste, elle revit l'image de Thames House en flemmes. L'heure était grave. Dean avait raison, il leur fallait retrouver l'homme en noir pour en apprendre davantage, et ne surtout rien dire à Sarah Johnson tant qu'ils n'auraient pas pleinement saisi le fondement de cette affaire.

Elle allait quitter l'appartement quand elle glissa ses mains dans les poches de sa veste. Du bout des doigts elle sentit un petit objet coincé dans sa poche gauche, pas plus gros qu'un grain de lentille. Elle le palpa un instant, sans trop savoir de quoi il pouvait s'agir. Elle le saisit et le sortit de sa poche. C'était une petite rondelle métallique composée d'un voyant qui clignotait rouge.

– Dean... bredouilla-t-elle à travers le couloir de l'entrée.

– Qui y a-t-il ?

– J'ai trouvé ça dans ma poche.

Elle fit glisser le minuscule objet dans le creux de la main de son compagnon.

– On dirait une balise GPS... dit-il en portant l'objet à hauteur des yeux.

Brittany se remémora son parcours à l'intérieur de l'église et sa rencontre avec l'homme en noir. Elle était restée assise dans une loge isolée. Après quoi, le rideau s'était soudainement levé, le faisceau d'une lampe de poche lui était tombé dessus et un gardien lui avait demandé de sortir. L'homme l'avait effleuré du bras avant de lui indiquer la direction à prendre. Brittany se souvint que le nez busqué du gardien ressemblait étrangement à celui de son informateur, qui d'ailleurs, avait disparu sitôt leur

entretien terminé, comme par magie.

Ses yeux s'ouvrirent comme des soucoupes.

— Le gardien de la cathédrale, c'est lui ! C'est lui qui a mis cette balise dans la poche de ma veste, lui qui a envoyé l'e-mail ! C'est lui que j'ai rencontré dans le confessionnal !

Dean enfila ses baskets à la hâte. Il sortit les téléphones portables du micro-ondes puis regagna le couloir de l'entrée.

— Laisse la télévision allumée et la balise dans l'appartement. On va sortir par l'arrière.

Ils empoignèrent chacun leur casque de moto et claquèrent la porte.

*

Dick Sawers attendit encore quelques minutes. Il venait de suivre toute la conversation depuis sa voiture, garée à une cinquantaine de mètres de l'immeuble. Son plan avait bien failli échouer : la fille l'avait reconnu et avait trouvé la balise, ce qui n'était pas prévu. De plus, elle était accompagnée d'un agent de la Special Branch. Ça se corse... songea-t-il en s'essuyant le front avec un mouchoir. Heureusement, ni elle ni lui ne se doutaient de la double fonction du dispositif. Il pourrait continuer de les écouter en toute discrétion.

La sonnerie de son portable retentit. Il décrocha, tout en observant la rue à travers le rétroviseur.

— Salut Albert, fit-il.

— Comment s'est passée cette rencontre ?

La voix dure d'Albert Fuchs semblait camoufler une certaine inquiétude.

— Comme prévu, répondit Sawers en omettant de rentrer dans les détails. Seulement l'officier Brown n'est pas seul. Je crains que nous rencontrions quelques difficultés...

— On s'en tient au plan, tempéra Fuchs.

— Dis-moi, reprit Sawers, je me suis renseigné sur ce Dean Smith qui l'accompagne, ce qui m'a fait prendre quelques libertés. D'après son parcours, c'est un intrépide, il a coffré trois militants en juin dernier, cinq jours avant les élections législatives. Bref, les attaques terroristes, ça le connaît, il en raffole ! Et ce n'est pas tout, en mettant mon nez dans les archives des services de police, j'ai découvert qu'il avait commis un homicide. Toutes les preuves sont à ma disposition pour l'inculper de meurtre. On a de quoi le faire chanter ! Crois-moi, cette histoire va faire du bruit !

— Heureux de l'entendre, répliqua Fuchs en se raclant la gorge. Du bruit, c'est tout ce dont nous avons besoin pour étouffer l'affaire en cours. Les médias aiment quand ça pète, alors donnons-leur ce qu'ils veulent.

À cet instant, Dick Sawers aperçut dans le rétroviseur une moto s'élancer sur Mercer Street.

— Il faut que je te laisse. Ils ont quitté l'appartement.

Il raccrocha et sortit de la voiture, une enveloppe à la main.

*

L'orage avait cédé la place à un coucher de soleil magnifique. De lourds nuages roulaient dans un ciel chatoyant, paré de rouge et d'orange.

Dean fonçait sur Parliament street sans se soucier des feux tricolores. En longeant le St-James's Park, il profita du passage d'une ambulance pour se mettre dans son sillage. Brittany était fermement agrippée à lui. Au niveau de Little Ben, ils se retrouvèrent un instant bloqués parmi des taxis et des bus rouges à impériale. Dean aperçut le cybercafé qui faisait presque l'angle de la Vauxhall Bridge Road. La façade bleue ressemblait à celle d'une boutique

de souvenirs pour touristes. Il ralentit et passa devant en roue libre, inspectant les lieux. La porte était fermée, la lumière semblait éteinte. Des présentoirs à cartes postales et un cadre d'affichage empêchaient de voir à l'intérieur de l'établissement.

Il parqua la moto sur le trottoir d'en face et nota qu'aucune caméra de surveillance, hormis peut-être celles de la banque HSBC, n'avaient pu filmer quoi que ce soit d'utile. Le cybercafé se situait dans un angle mort. Les caméras de la rue étaient toutes braquées dans des directions opposées. Petit rusé… S'il avait songé à ce détail, l'homme en noir avait bien choisi son endroit.

— Attends-moi ici.

Dean traversa la route puis poussa la porte du cybercafé comme si de rien était. Un carillon signala son entrée. Gling, gling, gling. Une odeur lourde et épicée l'écœura à la première inspiration. Debout derrière la caisse, un homme de type asiatique rangeait des cartouches de cigarettes au son d'une radio.

— Hi, le salua le commerçant, le regard figé sur son stock de produits.

Dean balaya l'espace du regard. Il s'y trouvait des marchandises de toutes sortes : fruits secs, friandises, conserves, gâteaux, souvenirs, vêtements, cosmétiques, mais aucun signe d'ordinateurs.

— J'ai besoin de me connecter à internet, dit-il.

Le commerçant ne daigna pas ouvrir la bouche pour répondre, il se contenta de désigner un petit couloir dont les murs étaient couverts de t-shirts souvenir. Sur l'un d'eux, un dessin représentait la reine en train de soulever son tee-shirt pour exhiber sa poitrine. Elle portait sur chacun de ses seins des caches-tétons en forme de diamant, ce qui amusa beaucoup Dean.

Le couloir donnait sur une pièce sombre équipée de

quatre moniteurs en veille. Chacun d'eux portait un numéro. Le long d'un mur, une guirlande lumineuse éclairait l'espace de couleurs différentes. Dean releva une forte odeur de paprika en entrant dans la pièce. Sans ne rien toucher, il examina attentivement les postes de travail. Les ordinateurs dataient des années 2000. À même le sol, leurs unités centrales ronronnaient comme de gros matous. Rien ne semblait trahir la venue de cet homme, si ce n'est peut-être les miettes de quelques chips tortillas éparpillées au sol, d'où l'odeur. Dean sortit chacun des moniteurs du mode veille. Sur l'ordinateur 1, une galerie d'images était restée ouverte. Il prit place sur la chaise et fit défiler les clichés en consultant l'heure à laquelle ils avaient été capturés.

Tiens donc... Quelqu'un s'était pris en photo à 8 h 34 avec la webcam de l'ordinateur. L'individu d'un jeune âge portait des lunettes de vue et des écouteurs sur les oreilles. Dans l'angle inférieur droit, Dean remarqua la silhouette d'un homme blottit dans la pénombre de la pièce. Il procéda à un zoom numérique en agrandissant la tête de l'individu au maximum. Une armada de gros pixels balançant entre le gris et le noir définissaient maintenant sa silhouette. Dean battit plusieurs fois des paupières pour mieux percevoir les détails.

Il avait un nez busqué, avait rapporté Brittany.

C'était bien cet homme qu'elle avait décrit. Dean sauta de sa chaise et changea aussitôt d'ordinateur. Il était maintenant assis à l'endroit même où l'homme avait expédié l'e-mail. À nous deux ! Il consulta d'abord l'historique de navigation, qui était vide. L'homme avait pris le soin de tout effacé. Et merde ! pesta-t-il en tapant du pied sous la table. Dean remarqua alors que la webcam de l'ordinateur était orientée côté mur. Sale enfoiré... T'as vraiment pensé à tout !

— Est-ce que tout va bien ? demanda le commerçant à l'autre bout du couloir.

— Oui, tout va bien, répondit Dean en esquissant une moue méprisante. J'allais justement partir.

Il se leva de la chaise et traversa le couloir étroit d'un pas lourd. Alors qu'il s'apprêtait à quitter le cybercafé, le commerçant l'interpella.

— Ça fera 5 livres.

Dean le dévisagea d'un air dédaigneux. Il manque pas d'air celui-là ! songea-t-il en sortant un billet de dix livres de son portefeuille. Il récupéra les cinq livres en retour et claqua la porte. Le carillon s'emballa.

Chapitre 24

MOSSOUL

12 juillet 2017

Dans la vieille ville

« Attendez ! ! ! » C'est ce qu'avait crié Kate en pensant que le coffre représentait une menace, quand celui-ci n'était rempli que de tablettes gravées, de débris et de terre.

Dans un coin de la pièce, elle s'appliquait à dégager les objets des gangues de terre rougeâtre qui les enfermaient. Elle aurait eu besoin de plus de temps, de plus d'outils, mais il lui fallait se contenter de ce qu'elle avait sous la main : une simple brosse et un grattoir de dentiste. Le travail était loin d'être terminé, mais quelques efforts suffirent pour y voir plus clair : il y avait en tout quatorze tablettes fragmentées[1]. Contrairement aux ordinaires tablettes principalement faites d'argile, celles-ci avaient été taillées dans le lapis-lazuli le plus pur.

– Te souviens-tu du coffre qui se trouvait dans la chambre funéraire de l'homme, à Eridu ? demanda Nikita Braguine à Hasan.

L'archéologue irakien prit un instant pour rafraîchir sa mémoire.

– Oui, je m'en souviens, répondit-il après quelques instants. Tu avais dit que sitôt les corps arrivés à Londres, leurs ADN seraient analysés. As-tu eu des nouvelles ?

– Malheureusement pas. Dès le lendemain, on ne m'a plus contacté ni tenu informé de la suite des événements.

1. La traduction des tablettes est donnée dans *Le livre perdu du dieu Enki* de Zecharia Sitchin.

En août 2002, un confrère m'a fait part d'un rapport dans lequel le British Museum révélait le contenu de boîtes scellées prenant la poussière dans ses caves depuis notre découverte à Eridu. Il était question de deux corps. Bien entendu, j'ai sauté sur l'occasion pour demander si l'on avait l'intention d'analyser l'ADN de leurs os. On m'a aimablement répondu que rien n'était prévu en termes d'analyse ADN, mais qu'une recherche complémentaire était menée par le Département de la Recherche scientifique et le Département du Moyen-Orient ancien. Qui plus est, les biologistes espéraient que les premiers résultats soient rendus public dès début 2003. Une année plus tard, en 2004 donc, un rapport stipulait que le réexamen avait consisté en des radiographies au rayon X prises par des scientifiques au Musée d'Histoire naturelle de Londres, et qu'en dépit du délai important écoulé depuis l'exhumation des squelettes, il s'agissait bien des deux corps que nous avions exhumé dans le tombeau d'Eridu.

— Et c'est tout ! ? s'étonna Hasan.

— Oui, répondit Nikita Braguine, désabusé. On m'a ensuite mis en contact avec la responsable du réexamen scientifique. Quand je suis parvenu à la contacter, elle était déjà partie à la retraite. À la suite de quoi, j'ai appris que des biologistes avaient réussi à déchiffrer et à comparer de l'ADN néandertalien vieux de 38 000 ans avec celui d'un homme moderne.

— Mais les corps que nous avons découverts ne sont pas aussi vieux ! Pourquoi est-ce si compliqué de déchiffrer et de comparer leurs ADN ?

Le professeur hésita.

— À supposer que les analyses aient véritablement eu lieu, ils veulent garder les résultats secrets.

Hasan et Kate toisèrent le professeur comme s'il n'avait

plus toute sa tête.

— Par ailleurs, ajouta-t-il, en rentrant à Londres, on m'a confié plusieurs tablettes du tombeau à traduire. L'une d'entre elles, retrouvée à côté du corps de l'homme, rapporte les paroles d'un maître scribe nommé Endubsar, fils d'Adapa et serviteur du grand dieu le seigneur Enki. Il est dit qu'Enki avait convoqué Endubsar en son lieu de retraite au pays de Magan, que deux émissaires divins s'étaient chargés de l'y amener à bord d'un char enflammé. Lorsque Endubsar se retrouva devant le seigneur Enki, celui-ci reçut l'ordre d'écrire sous sa dictée. Cette mission durerait quarante jours et quarante nuits, sans qu'Endubsar ne puisse boire ou manger. Une fois la mission terminée, le grand dieu le somma de placer les tablettes dans un coffre divin fait de bois d'acacia orné d'or.

Hasan observa le coffre un instant, puis il se gratta la tête.

— Serait-ce le coffre qui se trouvait dans la chambre funéraire de l'homme ? Ce même coffre sur lequel nous avions déposé la coiffe gigantesque après l'avoir ôté du crâne ?

— Oui, et chacune des tablettes que ce coffre renferme est le fruit de la mission remplie par Endubsar lui-même.

Hasan tiqua :

— Que faisait ce coffre entre les mains d'un membre de l'État islamique ? Ne devait-il pas être expédié à Londres avec les autres objets du tombeau ?

— Il faut croire que certains objets ont fini entre de mauvaises mains...

Attentive à tout ce qui venait d'être dit, Kate se montra curieuse des propos du professeur.

— Pardonnez-moi, messieurs, mais cette histoire me rappelle celle de Moïse, lorsqu'il passa quarante jours et quarante nuits à rapporter les paroles prononcées par Dieu,

sans ne rien manger et ne rien boire. Moïse grava le Décalogue, les dix commandements de Dieu, sur des tables en pierre qui lui furent remises sur le mont Sinaï. Dieu demanda à Moïse que le peuple d'Israël garde ces tables dans un coffre que l'on retrouve dans la Bible sous le nom d'Arche d'Alliance. À quelques détails près, remarquez que les similitudes entre ces deux histoires sont pour le moins frappantes.

Nikita Braguine esquissa un sourire. « Tout comme l'histoire de Moïse est directement inspirée de celle du roi Sargon d'Akkad », répliqua-t-il.

Kate ébaucha une moue d'étonnement.

— J'avoue ne pas connaître cet épisode de l'histoire, admit-elle.

— Rassurez-vous, vous n'êtes pas la seule. La naissance de Moïse est directement inspirée de celle du souverain fondateur de l'empire d'Akkad, qui régna 1000 ans avant que Moïse ne vienne au monde. Sargon grandit à Azupiranu, la « ville du safran », sur les bords de l'Euphrate. Alors qu'il ignorait tout de son père, sa mère était une grande prêtresse. Elle l'enfanta en secret et le déposa dans une corbeille de roseau qu'elle lança sur le fleuve. Aqqi le puiseur d'eau recueilli le jeune Sargon et l'adopta comme son fils, avant de lui enseigner le métier de jardinier.

Le professeur ouvrit les mains pour témoigner de l'évidence.

— Voilà qui n'est pas sans rappeler la naissance de Moïse et son adoption par la sœur de Pharaon.

Kate eut l'air gênée par cette information.

— À vous entendre, répliqua-t-elle sur un ton las, on dirait presque que Moïse n'a jamais existé…

Il y eut un court instant de silence.

— Eh bien, balbutia Hasan en mesurant ses mots, hormis

dans les écrits bibliques, on ne retrouve aucune trace de Moïse dans l'histoire, aucune preuve tangible n'affirme que Moïse a véritablement existé, ou du moins tel que l'épisode biblique l'évoque.

Même si Kate savait que l'épisode de l'exode était inconnu chez les Egyptiens, elle avait du mal à croire que Moïse n'ait pas existé.

– Si je comprends bien, conclut-elle, les Israélites se seraient inspirés de l'histoire du roi Sargon pour créer le personnage de Moïse. Mais... dans quel but ?

– Pour faire perdurer une histoire plus ancienne encore, répondit le professeur avec amusement. Sans ces récits rendus folkloriques, de nombreuses connaissances ne nous seraient probablement jamais parvenues. Ce texte, rédigé de la main d'Endubsar, est la version primale de l'épopée de la création du monde et de Sumer, mais aussi celle de la création des Terriens par deux divinités sumériennes, Enki et Ninmah.

C'est alors qu'un bruit surgit de nulle part. Tous se retournèrent et aperçurent le journaliste en train d'essayer de se redresser. Ce dernier lança soudainement :

– C'est pas pour rien que les sondes américaines Voyager envoyées dans l'espace en 1977 transportaient un message rédigé en langue sumérienne destiné à d'éventuels extraterrestres.

Kate se précipita vers lui.

– Comment vous sentez-vous ? demanda-t-elle, en se rappelant qu'ils se vouvoyaient.

Greg plissa légèrement les sourcils, comme s'il cherchait la réponse. Ses yeux avaient retrouvé un peu de leur douceur et de leur clarté.

– J'ai l'impression de revenir du ciel, dit-il.

Chapitre 25

NEW YORK

12 juillet 2017

Chez Daniel, Upper East Side, Manhattan

— Je vous écoute pour les desserts, lança la serveuse en débarrassant les assiettes.

— Je prendrai le riz au lait, dit Fuchs en lui retournant le menu.

— Et pour moi, le sorbet coco, annonça Ariane qui avait longtemps hésité avec le fondant au chocolat.

L'officier supérieur de la NSA était confus. Comment pouvait-on chercher Adam ?

— Tu sais… je n'ai pas été éduqué de la même manière que toi, Ariane. Je sais que je suis prisonnier de ce que l'on m'a enseigné. Mais, de mon temps, nous n'avions pas accès à toutes les informations dont on dispose aujourd'hui, on se contentait de croire ce qu'on nous disait à la maison, à l'école et à l'église. Je suis conscient de mes limites, et j'en souffre, mais je n'y peux rien, j'ai été élevé comme ça…

— Ça va, j'ai compris… le coupa sa fille. Tu n'y crois pas, dis-le.

— Là n'est pas la question.

— Papa, tu crois que nous vivons dans le péché, alors que l'expression « péché originel » n'apparaît même pas dans la Bible. La pomme non plus ! Tu crois qu'il faut souffrir pour vivre, mais c'est faux ! Tu es convaincu de choses que tu ne comprends pas toi-même, s'emporta Ariane, montrant à son père un visage qu'il ne connaissait pas d'elle.

— Écoute...

— Non, toi écoute, fulmina-t-elle d'un ton péremptoire. Tu as passé ta vie à te mentir, à compter ton argent, à nettoyer tes costumes et à cirer tes chaussures. Tu riais toujours de ce que maman disait... Tu te crois plus intelligent que les autres parce que tu bosses à la NSA, mais que sais-tu vraiment ? Tout ce que tu sais faire... papa, c'est payer le resto... et encore t'es...

Fuchs l'interrompit.

— Tu oublies que je paie ton loyer, ma chérie, objecta-t-il en saisissant fermement le poignet de sa fille. Calme-toi, tout le monde nous regarde. Ce que je veux dire...

— Lâche-moi, tu ne sais rien. Pour toi, les mythes relèvent de la fiction, mais crois-moi, ils retracent une histoire bien réelle. C'est l'unification de Dieu dans les écrits bibliques qui nous empêche de voir la vérité en face. Tout ça n'est qu'un tissu de mensonges papa, les autorités religieuses ont volontairement posé un voile sur notre conscience, elles ont créé notre malheur en nous empêchant de comprendre correctement les textes Saints.

Ariane posa une main sur la couverture du livre et regarda son père bien en face.

— Papa, reprit-elle plus calmement, le livre de la Genèse utilise le mot Elohim pour désigner Dieu. Ce mot signifie littéralement « les déités », Dieu au pluriel. D'ailleurs, on peut lire dans la Genèse cette phrase si surprenante : « Faisons l'homme à notre image, selon notre ressemblance (1 :26). À qui donc s'adresse Dieu dans cette phrase si ce n'est aux autres Dieux ? À ses potes ? Et il y a encore celle-ci : «Voici, l'homme est devenu comme l'un de nous » (3 :22). C'est écrit, papa, c'est écrit NOUS ! Il faut regarder au-delà des apparences, nous ne sommes pas des singes qui du jour au lendemain ont découvert les mathématiques et l'astronomie, on nous a transformés génétiquement, on

nous a légué un savoir qui vient d'ailleurs !

Albert Fuchs ne savait plus où se mettre. Les clients de la table d'à côté s'étaient déjà retournés plusieurs fois en lui jetant des yeux noirs. Il regrettait de s'être montré arrangeant en proposant ce diner à sa fille. Je crois rêver... Il aurait dû l'inviter n'importe où ailleurs, mais pas Chez Daniel ! C'était un habitué, il avait une réputation à tenir. Qu'allait-on penser de lui à présent ?

– J'ai l'impression d'entendre ta mère... marmonna-t-il en s'évertuant de conserver une certaine dignité. Je l'aimais, plus que tout, mais elle nageait en plein délire.

Ariane tira violemment sa chaise vers l'arrière. Elle se leva d'abord, jeta sa serviette sur la table, puis toisa son père d'un regard furieux.

– Tu es si buté papa, lâcha-t-elle en se retenant de lui dire ce qu'elle avait véritablement sur le cœur. Maman aurait honte de toi !

À ces mots, elle tourna les talons et quitta le restaurant. Quelques secondes plus tard, la serveuse arrivait avec les desserts.

– Le riz au lait.

– C'est pour moi, répondit Fuchs d'une voix décontenancée. Vous m'apporterez la note.

Albert Fuchs éprouvait un sentiment d'anéantissement total. À travers la vitre de la portière arrière du taxi, il s'attarda un instant sur les reflets dorés que renvoyaient les façades vitrées des buildings de la cinquième avenue. Les coulées de lumière qui embrasaient la ville semblaient être porteuses d'un fabuleux message. Et si tout ce qu'Ariane lui avait raconté était vrai ? Une chose était sûre, sa façon de raisonner avait poussé sa fille à reconsidérer sa vision du monde. Ils n'étaient plus sur la même longueur d'onde, ils ne partageaient plus les mêmes valeurs... Après tout, se dit-il, la conception de la réalité est une question de point

de vue.

— Il va y avoir quelques bouchons, l'avertit le chauffeur. Je peux couper sur la quarante-septième et prendre la septième si vous le souhaitez.

— Faites au mieux.

L'air frais qui s'engouffrait à travers l'ouverture de la vitre semblait lui insuffler un nouvel élan. Fuchs prit une grande inspiration, libéra ses poumons et se prit à penser à Mia. Pourquoi nous as-tu quittés si vite ? se demandait-il en observant le ciel rouge qui surplombait Midtown.

Si seulement j'avais eu le temps de te dire une dernière fois je t'aime...

Mia avait toujours été le petit grain de folie de ses journées, sans cesse à tirer les cartes ou plongée dans des livres ésotériques en quête de réponses. Un accident de voiture avait mis fin à ses jours. Les lésions sévères entraînées par les saignements avaient paralysés son cerveau. Albert entendait encore le bruit strident des pneus sur l'asphalte, il était au téléphone avec elle à cet instant, puis la ligne fut coupée. Son appel avait déconcentré Mia dans sa conduite, chose qu'il n'avait jamais racontée à Ariane.

Au niveau de Worth Street, il demanda au chauffeur de s'arrêter et, en réglant la note en espèce, il s'attarda un instant sur le billet de 1 dollar qu'il avait en main.

In God We Trust. (En Dieu nous croyons.)

Fuchs laissa échapper le bruit étouffé d'un petit rire ; la devise figurant au centre du billet comportait 12 lettres. Il venait de les compter. Celle-ci avait été adopté pour remplacer « E Pluribus Unum » (De plusieurs, un seul) et devint la devise nationale officielle des États-Unis à partir de 1956 – l'ancienne devise continua cependant de figurer sur le billet.

En Dieu nous croyons... De plusieurs, un seul... murmura-t-il en pensant à Ariane.

Fuchs claqua la porte du taxi et poursuivit la route à pied. L'air était doux et chaud, si bien qu'il songea à rester dehors encore un peu, à flâner dans les rues de Tribeca et, pourquoi pas, siroter un ou deux cocktails chez Weather Up, histoire de s'aérer l'esprit. Mais le devoir l'appelait. Il lui fallait regagner cette monstrueuse tour dénuée de fenêtres où le silence des étages et des longs couloirs était synonyme de mort.

À l'angle de Church Street, Fuchs leva les yeux au ciel comme pour y trouver des réponses. La lune brillait d'un éclat très vif au-dessus du Woolworth Building. Il remarqua qu'elle était pleine et nettement plus grosse que d'habitude. Il traversait le passage piéton pour rejoindre Titanpointe quand un violent coup de Klaxon le sortit de ses pensées. Le véhicule pilla juste devant lui.

— Ouvre les yeux ! gueula le chauffeur par la fenêtre.

Fuchs se précipita sur le trottoir d'en face. C'est alors que les mots d'Ariane retentirent dans son esprit : « Il faut regarder au-delà des apparences ».

Au-delà des apparences... oui, c'était probablement là qu'il lui fallait chercher s'il voulait des réponses. Restait une énigme : Pourquoi Amid Aabdi Saoud tenait tant à s'approprier la Tablette VI ? En arpentant les marches du AT&T Long Lines Building, il se surprit à penser que cet objet devait renfermer un secret qui échappait à l'entendement. Une vérité défiant toutes les autres.

« Je chercherais Adam », lui avait répondu Ariane. Ces mots soulevaient maintenant une nouvelle question : cette tablette conduisait-elle au premier Homme ?

Il sortit son portable et lança un appel.

Le téléphone de Dick Sawers était coupé.

Qu'est-ce que tu fiches... ! ?

Chapitre 26

LONDRES

9 juillet 2017

Covent Garden
19h45

La porte d'entrée de l'appartement était entrouverte. Dean dégaina son Glock et fit signe à Brittany de rester derrière lui. Il s'avança doucement en gardant le canon de son arme pointée vers le sol. Une fois sur le seuil de la porte, il s'immobilisa, tout en jetant un œil à travers l'embrasure. Le chuintement de la télévision lui parvint aux oreilles, la lumière du salon était toujours allumée.

Les deux poings serrés de nervosité, Brittany était prise d'une grande frayeur. Sans qu'elle ne se doute de rien, on s'était introduit chez elle pendant leur absence. En songeant à la balise qu'elle avait trouvé dans le fond de la poche de sa veste, un sentiment d'insécurité la traversa. L'homme de la cathédrale... Il n'y avait aucun doute, ça ne pouvait être que lui ! Elle remarqua que la serrure de la porte n'avait pas été forcée. Comment était-ce possible ? Aurait-elle oublié de fermer la porte en partant ? Elle se souvenait pourtant de son claquement sec et bruyant, après que Dean eut l'idée brillante de sortir de l'immeuble par l'arrière-cour.

D'un mouvement alerte, Dean poussa la porte avec son pied. Tout en empoignant fermement son arme de poing, il s'introduisit dans l'appartement à pas de loup. Brittany lui emboîta le pas tout en jetant un œil sur le buffet de

l'entrée : la balise GPS était toujours là, le voyant clignotait. Elle balaya du regard l'appartement ; rien ne semblait avoir bougé, comme si personne ne s'était introduit chez elle… Dean appuya sur l'interrupteur de la salle de bains. Les néons de l'armoire de toilette s'allumèrent en clignotant et en émettant un léger bourdonnement. Il s'avança sur le carrelage bleu, le doigt sur la gâchette, prêt à faire feu. D'un geste ferme et assuré, il tira le rideau de douche puis joignit à nouveau ses mains sur son arme.

Personne.

— Il y a quelque chose sur la table du salon, annonça Brittany. On dirait une enveloppe.

Elle s'en approcha et la saisit. Un frisson glacé lui parcourut le corps. C'était une pochette en papier kraft au format C4, sur laquelle on avait écrit quelque chose à la main. Elle lut à voix haute :

— Nul sacrifice, nulle victoire.

Dean s'approcha d'elle en se fendant d'un sourire.

— Nous avons affaire à un cinéphile, ricana-t-il.

— Pourquoi tu dis ça ?

— Parce que c'est une réplique du film Transformers. Vas-y, ouvre-la.

— Non, toi ouvre-la, répliqua-t-elle en lui tendant l'enveloppe avec insistance.

Dean soupesa l'enveloppe qui paraissait contenir plusieurs documents. Il la décacheta et plongea une main à l'intérieur. En sortant l'épais dossier, un passeport bleu nuit glissa et chuta sur le sol. Il se baissa pour le ramasser et l'ouvrit. Le document appartenait à un certain Farid Babouri. L'individu, né en 1982, était d'origine syrienne. Lorsqu'il aperçut la photo d'identité, Dean eut un moment d'absence. Ce visage lui disait vaguement quelque chose, comme s'il l'avait déjà vu.

— Qu'est-ce qu'il y a ? fit Brittany, étonnée de le voir

s'attarder aussi longtemps sur la photo du jeune homme.

Le front plissé dans un effort de mémoire, Dean ne répondit pas. Il était plongé dans de sombres pensées. Je sais qui c'est… murmura-t-il avec une pointe d'amertume.

C'était un jeudi matin, quatre ans plus tôt, aux alentours des 10 heures. Dean avait mal dormi et la journée s'annonçait plutôt chargée. Farid Babouri demeurait immobile dans la lumière jaunâtre de sa cellule, feignant de ne rien entendre. Ses yeux noirs et luisants étaient braqués sur lui, comme s'il cherchait à le défier. Dean s'était levé et avait enfoncé son visage au travers des barreaux, lui demandant une dernière fois de quelle organisation il faisait partie. Mais Farid continuait de le traverser du regard, sans répondre, ce qui le mit hors de lui. Kâfir… marmonnait le détenu à répétition. À bout de nerfs, Dean était entré dans la cellule munit d'une matraque et lui avait flanqué plusieurs coups en le sommant de parler. Le jeune homme avait roulé sur le sol, s'était recroquevillé sur lui-même et avait protégé sa tête avec ses mains. Du sang s'était mis à couler de son oreille. Kâfir ! aboyait-il à tue-tête en gardant ses yeux rouges rivés sur ceux de son tortionnaire. Mécréant ! Dean avait été épaté par la folie qui animait cet homme. Celui-ci était prêt à mourir pour l'idéologie mortifère qu'on lui avait injectée dans le crâne. Il l'avait frappé plus fort encore, jusqu'à lui assener le coup fatidique. La tête de Farid avait violemment heurté le carrelage blanc de la cellule. Dean s'était mis à trembler, avant de lâcher la matraque sur le sol, ne réalisant pas ce qu'il venait de faire.

Une main lui secoua l'épaule.

— Dean ?… Tu me fais peur, qu'est-ce qui se passe ?

— La balise, où est-elle ? lâcha-t-il en relevant brusquement la tête.

Brittany s'empressa d'aller la chercher. Le voyant rouge

clignotait à un rythme soutenu, comme si le malfaiteur était tout proche. Dean explosa le dispositif d'un coup de pied contre le sol. Le voyant lumineux s'affaiblit avant de s'éteindre complètement.

— Je le connais, déclara-t-il à mi-voix. Je connais Farid Babouri.

— Comment ça ? fit Brittany, interdite.

— En 2013, ce jeune homme a été incarcéré pour une série d'agressions à main armée. Il a tué quatre personnes dont trois enfants. C'était un islamiste radical extrêmement dangereux affilié à AQPA. Avant de débarquer à Londres, il a séjourné plusieurs années en Afghanistan et au Pakistan.

— C'était ?...

Dean leva sur Brittany un regard intense et glacial.

— Farid Babouri est mort.

Brittany ne comprenait pas où était le problème. Après tout, cet homme était un terroriste. Dean lui cachait-il quelque chose ?

— Je ne comprends pas ce qui te tracasse... cet homme avait commis des actes horribles, c'était un monstre !

Dean semblait fâché contre lui-même.

— Oui... seulement... c'est moi qui l'ai tué. J'ai abusé de mes fonctions, je me suis emporté. C'était un accident...

Brittany ne savait que dire.

— Pour éviter d'avoir des ennuis, et pour éviter de mettre en lumière les failles du système judiciaire britannique, mes collègues et moi avons fait disparaître le corps. Farid Babouri a été déclaré disparu. On a supprimé son nom et son matricule du registre. Ses documents d'identité ont cependant été conservés afin de classer l'affaire comme non résolue.

— On t'aurait balancé ?

— Ça m'en a tout l'air... et maintenant on me met devant le fait accompli. C'est une menace, une provocation ! Mais

c'est peut-être aussi l'opportunité de me blanchir, de tuer Farid Babouri une fois pour toutes !

Dean était très agité. Il n'avait d'autres choix que d'obtempérer, autrement une enquête s'ouvrirait pour homicide volontaire par personne dépositaire de l'autorité publique. Il serait condamné à plusieurs années d'emprisonnement ferme avec mandat de dépôt et interdiction d'exercer.

— Qu'entends-tu par là ? lui demanda Brittany.

— Je crois comprendre ce que cet individu à derrière la tête, souffla-t-il. Il veut nous pousser à voler la tablette et à commettre un attentat, dont Farid Babouri serait l'auteur. De cette manière, il s'assure d'obtenir ce qu'il veut.

Brittany affichait un regard distant. Tout ça pour une tablette ? semblait-elle dire.

— Ma carrière est en jeu, enchaîna Dean, je n'ai pas le choix. Je le soupçonne même d'avoir inventé de toutes pièces cet attentat sur Thames House. À mon avis, il n'en est rien, c'était juste une tentative de déstabilisation afin de t'isoler, et de me piéger ensuite !

Chapitre 27

LONDRES

9 juillet 2017

35 Après que le sage Enki eut créé l'humanité
36 et lui eut imposé la corvée des dieux[2]

— On dirait un extrait de la Genèse, lança Dean de manière inattendue.

— Le texte que tu as sous les yeux est bien plus ancien que la Bible, expliqua Brittany. Tu vas croire que je débloque, mais je vais te demander de m'écouter avec attention.

Elle résuma à un Dean médusé les thèses de Nikita Braguine, en l'occurrence celle de la création de l'Homo sapiens par des êtres évolués venus sur terre il y a plusieurs centaines de milliers d'années.

— Ok, j'ai besoin d'un verre, réagit-il, sous le choc.

Brittany déboucha une bouteille de bordeaux qu'elle gardait précieusement depuis des années. Sa grand-mère l'avait acheté en l'honneur de sa naissance, en 1984. Château Petrus. Brittany ne pensait pas avoir à l'ouvrir un jour. Seulement ce soir, les circonstances étaient largement à la hauteur. Elle servit deux verres et reprit :

— En hébreu, on les nomme Elohim, terme qui désigne un ensemble de personnes, en l'occurrence ces êtres évolués descendus sur terre. L'un d'eux, Yahvé, aussi connu sous le tétragramme YHWH, est celui présent dans la Bible

2. *Extrait de la Tablette VI du poème babylonien Enūma Eliš, Lorsqu'en haut, XIIe siècle avant J.-C.*

hébraïque. Pour ma part, j'ai toujours eu la certitude que Dieu était un personnage spirituel ayant créé l'homme à son image, mais, aujourd'hui, je découvre un personnage de chair et de sang, un personnage qui connaît la fatigue et la faim, à l'instar des hommes.

Elohim… Dean entendait ce mot pour la première fois. Il avait même du mal à le prononcer.

— Je dois t'avouer que je n'ai jamais réellement prêté attention à ce genre de détail, admit-il. Que signifie ce nom, Elohim ?

— Je vais y venir, répondit vertement Brittany. Ce que tu dois comprendre, c'est que la Bible a été maintes et maintes fois remodelée, manipulée par les détenteurs du savoir dans le but d'instaurer un système de pensée religieux basé sur l'idée d'un dieu unique, omnipotent et omniprésent. La terminaison « -im » de Elohim, en hébreu, s'applique à un nom pluriel. Le terme Elohim employé dans la Bible est donc une forme plurielle pour désigner un groupe de personnes. Ce terme signifie littéralement « déités », les dieux. Ce qui sous-entend que le dieu de la Bible n'est pas un être unique.

Dean écoutait attentivement.

— Alors les rédacteurs bibliques auraient rendu par le nom singulier Dieu ce nom original qui était pluriel… observa-t-il. Ils ont délibérément unifié la pensée commune en instaurant une doctrine monothéiste…

— Oui. Et ce mot, Elohim, qui apparaît plus de 2 500 fois dans la Bible hébraïque, fait de l'ombre à un autre : Nephilim, qui est composé de la même terminaison. Ce mot est également au pluriel.

— Tu vas trop vite, l'interrompit-il.

— Laisse-moi finir, tu vas comprendre. La racine sémite de ce mot, NFL, veut dire « destinés à être jetés en bas ». Certains spécialistes d'aujourd'hui s'accordent à traduire

le terme Nephilim par « Ceux qui furent jetés en bas sur terre ». Ce mot, souvent traduit par « géants », n'apparait que deux fois dans la Torah. Mais si l'on considère le passage de la Genèse où le mot Nephilim revient régulièrement, on comprend qu'il désigne véritablement les « fils de Dieu » ! Nephilim est donc le nom donné aux fils des Elohim descendus sur Terre dans les temps Anciens. D'après le Professeur Braguine, ces êtres étaient appelés Anunnaki dans la mythologie sumérienne, mot qui signifie littéralement « Ceux qui du Ciel vinrent sur la Terre ». En somme, ceux qui connurent la chute !

Dean semblait égaré. Et alors ? Qu'un ou plusieurs dieux soient venus du ciel sur la terre n'allait pas changer grand-chose à sa vie.

— Et quels sont les passages de la Genèse où les Elohim sont cités ? demanda-t-il, tout de même curieux.

Comme si elle avait attendu que Dean pose la question, Brittany s'empressa d'ouvrir le livre à une page bien précise, dont elle avait corné l'angle supérieur. Elle lut :

— Genèse, chapitre 6 verset 2 : ...Les fils de Dieu [benei Elohim] virent que les filles des hommes étaient belles, et ils en prirent pour femmes parmi toutes celles qu'ils choisirent.

Dean essayait de comprendre le sens de la phrase.

— J'ai toujours pensé que la formulation « fils de Dieu » faisait référence à quelques anges déchus, se prononça-t-il, des êtres surnaturels ayants corrompus l'humanité. À mon avis, la forme plurielle des mots Elohim et Nephilim doit forcément s'expliquer par la présence de métaphores et d'allégories dans les Saintes Ecritures, ou tout simplement comme un gage de grand respect envers le Seigneur tout-puissant.

— C'est ce que je pensais aussi, répliqua Brittany. Mais à bien y regarder, les anges n'ont pas de genre, ils sont

asexués, ils ne sont pas capables de se reproduire avec une quelconque espèce, ni de se marier et d'engendrer des enfants. Ce ne sont pas des organismes biologiques au sens propre du terme. Par contre, si l'on prend l'exemple de Yahvé, un dieu comptant parmi les Elohim et décrit comme étant un personnage fait de chair et de sang, il paraît évident que ces êtres étaient constitués d'un corps physique semblable au nôtre.

Ils en prirent pour femmes parmi toutes celles qu'ils choisirent... Dean commençait à comprendre ; les Elohim et les hommes étaient deux races distinctes mais sexuellement compatibles.

Un bruit survint du couloir avant qu'elle n'ait eu le temps de poursuivre. Dean lui intima de garder le silence. Il s'empara de son arme et se glissa discrètement dans le vestibule. C'est alors que les bruits de pas se firent à nouveau entendre, de l'autre côté de la porte d'entrée. Il n'y avait plus aucun doute, quelqu'un se trouvait derrière. Dean s'en approcha en enlevant le cran de sureté de son Glock et jeta un coup d'œil par le judas. L'œilleton ne lui révélait rien, comme s'il était monté à l'envers. Il colla son oreille contre la porte, le pistolet tendu devant lui, attendant d'entendre le visiteur bouger.

Lors de son passage, Dick Sawers avait installé un dispositif optique permettant de voir à l'envers, donc de l'extérieur vers l'intérieur de la porte. De cette façon, il pouvait observer ce qui se passait dans l'appartement sans être vu. Lorsqu'il aperçut le visage de l'agent Smith à travers l'œilleton, il fit volte-face et s'engouffra dans les escaliers. Dean se lança à sa poursuite, dévalant les marches à toute allure.

Chapitre 28

MOSSOUL, IRAK

12 juillet 2017

Il est un lieu, un autre monde, heureux séjour d'une nouvelle créature appelée l'Homme[3] .

Le silence était tombé dans les ruelles. La lune, pleine et rousse, pâlissait au-dessus des ruines de Mossoul-Ouest comme si un voile avait été tendu devant sa lumière. Dans le lointain, on entendait résonner les aboiements de quelques chiens errants.

Qu'est-ce qu'ils font ? se demandait Kate, à bout de patience.

Le caporal Hadi et son unité n'avaient toujours pas regagné le poste de stabilisation. Kate jetait constamment ses yeux vers l'extérieur dans l'espoir d'apercevoir les phares des Humvees surgir des ténèbres. Mais la ruelle était noire comme la suie qui couvrait les ruines alentour, et les tirs inopinés qui fendaient l'air froid lui procuraient des palpitations et l'envie de ne plus rien avoir à entendre. Plus un bruit, plus rien. Elle couvrit ses oreilles de ses mains. J'en peux plus… Elle était au bord des larmes. Penser à son atelier qui lui manquait était un moyen de se réconforter. Elle aurait tout donné pour rentrer à Londres et oublier cette expédition qui tournait au drame.

Tout en observant le bois se consumer, elle perçut une voix monter dans les airs. L'appel à la prière qui venait de Mossoul-Est sonnait comme un cri terrifiant. On aurait

3. « Le Paradis Perdu », John Milton, (1667).

jamais dû venir ici, se dit-elle, c'était une erreur. Une grosse erreur...

— Il a dû se passer quelque chose... Ils devraient déjà être là.

— Ils seront là d'une minute à l'autre, répondit allègrement Nikita Braguine.

Kate détourna son regard pour masquer son embarras, puis elle s'enroula dans une couverture auprès de Greg. Les maux de tête et la faim n'en finissaient pas de la tenailler. Hasan jeta au feu un tiroir en bois, ce qui raviva les flemmes. Il ne restait plus que deux chaises et un tabouret à leur disposition, après quoi, ils n'auraient ni lumière ni source de chaleur. La nuit s'annonçait longue et glaciale.

— On va finir par nous repérer avec cette fumée, balbutia Greg. Il serait plus sage d'éteindre le feu.

— Je pense qu'il a raison, dit Kate.

— Ce que vous entendez sont des tirs de snipers, expliqua Hasan. Ils ne viendront pas jusqu'ici. Vous pouvez dormir sur vos deux oreilles.

Si cette réponse était censée rassurer Kate, elle manqua son but. Jamais elle ne pourrait dormir dans ces conditions. À côté d'elle, la petite flemme d'une bougie pataugeait dans la cire liquide. D'ici quelques secondes, elle s'éteindrait d'elle-même.

Un homme surgit soudain de la pénombre. Ce n'est qu'à la lumière du feu que Kate le reconnut, c'était ce même homme qu'elle avait surpris en train de faire du pain dans un four artisanal. Cette fois-ci, il apportait des rations d'eau, une portion de pommes de terre, un poulet rôti et du khubz tannour.

Dieu soit loué, songea Kate, en sentant l'odeur de la viande grillée.

L'homme déposa le tout sur le sol, puis il alla vérifier l'état du feu.

— Je vais aller vous chercher de quoi alimenter le feu pour la nuit, annonça-t-il en quittant la pièce.

— Shukraan 'akhi, le remercia Hasan.

Kate proposa à manger à Greg. Visiblement, ce dernier n'avait pas la force de grand-chose, mais il fit tout de même l'effort de se redresser pour manifester son envie. Ses lèvres eurent peine à s'ouvrir lorsque Kate porta un morceau de pain à sa bouche. Il s'efforça à mâcher, mais la douleur était trop grande.

Les quatorze tablettes du coffre étaient rassemblées, consolidées, soigneusement alignées sur le sol. Assit en tailleur, le Professeur Braguine recopiait chaque signe sur un carnet de poche.

— Te souviens-tu des deux symboles présents sur le monolithe qui bloquait l'entrée du tombeau, à Eridu ? demanda-t-il à Hasan.

L'archéologue irakien tentait de rameuter ses souvenirs.

— Il me semble que l'un d'eux était un poisson-chèvre, symbole du dieu Enki, et l'autre, le signe de l'oméga, qui symbolise la déesse Ninmah, sa demi-sœur.

— Parfaitement, attesta le professeur. Il se trouve qu'à l'origine du mythe sumérien Enki et Ninmah se cache une réalité historique et biologique. Cette histoire relate des faits survenus lors de la venue sur terre de ces deux divinités Anunnaki. Les paroles du Seigneur Enki rapportées par le scribe Endubsar en sont le témoignage.

Contre toute attente, le vieil homme se mit à lire les signes qu'il avait sous les yeux : « Prends cette tablette et place-la avec les autres dans le coffre divin. Un jour, viendront ici des élus, qui découvriront le coffre et les tablettes et apprendront tout ce que je t'ai dicté ».

Hasan était bouche bée ; son confrère comprenait les mots énigmatiques gravés dans la pierre avant le Déluge.

— De quoi parle ce mythe que vous venez d'évoquer ?

s'enquit Kate qui suivait la discussion avec intérêt.

Nikita Braguine lui renvoya une question.

— Ma chère, savez-vous d'où vient le mot « maman » ?

Encore une question piège, se dit Kate.

— De la mythologie sumérienne, je présume. Même si je sais qu'il est issu du grec et du latin « mamma ».

Le professeur hocha la tête, satisfait.

— De la mythologie sumérienne, vous avez raison. Ninmah était surnommée Mamma et Mami, deux noms qui ont donné naissance au mot « maman ». Elle est, avec son demi-frère Enki, la créatrice du genre humain, la déesse-mère qui a enfanté l'Adam, « Celui qui vient de la Terre », autrement dit, « le Terrien ».

— Lorsque nous étions dans la Jeep, enchaîna Kate, je vous ai surpris à parler d'une modification du génome humain. Y aurait-il un lien entre cette transformation et le mythe d'Enki et Ninmah ?

— Tout à fait, affirma le professeur. Pour comprendre l'origine du mythe sumérien dit d'Enki et Ninmah, il nous faut effectuer un bond de 300 000 ans en arrière, soit quelque 145 000 ans après la venue sur terre des Anunnaki. À cette époque, la mutinerie des dieux inférieurs qui peinaient dans les mines d'or de l'actuelle Zimbabwe poussa le dieu Enki à prendre une décision, celle de créer un « travailleur primitif » pour reprendre le labeur des dieux.

— « Adam le amal yulad », Adam pour le labeur fut créé, cita Hasan.

— D'où est tirée cette phrase ? s'informa Greg, qui semblait gentiment retrouver la mobilité de sa mâchoire.

— Elle est énoncée dans la Bible.

Subjuguée, Kate venait de réaliser quelque chose qu'elle n'aurait jamais cru possible.

— Les dieux auraient donc créé une race d'esclaves ? interrogea-t-elle.

Nikita Braguine esquissa un sourire rassurant et poursuivit avec une aisance qui la désarçonna.

– Eh bien, l'esclavage aillant été aboli depuis fort longtemps sur Nibiru, le projet de créer un travailleur primitif fut d'abord rejeté par Enlil, le frère d'Enki, qui clamait que cette idée était contraire aux lois qui régissaient aussi bien les voyages interstellaires que celles de leur planète. Seulement Nibiru avait désespérément besoin d'or. Il fallait agir vite ! Les membres du Conseil acceptèrent donc le projet. Le Travailleur qui allait être créé serait un lulu, terme qui signifie à la fois « primitif » et « celui qui a été mélangé ». Les Anunnaki décidèrent d'appeler ce lulu « homme ».

– Vous avez parlé de modification génétique, reprit Kate, ce qui insinue qu'il a forcément nécessité un cobaye pour créer ce lulu ? Est-ce ce à quoi je pense, professeur ? Les dieux auraient-ils transformé un hominidé, un homme-singe, en un homme évolué, doué de parole ?

– C'est à peu près ça, s'enthousiasma le professeur. Il y a 300 000 ans, des troupeaux d'Homo erectus vivaient au sud de l'Afrique, leurs mains étaient adaptées aux outils, ils étaient habitués à creuser la terre. Les Anunnaki capturèrent plusieurs spécimens qu'ils transportèrent à la Maison de Shimti dans l'Abzu, un établissement semblable à un hôpital où se trouvaient des installations biogénétiques.

– Qu'est-ce que l'Abzu ? demanda Greg.

La réponse vint d'Hasan :

– l'Abzu désigne le monde souterrain où se trouvait le domaine minier d'Enki, que l'on situe dans l'actuel Zimbabwe.

Greg était confus, tout cela lui paraissait complètement loufoque.

– Attendez... Si je comprends bien, vous dites que

l'Homme moderne ne serait pas né d'une génération spontanée, mais que des Aliens auraient génétiquement « amélioré » une bande d'Homo erectus qui erraient dans la savane ?

Kate eut envie de rire.

— Rassurez-vous, souleva Hasan, vous n'êtes pas le seul à être sceptique sur le sujet...

— Et quelle est la place d'Adam dans tout ça ? reprit froidement le journaliste. Adam n'est-il pas censé bénéficier du statut de Premier Homme ? Je veux dire, votre histoire est bien belle, mais elle est contraire à la doctrine judéo-chrétienne fondée sur la Bible, et totalement incompatible avec la théorie de l'évolution de Darwin...

— Patience, mon cher, patience ! tempéra le professeur. Nous allons y venir, et vous comprendrez que les récits du « commencement » de la Genèse ont puisé leurs sources dans les textes sumériens qui ont toujours soutenu l'idée selon laquelle les Anunnaki, appelés Nephilim dans la Bible, étaient présents sur terre avant les hommes, et qu'à ce moment l'élevage des animaux, la plantation des arbres fruitiers et la culture des grains n'existaient pas encore. Ainsi est-il écrit dans la Genèse (2 :5) : « [...] aucun arbuste des champs n'était encore sur la terre, et aucune herbe des champs ne germait encore [...] et il n'y avait point d'homme pour cultiver le sol ». Le professeur leva l'index et ajouta : « Jusqu'à ce que les Nephilim ne l'élaborent eux-mêmes ! ».

Kate s'interposa, les yeux révulsés.

— Professeur... entendez-vous par là que ces visiteurs de l'espace se seraient accouplés avec des hominidés ! ?

— Oh, les choses ne sont pas allées aussi vite, répondit placidement le vieil homme. Les premières manipulations génétiques ont donné naissance à des êtres immondes,

difformes, loin de ressembler aux dieux [4]. Certains avaient des dysfonctionnements au niveau du foie, d'autres étaient sourds et avaient les poumons déficients. Ce sont d'ailleurs ces essais qui ont inspiré la création d'hybrides tels que la licorne, le griffon, le phénix, le centaure ou encore le sphinx et le pan. Ces créatures mythologiques, tout comme le Travailleur Primitif, avaient été conçues pour servir les dieux.

Greg réprima un petit rire. Qui pouvait croire pareille ineptie ?

— Alors comment expliquez-nous qu'elles n'existent plus aujourd'hui ? demanda-t-il sur un ton provocateur.

Nikita Braguine répondit patiemment.

— Les médecins clonaient en continu mais en nombre insuffisant. De plus, ces créatures hybrides ne vivaient que quelques décennies et étaient incapables de se reproduire. C'est pour cette raison qu'est intervenue la déesse-mère Ninmah, médecin en chef des Anunnaki. Celle-ci expliqua à Enki et à Ningishzida, le fils d'Enki, maître dans l'art de la génétique, comment créer l'Être désiré : un Anunnaki mâle devait féconder une femelle hominidé afin de combiner leurs deux essences, ce qui fut fait, seulement il n'y eut ni fécondation ni naissance. La seconde option, celle de mélanger l'ovule d'une femelle bipède à la semence d'un Anunnaki fut également un échec. Le nouveau-né engendré par la femelle terrienne ressemblait aux autres créatures, il émettait des grognements, il était poilu, ses mains n'étaient pas faites pour tenir des outils…

Kate faisait travailler ses méninges. Cette histoire commençait à lui plaire.

— L'ovule ne devait pas être fécondé dans le ventre d'une femelle hominidé, fit-elle observer, mais plutôt dans celui

4. Le mythe mésopotamien dit d'« Enki et Ninmah » est une explication de la création de l'être humain par des dieux. Il date du milieu du IIe millénaire av. J.-C.

d'une déesse Anunnaki. Professeur, vous avez dit plus tôt que la déesse Ninmah avait engendré l'Adam, ce qui veut dire qu'elle aurait porté l'enfant dans son ventre.

— C'est effectivement ce qui s'est passé, reconnut Nikita Braguine avec une pointe d'admiration dans la voix. Pour que le résultat soit favorable, l'ovule fécondé devait-être porté par un ventre anunnaki. Ninmah accepta de prendre le risque. Enki et elle réalisèrent le mélange dans un vase d'argile en combinant l'ovule d'une femelle terrienne à l'essence du dieu. L'oeuf fécondé qui en résulta fut introduit dans le ventre de la déesse-mère.

— Donna-t-elle naissance ? demanda Kate, impatiente de connaître la réponse.

Le professeur acquiesça d'un hochement de tête. Tous le regardaient avec stupéfaction.

— Au bout de 10 mois, Ninmah donna naissance à un enfant mâle. Lorsqu'il vint au monde, ce dernier émit un son qui lui était familier. Son corps était à son image. L'enfant n'était pas poilu comme les autres créatures sauvages, ses cheveux étaient noirs et sa peau était douce. Son sang était pourpre comme l'argile de l'Abzu. Enki remarqua que la partie antérieure de ses attributs virils était entourée de peau, ce qui différenciait ce nouvel être des dieux.

Greg affichait un malin sourire. « D'où la circoncision, en vogue depuis l'antiquité ! »

La remarque n'amusa que Kate.

— Après l'avoir nourri au sein, continua le professeur, Ninmah décida de nommer l'enfant Adamu, « Celui qui est comme l'argile de la Terre ». Ce nouvel Être possédait un *tēmu*, un esprit qui lui survivrait après sa mort, car il était désormais lié par le sang aux Anunnaki.

Hasan fit alors le lien avec le récit Biblique :

— « Le premier homme, Adam, devint une âme

vivante. » (1 Corinthiens 15 :45).

Greg semblait avoir oublié la douleur. Si cette histoire était vraie, songea-t-il, elle pourrait bien être la matrice de tous les mythes du monde ! Un putain de scoop !

— Mais attention, précisa Hasan, ce premier spécimen n'aurait pas à travailler, son ADN servirait de moule à la création d'une armée de Travailleurs Primitifs.

Kate ne savait plus où donner de la tête. L'ADN avait été découvert en 1962 par Francis Crick, le lauréat du prix Nobel de médecine disait lui-même que la vie sur terre ne pouvait pas être le fruit du hasard. La naissance de l'Homme moderne non plus… commençait-elle à croire.

— Ces Travailleurs Primitifs, combien étaient-ils au juste ? demanda-t-elle.

— D'après les écrits sumériens, plus d'un millier, répondit Hasan en haussant les sourcils.

Un long silence glissa entre les murs.

Le professeur profita du mutisme de chacun pour ajouter quelque chose.

— En parlant d'ADN, il est intéressant de noter que l'emblème de Ningishzida, le généticien qui leur a prêté main-forte lors des manipulations génétiques, représente deux serpents entrelacés à l'image des deux brins entrelacés de la double hélice de l'ADN. Si vous êtes attentifs, vous vous rendrez compte que cet emblème est resté le symbole du corps médical jusqu'à nos jours. Qui plus est, Nin.gish.zidda signifie littéralement « Seigneur princier de l'arbre de vie ». L'arbre de vie étant dans la Bible le plus grand des dons de Dieu.

L'essence des Anunnaki… marmonna sourdement Kate. Lorsqu'elle était au poste de stabilisation, elle avait remarqué que les deux médecins portaient le caducée sur leurs costumes : une baguette symbolisant l'arbre de vie surmontée de deux ailes et entourée de deux serpents

entrelacés.

— D'après ce que vous dites, laissa filer Greg, le fruit défendu symboliserait cette transformation génétique. On se serait tous fait rouler dans la farine !

— Ou dans l'argile… plaisanta Kate.

Le journaliste pouffa.

— Mais alors, reprit-il, pourquoi dit-on que Dieu insuffla dans les narines d'Adam le souffle de vie ?

Nikita Braguine se tourna vers le journaliste.

— Cette allégorie biblique fait référence au laboratoire où les dieux façonnèrent l'Homme à partir de leur ADN, expliqua-t-il. Comme je vous l'ai dit plus tôt, les essais génétiques se sont déroulés dans la Maison de Shimti, dans l'Abzu. Shi.im.ti donne littéralement : « Là où le vent de la vie est soufflé ». En somme, il s'agit du laboratoire où les Dieux façonnèrent l'Homme à partir de leur ADN.

Une question taraudait tout de même la conservatrice.

— Qu'en est-il d'Ève ? demanda-t-elle. À ce que je sache, nous n'en avons toujours pas parlé.

— Vous voulez parler de « Ti-Amat », répondit le professeur, la « Mère de la Vie », celle qui porte le nom de la planète qui donna naissance à la Terre et à la Lune ?

Kate était confuse. « Ti-Amat ! ?… »

Pour toute réponse, elle entendit le téléphone portable du professeur vibrer. En découvrant le message affiché sur l'écran, Nikita Braguine eut soudain l'air d'avoir oublié quelque chose. Ce n'était sans doute pas très important, mais on sentait qu'il avait un mauvais pressentiment. Il renfonçait son téléphone dans sa poche quand un bruit survint de l'extérieur.

— Ce doit être le caporal Hadi, se réjouit Kate.

Avant même qu'elle n'ait eu le temps de se retourner, trois hommes encagoulés firent irruption avec des fusils d'assauts. L'un d'entre eux hurla quelque chose en arabe.

La fille… comprit Hasan. Ils sont là pour Kate !

En apercevant l'un des hommes s'avancer rapidement vers elle, Kate leva les mains au-dessus de sa tête en signe d'impuissance. Deux bras musclés lui saisirent aussitôt les poignets. Greg tenta de la retenir, mais un violent coup de crosse venant de côté s'abattit sur sa tête et il s'effondra comme une masse sur le matelas.

– Ne bougez plus ! fulmina le soldat en brandissant son arme.

L'homme encagoulé immobilisait Kate avec tant de force qu'elle ne pouvait plus faire usage de ses membres. Par réflexe, elle secoua la tête, ignorant une main qui la tenait par les cheveux. Puis ce fut le noir, un épais tissu lui couvrait maintenant le visage. On eût dit un sac en toile de jute. La conservatrice cherchait désespérément l'air où elle pouvait quand une odeur de produit chimique lui emplit les narines. Elle sentit d'un coup sa tête tournée et ses esprits se perdre.

– Lâchez-moi ! aboya-t-elle à travers la toile. Lâchez-moi, bande de chiens !

Chapitre 29

NEW YORK

12 juillet 2017

Titanpointe, Manhattan
21h40

Cela faisait cinq fois déjà qu'Albert Fuchs réécoutait le même message : *L'abonné souhaité est actuellement indisponible... veuillez rappeler ultérieurement.*

Pourquoi Dick Sawers ne répondait-il pas au téléphone ?

L'officier supérieur de la NSA glissa sa carte dans la borne magnétique, le voyant vert s'alluma et la porte coulissante s'ouvrit. En pénétrant dans le sas de sécurité, il porta un instant son regard sur la photographie du Washington Monument fixée au mur de l'autre côté de la vitre. Il ne se souvenait pas l'avoir déjà vue. Sans doute ne l'avait-il jamais remarquée. Le cliché avait été pris depuis les marches du Lincoln Memorial, si bien que le bassin reflétait l'obélisque dans toute sa longueur. La pierre angulaire de la tour pointait le sol d'un côté et le ciel de l'autre. La symétrie était parfaite.

Fuchs frissonna, quelque chose venait de lui revenir en mémoire : la version latine d'une planche représentant la Table d'émeraude.

Après le décès de Mia, il avait vendu la maison familiale pour s'installer dans l'appartement qu'il occupait à Upper East Side. Il revoyait encore Ariane démonter le cadre puis rouler la planche pour la ranger dans l'un des cartons de déménagement. Ce tableau avait toujours été

suspendu au-dessus de la cheminée du salon, entre deux têtes de chevreuil empaillées, sans qu'il n'y ai jamais vraiment prêté attention. Mia l'avait dénichée dans un magasin d'antiquités, se rappelait-il, un après-midi où elle faisait des visites d'appartements à West Village en vue de trouver à Ariane un logement plus proche de son collège. Elle affectionnait particulièrement ce texte considéré comme l'un des plus célèbres de la littérature alchimique et hermétique. Selon la légende, disait-elle, la Table d'émeraude contenait l'explication des secrets qu'Hermès Trismégiste, le Père de la Sagesse Occulte, détenait et qu'il aurait cachés aux hommes. Fuchs ne savait ni de qui ni de quoi il s'agissait. À vrai dire, il s'en souciait comme d'une guigne, il avait des affaires plus urgentes à régler, comme aujourd'hui.

En observant le reflet de l'obélisque dans le miroir d'eau, il se prit à chuchoter l'une des douze formules présentent sur la Table d'émeraude : « Ce qui est en bas est comme ce qui est en haut, et ce qui est en haut est comme ce qui est en bas ».

Douze formules. Voilà que ce nombre faisait à nouveau surface.

Fuchs avait toujours pensé que ce texte cosmogonique expliquant l'origine, la nature et la structure du cosmos fonctionnait principalement au niveau de l'intuition. Mais, depuis les propos d'Ariane, il trouvait à cette formule alchimique un sens nouveau.

Nous sommes les doubles de nos créateurs, pensa-t-il en se rappelant que la pierre angulaire du Washington Monument avait été posée lors d'une cérémonie maçonnique le 4 juillet 1848, jour du 72e anniversaire de l'Indépendance. Fuchs avait entendu cette rumeur selon laquelle le 4 juillet était le seul jour de l'année où la constellation d'Orion se levait en même temps que

Alias Adam

Charles Legrand

Alias Adam

le soleil. Dès les premières lueurs du jour, les étoiles résidaient au-dessus de l'obélisque dont la coiffe nimbée d'une flaque dorée pointait vers leur direction. Etait-il possible que Nibiru, la planète de nos Créateurs, se cache parmi ces étoiles ?

Fuchs traversa l'immense hall d'un pas rapide. Titanpointe était désert. Les lumières du couloir du 24e étage s'allumèrent lorsqu'il sortit de l'ascenseur. Au fond du long couloir, le distributeur automatique vrombissait comme un vieux réfrigérateur. Ce qui est en bas est comme ce qui est en haut, et ce qui est en haut est comme ce qui est en bas... Et dire que cette phrase était restée des années sous son nez. Il accéléra le pas, passa devant le bureau de Frank Winter et remarqua que la porte était entrouverte et qu'une lumière était allumée.

— Frank, t'es là ? lança-t-il en frappant deux fois à la porte.

Aucune réponse. Son collègue s'était absenté.

Fuchs foula la moquette gris foncé du petit bureau de l'analyste, l'œil aux aguets. Le moniteur était éteint, la chaise tournée vers l'extérieur. Il ne va pas tarder à revenir, songea-t-il, en s'avançant dans la pièce qui sentait le renfermé. Le long d'une armoire remplie de revues de presse et de magazines, des documents étaient empilés dans des cartons. Il en souleva quelques-uns, les examina, et se rendit vite compte qu'il s'agissait d'anciennes archives déjà classées. Il poursuivit méticuleusement son inspection, allant même jusqu'à fouiller dans les tiroirs d'un caisson mobile posé contre un mur couvert d'un papier peint effrité. Jusque-là, aucune trace des manigances de son collègue... Fuchs bouillonnait de l'intérieur, il était si concentré dans sa tâche qu'il n'entendait même plus le bruit du distributeur automatique qui n'était pourtant qu'à quelques mètres. C'est alors qu'un lambeau de feuille dépassant d'une pochette transparente attira son regard. On pouvait y lire les inscriptions suivantes :

ERIDU, IRAK
B42 KAO-054

ERIDU, IRAK
B43 KAO-054

Des références, songea-t-il en prenant la feuille entre ses doigts. Une flèche griffonnée à la va-vite semblait indiquer un lieu, mais il ne comprenait pas l'explication qui l'accompagnait. Il leva la note à hauteur des yeux dans un effort intense de concentration. Et, alors qu'il s'efforçait de décrypter cette mystérieuse écriture, il finit par en comprendre la signification. Il était écrit « British Museum ».

Fuchs pouvait sentir son sang battre à ses tempes. Les questions se bousculaient : À quoi correspondaient ces références ? Pourquoi Frank Winter avait-il pris cette note ? Etait-il en relation avec Sarah Johnson ? Comment la connaissait-elle ? Si c'était le cas, qu'étaient-ils en train de comploter ?

Il empoigna la pochette transparente et en sortit son contenu, l'esprit en effervescence. Il avait maintenant sous les yeux la page 36 d'un rapport d'opération archéologique rédigé par le Professeur Braguine, et dont l'en-tête était celui de la Kurdistan Archaeology Organization. Le texte, datant de mai 1976, était illustré de schémas et de photographies, dont l'une montrait un crâne de grosse taille coiffé de filets d'or et de bijoux.

L'espion se figea net à l'instant où un bruit sourd lui parvint aux oreilles, comme un bourdonnement. Il s'approcha du mur et le bruit se répéta, désormais bien distinct. Il en était convaincu, à présent, quelqu'un parlait au téléphone dans la pièce adjacente. La cafétéria !

En glissant le rapport sous sa veste, Fuchs remarqua qu'une carte SIM venait de chuter sur la moquette. Ce n'est qu'après plusieurs secondes qu'il réalisa de quoi il s'agissait ; les deux agents du FBI qui avaient trouvé le téléphone portable dans le conteneur à ordures avaient notifié qu'aucune carte SIM ne se trouvait à l'intérieur. Frank Winter était-il à l'origine du SMS ? Etait-ce un canular qu'il aurait orchestré en catimini ? Suspicieux, Fuchs sortit du bureau et s'avança vers la porte de la cafétéria. Il tendit une oreille, l'ouïe à l'affût, et reconnut aussitôt la voix de Frank. Ce dernier parlait en arabe. Fuchs ignorait que son collègue maîtrisait cette langue. Par moments, quelques mots anglais faisaient irruption : « La fille », « Les corps », « Le professeur », autant de signaux qui suscitèrent son intérêt. Et puis certains noms de lieux : « Mossoul », « Jabal al Lawz », « Aéroport ». La tonalité de la voix de Frank montait et descendait par intermittence, comme s'il effectuait des allées et venues dans la salle. Fuchs colla davantage son oreille contre la porte. L'interlocuteur semblait insister sur la Tablette VI, car l'analyste faisait régulièrement mention de l'objet. « Laissons Fuchs régler ça pour nous », trancha finalement Winter.

À cet instant, le coeur de Fuchs fit un faux bond ; son collègue avait tout l'air de mener une opération parallèle dont il n'avait pas connaissance... Il eut soudain l'envie brûlante d'ouvrir la porte et de se jeter sur l'analyste pour en découdre. Au lieu de ça, la porte de la cafétéria s'ouvrit et le visage de Frank Winter apparut. Les deux hommes se retrouvèrent face à face.

– Je sais ce que tu fabriques, enfoiré ! pesta Fuchs en pointant du doigt l'analyste. Je sais que c'est toi qui as envoyé ce SMS. J'ai hâte de voir ta tête quand le FBI l'apprendra !

Winter lui ria au nez. « Et moi donc », fit-il en regagnant son bureau, son portable à la main.

Fuchs s'écarta pour le laisser passer, le visage transformé par la colère.

— J'aurai la tablette en premier !

L'analyste se retourna, lançant un regard désinvolte à son collègue.

— Tu m'en vois ravi, dit-il en accompagnant ses mots d'un sourire pernicieux. Si seulement il n'y avait que ça !

Puis il claqua la porte de son bureau.

Chapitre 30

LONDRES

9 juillet 2017

Covent Garden
20h34

Dick Sawers était recroquevillé dans le coffre de sa voiture. Au moment de mettre les gaz, Dean avait ouvert la portière et braqué son arme sur sa tempe, lui ordonnant de couper le moteur et de sortir du véhicule. Sawers avait tout de même fait une marche arrière, cependant, un obstacle l'avait empêché de reculer davantage, ce qui avait laissé juste assez de temps à Dean pour se positionner devant le véhicule et braquer son arme sur lui. L'homme n'avait rien pu faire, un bras s'était ensuite enroulé autour de son cou, avait serré si fort sa trachée qu'il s'était évanoui.

La voiture effectua un premier virage à gauche, puis un second. Où m'emmènes-tu ? se demandait Sawers, encore étourdit. L'homme essayait de rouler sur lui-même pour faire face au hayon. S'il parvenait à l'ouvrir de l'intérieur, sans doute pourrait-il s'échapper du véhicule. Alors qu'il essayait de se faire le plus petit possible, il entendit une mélodie qui lui était familière : la sonnerie de son portable. L'appareil sonnait à l'avant du véhicule. Fuchs, c'est vraiment pas le moment !

Un nouveau virage, nettement plus serré, lui secoua la tête. Puis la voix assourdie de l'agent Smith se fit entendre :

– J'ai attrapé ton gars, je suis au volant de sa voiture. Prends le livre et les documents de Farib Babouri et rejoins-moi.

L'instant d'après, la voiture s'arrêtait. Une portière s'ouvrit puis se claqua.

— Tu es sûr de ce que tu fais ? lança Brittany.

— C'est le seul moyen d'en savoir plus. Fais-moi confiance.

Depuis le coffre, Dick Sawers essayait de comprendre ce qui était dit, mais les voix étaient trop étouffées par le bruit du moteur.

— Où est-ce qu'on va ?

— J'ai un garde-meuble dans un hall de stockage à Southwark. Je ne l'ai jamais vendu. C'est à deux pas de mon appartement.

Brittany regardait Dean fixement, craignant de savoir ce qu'il avait en tête.

À la sortie du London Bridge, Dean prit sur la gauche et emprunta une voie souterraine sur une centaine de mètres. Un bruit sourd et menaçant fit soudain tressaillir Sawers. C'était tout proche, au-dessus de sa tête. Puis le bruit disparut comme il était venu, en une fraction de seconde. Le métro ! Où est-ce qu'on est ?

La voiture s'arrêta, le moteur était toujours allumé. On entendit le chuintement d'une vitre se baisser. Il y eut un « bip » électronique et le véhicule redémarra doucement. Des bruits de métal montèrent des roues puis la voiture s'arrêta de nouveau. L'agent Smith ouvrit la porte, un trousseau de clés à la main. Une serrure se déverrouilla, suivie d'un grincement, celui d'un volet roulant en train de s'ouvrir.

« Au secours ! À l'aide ! Aidez-moi ! » criait Sawers d'une voix désespérée.

Quand le hayon s'ouvrit, la lumière des néons du plafond l'éblouit avec une extrême violence. Une odeur de cave flottait dans l'air, une odeur de ferraille aussi. Dean le tira hors du coffre et l'immobilisa brusquement. En plissant les yeux, Sawers découvrit l'endroit où il se trouvait. Un local de stockage. À peine eut-il le temps de prendre la mesure de ce nouvel environnement que Dean lui assena un violent coup de coude en pleine tête. Des étoiles se mirent à scintiller sous ses paupières.

Lorsqu'il rouvrit les yeux, Sawers eut pour réflexe de bouger ses bras ; impossible, ses épaules étaient repliées dans son dos. Il se rendit compte que des menottes liaient ses poignets et que ses chevilles étaient ligotées.

L'instant d'après, une ampoule s'alluma, une ombre le submergea, l'enveloppant tout entier.

— Qui est Albert Fuchs ? grogna Dean.

En plissant les paupières, Sawers essayait de distinguer le visage de son ravisseur, mais il était encore sonné et sa vue était trouble.

Dean brandit un téléphone portable devant son visage.

— Je le répète une dernière fois, qui est Albert Fuchs ?

— Vous ne saurez rien.

La voix de Brittany surgit dans le dos de Dean, lui demandant de venir. Elle avait l'air particulièrement soucieuse, comme si elle venait de faire une découverte déconcertante. Dean remarqua qu'elle tenait dans une main un document. Il le saisit et le porta à hauteur des yeux. C'était une carte d'identification. Les armoiries royales du Royaume-Uni figuraient dans l'angle supérieur gauche. Juste à côté, on pouvait lire : SECRET INTELLIGENCE SERVICE.

Dean n'en croyait pas ses yeux. Cet homme est un agent du MI6…

— Approche, poursuivit Brittany en soulevant le panneau du fond du coffre. Je le savais, j'en étais sûre !

Dean se pencha vers l'avant et aperçut dans l'espace de rangement un costume d'agent de sécurité. Il détourna son regard sur l'homme assit dans le fond du local. Alors c'est toi !

— Vous perdez du temps, grommela Sawers sur un ton malicieux. Il vous reste moins de 48 heures...

Dean s'empressa d'ouvrir l'un des cartons et en sortit du ruban adhésif. Il en arracha un morceau avec ses dents et le colla sur la bouche de l'agent.

— On verra bien combien de temps vous tenez ! dit-il en photographiant l'homme avec son portable.

Il fit ensuite signe à Brittany de regagner la voiture. Le volet roulant se referma dans un crissement rythmique.

Chapitre 31

MOSSOUL

12 juillet 2017

Aéroport international

Kate ouvrit ses yeux encore lourds d'épuisement. L'air moite et humide lui rappela l'odeur des couloirs de la base de Makhmour où elle avait atterri le matin même.

Que s'est-il passé ? Où suis-je ?...

Elle ne se rappelait plus s'être endormie, ou plutôt évanouie. En voyant ses pieds glisser sur le sol elle crut un instant flotter, avant de réaliser que ses bras étaient enroulés aux cous de deux hommes qui lui agrippaient les mains. Une violente douleur lui montait des poignets aux épaules, jusque dans la nuque. Ce n'est qu'après plusieurs secondes qu'elle prit véritablement conscience de ce qui lui arrivait ; on était en train de la transporter, à son insu.

À travers les mailles du sac qui lui couvrait le visage, Kate pouvait entrevoir les bottes de ses ravisseurs avancer d'un pas rapide et bruyant sur ce qui devait être du carrelage. Leurs mouvements se déclinaient en une succession d'images floues et saccadées, si bien qu'elle aurait juré qu'ils étaient une dizaine. Elle relâcha sa nuque et sa tête retomba sur sa poitrine. Ses paupières se refermèrent d'elles-mêmes. Au détour d'un croisement, elle sursauta quand des plafonniers s'allumèrent à la chaîne. Elle finit par entendre des paroles ; une voix grave venait de hurler quelque chose en arabe, une autre, lointaine, résonna entre les murs. Kate comprit qu'elle se trouvait dans un couloir. On la tira dans une pièce sans lumière et elle se retrouva soudain assise dans un fauteuil de bureau. La porte se referma puis ce fut le silence, un silence aussi froid que les accoudoirs en acier sur lesquels elle venait de poser les coudes. Elle hésita un instant à ôter le sac de sa tête, mais elle se retint. Quand des bruits de pas se firent entendre de l'autre côté du mur, les souvenirs lui revinrent tout à coup. Tout s'était passé très rapidement ; des hommes encagoulés, des mains qui l'agrippent, une odeur de produit chimique... Elle se rappelait vaguement avoir été transportée par un véhicule, emmenée dans un bâtiment, descendue plusieurs escaliers puis traversée un couloir. Combien de temps s'était-il écoulé ? Pourquoi l'avait-on kidnappé ?

La porte s'ouvrit et plusieurs hommes entrèrent dans la pièce.

Sous le sac en toile, Kate n'y voyait pas grand-chose, mais la lueur pénétrante du couloir qui reluisait sur le carrelage lui permit tout de même d'apercevoir des jambes autour d'elle. Ils étaient trois, ils étaient armés. L'un d'entre eux était posté dans son dos. Kate pouvait sentir le canon de son fusil l'effleurer, comme une provocation.

— Aghliq albab ! Ferme la porte, cria l'homme devant l'entrée.

Un bruit de métal se fit entendre, suivit d'un claquement aigu. Kate n'osait pas bouger. Elle gardait ses mains bien serrées entre ses cuisses. C'est alors qu'elle aperçut des pieds s'avancer vers elle. On entendit à peine les pas. L'instant d'après, une main retirait violemment le sac de sa tête. La lumière du couloir l'aveugla si fort qu'elle contracta involontairement ses paupières. Elle plissa ensuite les yeux pour mieux distinguer l'homme qu'elle avait en face d'elle, mais l'imposante silhouette noire était dos à la lumière. Malgré cela, Kate continuait de fixer son visage, essayant de ne pas montrer sa peur.

— Qui êtes-vous ? osa-t-elle demander.

L'homme ne répondit pas.

Peu à peu, la vue de Kate s'accommoda et elle découvrit le visage de son ravisseur. La première pensée qui lui vint à l'esprit fut pour le petit Mehdi : « Il avait un ruban noir sur la tête et une longue barbe. Il portait un uniforme couleur de la terre ». L'homme la fixait d'un air sévère, ses sourcils étaient noirs, une arme de tir et une machette pendaient sur sa poitrine. D'après Kate, ce devait être le chef du commando. Face à son visage hideux, elle serra fort la mâchoire pour ne pas craquer. Elle n'arrivait même pas à pleurer. Pourtant, elle aurait tellement voulu laisser couler les larmes. Il va me tuer ! Kate se raidit et ferma les yeux sous la gravité de la situation, essayant de faire abstraction de tout ce qui l'entourait. Lorsqu'elle les rouvrit, un petit caméscope posé sur un trépied la fixait. C'est alors que le sac en toile lui retomba sur le visage. Elle entrevit un voyant clignoter rouge entre les mailles du sac, et comprit que le chef venait d'appuyer sur REC. Le caméscope était maintenant en train de la filmer. Kate sursauta quand les membres du commando brandirent leurs armes dans un bruit du tonnerre.

— La ilaha illa Allah ! clamèrent-ils à l'unisson. La ilaha illa Allah !

La conservatrice était transie de peur, ces hommes venaient de citer deux fois la devise de l'État islamique : « Il n'y a de dieu que Dieu. Point de divinité à part Dieu ».

L'homme à sa gauche s'avança vers elle, machette en main. La nuque de Kate se crispa lorsqu'elle sentit la lame glisser le long de son cou.

Chapitre 32

NEW YORK

12 juillet 2017

Titanpointe, Manhattan

Un grand vide, telle est l'impression que Fuchs éprouvait en s'asseyant dans son fauteuil. Il avait la sensation de tomber de vingt-quatre étages, sans pouvoir se raccrocher à quoique ce soit. Une chute vertigineuse. Qui était cette fille dont Winter avait parlé au téléphone ? Lorsqu'il avait infiltré le téléphone portable de Sarah Johnson, Fuchs était tombé sur un échange de messages entre elle et sa fille. Cette dernière allait bientôt se rendre à Mossoul dans le cadre d'une expédition archéologique en compagnie du Professeur Braguine. Etait-ce la fille dont Winter parlait ? Fort probable. Après tout, de quelle autre fille aurait-il pu s'agir ? Une autre question le tourmentait : quel était le rapport entre Kaitlyn Johnson, un aéroport et les corps que Winter avait évoqué en dernier lieu ?

L'espion déposa le rapport d'opération archéologique sur son bureau et l'examina. L'écriture, sur le papier jauni, s'était estompée avec les années mais était toujours lisible.

Les sondages profonds menés sur le téménos de Tell Abou Shahrain ont permis de détecter une petite nécropole enterrée dans des couches très anciennes. L'ensemble de la construction est homogène, sans indice de transformation. Un enjeu majeur de cette opération concernait la date de construction de ce monument, qui demeure indéterminée.

Les corps de cinq hommes armés de dagues de cuivre, de casques et de lances en électrum, ont été identifiés au fond du conduit. Les squelettes sont fortement dégradés par l'acidité du terrain granitique. Au sud, se trouvaient les corps de dix femmes richement parées. Elles étaient ensevelies en pleine terre sur deux rangs et se faisaient face. Les restes d'une lyre et d'une harpe accompagnaient ces dames. Le positionnement des squelettes laisse supposer qu'il s'agit d'une mise en scène de type « banquet », aillant précédée, a fortiori, une mise à mort de l'ensemble des occupants.

La fouille extensive a permis de découvrir, en contrebas du caveau, deux tombes dans des chambres en pierre aménagées dans de fortes cavités. Le mobilier, les objets et les sculptures étaient susceptibles de fournir des indices de premier ordre. Ils sont faits d'or et d'argent et se sont révélés stériles.

Les squelettes ont été examinés dans le temps imparti à la fouille. Leurs corps reposent dans des cercueils. La femme était entièrement recouverte d'une cape d'or constituée de cordons de gemmes et de perles. Elle arborait un bijou ras-de-cou au centre duquel était accroché un insigne d'or : une rosace à douze pétales. La tombe de l'homme était aussi d'une richesse extraordinaire, et se trouvait précisément sous celle de la dame. Un roi et une reine auraient été enterrés là avec un total de cinquante-quatre servants.

Si les attentes concernant la date de construction de la nécropole sont demeurées sans réponse, la découverte inopinée de ces deux tombes est riche d'enseignement ; leurs occupants furent frappés à mort. Des traces de coups portés à la tête ont pu être identifiées. Les symboles et les graphies archaïques présents sur le mobilier, les ustensiles et la joaillerie, attestent que ce roi et cette reine appartiennent à la Maison d'Anu, le dieu du ciel dans la mythologie mésopotamienne – preuve pour la postérité de leur statut de demi-dieux.

Fuchs ne put s'empêcher de repenser au lambeau de feuille découvert dans le bureau de Winter. À l'évidence, les références qui y étaient inscrites correspondaient aux corps de ces deux individus. C'est alors que l'histoire de la découverte de l'or sur la Terre s'imposa à lui avec toute la frayeur qu'elle lui inspirait. Au cours de ses explications, Ariane avait évoqué un dénommé Anu, qu'elle disait être le roi de Nibiru, celui qui avait condamné Alalu à l'exil sur Mars. Contre toute attente, un jeu de miroirs et de références s'opérait dans l'esprit de l'espion. Il existait un lien entre le récit de sa fille et le rapport du Professeur Braguine. Et cette suture, pour le moins subtile, résidait dans un nom, Anu. Maintenant qu'il avait fait lui-même le rapprochement, Fuchs n'avait plus l'impression d'avoir affaire à l'histoire fantastique d'un livre de contes, mais plutôt à la matrice d'un mythe qui s'imposait comme réalité historique.

Le rapport d'opération archéologique s'accompagnait d'une note manuscrite collée sous la photographie du crâne. Le Professeur Braguine s'y exprimait à la première personne : « J'ai pris la mesure des os à partir de la ligne médiane sommitale. Les données sont troublantes. La longueur des os occipitaux n'a rien d'habituel. La pression des sédiments ne pouvant en être la cause, il va sans dire que la capacité cérébrale de cette femme dépassait largement celle de l'homme moderne ».

Secoué par cette dernière révélation, l'espion sentit son corps s'enfoncer dans le fauteuil. La suite du rapport précisait que l'analyse ADN des os du roi et de la reine allait être effectuée par le Département du Proche-Orient ancien du British Museum, et que, selon toute vraisemblance, les résultats révéleraient des génomes à même d'expliquer les différences ADN et mtADN constitutives de notre chainon manquant.

Son portable perso se mit à sonner. C'était Dick Sawers. Son contact à Londres le rappelait enfin !

Il décrocha et porta son téléphone à l'oreille.

— Allô ? fit-il d'un ton réprobateur.

Personne ne répondit.

— Dick, tu m'entends ?…

Il perçut le souffle d'un homme à l'autre bout du fil.

— Dick, est-ce que c'est toi ?

Toujours pas réponse.

L'espion raccrocha de peur qu'on ne localise sa position. Il n'avait perçu qu'un souffle régulier à l'autre bout du fil, comme une respiration forte. Dick a des ennuis ! Il s'apprêtait à rappeler son ami avec un téléphone GSM quand son portable se mit à vibrer. On venait de lui envoyer un message, en l'occurrence un fichier. Fuchs pianota sur son clavier et l'élément apparut. Il sentit son pouls s'accélérer quand il découvrit la photo. On y voyait son ami agenouillé contre un mur, le visage ensanglanté et les bras repliés dans le dos, avec sur la bouche du ruban adhésif en guise de bâillon. Le flash de l'appareil photo lui conférait un teint cadavérique.

Fuchs avait désormais la conviction que la sécurité de l'opération était compromise. Il empoigna le téléphone GSM, un Nokia 8210, le genre d'appareil qu'on retrouve entre les mains des trafiquants de drogue. Pas de Bluetooth, pas de NFC, pas de Wifi. En somme, l'appareil idéal pour passer sous les radars de la police et des services de renseignement. Au sein de la NSA, tous les agents étaient équipés du seul smartphone certifié « sécurisé » par l'agence : le Sectera vIPer. Fuchs en avait un lui aussi. Ce gros machin à la pointe de la technologie avait le don de l'énerver à chaque utilisation, il n'y comprenait strictement rien.

Il composa le numéro de Dick sur son vieux Nokia et enclencha la touche verte.

La ligne téléphonique sonnait.

— Allô ?

Fuchs ne s'attendait pas à ce qu'on décroche si vite. Il ne reconnaissait pas la voix de son ami. Pourtant, il s'agissait bien d'une voix masculine.

— Qui est au téléphone ?

— Albert Fuchs, dit l'homme au bout du fil. Si j'étais vous, je ne raccrocherais pas.

Ce qu'il fit.

Chapitre 33

LONDRES

9 juillet 2017

Southwark
23h50

Les empreintes de leurs mains sur la baie vitrée étaient encore bien visibles. Brittany n'avait pas ressenti ça depuis longtemps. À vrai dire, pas depuis la fois où Dean lui avait fait l'amour contre cette même vitre immense trois mois plus tôt. Elle avait toujours pensé que ça ne se reproduirait jamais, que ça faisait partie de ce genre de petits coups de folie qui ne surviennent qu'une fois, ne laissant qu'un vague souvenir dans la mémoire.

Avec un soupir de satisfaction, elle étendit son corps nu sur le canapé et s'abandonna un instant au bruit des sirènes qui montaient des rues agitées de Londres. Elle se mit à rêvasser, ne pensant à rien d'autre qu'au plaisir qu'elle éprouvait d'être là, dans ce canapé auprès de Dean, au-dessus de tout.

Quelques minutes plus tôt, alors qu'ils étaient en pleins ébats, lui allongé sur le canapé et elle assise dos à lui, les jambes écartées à califourchon, leurs verres de vin s'étaient malencontreusement renversés sur la peau d'ours du salon.

Dean fixait maintenant la tache rouge d'un air amusé. Visiblement, il n'en avait que faire.

— Ça faisait longtemps que je voulais m'en débarrasser, dit-il, les mains derrière la tête.

— De quoi tu parles ?

— De cette fichue peau d'ours.

— Et pourquoi tu ne l'as jamais fait ?

— C'est un cadeau de ma mère, ricana-t-il. Je n'ai jamais trouvé de bonne excuse pour m'en séparer. Maintenant, j'en ai une !

— Elle va être ravie de l'apprendre !

Brittany s'était tournée vers la vitre, le regard porté sur la ville qui brûlait de lumières. Les innombrables faisceaux des phares qui sillonnaient les rues lui donnaient l'impression de faire face à un circuit imprimé gigantesque. Elle remarqua que le ciel était plutôt brumeux et d'un gris-rouge qui donnait à la lune l'allure d'un soleil en pleine nuit.

— Sais-tu comment la Terre et la Lune ont été créées ? lança-t-elle subitement.

Dean ne s'attendait pas à cette question. Il se laissa choir dans le canapé à côté d'elle.

— Eh bien… je sais que la Lune a été créée à partir de la Terre, et que la Terre s'est formée à partir d'un gros nuage de poussière de roches, de métal et de gaz. Au début, elle n'était qu'une boule massive en fusion.

Brittany semblait considérer ses paroles.

— Tu viens de décrire la naissance de Tiamat, la planète à partir de laquelle auraient été créées la Terre et la Lune il y a quelque quatre milliards d'années.

Une chose de plus que Dean ignorait. Mais, comme il se montrait tout de même curieux, Brittany enchaîna :

— Il existe une planète que les Sumériens nommaient Nibiru, expliqua-t-elle en désignant le livre du Professeur Braguine sur la table basse. Cette planète graviterait autour de deux soleils depuis les confins gelés du Système solaire, bien au-delà de l'orbite de Neptune. Cet objet super massif aurait une période orbitale de 3 657 ans pour être exacte.

Dean l'interrompit avant qu'elle n'eût le temps de

poursuivre.

— Attends... dit-il en s'appuyant sur ses coudes, tu n'es tout de même pas en train de me parler de cette planète hypothétique que les scientifiques surnomment « planète X » ?

Elle ricana, avant de le corriger.

— Pour ta gouverne, le X n'est pas une lettre, mais un chiffre romain.

— Qu'est-ce qui te fait dire ça ?

— En vérité, on devrait l'appeler la planète XII, ou plutôt « douzième planète », comme le faisaient les Sumériens, seulement de nos jours nous ne comptons ni la Lune ni Pluton à notre Système solaire, ce qui fait de cette planète la dixième, à condition de prendre en compte le Soleil, bien sûr. Voilà pourquoi les scientifiques l'appellent planète X et non planète XII. Je peux poursuivre mon explication ?

Dean se contenta de faire un geste de la main, lui signifiant de poursuivre.

— L'orbite de Nibiru étant instable, reprit-elle, ce corps céleste serait un jour entré en collision avec la planète Tiamat, engendrant ainsi la Terre, le Ciel et la Lune.

— D'où ce cratère béant dans le Pacifique, se permit d'évoquer Dean. J'ai toujours su qu'il y avait une explication rationnelle à cela. La Terre présente un gouffre océanique d'un côté et un rassemblement de continents de l'autre.

Il réfléchit un instant, songeur, puis ajouta :

— Il y a cependant quelque chose qui m'échappe... Comment une planète aurait pu créer le Ciel ?

— Parce que le ciel dont il est question n'est tout simplement pas celui auquel tu penses. Les Hébreux utilisaient le terme raqiya pour désigner le ciel. Ce mot, qui décrit une structure nécessairement solide, est dérivé d'un verbe signifiant frapper, marteler du métal, et peut être traduit par l' « étendue » ou le « firmament ».

Dean fit les yeux ronds.

— Le firmament de la Genèse serait quelque chose de solide ?

— Oui. Le mot « firmament » vient du latin firmamentum, qui signifie « ferme » et « rendre ferme », ce qui traduit cette idée d'une structure solide. Les Akkadiens utilisaient un terme très proche de celui des Hébreux pour désigner le ciel, le mot rakkis, dont le sens est particulièrement explicite puisqu'il signifie littéralement le « bracelet martelé ».

— Le bracelet martelé, répéta Dean à mi-voix. Cela me fait vaguement penser à la ceinture d'astéroïdes qui gravite autour des cinq premières planètes.

Brittany le regarda avec affection.

— Tu as raison, s'enthousiasma-t-elle. Le firmament de la Bible ferait directement référence à la ceinture d'astéroïdes qui est composée des résidus de l'impact entre Nibiru et Tiamat, et non des résidus du système solaire primitif comme l'affirment la plupart des scientifiques.

— D'accord, mais où veux-tu en venir, au juste ?

— Le Professeur Braguine explique que Nibiru est la planète d'origine des Nephilim de la Bible, et que, lorsque cette planète percuta Tiamat, les acides nucléiques qui constituent son ADN se répandirent dans notre Système solaire, ce qui expliquerait pourquoi un hominidé, un terrien, serait sexuellement compatible avec un Nibirien.

— Nous sommes issus de la même souche, observa Dean.

— Oui. Il est d'ailleurs fort probable que ces êtres avancés, tout comme nous, soient passés par le stade hominidé avant de devenir des « superhumains ».

Dean tiqua. « Si cette collision avait vraiment eu lieu, tu penses bien que la Terre aurait connu d'autres cataclysmes de cette nature... »

Un demi-sourire releva la commissure des lèvres de Brittany.

– Ah oui ? le détrompa-t-elle, et que fais-tu de l'extinction des dinosaures ? De la période glaciaire ? Du Déluge ? Des trois grandes étapes que la marche de l'humanité vers la civilisation ait connues, chacune séparée par des périodes de 3 600 ans. Je cite : la première révolution agricole, vers 11 000 av. J.-C., l'invention de la poterie, 7 400 av. J.-C., la naissance de la civilisation sumérienne et de l'écriture, 3 800 av. J.-C. Et on peut continuer comme ça avec la rédaction de la Bible au IIIe siècle av. J.-C. Dean, nous avons toutes les raisons de croire que ces avancées nous viennent d'ailleurs !

– Ça va, ça va, j'ai compris… grommela-t-il. En gros, cette collision aurait permis à la Terre de se terraformer, tout comme on essaie de le faire avec Mars aujourd'hui. Si je comprends bien, l'ensemble de la vie sur terre proviendrait d'une autre planète, une planète où la vie existait déjà.

– Oui, il est possible que ce que l'homme s'apprête à faire sur Mars ait déjà été fait par les Anunnaki sur la Terre il y a 445 000 ans.

Dean ouvrit de grands yeux. « Peut-être que les hommes deviendront à leur tour les dieux d'une nouvelle espèce », souleva-t-il avec entrain. « Après tout, la vie est un éternel recommencement ! »

Brittany lui sourit tendrement et il fit de même. Alors qu'elle fixait la lune qui surplombait Big Ben, il lui sembla que le reflet de la lumière du salon sur la baie vitrée lui remémorait quelque chose. Ce n'est qu'après plusieurs secondes qu'elle comprit quoi.

– C'est sûrement une carte, devina-t-elle. Où est mon portable ?

Dean saisit l'appareil qui était resté enfoncé dans l'angle

du canapé et lui tendit. Brittany l'empoigna à la hâte et ouvrit la galerie. Avec deux doigts, elle zooma sur la photo de la traduction de la Tablette VI et observa attentivement les plus menus détails. Miracle ! Ce qu'elle avait pris pour des reflets de lumière était en réalité une sorte de plan dissimulé derrière le texte.

— Regarde bien ces lignes, dit-elle en portant l'écran de son portable vers Dean. J'ai d'abord pensé que ces reflets étaient dus à l'éclairage du Musée, mais en examinant les choses de plus près, on constate que ces lignes et ces cercles ont été tracés avec des instruments de géométrie.

Elle se mit une tape sur la tête. « Comment ai-je pu ne rien voir ! ? »

Dean plissa légèrement les yeux pour affiner sa vue. À la manière d'un tour de magie, l'ensemble devint tout à coup plus clair, net et précis. Une succession de cercles concentriques se chevauchaient, parmi lesquels on discernait d'autres cercles plus petits, mouchetés de points et de signes. C'est pas croyable ! Il avait pourtant relu le texte une dizaine de fois, sans ne rien relever d'étrange, pensant que la photo était tout bonnement ratée.

— Le secret de cette tablette réside sûrement là, conclut-il, comme s'il venait de le découvrir par lui-même.

— Merci Dean, rétorqua Brittany avec sarcasme. Cette carte doit effectivement renfermer un secret que la reine souhaite à tout prix préserver, ce qui justifierait sa venue à Thames House ce matin.

Dean consulta sa montre.

— Mets une culotte, lança-t-il soudainement.

— Pardon ! ?

— Habille-toi, Kyle et Maddison vont bientôt arriver.

Chapitre 34

MOSSOUL

13 juillet 2017

Tell Kuyunjik
Base militaire américaine

Lorsque Greg rouvrit les yeux, il sentit une odeur de solution alcoolique flotter dans l'air. Il tenta de se relever, en vain. Son corps était lourd et sa tête lui faisait terriblement mal. Il remarqua tout de même qu'on avait pris soin de plier son pantalon et sa chemise et qu'on avait disposé ses effets personnels sur un tabouret.

Qu'est-ce que c'est que cet endroit ? Quelle heure il est ?

Le soleil tapait fort sur la toile de la tente. Greg chercha des yeux une bouteille d'eau, ou n'importe quoi susceptible d'assouvir sa soif. Ses paumes et son front étaient trempés. Sur le lit voisin, un homme toussait à s'en arracher la gorge. Greg pivota sa tête vers la droite pour voir à qui il avait affaire. Son compagnon de chambre avait le visage entièrement bandé. L'une de ses jambes, plâtrée de la cuisse au talon, était suspendue à une sangle. Deux orifices laissaient tout juste dépasser ses lèvres et son nez. Greg le fixait avec horreur : ça aurait pu être lui. De l'autre côté du lit, un homme en blouse bleue poussait un chariot de soins. Un autre médecin venait de l'appeler, réclamant de l'aide : « On a besoin de plus de morphine ! ». De suite, l'homme en blouse s'affaira auprès du malade.

Encore sous le choc, Greg reposa sa tête sur l'oreiller. Il contempla un instant le plafond de la tente, cherchant désespérément à rafraîchir sa mémoire. Comment se faisait-il qu'il ne se souvienne de rien ? Il crut soudain entendre une voix hurler dans son esprit, puis une image lui revint, celle du regard terrifié de Kate lorsqu'elle se retrouva emprisonnée dans les bras de son ravisseur. Kate ! Était-elle ici ?

Le journaliste luttait de toutes ses forces pour se redresser. Après maints efforts, il parvint à s'asseoir au bord du lit, et rattrapa de justesse le support de perfusion. Il arracha d'abord les ailettes de fixation collées sur le dos de sa main, puis ses yeux se révulsèrent lorsqu'il libéra l'aiguille du cathéter qu'il avait sous la peau.

Ce n'est qu'en touchant le sol qu'il ressentit pleinement le malaise qu'il endurait. Il n'avait aucune force dans les pieds. En prenant appui sur ses mains, il tenta de se mettre debout. Sitôt, sa tête se mit à tourner. Il y voyait double. Greg crut un moment s'évanouir, mais il eut suffi de quelques secondes pour que son corps sorte de l'engourdissement. Il clopina vers le pan de la toile qui laissait pénétrer la lumière extérieure. Plus il avançait, plus la lumière se faisait forte et aveuglante. Il se demandait s'il n'était pas en train de mourir. Lorsqu'il avait quitté son corps sur le lit du poste de stabilisation, il avait vu exactement la même chose : un ange qui irradie de lumière avant de le conduire au royaume des morts.

En poussant la toile de la tente, Dean remarqua qu'un homme en uniforme, lourdement armé, était posté juste derrière. Quand son regard se posa sur l'écusson du militaire, tout lui revint en mémoire : une bonne heure après la disparition de Kate, l'armée américaine avait débarqué à bord d'un Humvee dans lequel il était monté avec le Professeur Braguine et Hasan. Il s'était ensuite endormi sur son siège, incapable de garder les yeux ouverts.

Des rangées de tentes militaires s'étendaient devant lui par dizaine. En considérant leur nombre, l'artillerie et les engins lourds, Greg estima que la base devait abriter plusieurs centaines de soldats. Il décida de s'échapper par la droite en longeant la tente, mais avant d'avoir eu le temps de le faire, il surprit le professeur discuter avec un homme coiffé d'une casquette à visière. Tous deux se tenaient à une vingtaine de mètres de là, juste devant l'entrée d'une tente dont l'accès était formellement défendu. Ils doivent chercher Kate ! Greg remarqua tout de suite que l'homme en treillis parcourait constamment les alentours du regard, comme pour s'assurer qu'on ne les écoutait pas. Peu de temps après, ce dernier invita d'un geste discret le professeur à entrer dans la tente.

Au moment où Greg pensait les rejoindre, une voix l'interpella dans son dos.

— Veuillez regagner votre lit !

Greg sursauta et se tourna vers celui qui, sans avoir pris la peine de s'annoncer, venait de lui hurler dessus comme sur un chien.

— Qui êtes-vous ? répliqua-t-il d'un air inquiet. Où est-ce que je suis ?

*

— Voici les objets que l'agent Winter nous a demandé de rassembler pour vous, lança le général Camden en joignant ses mains dans son dos. Comme vous pouvez le constater, mes hommes travaillent vite.

— Et avec beaucoup de maladresse, ne put s'empêcher de dire Nikita Braguine, les épaules basses de découragement. Ces hommes ne savent vraiment pas ce qu'ils manipulent…

Une quantité insoupçonnée de tablettes d'argile était agglomérée dans une caisse de grosse taille. Le professeur semblait avoir perdu toute motivation, comme s'il craignait de retrouver le second fragment de la tablette en miettes. Il en observa le contenu, et nota qu'on avait tout de même pris soin de ranger les tablettes par ordre de taille. Ben voyons ! Un sentiment d'abattement le saisit lorsqu'il vit qu'en surface tout n'était que débris et fragments, de petits morceaux de terre sèche dont s'échappaient quelques pictogrammes tout à fait grossiers et indistincts.

— Kaitlyn Johnson se doute-t-elle de quelque chose ? demanda le général Camden.

Nikita Braguine leva les yeux sur l'officier. La stature de l'homme l'impressionnait beaucoup.

— Pas à ma connaissance, mon général.

— J'ignore ce qu'il y a dans cette boîte, Professeur Braguine, et je m'en contrefiche, mais sachez que l'agent Winter a mon entière confiance. Alors surtout ne me chiez pas dans les bottes, trouvez cette fichue tablette et foutez le camp !

Abasourdi, le professeur hocha la tête à deux reprises.

Le général tourna les talons et se dirigea vers la sortie. Avant de quitter les lieux, il désigna de l'index l'ensemble de la base militaire.

— Encore une fois, Professeur Braguine, vous n'avez rien vu, rien entendu.

L'homme fit volte-face.

— Attendez ! le retint le professeur. Où et quand vont-ils relâcher Mademoiselle Johnson ? Est-ce qu'elle va bien ?

Il y eut un court instant de silence sous la tente.

— Ceci, professeur, est le problème de demain.

— L'agent Winter m'a affirmé que vous aviez un accord !

— Au cas où vous ne l'auriez pas remarqué, dans ce pays, rien ne se passe normalement.

Un commando de la force Delta allait être dépêché pour retrouver Kaitlyn, c'est la réponse évasive qu'avait trouvée

Nikita Braguine pour rassurer Hasan qui ne comprenait ni l'inaction de l'armée américaine ni celle de la Division d'Or. « Je suis sûr qu'elle va très bien » venait de lui dire le professeur, « Kate sera de retour parmi nous bientôt ». Le vieil homme devait tout de même se garder de paraître trop sûr de lui, c'est pourquoi il avait ajouté : « Du moins, je l'espère ». Hasan l'avait dévisagé attentivement, comme s'il avait cherché à comprendre quelque chose, mais il n'avait pas répondu. Il ne voulait pas s'impliquer dans cette histoire d'enlèvement.

Après de deux heures de tri sans interruption, ils étaient finalement venus à bout des six caisses. Aucune tablette ne ressemblait, ni de près ni de loin, à la Tablette VI.

– Ces salauds ne nous ont pas tout livré ! maugréa Nikita Braguine d'un air sévère. Ils veulent juste s'assurer que la tablette ne se trouve pas dans ce lot !

Aussi loin qu'il s'en souvienne, Hasan n'avait jamais entendu son confrère s'exprimer de la sorte. Ce dernier était révolté, ses yeux injectés de colère, ce qui éveilla en lui des soupçons. Que venait faire l'armée américaine dans tout ça ?

– Dis-moi la vérité, Nikita, osa-t-il se prononcer. Pourquoi as-tu à ce point besoin de trouver la seconde moitié de cette tablette ?

La question parvint aux oreilles du professeur avec un léger retard. L'heure avait sonné. S'il ne voulait pas perdre la confiance d'Hasan, il allait devoir lui dire la vérité.

– La Tablette VI ne ressemble à aucune autre, expliqua-t-il. Sur la partie inférieure figure une carte. J'ai besoin du second fragment pour la compléter.

– Une carte ?...

– Oui, et je crois savoir où elle conduit.

Le professeur ôta ses lunettes dans un geste lent, et ajouta :

— Hasan, je pense pouvoir retrouver Adam.

L'archéologue éclata d'un rire moqueur.

— Nikita… chercher Adam revient à chercher Jésus, c'est impossible !

— Ce que tu dis est intéressant, répondit le professeur en prenant un air entendu, car la naissance de Jésus est directement liée à celle d'Adam. Le « dernier Adam », cela peut sembler surprenant, est l'un des noms attribués à Jésus-Christ. Alors qu'Adam, le premier homme, l'animal, celui qui a été tiré de la terre et qui devint une âme vivante, le « dernier Adam », dit Jésus, devint un esprit vivifiant.

Une incohérence de taille dérangeait cependant Hasan.

— Adam n'était-il pas déjà doté d'un esprit ? Enki l'a dit lui-même : « Ce n'est pas une créature, c'est un Être ! ». Il entendait par là que l'enfant était semblable aux dieux, qu'il possédait du *tēmu*, un esprit qui lui survit dans l'Au-delà.

Nikita Braguine fit un signe d'assentiment.

— Tu as parfaitement raison, l'esprit est l'élément immatériel incarné en chaque être humain. Dieu, dont le prénom personnel YHWH se rattache au verbe « être », a dit à Moïse : « Je suis celui qui suis », ce qui implique que l'être n'est rien s'il n'est esprit. Dieu est donc l'être qui n'est qu'esprit, l'être qui n'est qu'être. Dès lors, si Dieu a fait l'homme à son image, il va de soi qu'Adam était pourvu d'un esprit au même titre que Jésus, le « dernier Adam », celui qui a servi de tête de turc pour configurer pleinement l'Homme à la ressemblance de Dieu, quand Adam l'était déjà, par la volonté des Anunnaki.

La chaleur pesant sur lui, le professeur marqua une courte pause. Avant de reprendre :

— Qu'entends-tu lorsque tu prononces plusieurs fois le prénom Jésus ?

Hasan répéta plusieurs fois « Jésus » dans sa tête. Au bout de la dixième fois, si pas plus, il n'entendait plus que deux mots.

— « Je Suis », lâcha-t-il.

L'archéologue garda le silence, sa stupéfaction était sans borne. En tant que parfait monothéiste, il vouait un profond respect au prophète chrétien, il priait Allah cinq fois par jour et lisait le Coran tous les soirs avant de s'endormir. Quand il était trop fatigué, il se levait plus tôt le lendemain et rattrapait les pages manquées la veille, avant de se rendre à la mosquée et d'entamer les deux rakaâtes du *Fadjr,* la première prière de la journée.

Le général Camden fit soudain irruption dans la tente.

— Avez-vous trouvé ce que vous cherchiez ? se renseigna-t-il, le regard sévère.

— Je regrette... répondit le professeur en dissimulant son amertume. La Tablette VI ne se trouve pas dans ce lot.

Étonnamment, le général semblait satisfait de la réponse. Il y avait une raison à cela ; en faisant sauter une cloison du palais à coups d'explosifs, ses hommes étaient tombés nez à nez sur une importante quantité de tablettes cunéiformes qu'ils avaient classées par ordre de taille puis rangé dans une caisse. Le général avait cru reconnaître la Tablette VI, avec son morceau de texte et sa représentation schématique avec inscriptions, comme Frank Winter lui avait décrit. Maintenant que les propos du professeur confirmaient son avis, le général savait qu'il ne s'était pas trompé en mettant cette tablette de côté.

— Très bien, dans ce cas, regagnez votre tente !

Nikita Braguine et Hasan quittèrent les lieux dans le plus grand silence. En traversant la base militaire, le sifflement suraigu d'une foreuse attira leur attention. Ils cherchèrent d'où venait le bruit et s'en approchèrent en longeant les rangées de tentes, veillant à ce que personne ne les remarque. Ils aperçurent bientôt, à leur grande surprise, une galerie profonde creusée par l'armée américaine. Le professeur observa le chantier et ses installations quelques instants, avant de se tourner vers l'archéologue et de lui chuchoter :

— Nous allons y descendre, cette nuit.

Chapitre 35

MOSSOUL

13 juillet 2017

Aéroport international

Kate pensait ne jamais revoir la lumière du jour. Il devait faire nuit dehors, car elle n'entendait plus aucune activité dans le couloir, plus aucune voix, plus aucun bruit de pas derrière la porte.

La voix de sa mère lui résonnait toujours à l'esprit. Comment avait-elle su ?

En laissant tomber sa tête en arrière, le goût âcre de la viande lui remonta au travers de la gorge. Jamais elle n'aurait imaginé pouvoir ingérer une telle horreur, et pourtant, elle s'y était résignée pour éviter de s'évanouir. Elle était au moins sûre d'une chose : si on lui donnait à manger, c'était pour la garder vivante.

Elle se tâta la poitrine, et remarqua que le talkie-walkie n'était plus dans la poche de son gilet pare-balles. Ces salopards le lui avaient confisqué, comme son téléphone portable.

Si je ne sors pas d'ici, se dit-elle, je vais y laisser ma peau !

Ses joues étaient encore bien chaudes des coups qu'elle avait encaissés. Après que le chef du commando eut terminé l'enregistrement, l'un des militants avait plongé sa main sous le sac en toile et agrippé ses cheveux. Kate avait poussé un cri d'effroi et, dans un mouvement de colère, avait repoussé l'homme d'un geste violent. Deux autres l'avaient immobilisée de force, et celui qu'elle venait tout juste de frapper s'était mis à lui palper la poitrine en se touchant le sexe par-dessus son pantalon. Elle avait essayé de se débattre, mais les trois hommes l'avaient épuisée à coups de gifles. Sur le moment, Kate était persuadée que le pire était encore à venir. Heureusement pour elle, le chef était intervenu, mettant un terme à ce débordement.

Maintenant qu'elle était seule dans cette petite pièce, Kate était terrifiée à l'idée que ces hommes reviennent, qu'ils lui sautent dessus et la viole. Le Professeur Braguine lui avait dit que les derniers militants de Daech se cachaient dans l'aéroport de la ville. Etait-ce là qu'elle se trouvait ? Difficile à dire... la pièce ressemblait à n'importe quel bureau administratif. D'autant qu'on l'avait entièrement vidée, ne laissait que le fauteuil dans lequel elle était assise depuis des heures.

Kate se leva, s'étira, fit rouler sa tête. Elle avait besoin de se dégourdir les jambes. En avançant droit devant elle, son pied gauche heurta la gamelle qu'elle avait abandonnée sur le sol. L'objet vrilla un instant sur lui-même puis le silence revint. A priori, elle était seule. Elle marcha alors à tâtons en direction de la porte ; quitter cet endroit était sa seule option. Au bout de quelques pas, une surface froide lui indiqua qu'elle touchait au but. Elle chercha la clenche dans le noir, l'empoigna, exerça dessus une pression. Une petite voix à l'intérieur d'elle lui soufflait de ne pas faire ça. Bon gré mal gré, elle relâcha la clenche, se laissa glisser contre la porte et s'agenouilla sur le carrelage. Elle cacha son visage dans ses mains, retenant les larmes qui se mirent à couler. Lorsqu'elle releva la tête, la lumière du couloir était allumée. Une lueur blafarde irradiait sous la porte. Des bruits de pas montaient maintenant du fond du couloir.

Bordel de merde !

Kate blêmit, elle ne savait que faire. Elle se dépêcha de regagner le fauteuil, laissa tomber sa tête sur son épaule et ferma les paupières comme si elle était en train de dormir. Tout en elle s'était mis à trembler.

L'instant d'après, une clé s'enfonçait dans la serrure.

Chapitre 36

LONDRES

10 juillet 2017

Southwark.
00h15

Quand Maddison franchit le seuil de la porte, son regard se posa immédiatement sur Brittany. Elle resta silencieuse, mais son expression était éloquente : Qu'est-ce qu'elle fait ici, celle-là ?

Brittany détourna le regard pour ne pas avoir à la saluer. Elle aurait tant aimé que Maddison voit la tache de vin sur la peau d'ours, qu'elle s'imagine des choses, mais Dean s'était dépêché de la faire disparaître, sans doute pour cette raison. Il n'avait rien trouvé de mieux que de la jeter dans le fond de la baignoire et de tirer le rideau.

Kyle entra dans l'appartement, ses épaules touchaient presque les murs. On aurait dit qu'il avait gonflé ses bras avec une pompe et que ça l'empêchait de respirer. Brittany lui fit la bise. Elle n'avait pas le souvenir de ce sourire ravagé et de ce nez bossu. En même temps, elle ne l'avait pas revu depuis une année au moins.

Dean flanqua une tape sur l'épaule de son coéquipier. « Tu vas bientôt être beau comme Mickey Rourke », le chambra-t-il.

Brittany semblait choquée de voir Kyle dans cet état.

– Quelques complications lors d'une opération, lui glissa-t-il. Rien de grave.

– Une chute à moto, expliqua Dean, il a failli y passer. Disons que le chirurgien a su recoller les morceaux.

Visiblement, Kyle n'avait pas le cœur à plaisanter. Il alla droit au but.

— Il est déjà tard, fais-moi le topo.

— Je suis dans la merde, déclara Dean, l'affaire Babouri a refait surface.

— Je vois.

En découvrant la vue à travers la baie vitrée, Kyle émit un sifflement admiratif.

— Bah mon cochon, tu te fais pas chier !

— On fait ce qu'on peut avec ce qu'on a, répliqua Dean en une fausse modestie.

Ils retirèrent chacun la batterie de leurs portables et prirent place dans le salon. Dean leur fit part de la situation.

— Je suis prêt à mettre ma main au feu que ce véreux d'Adams t'a balancé, lança Kyle.

— Adams qui ? s'étonna Maddison qui pensait connaître l'histoire sur le bout des doigts.

— Après l'incarcération de Farid Babouri, la BBC a voulu nous interviewer, Dean et moi. Comme on avait l'appui de la direction l'ordre d'abandonner toute l'histoire a été donné aux journalistes de la chaîne, ce qui évidemment a éveillé des soupçons. Ted Adams, l'un des producteurs qui se montrait trop curieux a été viré le lendemain. Il a été repris par ITV quelques jours plus tard pour poursuivre l'enquête. Ce merdeux a dit dans « Good Morning Britain » que la BBC avait essayé d'étouffer l'affaire Babouri pour cacher une vérité sanglante. Quelque chose a fuité, c'est indéniable, seulement trop de monde est mouillé dans l'affaire pour savoir de qui ça vient.

— Sanglante ? s'enquit Maddison qui avait peur pour Dean. Il a vraiment employé ce mot ?

— Oui, fit Dean en haussant les épaules avec indifférence.

— C'est là qu'on a dû inventer la fin de toutes pièces, poursuivit Kyle. Un faux procès, une fausse peine, une fausse libération. Au regard de la justice, Farid Babouri erre dans la nature sans papier.

Dean l'interrompit.

— Et moi je suis protégé grâce au principe d'immunité qualifiée accordé par la Cour Suprême.

Brittany parut gênée. Elle en apprenait un peu plus à chaque seconde.

— Et comment a réagi Ted Adams ?

Kyle prit la parole.

— Cet enfoiré a déclaré au Telegraph que la direction de BBC lui avait refusé d'interviewer les agents impliqués dans l'incarcération de Farid Babouri. Heureusement pour nous, ce n'est jamais allé plus loin.

Maddison dévia la tête, non pour éviter le regard de Brittany, mais parce que celle-ci venait tout juste de déposer un passeport sur la table basse.

Dean saisit le document.

— Dick Sawers, du MI6, m'a transmis le passeport de Farid Babouri plus tôt dans la journée.

— Pourquoi aurait-il fait ça ? demanda Kyle.

— C'est là que Brittany entre en scène, fit Dean.

À son tour, elle leur raconta tout ce qui s'était passé dans la journée : l'e-mail, le rendez-vous, la visite imprévue de la reine et surtout, la Tablette VI du British Museum.

Lorsque Kyle entendit l'histoire de l'attentat sur Thames House, il éclata de rire.

— Je sais bien qu'avec le MI6 on se titille un peu, mais quand même ! Ce con vous prend vraiment pour des quiches !

Maddison ne put s'empêcher d'échapper un petit rire discret.

— En gros, conclut-elle en se tournant vers Dean, soit tu mets la main sur cette fichue tablette, soit Sawers remet l'affaire sur le tapis.

— Et il y en a de la merde en dessous ! plaisanta Kyle.

— Oui, sauf qu'on a déjà attrapé le type, expliqua Dean. Dick Sawers est dans mon garde-meuble, à Southwark.

Kyle rit de plus belle.

— Le mec se prend pour Batman !

À côté de lui, Maddison venait de comprendre ce que Dean avait derrière la tête.

— Ne me dis pas que tu comptes commanditer un assassinat pour faire inculper Babouri ? Je veux dire... un faux Babouri ?

— Précisément, répliqua Brittany en jetant ses yeux dans ceux de Maddison. C'est précisément ce que nous comptons faire. On vole la tablette et on provoque un attentat. Le passeport de Farid Babouri sera retrouvé par la police à l'arrière du véhicule, ce qui fera la risée des journalistes qui le rendront coupable de l'explosion et du vol. Dean sera définitivement blanchi. Ensuite, on retourne à Southwark faire cracher le type.

— Vous voulez monter un coup à la Charlie Hebdo, comprit Kyle qui ne semblait pas plus surpris que ça.

Dean lui adressa un petit sourire complice, ainsi qu'à Maddison.

— Et on va avoir besoin de votre aide.

Chapitre 37

NEW YORK

12 juillet 2017

Titanpointe, Manhattan.
23h59.

On frappa à la porte. Surprit, Albert Fuchs sauta sur son fauteuil.

— Albert, c'est Frank, ouvre.

L'espion s'empressa de cacher le document dans l'un des tiroirs de son bureau. Il glissa le livre du Professeur Braguine dans sa sacoche et mit l'écran de son moniteur en veille.

— J'arrive, annonça-t-il d'une voix pressée.

Après quelques instants, il entrouvrit la porte de son bureau avec retenue.

— Qu'est-ce qui t'amène ? lança-t-il sur un ton peu aimable.

Dans l'encadrement de la porte, Frank Winter tenait deux verres à spiritueux dans une main et une bouteille de bourbon Wathen's Single Barrel dans l'autre.

— J'aimerais qu'on mette les choses à plat, à l'amiable, si tu veux bien, fit-il en accompagnant ses mots d'un sourire hypocrite. Je peux entrer ?

À défaut de ne pas s'en être jeté un chez Weather Up, Fuchs accepta l'invitation de son collègue.

— Je t'en prie, entre, dit-il en s'écartant de l'entrée. La journée a été longue, j'en ai bien besoin.

Winter prit place dans le canapé sans qu'on l'y invite. Il déposa les verres sur la table basse et déboucha la bouteille.

— Quel foutu merdier, hein ?

— Je ne te le fais pas dire…

Une sonnerie se fit entendre. L'analyste sortit son portable et consulta le message qu'il venait de recevoir. D'après l'expression de son visage, il paraissait soulagé. Il esquissa même un petit sourire de satisfaction.

— Sinon, comment va ta fille ? reprit-il, en apercevant la photo d'Ariane collée au cadre de l'écran de l'ordinateur.

— Tu fais bien d'en parler, s'enthousiasma Fuchs, nous avons diné ensemble ce soir.

— Chez qui ?

— Chez Daniel.

— Très bonne adresse.

Fuchs avait compris, l'analyste de stratégie internationale était venu prendre la température. Quelle que soit la raison de sa venue, l'espion surveillerait ses propos : son collègue pouvait avoir dissimulé un micro quelque part.

Winter lui tendit un verre à demi rempli de bourbon. Fuchs se leva du fauteuil pour trinquer, puis il porta le verre à son nez, humant les arômes délicats de bois neuf, de paille et de vanille. Il avala une gorgée puis déposa le verre sur la table basse.

Frank le resservit et commença :

— Un vol a été organisé au départ de l'aéroport de Farnborough, c'est à 1h40 de Londres. Un jet se chargera de transporter les corps et la tablette en Arabie saoudite. Mon contact sur place s'appelle Zak. Le décollage est prévu à 6 heures tapante, demain matin.

À l'évidence, Winter n'avait caché de micro nulle part.

Fuchs fit l'étonné.

— Les corps ?…

— Je sais que tu es entré dans mon bureau, Albert, je ne suis pas le dernier des abrutis. Ce que je veux, c'est que la cargaison arrive à l'heure, et cela inclut la tablette, insista-t-il. Après quoi, je te demanderais de bien vouloir oublier cette histoire.

Albert Fuchs avait la gorge serrée. Il s'assit dans le canapé, le visage soucieux. Il connaissait suffisamment Winter pour savoir qu'il ne plaisantait pas.

— C'est que... comment dire, il y a eu quelques complications.

Ces mots irritèrent Winter.

— C'est-à-dire ?

— Disons que tout ne s'est pas passé comme prévu, lui confia l'espion. Dick Sawers, un ami du MI6 qui était censé récupérer la tablette pour nous, est retenu captif par un agent de la Special Branch depuis deux jours.

Winter termina son verre cul sec.

— Qu'est-ce qu'il veut ?

— Il sait pour la fille de Sarah Johnson. Lui et son équipière comptent la retrouver.

L'analyste était dans une impasse : si l'on venait à découvrir que la NSA était derrière tout ça, l'info s'ébruiterait et on remonterait jusqu'à lui. Il pourrait être démis de ses fonctions.

— Et la tablette ? s'empressa-t-il de demander.

— La situation est à notre avantage, tenta de le rassurer Fuchs. Dick est en mesure d'inculper l'agent pour meurtre d'un homme d'origine syrienne séjournant à Londres. Tu peux être sûr que le flic va se charger personnellement de cette affaire pour éviter les ennuis.

Winter termina son verre, se leva et se dirigea vers la porte, avant de jeter un regard sombre à son collègue. Tu es donc incompétent à ce point ? semblait-il dire.

— J'ignore pourquoi la direction ne t'a pas viré après les

attentats du 11 septembre, maugréa-t-il sur un ton calme. Ils ont dû t'oublier, c'est pas possible...

Fuchs tenta de garder son sang-froid.

— Le gouvernement américain a été mis hors de cause, répliqua-t-il. C'est l'essentiel.

— Parce qu'on a une fois de plus soudoyé la presse, pauvre crétin !

Cette évocation mit l'espion hors de lui. C'était la goutte de trop.

— Je te défends de m'insulter !

Winter le dévisagea avec impertinence.

— T'as intérêt à remettre de l'ordre dans tout ça, vieux, et très vite ! Autrement je m'en prendrai à ce que tu as de plus cher, le menaça-t-il en désignant du menton la photo d'Ariane.

Fuchs resta d'abord muet de saisissement. Puis il y eut un cliquetis métallique, comme le bruit d'un pistolet qu'on arme à la main. Winter se retourna. Fuchs le visait d'une arme. Les mains de l'espion tremblaient à en perdre le contrôle.

— Tu m'as déjà pris ma femme, Frank, tu ne me prendras pas ma fille !

— Qu'est-ce que tu racontes ?

— Le soir où tu m'as demandé de revenir à Titanpointe pour te filer un coup de main, j'étais en route pour retrouver Mia au restaurant. Elle était en voiture. Quand je l'ai appelée pour lui dire que j'aurais du retard, elle a grillé un feu sans faire exprès. Un camion de livraison l'a percutée de plein fouet et elle est morte sur son lit d'hôpital trois jours plus tard... Ses derniers mots ont été : « Mon Dieu, que s'est-il passé ? ».

Fuchs se revoyait hurler dans le conduit du téléphone. La collision avait mis fin à l'appel.

— À cause d'un putain de rapport ! renchérit-il, le doigt

sur la gâchette. Mia avait dit « d'accord », bon sang ! Elle avait dit « je t'attendrai » !

Winter fit un pas en avant, une main tendue faisant signe à son collègue de baisser son arme.

– Calme-toi, Albert. J'ai parlé sous la colère, je ne le pensais pas.

– Comme toutes ces remarques désobligeantes que tu m'infliges depuis des d'années, Frank, tu ne les pensais pas ! Je n'ai jamais rien dit par crainte de représailles. Mais aujourd'hui, tout ça, c'est terminé !

Le coup était parti tout seul. Le recul de l'arme envoya Fuchs dans le canapé. Pris de panique, l'espion laissa tomber le pistolet sur le sol. Son visage était déformé par la peur.

Une tache rouge se décrivait lentement à travers la chemise de Winter. La balle s'était perdue dans son épaule. L'analyste porta une main sur la blessure, comme pour vérifier qu'elle était bien réelle.

– Espèce d'enfoiré ! fulmina-t-il, les yeux injectés de rage.

Winter se rua de tout son poids sur son collègue et lui assena un poing en pleine figure. Fuchs essayait de se débattre, mais son adversaire était plus fort et plus lourd que lui. Sa main gauche parvint tout de même à saisir la bouteille de bourbon sur la table. Il prit son élan et frappa violemment la tête de son collègue. Assommé, l'analyste tomba raide entre le canapé et la table.

Chapitre 38

MOSSOUL

13 juillet 2017

Tell Kuyunjik
Base militaire américaine

La clarté de la lune dessinait tout juste les pourtours de la galerie. Hasan en avait froid dans le dos ; l'idée de descendre dans le tunnel ne le réjouissait pas du tout. Il avait gentiment essayé d'en dissuader le professeur, persuadé que des sentinelles feraient la ronde dans la zone de fouilles. Sans doute les avait-on déjà repérés avec des lunettes de vision nocturne, et qu'on attendait patiemment qu'ils s'enfoncent davantage dans la galerie pour intervenir.

— Passe-moi la lampe, lança sèchement le professeur.

Le faisceau lumineux rassura instantanément Hasan, qui examina avec attention l'endroit où ils se trouvaient. Ils avaient débouché sur un carrefour dans lequel convergeaient différents boyaux étroits. Trois en tout.

— Comment ont-ils pu faire passer des engins là-dedans ?

— Ils ont dû creuser différentes entrées, supposa Nikita Braguine. Viens, suis-moi, il n'y a pas de temps à perdre.

Le long des parois glissaient d'interminables enfilades de câbles électriques. De temps à autre, des chiffres romains figuraient sur des blocs de pierre. Hasan en avaient déjà surpris un sur un filon de roche au niveau du carrefour. Les différentes pièces et couloirs du palais avaient été numérotées. Le professeur examina tour à tour les trois directions qui se présentaient à eux. Au bout de quelques minutes, il prit enfin la décision d'emprunter le tunnel de gauche.

– Pourquoi celui-ci ? l'interrogea Hasan.

– Parce que l'air y est plus lourd, persifla le professeur.

En s'appuyant sur sa canne, le vieil homme s'engagea dans le nouveau boyau, plus étroit que le précédent, plus pentu aussi. En constatant la profondeur de la galerie, il se demanda s'il avait fait le bon choix, car le sol était particulièrement glissant. Au bout d'une cinquantaine de mètres, un nouveau chiffre romain s'imposa à eux : XXXVI. La galerie s'ouvrait sur une longue et haute salle bordée de soulagement en pierre ornés de frises. Devant tant de beauté et d'extravagance, le professeur sentit son corps frémir. Un miracle venait de jaillir sous ses yeux. Les immenses dalles finement sculptées en très bas-reliefs se déployaient sur des dizaines de mètres linéaires. Hasan et lui s'engagèrent dans la salle en franchissant une porte encadrée de deux immenses taureaux ailés, protecteurs des seuils.

– Ces orthostates font partie des plus belles œuvres jamais réalisées par les Assyriens, fit remarquer le professeur en projetant le faisceau lumineux de la lampe autour de lui. Nombre d'entre eux décorent aujourd'hui les galeries du British Museum et du Louvre, mais leurs tailles sont bien moins importantes que ce que nous avons ici.

On y voyait des scènes de guerres violentes, des conducteurs de dromadaires et des archers tentant de fuir les cavaliers assyriens. Sur d'autres figuraient des scènes de chasse aux lions, où les fauves étaient criblés de flèches et entourés de chars et de chevaux. De fines inscriptions en akkadien retraçaient le récit des campagnes militaires menées par le roi. Dans les parties hautes des murs, des décors somptueux de briques glaçurées s'étendaient sur toute la longueur de la salle. D'autres encore avaient été peints à même la terre crue. Il n'en restait que de vagues nuances, quasiment imperceptibles à l'œil mais tout même admirables.

Une lueur d'espoir était de nouveau bien vive dans les yeux du professeur.

— On dirait que la chance nous sourit, lança-t-il en s'attardant sur l'orthostate. Les archives royales ne doivent plus être loin.

Sur la pierre de gypse, le roi d'Assyrie portait un costume de chasse brodé de rosettes. D'une main puissante, il tenait le lion par la gorge, de l'autre, il achevait sa proie en lui plongeant son épée dans la poitrine.

— Assurbanipal considérait cette chasse comme un sport qu'il pratiquait dans le parc palatial, se prononça Hasan, des piqueurs et des rabatteurs étaient chargés de délimiter une clôture à l'intérieur de laquelle des lions allaient l'affronter.

— C'est exact, confirma le professeur. Ces exploits avaient pour but d'exalter sa force et sa virulence afin de maintenir le respect de ses sujets et du peuple soumis.

Hasan et lui contemplaient l'extraordinaire décor de chasse quand une lumière jaillit du fond la salle, signalant une activité.

— Eteins la lampe, chuchota le professeur qui crut voir une forme furtive passer au loin.

Plusieurs voix leur parvenaient maintenant comme un murmure. Des soldats en faction ? se demandait Hasan, dont la respiration était courte. Ils s'engagèrent dans une seconde salle en se faufilant le long des blocs dressés. À l'autre bout, deux individus firent leur apparition. L'un d'eux remis à l'autre un objet emballé dans un morceau de tissu.

— Cet objet doit rester en notre possession jusqu'à destination, c'est impératif.

Nikita Braguine reconnut le timbre de voix du général Camden.

— Ne le remettez au Professeur Braguine qu'une fois dans l'avion. Cet homme est le seul capable de décrypter le message qu'elle renferme, alors faites en sorte de le garder vivant. Quant à l'archéologue et au journaliste, débarrassez-vous en, mais je ne veux pas d'eux à la base. Et assurez-vous qu'ils ne parlent pas, surtout le journaliste. Rien de ce qui se passe ici ne doit être rendu public. Faites-en une priorité.

Hasan tressaillit.

— Très bien, mon général, et que fait-on de la fille ?

— Embarquez-la avec vous, le professeur aura besoin d'elle.

La lumière s'éteignit et on entendit le bruit d'un moteur s'allumer. Deux gros phares blancs projetèrent de puissants faisceaux à travers la porte. Nikita Braguine et Hasan se blottirent contre un mur pour éviter de se faire voir. Le véhicule démarra, puis le ronronnement du moteur se fit de plus en plus sourd, replongeant la salle dans le silence et l'obscurité. Pendant plusieurs secondes, ils n'échangèrent ni un regard ni une parole. Lorsque le professeur ralluma enfin la lampe de poche, Hasan plongea ses yeux dans les siens. Cette interruption lui ayant mis la puce à l'oreille, l'archéologue comprit que le professeur en savait plus qu'il ne le prétendait. Après tout, la fille ne pouvait être que Kate, et on avait l'air de savoir où elle était.

— Il n'y a pas de force Delta, n'est-ce pas ? argua Hasan en dévisageant son confrère. Je crois qu'une discussion s'impose.

Le professeur perçut le doute sur le visage de l'archéologue irakien. D'ordinaire reposés, les traits de son ami exprimaient un profond désarroi. Il traîna les pieds quelques instants, soupira, puis céda enfin à l'impulsion de lui livrer une bribe d'information.

– Il y a une semaine, commença Nikita Braguine, j'ai fait une séance de dédicace à New York. Un homme est venu me trouver. Il prétendait savoir où était la Tablette VI.

– Qui est cet homme ? demanda Hasan d'une curiosité indiscrète.

– Frank Winter, un officier de la NSA qui officie à Titanpointe, une tour de Manhattan qui sert de couverture à l'agence. D'après ses sources, le prince héritier saoudien menace le gouvernement américain d'une attaque terroriste. Je ne sais pour quelle raison Amid Abdi Saoud cherche à s'emparer de la Tablette VI, mais Frank Winter m'a affirmé qu'un de ses indics ici à Mossoul l'avait informé de la découverte du site sur lequel nous sommes actuellement. J'ai eu du mal à y croire, mais ton appel concernant la découverte du conduit par le petit Mehdi a confirmé ses dires. J'ai accepté de coopérer, déjà parce qu'il m'a menacé de faire censurer mon livre, mais surtout parce qu'il me faut l'autre moitié de la tablette pour compléter la carte qui y figure. Frank Winter m'a ensuite mis en relation avec le général Camden et une stratégie a été mise en place.

– Quel rapport avec Kate ? s'étonna Hasan, suspicieux. Pourquoi l'ont-ils kidnappé ?

Le professeur se racla la gorge.

– Eh bien… poursuivit-il à contrecœur, la sortie de mon livre a fait des vagues, comme tu peux l'imaginer. Amid Abdi Saoud réclame également les corps que nous avons découverts à Eridu. Il souhaite procéder lui-même à leurs analyses. Si tu veux tout savoir, des hommes au service du prince hériter sont de mèche avec l'armée et les services de renseignement américains. Ce sont eux qui ont orchestré l'enlèvement. Un coup de théâtre, en somme.

— Mais ces hommes sont affiliés à des organisations terroristes ! s'exclama Hasan qui n'en perdait pas une miette.

— Ils ont fait ça pour forcer Sarah Johnson à obtempérer. Kate sera normalement relâchée au lever du jour. Après quoi, nous décollerons pour Jabal Al-Lawz avec la tablette.

Hasan se sentait démuni et idiot. Tout lui laissait à penser que le professeur avait sombré dans la folie. « J'irai jusqu'au bout, coûte que coûte » venait de lui assurer ce dernier. Manifestement, le vieil homme était prêt à prendre tous les risques possibles et imaginables pour retrouver Adam. Après tout, il était 23 heures passées et ils se trouvaient à des dizaines de mètres sous terre, à courir après un morceau de glaise, une lampe de poche à la main.

Autour d'eux, d'immenses orthostates revêtaient les murs jusqu'au fin fond de la salle. Un festin dans un jardin luxuriant, des hommages aux dieux, une campagne dans les marais de Babylonie ou encore le décompte des têtes coupées des ennemis. Au centre de l'espace, massive et raffinée, se dressait une statue en pied d'Assurbanipal. Sa tête était nue, sa barbe longue et bouclée. Un long châle à frange lui recouvrait le corps. Le roi portait dans une main une épée courbe en forme de faucille, dans l'autre un bâton de commandement à pommeau arrondi : les insignes du pouvoir. Plusieurs sangles rouges entouraient la statue et un projecteur était placé à ses pieds, à côté duquel reposait une meuleuse ; on s'apprêtait à la dégager de son socle.

— Tu ferais mieux de rentrer chez toi, ce serait plus sage, lui souffla le professeur en soulevant du bout de sa canne une rubalise de sécurité jaune avec écrit « Franchissement Interdit ».

Le vieil homme orienta le faisceau de la lampe en direction d'un tunnel. Hasan crut reconnaître le conduit découvert par Mehdi. Sans doute parce que le petit garçon avait fait mention d'une statue dressée au milieu de l'espace. Il se glissa sous les rubans de balisage avec la conviction qu'il n'était plus en sécurité et que le professeur n'avait plus besoin de lui. Il lui fallait partir pour éviter les problèmes. Avant qu'il ne s'éloigne, le professeur le retint par le poignet. L'expression de son visage semblait transcrire une certaine reconnaissance. Hasan se contenta de hocher la tête, puis il se faufila dans l'étroit boyau de terre. Le professeur lui éclaira le chemin avec la lampe torche.

— Merci, mon ami ! lança-t-il avec une bienveillance religieuse.

Après plusieurs secondes, la voix d'Hasan lui parvint en retour.

— J'espère que tu le trouveras ! Bonne chance !

Chapitre 39

LONDRES

10 juillet 2017

Siège du MI5, Thames House.

Bonjour Brittany, nous pouvons déjeuner ensemble au Great Court Restaurant à 12h30. Est-ce que ça irait pour vous ?

Brittany quitta son poste à midi tapante. Elle allait à nouveau devoir badger pour quitter Thames House. Cette fois-ci, elle n'échapperait pas à une sanction disciplinaire : une révocation au pire des cas, ou une exclusion temporaire de fonctions. La seconde l'arrangeait bien, se dit-elle. Quant à jouer avec le feu, autant s'y brûler !

Lorsqu'elle sortit du parking de la Division T, elle surprit Eric, l'agent de sécurité, assis sur le bord de la rampe d'accès en fumant discrètement une cigarette, un Coca-Cola à la main.

Brittany atteignit la barrière automatique avec sa moto quand un gros Range Rover noir arrivait dans le sens opposé, le cachant maintenant d'Eric. Elle remarqua que la rangée de bornes automatiques qui longeait la route était encore baissée. Si elle voulait s'échapper sans badger, c'était maintenant. Elle emprunta l'étroit couloir qui séparait la barrière orange du mur et misa tout sur son accélération. Quand elle fut fin prête, elle tourna la poignée de gaz et gravit la rampe à pleine vitesse pour franchir les bornes automatiques avant qu'elles ne se referment.

Elle prit à droite sur Thorney Street sans se retourner.

Pour éviter l'accès officiel du musée, Sarah Johnson lui avait fixé rendez-vous à l'arrière du bâtiment, sur Malet Street. Brittany entra par une porte de service et suivit la directrice à travers un dédale de couloirs et d'escaliers. Elles franchirent une double porte et débouchèrent sur la grande cour, dont l'immense voûte vitrée resplendissait de lumière. Le ciel bleu répandait son jour à travers la mosaïque de triangles transparents, illuminant chaque recoin. Tout autour de la salle de lecture, la chape de pierre blanche renvoyait les ombres de la verrière comme un miroir. Brittany ne put s'empêcher d'exprimer son émerveillement ; ce curieux mélange de sacré et de profane lui procurait un agréable sentiment de plénitude.

Elles empruntèrent la large rampe d'escaliers qui épouse la rotonde et parvinrent au restaurant, dont Brittany appréciait la configuration originale : une terrasse ouverte sur la voûte vitrée longeait la salle de lecture. Elles furent accueillies par une hôtesse qui les accompagna jusqu'à une table dressée à l'écart des autres. Pour gagner du temps, elles passèrent commande tout de suite.

Avant d'entamer la discussion, Sarah veilla à ce que le personnel n'informe personne de leur présence.

— Dites-moi tout, commença-t-elle.

— Vous vous souvenez du document que vous m'aviez demandé de mettre en sécurité à Thames House ?

— Oui, très bien, répondit placidement Sarah.

— La reine est passée hier matin au quartier général, ce qui n'a rien d'habituel. Après un court discours de remerciements, elle a demandé à voir le document. Comme notre directrice m'a ordonné de la seconder lors la visite de notre musée, je les ai accompagnées. Et avant de quitter les lieux, la reine a fait placer le document dans notre coffre-fort.

Sarah ne semblait pas surprise.

— J'ai également eu droit à une visite de la reine hier après-midi.

— Ah bon ?...

— Oui, la souveraine m'a demandé de sortir un objet du Département du Moyen-Orient, en l'occurrence la Tablette VI d'un poème sacré rédigé en écriture cunéiforme. Le document que je vous avais confié en est la traduction.

Brittany resta un instant muette d'étonnement.

— Pourquoi la reine aurait-elle fait ça selon vous ?

— Le Professeur Braguine a récemment publié un livre dont les révélations pourraient porter préjudice à la couronne. C'est pourquoi la reine a décidé de le faire retirer des ventes. Jusqu'à présent, la maison d'édition s'y oppose, mais elle ne tardera pas à céder, ce n'est qu'une question de temps.

— À votre avis, quel est le rapport entre cette tablette et le livre du Professeur Braguine ?

— Je n'ai pas encore trouvé le temps de le lire, malheureusement, mais étant une amie proche du professeur, je présume qu'il a dû approfondir ses recherches et souhaité les porter au grand public.

Brittany était toujours aussi perplexe.

— Il doit bien y avoir une raison pour que la reine s'intéresse à cette tablette en particulier, laissa-t-elle échapper.

Contre toute attente, Sarah lui répondit :

— Oui, il y en a une. Le Professeur Braguine a toujours été convaincu de pouvoir retrouver le tombeau d'Adam et Ève grâce à cette tablette. Seulement l'objet est fragmenté, il en manque une partie.

Brittany songea un instant à la carte qui figurait sur la première partie. Celle-ci mènerait-elle au tombeau du couple originel ?

— La reine n'a pas dit un mot lors de la visite, reprit-elle.

Ce n'est qu'avant de quitter le musée qu'elle a prononcé une phrase, rien qu'une. On aurait dit qu'elle était reconnaissante de quelque chose.

— Qu'a-t-elle dit ? s'enquit Sarah, curieuse.

— Elle a dit : « Nous leur devons beaucoup ».

La directrice du British Museum regarda autour d'elle, mal à l'aise.

— Brittany, je vous apprécie beaucoup, mais il y a certaines choses dont je ne suis pas disposée à parler… du moins… pas ici.

Elles échangèrent un regard gênant. Qu'est-ce que Sarah Johnson pouvait bien avoir à cacher ?

— Vous m'avez parlé d'une urgence, abrégea-t-elle, en quoi puis-je me rendre utile ?

— Pour tout vous dire, j'ai reçu un e-mail quelques minutes avant la venue de la reine.

Brittany fit glisser une feuille sur la table en bois. L'image de Thames House en flemmes fit tressaillir la directrice du British Museum.

— Qu'est-ce que c'est ?…

— Le fichier qui y était dissimulé. J'ai vite compris qu'on me donnait rendez-vous à la Cathédrale Saint-Paul. Je me suis rendu sur place et j'ai rencontré un homme dans l'un des confessionnaux. Il se trouve que c'est un agent du MI6. D'après lui, une organisation terroriste s'apprête à commettre un attentat sur Thames House dans deux jours s'il ne met pas la main sur cette tablette.

Brittany laissa le temps à Sarah d'assimiler ce qu'elle venait de dire, mais cette dernière resta de marbre.

— Voilà la raison pour laquelle j'aimerais connaître le lien qui unit cet objet à la reine, termina-t-elle.

Sarah semblait terriblement embarrassée.

— Êtes-vous certaine de vouloir déjeuner ? lança-t-elle.

L'expression de Brittany parlait d'elle-même.

— Dans ce cas, venez avec moi.

Elles descendirent la rampe d'escaliers, traversèrent la grande cour et se dirigèrent vers le Département du Moyen-Orient. Au bout d'une longue galerie de bas-relief, elles débouchèrent dans une salle remplie de statues et de d'objets en vitrine. Sarah s'arrêta face à un énorme prisme d'argile gravé en cunéiforme. Celui-ci comptait quatre côtés, chacun d'eux divisés en deux parties. Brittany n'avait jamais vu un tel ouvrage. À ses yeux, ce n'était qu'un réseau de symboles minuscules et incompréhensibles. Elle se pencha sur le cartel et lut : « Liste Royale Sumérienne ». La traduction de l'ensemble du texte figurait en dessous. Les premières lignes proclamaient : « Après que la royauté fut descendue du ciel, elle alla à Eridu ».

— Le document que vous avez vous les yeux, commença Sarah, retrace l'histoire de la royauté en Mésopotamie depuis les dynasties antédiluviennes.

Brittany tombait de haut. Pour elle, la première dynastie avait vu le jour en Égypte avec les Pharaons.

— Vous voulez dire qu'il y a eu des rois avant le déluge ?

— Oui, vous avez la liste sous les yeux.

Brittany parcourut rapidement la traduction du document. Certains règnes avaient duré plus de 40 000 ans. Comment était-ce possible ?

— Vous devez penser que la durée de leurs règnes dépasse l'entendement, relava Sarah en réponse à la réaction de Brittany. C'est normal, car ils étaient mesurés en shars.

— Qu'est-ce qu'un shars ?

— Un shars est une période qui dure environ 3 600 ans, voilà pourquoi les règnes de ces rois étaient si longs et que les exégètes les qualifies de légendaires.

3 600. Le nombre résonna dans l'esprit de Brittany. Elle savait que la planète d'origine des Anunnaki, Nibiru, avait

une période orbitale d'exactement 3 657 ans. La durée de ces règnes était-elle calquée sur cette période ?

— À vrai dire, se manifesta-t-elle, si l'on se réfère aux découvertes du Professeur Braguine, la durée de ces règnes est tout à fait logique dans la mesure où un shars correspond à une année Nibirienne.

Elle se pencha à nouveau sur la traduction du prisme, et reprit :

— Prenons pour exemple Alulim, le premier roi d'Eridu. Si son règne a duré 28 800 ans, comme c'est indiqué ici, alors cela signifie que ce roi régna le temps de huit orbites de Nibiru. Connaissez-vous la durée totale de ces règnes ?

Le regard glacial que Sarah lui renvoya lui fit comprendre qu'elle venait de toucher un point sensible.

Une poignée de touristes arrivait face à elles. Voyant les deux femmes les dévisager avec un drôle d'air, les visiteurs poursuivirent leur chemin sans s'arrêter.

— Je vois que vous êtes déjà bien informée, répliqua la directrice. La durée totale de ces règnes est de 120 shars, soit 432 000 ans.

Les choses s'éclaircissaient gentiment dans l'esprit de Brittany.

— Ce qui nous ramène au temps du Déluge… conclue-t-elle. D'après les écrits sumériens, les Anunnaki ont atterri sur Terre il y a 445 000 ans. Si l'on soustrait ces deux dates, on obtient celle du Déluge.

Les deux femmes échangèrent un regard profond sans rien dire.

— Nous savons aujourd'hui que la royauté fut apportée depuis les cieux, reconnut Sarah. D'Adam jusqu'à Noé, dix monarques régnèrent sur terre avant le Déluge. Après quoi, la royauté passa aux Dieux-héros, des humains de parenté divine.

— Je ne vois sur cette traduction ni le nom d'Adam ni

celui de Noé, s'étonna Brittany.

— Adam et Noé sont les homologues bibliques du premier et du dernier roi figurant sur cette liste : Alulim, roi d'Eridu, et Ziusudra, le véritable héros du récit du Déluge, dont l'histoire a été transposée par les Hébreux à leur patriarche Noé.

— Mais... articula Brittany, confuse, dans le Livre de la Genèse il est dit qu'Adam est mort à 930 ans. Comment pourrait-il être l'"homologue d'Alulim quand ce dernier a vécu des milliers d'années ?

— C'est pour percer ce mystère que le Professeur Braguine souhaite retrouver le Premier Homme. Lui et ma fille partent dans deux jours à Mossoul faire des fouilles en espérant trouver le second fragment de la tablette. Pour ma part, je pense que c'est peine perdue... Il a probablement été détruit dans les bombardements causés par l'EI. Cette énigme restera à jamais un mystère...

La perspective de cette affaire procurait à Brittany une sensation de vertige.

— Je vais vous aider, ajouta la directrice dans un murmure. Mais avant, il me faut vous parler d'un mythe.

Chapitre 40

LONDRES

12 juillet 2017

Southwark.

Un filet d'urine coulait du pantalon de Sawers jusqu'à la bouche d'évacuation du local. Ereinté, l'espion du MI6 relâcha ses épaules, sa tête souillée de sang tombait sur sa veste froissée.

— Vous aurez de l'eau si vous acceptez de parler, trancha Dean. Je sais qu'un vol a été organisé au départ de l'aéroport de Farnborough, demain matin. Où comptez-vous emporter cette tablette ?

Dick Sawers hocha deux fois la tête dans un mouvement brusque. Visiblement, il était prêt à parler. Dean se leva et arracha le morceau d'adhésif de sa bouche. L'espion grimaça de douleur.

— Va chier ! pesta-t-il.

Sous l'effet de la colère, Dean lui mit un semi-crochet en pleine face et une giclée de sang vola en éclats sur le mur. L'une des pommettes de l'espion avait explosé sur le coup. Pris de panique, Brittany porta une main à sa bouche. Pour une raison qui lui échappait, elle ne parvenait pas à détacher son regard de la scène.

— Je vous laisse une dernière chance, annonça Dean sur un ton catégorique, après quoi j'emploierai les bonnes vieilles méthodes. Qui vous a dit pour l'affaire Babouri ? Qui est derrière l'attentat de Thames House ? Répondez !

En entendant la deuxième question, Brittany eut un sursaut. Apparement Dean avait changé d'avis sur le sujet. Il craignait véritablement qu'un attentat ait lieu.

— Vous ne saurez rien, grommela Sawers, la tête baissée et les yeux clos.

Dean se rua à nouveau sur lui. D'une main, il lui releva la mâchoire, de l'autre il lui assena un violent coup de poing en pleine figure. Cette fois-ci, il n'y eut pas de sang, du moins pas tout de suite, mais Sawers avait le nez complètement de travers. L'homme poussa un cri horrible qui fit frissonner Brittany. C'en était trop pour elle. Elle ne cautionnait pas ce genre de pratique et s'était tournée face au mur pour ne plus avoir à supporter ce supplice. Entre-temps, Dean avait flanqué la bouteille d'eau dans la bouche de l'espion et lui avait pincé le nez pour l'empêcher de respirer. L'eau s'écoulait si vite qu'il s'étouffa en l'espace de quelques secondes. Il essaya pourtant de résister, mais sa tête commençait déjà à tourner. Dean retira la bouteille de sa bouche avant qu'il ne perde connaissance. L'homme prit une profonde inspiration avant de laisser retomber sa tête vers l'avant.

Alors que Dean et Brittany perdaient totalement espoir, Sawers marmonna enfin quelque chose.

— Qu'avez-vous dit ? lui fit répéter Dean.

— Il y a deux jours… déclara Sawers en mâchant ses mots.

Mais l'homme ne poursuivit pas sa phrase. Il était à bout de course.

— Il y a deux jours quoi ! ? s'énerva Dean.

Brittany s'approcha de l'homme.

— Faites un effort, je vous en supplie, lança-t-elle.

Dicks Sawers releva lentement la tête. Une large entaille rouge lui traversait la joue et du sang s'était mis à couler de son nez tordu. Il articula avec difficulté :

— Un individu sous couverture a fait entrer à Thames House 300 litres de liquide explosif dans des bouteilles en plastique. J'ignore de qui il s'agit, mentit Sawers, je sais juste que cet individu répond aux ordres du prince héritier d'Arabie saoudite.

La tête de l'espion retomba sur son torse.

— Foutaise ! aboya Dean. N'essaie pas de nous rouler !

— Je tiens ces informations de l'agent Fuchs que vous avez eu au téléphone, marmonna Sawers en daignant relever la tête.

Dean eut soudain un moment d'absence.

— Vous voulez dire que l'avion s'envolera pour l'Arabie saoudite ?

— Affirmatif.

Brittany sentit le besoin d'intervenir.

— Agent Sawers, cette tablette ne vous mènera nulle part, car elle est incomplète. La carte qui y figure ne vous permettra pas de découvrir le secret qu'elle renferme. Pour cela, il faudrait avoir la seconde moitié, ce qui n'est pas le cas ! Dites à votre source de stopper cette opération immédiatement !

— De l'eau, exigea-t-il.

Dean céda.

— Tout a été prévu, reprit Sawers, l'armée américaine présente sur le site antique de Ninive, à Mossoul, est déjà au travail. Les soldats ont creusé des galeries et découvert une nouvelle partie de la Bibliothèque royale d'Assurbanipal sous les ruines du palais. Ils trouveront le second fragment de la tablette, soyez-en convaincu. Le général Richard Camden n'attend que l'arrivée du Professeur Braguine pour l'identifier. L'objet sera ensuite expédié à Jabal Al-Lawz, en Arabie saoudite.

— Jaba quoi... ? fit Dean.

— Mais ce n'est pas tout, poursuivit Sawers, l'armée

américaine compte simuler une prise d'otage pour faire sortir du British Museum les deux corps découverts par le Professeur Braguine en 1976.

— Qui est l'otage ? Le professeur ? interrogea Dean.

— Non, la fille de la directrice du musée.

Secoué d'un frisson, Brittany empoigna son portable et rédigea un message à l'attention de Sarah Johnson.

Votre fille court un grave danger.

Chapitre 41

MOSSOUL

13 juillet 2017

Aéroport international

Kate s'était mise à hurler. Deux hommes armés l'avaient agrippée de force et traînée hors de la pièce. Un souffle d'air froid glissa sur sa nuque lorsque la porte claqua dans son dos. On la souleva brutalement et elle sentit soudain le carrelage glisser sous ses pieds.

Où m'emmènent-ils ?

Eblouie par la lumière des néons, Kate se laissait porter comme un bout de viande. Elle réempruntait le même couloir qu'à son arrivée, mais cette fois-ci dans le sens inverse. Avec un peu de chance, elle apercevrait la lumière du jour d'ici quelques mètres.

À son grand étonnement, il faisait encore nuit. L'un des hommes hurla quelque chose dans son oreille et on entendit le moteur d'un véhicule démarrer. Non loin de là, les pales d'un hélicoptère bourdonnaient dans l'atmosphère irakienne. L'aéroport ?

Quand la lumière rouge des phares lui sauta aux yeux, Kate essaya de se débattre en agitant les jambes, mais une main puissante lui saisit aussitôt la nuque et d'autres attrapèrent son corps. On la souleva de nouveau. Elle s'immobilisa, martyrisée par le destin, et reconnut le coulissement d'une portière latérale. Yadhhabi ! On la propulsa violemment à l'intérieur du véhicule. Kate se vautra vers l'avant en se protégeant la tête de ses mains.

Salopards ! gémit-elle en ôtant le sac de sa tête. Elle tenta de se mettre en position assise, mais le véhicule avait déjà démarré et l'espace de chargement dans lequel elle se trouvait tremblait en tous sens, ce qui la privait d'équilibre. Elle se réfugia dans un angle de l'habitacle et se mit à respirer lentement pour garder son calme. Il y eut soudain des bruits de tirs. D'abord lointains, puis tout proches. Trop proches même. Une rafale de balles perfora le haut de la carrosserie avant même qu'elle n'ai eu le temps de comprendre ce qui se passait. Des traits de lumière jaillirent du noir, striant l'espace de chargement. Kate se précipita sur le plancher de l'habitacle, les bras le long du corps, les poings et la mâchoire serrés, terrifiée par le bruit assourdissant des tirs qui cessèrent presque aussi vite. Elle tendit l'oreille pour essayer de suivre ce qui se passait dehors. Par moments, elle entendait des bruits des pas, mais aucun coup de feu ne troubla le silence. C'était plutôt bon signe. En se dressant sur ses jambes, elle remarqua qu'on parlait dans sa langue. Des Américains ! ?

Des voix venaient de partout à présent. Kate comprit qu'une poignée de soldats encadrait le véhicule. Dieu soit loué… La portière latérale s'ouvrit et elle jeta ses yeux apeurés vers l'extérieur. La lumière du crépuscule baigna délicatement son visage tiraillé.

— Docteur Kaitlyn Johnson ? lança l'un des militaires en lui tendant la main.

Kate crut un instant s'évanouir de soulagement, elle avait l'impression de revenir à la vie.

— Oui, c'est moi, répondit-elle d'une voix monocorde.

— Lieutenant Powell des Forces armées américaines, n'aillez crainte, vous êtes en sécurité. Êtes-vous blessée ?

La ligne orangée de l'aube sur l'horizon était magnifique à voir, ce qui fit sourire Kate. Elle descendit du véhicule en tenant l'officier par le bras et posa un pied sur la terre ferme. De part et d'autre, une fine couche de brume persistait au-dessus du sol caillouteux. La nuit pâlissait et la rosée parfumait l'air de toute sa fraîcheur.

— Non, je vais bien, dit-elle avec un peu de retard.

Elle eut soudain une pensée pour Greg. Où était-il ? Est-ce qu'il allait bien ?

— Nous allons vous escorter jusqu'à la base, déclara le lieutenant, vos amis vous y attendent. Nous les avons trouvés cette nuit dans la vielle ville, quelque temps après votre enlèvement.

— Quelle heure est-il ? demanda Kate.

L'officier releva la manche de son uniforme pour consulter sa montre.

— Il est 04 h 50, madame.

— Qui étaient ces hommes ?

— Des insurgés sunnites de l'État islamique repliés dans l'aéroport. Vous êtes une survivante !

C'était bien l'aéroport... l'endroit que Kate redoutait le plus depuis son arrivée.

— Emmenez-moi avec vous, dit-elle en marchant vers l'Humvee.

*

Greg somnolait sur le lit de l'antenne chirurgicale lorsqu'il entendit son nom. Il ouvrit les yeux et releva la tête. Un militaire se tenait face à lui dans la pénombre.

— Monsieur Evans, vous allez être rapatrié dans votre pays. Veuillez signer cette attestation et vous habiller.

Pris au dépourvu, le journaliste resta figé. Comment ça ?

— Mais... je...

— Je vous attends à l'extérieur de la tente, vous avez deux minutes.

Le militaire s'écarta d'un pas puis tourna les talons.

Greg chercha du regard quelqu'un à qui s'adresser.

– Docteur ? appela-t-il. Y'a quelqu'un ?

Le personnel hospitalier était absent, son voisin de lit aussi. Il était tout seul et ne s'en était pas rendu compte. Il parafa le document, enfila ses vêtements et s'apprêtait à quitter le poste médical quand il se rendit compte qu'il venait de signer un accord de non-divulgation.

Et puis merde...

La base américaine baignait dans les premières lueurs du jour. Au-dessus des tentes beiges, le ciel était déjà clair et les étoiles avaient disparu. À regret, Greg remit l'attestation signée au militaire ; il n'était pas prêt à rentrer chez lui. Une trentaine de minutes avant qu'on vienne le chercher, le Professeur Braguine l'avait réveillé pour lui annoncer la bonne nouvelle : Kate était saine et sauve !

Greg cala son pas sur celui du militaire. À l'angle d'une tente, les rayons du soleil lui parvinrent au visage comme une vague d'espoir. Il se fit la promesse de passer un jour au British Museum pour voir Kate.

Le souffle des pales du Lakota lui fouetta le visage lorsqu'il parvint au niveau de l'hélisurface. En saisissant le casque que lui tendait le militaire, Greg se souvint vaguement de quelque chose. Kate l'avait-elle réellement embrassée ? Il y pensa plusieurs secondes, mettant la faute sur le choc qu'il avait reçu à la tête. J'ai dû rêver ! Oui, il avait de toute évidence rêvé ! Pourtant, et de façon très étrange, il en gardait un souvenir concret, quasi tangible.

Tchop-tchop-tchop...

Un petit cri, presque inaudible, vint briser le bourdonnement frénétique des pales de l'hélicoptère. Greg posait un pied sur le patin de l'appareil quand il jeta un regard derrière lui. Il crut d'abord imaginé ce qu'il voyait, avant de comprendre que c'était bien réel ; Kate criait son nom.

— Greg !

Kate ! ?

La conservatrice courait vers lui à toutes jambes, un sourire épuisé sur le visage. Ses cheveux roux volèrent en arrière lorsqu'elle atteignit la plateforme d'atterrissage. Le militaire lui fit signe de reculer, mais elle continua d'avancer tel un missile. Rien ne semblait pouvoir l'arrêter.

— Kaitlyn ! cria Greg en retirant son casque.

Mais le bruissement des pales au-dessus de sa tête l'empêchait d'entendre sa propre voix.

Tchop-tchop-tchop…

Ignorant les gestes du militaire, il se précipita vers elle. L'onde sonore se fit d'un coup plus bruyante, constante et uniforme. Lorsqu'ils se retrouvèrent face à face, Kate essaya de lui dire quelque chose, mais le son pulsant des pales étouffait chaque mot. Ce n'est qu'en échangeant un long regard sans rien dire que le journaliste comprit qu'elle était là pour lui. La lumière ambrée du petit matin nimbait le visage de la conservatrice d'une aura mystérieuse. Greg vit l'amour étinceler au fond de son regard. Elle lui souriait avec tant de sincérité qu'il avait l'impression de pouvoir lire en elle. Les mots qu'il n'était parvenu à entendre avaient tout de même trouvé un moyen d'être compris, car il en frissonnait. Il la serra fort contre lui, emprisonnant son visage entre ses mains pour ne plus la perdre. L'envie lui brûlait de l'embrasser, là, maintenant, avant qu'on ne le force à grimper à bord de cet hélicoptère. Sa bouche glissa alors lentement vers celle de Kate, puis il pressa ses lèvres contre les siennes dans un baiser.

Chapitre 42

NEW YORK

13 juillet 2017

Tribeca, Manhattan.

Après avoir lié les poignets et les chevilles de Frank Winter, ils jetèrent le corps dans l'Hudson, depuis la pointe sud de Manhattan.

Ces conneries ne sont vraiment plus de mon âge, se dit Fuchs en remettant les pans de sa chemise dans son pantalon.

Raul lui intima de quitter les lieux sans tarder. Même s'ils avaient opéré à l'écart des lampadaires de l'esplanade de Battery Park, la faible lueur de l'air laissait deviner le corps de l'analyste à la surface de l'eau. Mais Fuchs ne semblait pas plus pressé que ça. Accoudé à la balustrade, il savourait pleinement ces dernières secondes. Il est temps de payer l'addition, vieux, semblait-il penser.

— Il faut y aller, s'impatienta Raul.

Le corps dériva lentement vers le fond. Quelques bulles d'air remontèrent à la surface et c'en fut terminé. Les eaux noires du fleuve avaient fini par l'avaler entièrement. Bientôt, les requins déchiquetteraient son cadavre, lui arracheraient les membres, répandraient son sang dans tout le port de New York. Fuchs poussa un profond soupir de soulagement. À l'embouchure du fleuve, la torche enflammée de la statue de la Liberté brillait comme un phare dans la nuit. Son reflet sur l'Hudson dégageait quelque chose de mystique. Il repensa un instant à la photographie du Washington Monument et à cette formule qui lui était soudainement revenue à l'esprit. Ce qui est en bas est comme ce qui est en haut, et ce qui est en haut est comme ce qui est en bas.

— Marchons un peu, tu veux, lança-t-il. J'en ai besoin.

En remontant l'esplanade de Battery Park, Fuchs remit à Raul une épaisse enveloppe.

— C'est pour le coup de main de ce soir.

Raul soupesa l'enveloppe et la glissa dans la poche ventrale de son sweat à capuche. Celle-ci devait contenir une belle somme, si bien qu'au niveau du mini-golf Pixar Putt, il proposa à son client de le reconduire à Titanpointe, mais Fuchs préférait remonter seul en taxi. En fin de compte, il avait décidé de rentrer chez lui se reposer.

Le chauffeur du taxi s'arrêta au 473 Park Avenue, soit deux blocs avant son immeuble. Encore un qui ne connaît pas Manhattan… Fuchs régla la course en espèce et descendit de la voiture ; remonter chez lui à pied lui laisserait le temps de prendre encore un peu l'air. Au moment de traverser le tunnel de protection d'un bâtiment, il aperçut trois individus avec un ghetto-blaster arriver dans sa direction. Il hésita un instant à se glisser sous les barreaux des échafaudages et traverser la route pour rejoindre le trottoir d'en face. À une heure pareille, se dit-il, ces jeunes sont sûrement éméchés et agressifs. Mais Fuchs était déjà engagé dans le tunnel, et eux arrivaient de l'autre côté. Fuir maintenant ne ferait que trahir son inquiétude. Il poursuivit alors son chemin comme si de rien était et, juste avant de le dépasser, les types s'écartèrent : deux à gauche, un à droite. Fuchs reçut d'abord un coup d'épaule délibéré, puis on l'écrasa d'injures. Même si l'espion essayait de se contenir, il ne put s'empêcher d'exprimer sa colère.

— Petits cons, riposta-t-il, une main posée sur l'épaule qui lui faisait mal.

Le plus mince se retourna, sans doute le plus teigneux des trois.

— Va te faire foutre, connard ! lui envoya-t-il en retour.

La tension monta d'un cran. En accélérant le pas pour sortir du tunnel le plus rapidement possible, Fuchs trébucha maladroitement sur une aspérité des pavés. L'instant d'après, une main s'abattait sur son visage, un pied frappa derrière sa cuisse et il tomba au sol. On le rua de coups. À l'aide !

— Fils de pute, cracha le plus gros en lui frappant dans les côtes.

Fuchs rabattit ses jambes vers l'intérieur pour se protéger. Malgré cela, un violent coup de pied le toucha en pleine poitrine. Il perdit connaissance.

Les sirènes hurlaient maintenant sur Park Avenue. La lumière des gyrophares sortit le corps d'Albert Fuchs de la pénombre. L'homme était recroquevillé contre un barreau d'échafaudage, une jambe dans le caniveau. Il entendait des voix autour de lui, indistinctes. Puis le faisceau d'une lampe de poche se posa sur son visage. Il sentit des doigts soulever ses paupières, des flashs de lumière parcourir ses yeux sans qu'il n'éprouve la moindre gêne. Il voulut bouger les lèvres mais en était incapable, ouvrir les yeux était chose impossible. Son corps ne répondait plus.

On l'allongea sur un brancard d'urgence, on le couvrit. Fuchs sentit des sangles parcourir son corps puis son corps s'élever. Le brancard se mit d'un coup à rouler et trembler. C'est là que la voix de Mia résonna dans son esprit : « Mon Dieu, que s'est-il passé ? ».

TROISIÈME PARTIE
LE PREMIER TEMPLE

Chapitre 43

LONDRES

11 juillet 2017

Southwark.
07h59

Brittany se réveilla en sursaut à la sonnerie de son alarme. Elle était en sueur. Elle se retourna en allongeant un bras du côté de Dean, mais celui-ci n'était pas dans le lit.

— Dean ? appela-t-elle.

Sans réponse, elle réessaya en haussant le ton.

— Dean, t'es là ?

— Je suis dans le salon, fit-il enfin.

Elle laissa retomber sa tête sur l'oreiller. Elle s'était fait peur pour rien.

Après plusieurs secondes passées à se remémorer les images de ce curieux rêve, elle se décida enfin à se lever. Elle débroussailla ses cheveux dans le miroir et enfila un peignoir de la salle de bains.

« J'ai fait du café, il est encore chaud », entendit-elle en traversant le large couloir de l'entrée.

Le salon était baigné par la lumière du jour. Elle s'avança pieds nus vers la grande baie vitrée. Se réveiller le matin avec la vue sur la Tamise, plutôt que sur la fenêtre du voisin, rendait la vie nettement plus agréable à son goût.

— Bien dormi ? s'enquit Dean en portant une tasse de café à sa bouche.

— Ça peut aller... j'ai fait un drôle de rêve, répondit-elle en secouant la tête comme pour se défaire des images encore fraiches. Et toi ?

— Mad m'a piqué une crise hier soir, du coup j'ai mis du temps à m'endormir.

Mad ? Brittany ignorait que Dean lui avait donné un petit nom.

— Et ?...

— Rien, je lui ai juste dit que j'avais besoin de toi pour démêler cette histoire, mais ça ne l'a pas empêché de partir furax. Tu la connais, c'est une peste quand elle veut.

Une peste, c'était le mot juste.

Brittany ne daigna pas lui répondre, pas même un regard. Ce commentaire l'avait d'évidence contrariée.

— Je dis ça parce qu'on va avoir besoin d'elle demain, ajouta Dean pour se justifier. Ce serait cool si vous faisiez la paix toutes les deux.

— Et puis quoi ! ? s'emporta Brittany. On se roule une pelle et on s'envoie en l'air tous les trois ?

Elle s'avança vers la table à manger, attirée par quelque chose.

— C'est qui encore, celui-là ? demanda-t-elle en scrutant les documents étalés sur le meuble.

— Kyle m'a envoyé le dossier de ce type ce matin. Alvaro Sanchez, un chauffeur qui vit à Elephant & Castle. Depuis 2008, il bosse au black dans un service de chauffeur privé à Waterloo. Il a mouillé dans plusieurs opérations de transfert de drogue mais il s'en est toujours sorti indemne. Les flics de chez nous l'ont à la bonne parce qu'ils ont toujours de quoi se poudrer le nez.

— Qu'est-ce que je dois comprendre ? que cet homme va mourir ?

Dean la regarda comme si ça tombait sous le sens.

— Il faut bien quelqu'un pour conduire le véhicule,

répondit-il placidement.

Brittany le dévisagea, abasourdie. Elle ne se serait jamais doutée que Dean puisse envisager une telle chose. C'était là bien mal le connaître.

— Dean, cet homme a sûrement une famille !

— Oui, une femme et trois enfants, répliqua-t-il calmement. Je sais, c'est terrible, mais on ne doit laisser aucune place au doute. On doit frapper fort, toucher les gens au plus profond de leur être, afin qu'ils ressentent la sauvagerie et l'immoralité de Farid Babouri.

C'était difficile à admettre, mais c'était vrai, quelqu'un allait devoir porter le chapeau.

Brittany se servit du café. Elle mit deux toasts à griller et cassa des œufs pour se faire une omelette.

— Je sais quel secret renferme la carte de la tablette, dit-elle pour crever le silence qui s'était installé.

— Et ?... fit Dean pour faire écho à la réaction qu'elle avait eu plus tôt.

— D'après Sarah Johnson, le Professeur Braguine est convaincu de pouvoir retrouver Adam à l'aide de cette carte.

— S'il te plaît... soupira-t-il, tu ne crois quand même pas qu'il a existé un-tout-premier-homme ?

— Si, celui qui a servi de moule à la création des autres, celui à l'origine de l'Homo sapiens.

Cette annonce eut sur Dean l'effet d'une plaisanterie. T'es quand même pas sérieuse ?

Les toasts sautèrent du grille-pain. Avec ses mots, Brittany lui expliqua le but de la Mission Terre et lui parla du labeur excessif des Anunnaki dans les mines d'or et de la mutinerie qui s'ensuivit. Cet événement avait poussé les dieux à prendre une décision, celle de créer un Travailleur Primitif pour les remplacer, un Lullû : un Être hybride. Après plusieurs échecs, ils avaient obtenu Adamu, « Celui qui est comme l'argile de la Terre ».

Dean était partagé.

— Tu veux dire que ces gens venus de l'espace maîtrisaient l'insémination artificielle ?

— Oui, de la même façon que nous la maîtrisons aujourd'hui pour créer des légumes et des fruits hybrides, des animaux comme la mule, la vache ou le chien-loup. Si ces Êtres, venus sur Terre à bord de vaisseaux spatiaux, nous ont apporté les connaissances mathématiques et astronomiques, pourquoi n'auraient-ils pas été capables d'améliorer un homme-singe par modification génétique ?

Dean rejeta sa tête en arrière.

— Cloné… laissa-t-il échapper en ricanant. Nous aurions donc été clonés !

— Je n'aime pas le mot, répliqua Brittany. Mais oui, on peut dire ça comme ça…

— Partons du principe que les choses se sont passées de cette façon, enchaîna-t-il, comment auraient-ils pu cloner des centaines de Travailleurs Primitifs ?

Brittany redoutait la suite. Elle allait pourtant devoir lui expliquer.

— Eh bien, sept déesses de naissance auraient volontairement accepté de porter les nouveaux êtres. Celles-ci auraient donné naissance à sept mâles, sept Adam, créés sur la base de l'essence du premier. Malgré leur travail acharné pour en concevoir de nouveaux, la reproduction était trop lente.

Dean l'interrompit, l'envie lui brûlait de citer la Bible.

— Alors le Dieu Yahvé l'endormit et lui créa une femme à partir de l'une de ses côtes…

— Oui, la Bible ne fait que récapituler ce récit de nos origines de façon allégorique. D'après toi, le verbe endormir ici présent ne fait-il pas allusion à quelque chose ?

Dean réfléchit.

— Si… à une anesthésie.

— C'est bien, tu commences à y voir clair, s'enthousiasma Brittany. En parlant du mot « côte », celui-ci a été traduit d'après le terme sumérien TI, qui signifie à la fois « côte » et « vie ». La femme fut alors créée à partir de cellules souches hématopoïétiques se situant au niveau de la hanche d'Adam, d'où l'emploie du mot « côte » et du nom que portera la première femme : Ti-Amat, la « Mère de la Vie », celle qui fut façonnée à partir de l'ADN d'Adam. Elle est l'Ève de la Bible.

Dean eut un moment d'arrêt.

— En créant cette femme, argua-t-il finalement, les Travailleurs Primitifs allaient pouvoir se reproduire par eux-mêmes. Astucieux, et tellement logique en fin de compte !

Brittany fit glisser son omelette dans une assiette.

— Voilà comment les sept premiers hommes et les sept premières femmes furent créés, au sud-est de l'Afrique, il y a environ trois cent mille ans.

— L'Afrique… le berceau de l'humanité, souffla Dean. Mais quel rapport avec le jardin d'Eden ?

— J'y viens, répondit-elle. Les sept hommes et les sept femmes, que l'on nomme respectivement Adam et Ève dans la Bible, furent ensuite emmenés à la ville d'Eridu, dans l'Edin.

— Tu veux dire l'Eden ?

— Eh bien, quand la Bible utilise le nom d'« Eden » pour désigner la demeure de Dieu sur terre, elle utilise en fait un mot d'origine mésopotamienne, Edin, dont la racine akkadienne edinu signifie « la plaine ».

— Il est vrai que la Mésopotamie est une vaste plaine entre deux fleuves, convint Dean, c'est une région au climat tempéré, propice à l'agriculture. C'est aussi un pays riche en matières oléifères.

— La vache, t'es calé, s'étonna Brittany.

— Tu oublies que j'ai combattu en Irak. J'ai vu du pays.

Dean marqua une pause. Puis une question lui vint à l'esprit.

— Se pourrait-il qu'une région de l'Irak actuelle eût un jour été l'Eden ?

— Bien vu, fit Brittany. L'Eden était cette région que l'on nomme la Mésopotamie, car la Bible parle d'un fleuve qui irriguait le jardin et qui se divisait en quatre bras : le Pischon, le Guihon, le Tigre et l'Euphrate. Une fois dans l'Eden, les Anunnaki observèrent les mâles et les femelles s'accoupler, mais les femelles ne donnaient pas d'enfants. Des analyses ont été faites afin de comparer leurs ADN à celui des Anunnaki, et il se trouve que la faculté de se reproduire leur faisait défaut. Les Adam et les Ève ne possédaient que les 22 chromosomes de base.

— Il leur manquait les chromosomes X et Y, supposa Dean.

— Tout à fait ! Ces chromosomes furent ajoutés à leurs ADN afin qu'ils puissent se reproduire. L'essence de vie de la côte d'Enki fut insérée dans la côte d'Adamu, et l'essence de vie de la côte de Ninmah fut insérée dans la côte de Ti-Amat. Deux branches furent donc ajoutées à leur Arbre de Vie. À partir de cet instant, Adam et Ève surent qu'ils étaient mâles et femelles, ils bénéficiaient de la connaissance du bien et du mal et se plaçaient au-dessus des animaux, c'est pourquoi ils fabriquèrent des pagnes afin de couvrir leurs sexes.

Dean tentait de faire le lien entre cet événement et le récit adamique.

— L'ADN est le fruit défendu de la Bible… marmonna-t-il après quelques instants.

— Oui, acquiesça Brittany. Cette dernière manipulation

génétique est à l'origine du péché originel. Adam et Ève étaient officiellement à l'image et à la ressemblance de leurs créateurs !

Dean ouvrit de grands yeux et lança :

— La matrice originelle d'ADN mitochondrial proviendrait donc d'une déesse, et non d'une petite population africaine… Ou plutôt, d'une petite population africaine dont l'ADN mitochondrial proviendrait d'une déesse.

— Et cette déesse portait un nom, ajouta Brittany, elle s'appelait Ninmah, qui signifie quelque chose comme « Grande Dame ». C'est à elle que l'on doit le nom maman, pour nous avoir légué la matrice commune à tous les êtres humains sur Terre. Elle est la véritable mère de l'humanité, celle à l'origine de cette petite population africaine dont tu parles.

— Impressionnant… Cela veut dire que l'Homo sapiens n'aurait pas évolué de manière indépendante dans plusieurs régions, mais qu'il aurait bien eu une origine unique et précise. Un point de départ ! Mais… je ne comprends pas… qu'est-ce qui aurait poussé les Anunnaki à expulser Adam et Ève du jardin d'Eden ?

— C'est précisément ce que j'ai découvert hier soir, annonça Brittany. Lorsque Enlil, le Seigneur Dieu dans la Genèse, tomba nez à nez avec Adam et Ève dans les vergers de l'Edin, il remarqua que les deux Êtres hybrides étaient vêtus de tabliers de feuilles. Il interrogea alors son frère, Enki, qui lui expliqua le problème de la procréation. Ce dernier lui fit part de la solution trouvée pour y remédier, soit l'ajout des chromosomes X et Y aux génomes d'Adamu et de Ti-Amat. Seulement, l'idée d'usurper le rôle du Créateur mis Enlil dans tous ses états. Il était d'accord de créer un Travailleur Primitif, mais pas jusqu'à lui apposer l'essence même des dieux. Enki lui expliqua qu'ils leur avaient seulement donné la faculté de se reproduire, et qu'ils n'avaient en aucun cas ajouté la « Branche de Longue Vie » à leurs génomes, dont eux étaient pourvus.

— Ce qui explique pourquoi les Anunnaki étaient considérés comme des dieux au regard des humains, observa Greg. Ils étaient dotés d'un patrimoine génétique de haut vol. Partant, les humains ne les voyaient pas mourir, tandis qu'eux demeureraient des mortels.

Brittany hocha la tête en esquissant un sourire.

— Mais cela n'empêcha pas Enlil d'être furieux et d'expulser Adam et Ève du jardin d'Eden, les renvoyant tous deux errer dans la nature, loin du paradis terrestre.

Dean roula des yeux.

— Ça nous fait une belle jambe !

Chapitre 44

MOSSOUL

13 juillet 2017

Tell Kuyunjik
Base militaire américaine
05h45

En moins de vingt-quatre heures, Kate avait parcouru Mossoul de long en large sans fermer l'oeil, et tout ce qu'elle désirait à présent, c'était du calme et du repos. Mais lorsqu'elle retrouva le professeur à la base militaire américaine, elle comprit que ce ne serait pas pour tout de suite. Son premier avis concernant son enlèvement faisait état d'un manque de chance, mais cette idée fut vite écartée lorsqu'elle entendit la réaction du professeur quand elle lui annonça qu'elle comptait rentrer à Londres avec Greg : « Vous ne rentrerez pas avant que l'expédition soit terminée ! ». Kate ne l'avait encore jamais entendu se mettre en colère. La prise d'otage dont elle avait été victime était-elle liée à cette étrange saute d'humeur ? Elle commençait sérieusement à soupçonner le professeur de mijoter quelque chose.

Trois militaires les conduisirent sous une tente, où ils prirent place autour d'une table. Kate reconnut immédiatement sa sacoche et s'empressa d'aller la récupérer. Quelque chose s'était passé et le visage pâle du professeur en témoignait. À l'évidence, ce qu'il était sur le point d'annoncer n'allait pas les réjouir. Le vieil homme se redressa, posa ses deux mains sur la table et ouvrit la bouche pour parler.

— Bien que nous ayons retrouvé la Tablette VI durant la nuit, commença-t-il en masquant son enthousiasme, notre expédition ne s'arrête pas là.

— Que voulez-vous dire ? l'interrogea Greg. Vous avez ce que vous cherchiez… rien ne nous force à rester ici !

Le général Camden fit soudain apparition sous la tente. Son visage affichait des traits durs.

— Je crains que si, déclara-t-il, en échangeant un regard avec les militaires qui encadraient Kate et Greg. Emmenez-les !

En quête d'explications, Kate lança un regard au professeur. Je ne comprends pas ?… Mais ce dernier baissa aussitôt les yeux sur la table.

Les trois militaires les sommèrent de se lever. Kate empoigna sa sacoche et, lorsque son regard se posa sur leurs fusils d'assaut, son cœur fit un bond dans sa poitrine. Elle eut l'impression de revivre le cauchemar de la nuit passée, comme si la scène se rejouait dans son esprit. Ce fauteuil, cette pièce étroite, les hommes de Daech entonnant la devise salafiste dans un boucan du diable. Elle avait vécu l'enfer.

— Où est Hasan ? lança-t-elle. Pourquoi n'est-il pas là ?

Le professeur omit de répondre et quitta la tente.

— Où nous emmenez-vous ! ?

On les embarqua de force à bord du Lakota qui était censé ramener Greg à Londres. La seule fois où elle était montée à bord d'un hélicoptère, se rappelait Kate, l'expérience avait été pour le moins agréable : larges fauteuils en cuir, moquette, bar à champagne, service à la place… Ses parents célébraient leurs noces de perle. L'appareil dans lequel elle se trouvait maintenant était bien différent, les sièges métalliques étaient étroits et affreusement durs, et elle dut s'y reprendre à deux fois pour boucler correctement sa ceinture de sécurité.

L'adjudant-chef fit un signe à l'un des militaires, qui remit un casque à chacun. Kate mit le sien sur sa tête. L'instant d'après, une voix grésillait dans le micro intégré. Paré au décollage. Elle en eut un frisson d'appréhension. L'arrière de l'hélicoptère se souleva et toute la cabine se mit à trembler. Son corps glissa d'abord vers l'avant, puis la ceinture la retint, lui pressant la poitrine. Quand l'appareil amorça enfin un mouvement vers le haut, elle sentit son cœur remonter dans sa gorge. Si Greg ne lui avait pas tenu la main, elle se serait probablement évanouie.

Une trentaine de minutes plus tard, le Lakota se posa sur la base de Makhmur. Les militaires bondirent hors de l'appareil, surveillant leurs moindres faits et gestes. Kate posa un pied sur le patin et regarda autour d'elle. Elle reconnut d'emblée le paysage martien de la base militaire, avec ses dunes ocre écrasées de soleil, ses étranges collines artificielles servant d'abris et d'entrepôts, ses rangées de chars de combat et ses longues pistes d'atterrissage.

– On n'a pas atterri là hier ? lança Greg.

– Ça m'en a tout l'air.

Ils arpentèrent le tarmac sur une centaine de mètres, avant de se retrouver nez à nez avec un avion de transport militaire. L'appareil faisait bien quarante mètres de long et ressemblait à un cigare gris munis quatre turbopropulseurs. Kate ne se souvenait pas avoir embarqué à bord d'un tel engin la veille.

– Qu'est-ce que c'est que ce machin ? bredouilla-t-elle en protégeant son visage des bourrasques de sable.

– Un C-17, lui souffla Greg. Un avion de l'US Air Force.

Kate le regarda d'un air étonné. Comment savait-il ça ?

– Je collectionnais les maquettes d'avions quand j'étais gosse, ajouta-t-il.

L'un des officiers qui les escortaient leur fit signe de monter par la trappe arrière. La soute était vide et ressemblait à un immense cargo dont la noirceur leur donna l'impression d'entrer dans le ventre d'une baleine. Une fois à l'intérieur, on leur indiqua où s'asseoir. Kate prit place dans le fond d'une sorte de filet rouge suspendu à une barre horizontale.

— Ce sont des sièges de parachutistes, dit Greg, qui était assit sur la rangée centrale.

Kate ne semblait pas plus rassurée que ça. La rampe de chargement commençait déjà à se refermer, plongeant peu à peu la soute dans le noir. On entendit le bruit perçant des turbines se mettre en marche. Elle boucla sa ceinture, et eut soudain besoin d'air, besoin de regarder dehors, de voir la lumière du jour. Au lieu de ça, la lueur jaune d'une ampoule lui tombait sur les yeux. « Tout ira bien », semblait-elle lire sur les lèvres de Greg. Elle ferma les yeux et essaya de garder son calme. Elle pensa à son atelier, à ce buste d'Aphrodite sur lequel elle travaillait depuis des semaines et qu'elle était sur le point de finaliser. Pour soulager un peu sa conscience, elle se fit la promesse de la terminer à son retour. Elle revit les vitrines du Département de Grèce qu'elle aimait admirer sans réserve, en particulier le matin, lorsque le musée était encore vide et qu'elle pouvait déambuler seule dans les couloirs. Le British Museum avait toujours été un refuge pour elle, un portail entre le monde moderne et l'histoire. Mais n'était-elle pas en train de la vivre de plain-pied, cette histoire qu'elle observait toujours au travers d'une vitre ou d'une lunette grossissante ?

Chapitre 45

NEW YORK

13 juillet 2017

Greenwich Village, Manhattan.

Et dire qu'elle avait failli ne pas prendre l'appel.

En même temps, il était 5 heures du matin quand son portable se mit à vibrer sur sa table de nuit. Qui pouvait bien l'appeler à une heure pareille ? Ariane pensa d'abord que c'était Gary, mais le numéro qui s'était affiché était inconnu de son répertoire.

« Mademoiselle Fuchs ? » avait demandé la voix à l'autre bout du fil. Une voix de femme, plutôt douce et rassurante. Elle s'était présentée comme étant réceptionniste à l'hôpital Mont Sinaï, dans l'Upper East Side, et prétendait que son père avait été admis en urgence aux soins intensifs quatre heures plus tôt. Selon elle, il aurait été victime d'un accident grave sur la voie publique.

Ariane ne comprit pas tout de suite et demanda à la femme de bien vouloir répéter. Un accident grave ? Elle finit par articuler, sans y croire : « Êtes-vous bien certaine qu'il s'agit d'Albert Fuchs ? ». La réceptionniste avait répondu par l'affirmative.

Qu'est-ce que son père faisait dehors au beau milieu de la nuit ? S'était-il fait renverser ? Ariane culpabilisait. Etait-elle à l'origine de cet incident ? Elle resta un instant assise sur le bord de son lit, le regard vide, tentant désespérément de comprendre ce qui se passait. Au fond d'elle, c'était la panique. Que dois-je faire ?

Par automatisme, elle enfila un jogging et un hoodie, et hésita à appeler Gary pour lui demander de l'accompagner. Sa présence l'aiderait à surmonter la situation. Elle empoigna son portable, mais s'y résigna aussitôt. Tout bien réfléchi, il était préférable qu'elle y aille seule, elle ne devait pas mêler son copain à ses histoires de famille.

Ariane quitta son appartement au pas de course. Elle s'en voulait d'avoir quitté le restaurant, d'être partie sur un coup de tête, sans lui avoir dit au revoir. Quelle conne !

Au niveau de la Cathédrale Saint-Patrick, la pluie se mit à tomber. Ariane regardait les gouttes glisser sur la vitre, sa jambe droite tremblant d'impatience ; le taxi n'allait pas assez vite pour elle. À vrai dire, rien n'allait assez vite pour elle. Hormis peut-être cette voiture de police qui arrivait derrière eux, sirène hurlante, et que le chauffeur du taxi laissa passer en se rabattant sur la droite. Les gyrophares illuminèrent le visage d'Ariane l'espace d'une seconde. Pourquoi n'était-elle pas dans cette voiture ? Après tout, son père était un agent de la NSA, il méritait les meilleurs services !

Plus vite, bon sang !

L'envie lui démangeait de demander à ce type d'appuyer sur l'accélérateur. Au lieu de ça, Ariane se mit à ronger ses ongles noirs. Si seulement elle avait pu prendre le volant !

Ils atteignirent Central Park et, au terme de quelques kilomètres de plus, le Mont Sinaï.

À travers la vitre mouillée, Ariane aperçut un écriteau rouge indiquant que les urgences se trouvaient du côté ouest du centre hospitalier. Le chauffeur s'était trompé d'entrée.

— Laissez-moi ici, s'écria-t-elle en se redressant sur la banquette.

Le taxiste se stationna en double file et elle lui tendit un billet de 50 dollars. Elle sortit de la voiture et claqua la portière.

— Votre monnaie ! ? lança le type par la fenêtre.

Mais Ariane avait déjà filé, elle courrait maintenant à toutes jambes sur les trottoirs trempés de Madison Avenue, cherchant partout l'accès aux urgences. À l'angle de la cent unième rue, un auvent bleu attira son attention. C'est là !

Elle était en nage, mais elle touchait au but.

Les portes coulissantes s'ouvrirent et elle se présenta à l'accueil, largement essoufflée.

— Je vais prévenir le Docteur Pereira, lui annonça la secrétaire médicale, il sera à vous dans un instant. Si vous voulez bien patienter ici, ajouta-t-elle en désignant une rangée de siège située le long d'un mur.

Au bout d'une dizaine de minutes, Ariane entendit quelqu'un prononcer son nom. Elle se leva et s'avança vers une femme de couleur en blouse bleue.

— Mademoiselle Fuchs, suivez-moi je vous prie.

Ariane s'exécuta. Malgré les manières avenantes de la femme, elle n'était pas d'humeur à se montrer agréable. Elle se tardait de savoir si son père allait bien.

— Vous êtes du quartier ? lui demanda la femme pour rompre le silence.

— Le Village, répondit froidement Ariane. Mon père et moi n'habitons pas ensemble.

— Oh, j'adore ce quartier ! s'enthousiasma la femme. Il y a deux ans, avec ma fille, on est allé voir l'appartement de Carrie Bradshaw. On a fait des photos devant l'escalier !

À contrecœur, Ariane s'efforça de lui renvoyer un sourire. Comme s'il n'y avait que ça à voir à West Village !

— Qu'est-il arrivé à mon père ? l'interrompit-elle.

L'aide-soignante se modéra aussitôt.

— Votre père a subi un traumatisme important, annonça-t-elle en appelant l'ascenseur. Il a été opéré durant la nuit et se trouve actuellement en salle de réveil.

— Opéré ? s'écria Ariane. Mais… pourquoi ?

L'ascenseur s'ouvrit.

— Votre père avait plusieurs côtes cassées lorsque l'ambulance est arrivée. Étant donné qu'il a perdu connaissance lors de l'incident, il nous a été impossible de définir la criticité de son cas, voilà pourquoi nous avons pris l'initiative de stabiliser chirurgicalement les côtes fracturées et luxées. Fort heureusement, votre père ne présente pas d'autre blessure interne. Il s'en remettra rapidement.

Ariane traversa le couloir de l'unité de soins intensifs avec un poing au ventre.

— Vous avez dit que mon père est en salle de réveil, ce qui veut dire qu'il va bientôt se réveiller, n'est-ce pas ?

L'aide-soignante s'arrêta devant la chambre 7. Elle semblait chercher ses mots.

— Votre père va être transféré dans cette chambre d'ici quelques minutes. Le Docteur Pereira examinera ensuite son état et décidera des démarches à entreprendre en fonction des résultats. Je ne peux rien vous garantir de plus pour le moment, mais sachez que nous faisons le nécessaire.

Elle invita la jeune femme à entrer dans la chambre.

— Merci, mais je préfère attendre ici, lança Ariane en reculant d'un pas.

Au bout du couloir, deux infirmières arrivaient en poussant un lit médicalisé.

Chapitre 46

LONDRES

12 juillet 2017

Malet Street

Huit minutes. Le chauffeur en costume noir parqua la fourgonnette sous le couvert des arbres de Malet Street, craqua une allumette et entrouvrit la fenêtre de quelques centimètres. Fredonner un air de musique semblait conjurer son angoisse. Pourtant, on lui avait simplement demandé de faire son travail : conduire – ce qu'il faisait tous les jours depuis des années pour subvenir aux besoins de sa famille. Seulement aujourd'hui, il serait payé cinq fois son salaire à 15 heures *La belle affaire !*

Il fixa sa montre d'un air médusé, comme si la pile venait de rendre l'âme. Chaque seconde lui paraissaient interminables.

Vivement que tout ça se termine... pensa-t-il en tirant une bouffée de cigarette.

Une voix étouffée vint troubler ses pensées.

— Alvaro, c'est ça ? demanda l'un des types encagoulés à l'arrière du véhicule.

L'homme en costume noir se raidit, avant de répondre :

— Oui, monsieur.

— Alvaro... Sanchez ?... poursuivit le type en s'avançant pour mieux lire la carte conducteur fixée sur le tableau de bord.

— Oui, monsieur.

— Peux-tu me répéter ce que tu vas faire ?

L'homme avala sa salive et répéta sur un ton machinal :

— Je reste ici jusqu'à ce que vous reveniez. Je ne parle à personne. Je ne dis rien.

— Et après ? s'impatienta le type.

— Après, je démarre et je roule en direction de King's Cross.

— Très bien, répondit le type en lui assenant une tape sur l'épaule. Tu auras ton argent quand tout ça sera fini.

À cet instant, une Honda Civic bleu nuit se parqua sur le trottoir d'en face, quelques mètres plus haut. Ses vitres étaient teintées. Alvaro attendait de voir quelqu'un en sortir, mais rien. La voiture demeurait immobile. La rue était déserte. Il porta son regard sur ce qu'il avait de plus cher avec lui : une photo de sa femme, Antonia, et de ses trois enfants, Paolo, Tiago et Catarina. À 17 heures, sa fille sortirait de son premier cours de danse et il espérait arriver à l'heure. Il allait tout faire pour l'être !

Soudain, à l'arrière du véhicule, un talkie-walkie émit un grésillement suivit d'une série de chiffres. C'était une voix de femme.

— Code 1-0,2-3.

L'un des types encagoulés jeta son regard sur le véhicule en position.

— Code 1-0,4, répondit-il pour confirmer la bonne réception du message.

Cinq minutes. Ils avaient configuré l'arrière de la fourgonnette en véritable bureau d'études. Des plans du British Museum s'alignaient sur l'une des parois de l'habitacle. Un itinéraire y était marqué d'un trait rouge, menant à une croix rouge, elle aussi : l'objectif à atteindre. Plusieurs éléments étaient reliés entre eux avec du fil – trombones, notes, photographies –, ce qui constituait une gigantesque toile d'araignée.

Les deux types passèrent l'habitacle au peigne fin à

l'aide d'un émetteur infrarouge pour que rien ne leur fasse défaut ; une empreinte ou un cheveu suffirait à tout faire échouer, c'est pourquoi ils étaient habillés de combinaisons de protection anti-traces.

Il n'y a pas de victoire sans sacrifice !

Ils sortirent d'un sac de sport noir deux pistolets semi-automatiques montés de silencieux. À travers le rétroviseur intérieur, l'un d'eux croisa le regard du chauffeur. Ce dernier déposa un doigt sur ses lèvres en le fixant dans le blanc des yeux.

— Escort Two, est-ce que vous me recevez ?

Une voix dans le combiné grésilla.

— Code 1-0, 2. Escort One, à vous !

— Prêts à opérer.

— Reçu.

— Signal d'alarme prévu à 15h00.

— Confirmé.

— 3 minutes.

Trois Minutes. Lorsqu'un taxi passa à côté de la fourgonnette, Alvaro Sanchez s'enfonça dans le creux dans son siège. Le chauffeur l'avait dévisagé avec des yeux noirs comme s'il soupçonnait quelque chose. D'ailleurs, la rue qui était jusqu'à présent inanimée était maintenant occupée par deux cyclistes, quatre piétons et un camion de marchandise stoppé au feu rouge. Tous semblaient agir avec méfiance.

Le chauffeur jeta son mégot à travers l'entrebâillement de la fenêtre et remonta la vitre. Ses mains tremblaient tant qu'il en perdait le contrôle. *Tout ira bien, calme toi. Respire...*

À l'arrière, les deux hommes encagoulés enroulèrent le film plastique qui revêtait l'habitacle et flanquèrent le tout dans un sac à ordures que l'un d'eux fit glisser dans l'espace réservé aux pieds du passager avant. Le sac serait réduit en confettis lors de l'explosion.

Une minute. Le trafic se dissipa à l'instant. Un calme plat régnait à nouveau sur Malet Street. La Honda Civic demeurait stationnée sur le trottoir d'en face.

— Alvaro, tu m'écoutes ?

L'homme au costume noir sauta sur son siège.

— Oui, monsieur.

— Fais chauffer le moteur, on se revoit dans trois minutes !

L'autre type encagoulé s'avança brutalement.

— Et n'essaie pas de fuir, *amigo*, dit-il en désignant la Honda. Ou tu pourrais le regretter.

Alvaro Sanchez porta son regard sur la voiture parquée quelques mètres plus haut. Ses mains agrippèrent davantage le revêtement de cuir du volant.

Dios mio, implora-t-il, veillez sur ma femme et mes enfants.

L'un des types encagoulés consulta sa montre.

— C'est l'heure.

Dean et Kyle traversèrent la rue au pas de course. S'ils suivaient l'itinéraire indiqué par Sarah Johnson, ils évolueraient dans l'angle mort des caméras de surveillance. Une seule filmerait leur entrée, ce qui constituerait une preuve suffisante pour la compagnie d'assurances du musée. Quant aux caméras intérieures, la directrice du British Museum se chargerait d'occulter les plus compromettantes, entre autres celles de la salle 24B des archives centrales où elle allait remettre la Tablette VI aux deux agents.

Elle leur avait accordé trois minutes, pas une de plus.

Dean et Kyle descendirent la rampe encadrée de grilles noires. L'idée était simple : emprunter la même porte de service que celle par laquelle Sarah Johnson avait fait entrer Brittany deux jours plus tôt.

Dean jeta un regard autour de lui ; la caméra dôme se

trouvait dans l'angle droit, juste au-dessus de sa tête. Il leva le pied très haut et frappa le bois de la porte vitrée d'un coup sec. Celle-ci céda aussitôt. De l'autre côté, toutes les lumières étaient éteintes. Il n'y avait personne.

— Par ici, lança Kyle en désignant des escaliers qui s'enfonçaient dans la pénombre.

— On se magne ! lâcha Dean.

Un long couloir les attendait à l'autre bout. Dean sortit le plan que Brittany lui avait dessiné sur un bout de papier.

— La deuxième porte à droite, dit-il en s'activant.

Ils s'arrêtèrent net devant la porte. Là, un écriteau disait : « Accès interdit à toute personne étrangère au service ».

Kyle enfonça la clenche et un autre couloir se présenta à eux, seulement celui-ci était d'un noir d'encre et filait sans jamais paraître s'arrêter. Un conduit de secours ?

— Il nous reste deux minutes et vingt secondes !

— Fait chier ! laissa échapper Dean en lui emboîtant le pas.

La luminosité était si faible qu'il ne parvenait plus à lire le plan de Brittany. Il avançait en faisant courir sa main gauche sur le mur, ses bottes martelant le sol, mais aucune porte ne se découpait sur son passage. De mémoire, l'accès aux archives se trouvait quelques mètres avant la fin du couloir. Il ne devrait pus tarder à tomber dessus.

Un plafonnier s'alluma à l'instant et une porte se dévoila à lui. Dean se figea. Il venait de percevoir un bruit de l'autre côté du mur, comme des voix. Des gens étaient en train de parler. *Et merde !*

— Putain, c'est quoi ça ? murmura Kyle en s'accotant au mur.

Le doigt sur la détente, Dean s'attendait à tout. À coup sûr, la porte allait s'ouvrir et des gens en surgiraient. Que ferait-il ? Il regarda derrière lui et songea à remonter le couloir en courant. *On ne peut pas faire marche arrière...*

Les voix étaient maintenant toutes proches, claires, distinctes. Celles de deux femmes. Dean avait le regard rivé sur la barre antipanique. À force de la regarder, il avait presque l'impression de la voir bouger.

— On se casse ! réagit Kyle, qui s'était éloigné de quelques pas. Faut pas rester là !

La frustration dans la voix de son collègue mit Dean dans un état de panique. La tension était telle qu'il n'arrivait plus à penser. Il tira sa cagoule légèrement vers l'arrière pour relever le tissu qui tombait sur ses yeux. Dean n'avait pas senti sa main trembler comme ça depuis longtemps. Son front et sa nuque dégoulinaient de sueur.

Quelques secondes plus tard, un bruit de serrure résonna dans le corridor. Dean resta un instant paralysé. Quelqu'un venait d'ouvrir la porte. *On est fichu !* Il recula d'un pas en levant le canon de son arme et vit la porte s'ouvrir face à lui. Une lumière vive et blanche l'agressa aussitôt.

Lorsque Sarah Johnson aperçut l'arme pointée sur elle, elle poussa un cri d'effroi.

— Désolée ! s'écria-t-elle en essayant de se ressaisir. J'ai été retardée... suivez-moi.

Dean n'aurait jamais pensé que les archives du British Museum puissent occuper autant d'espace. Il aurait cependant imaginé un rayonnage plus sobre, plus moderne, à la pointe de la technologie. Au lieu de ça, de vieux livres poussiéreux remplissaient les banales étagères des allées par centaines, sans qu'aucune caméra ne surveille quoi que ce soit. Des dossiers usés et des boîtes à l'aspect déteint étaient entassés du sol au plafond. Il y en avait partout, et ça ne semblait être qu'un aperçu, car les allées s'étendaient à n'en plus finir.

En traversant ce dédale de rayons bourrés à craquer, Sarah Johnson ouvrit la porte d'une salle dans laquelle elle fit entrer les deux agents.

— Dépêchez-vous, susurra-t-elle, l'archiviste ne va pas tarder à revenir.

La porte se referma d'elle-même dans un sifflement discret. La pièce était vide et immaculée. Dean inspecta les lieux d'un œil inquisiteur. De chaque côté, des casiers vitrés courraient les murs, au centre, une table de travail en inox et une desserte mobile à tiroirs luisaient sous l'éclairage blanc des panneaux du plafond. Dean avait l'impression d'être dans un laboratoire. Sarah Johnson enfonça une clef dans la serrure de l'un des casiers et en sortit un coffret noir en carton qu'elle déposa sur la table centrale.

— La Tablette VI est à l'intérieur, s'empressa-t-elle de dire en soulevant délicatement le couvercle de la boîte.

Le visage de Dean se crispa lorsque la directrice retira le morceau de coton qui recouvrait la tablette. *C'est tout ! ?* Etait-il réellement en train de jouer avec sa vie pour une chose aussi insignifiante ? Alors que Sarah Johnson allait refermer le coffret, il porta une main sur la tablette.

— Attendez… dit-il en se courbant.

À sa grande surprise, la partie inférieure présentait un demi-cercle qui lui fit immédiatement penser au cadran d'une montre. *La carte !*

Dean voulut s'approcher de l'artefact pour en observer les plus fins détails, mais Sarah Johnson abaissa aussitôt le couvercle.

— Suivez le panneau de secours vert et blanc, dit-elle sèchement en lui remettant la boîte. Je vais éteindre les lumières. Maintenant partez.

Dean plongea le coffret dans le fond de sa poche. Lui et Kyle détalèrent à la seconde, traversant à toutes jambes les allées maintenant plongées dans la pénombre. Un panneau de secours indiquait la gauche. Dean reconnut le chemin par lequel ils étaient arrivés. Ils accélérèrent le pas et, au croisement d'un couloir, les plafonniers s'allumèrent au-dessus d'eux. Ils freinèrent instantanément l'allure, l'oreille aux aguets, épiant la moindre indication d'une présence. La réponse s'offrit volontairement à eux : des pas arrivaient dans leur direction. Kyle fit signe à Dean de le suivre, mais en pensant contourner le nouvel arrivant, il se retrouva nez à nez avec une femme de grande taille, aux traits tirés et aux cheveux blonds. *L'archiviste ! ?*

À la vue des deux hommes encagoulés et armés, la femme resta figée, les yeux pleins d'effroi.

— Qui êtes-vous ?... baragouina-t-elle d'une voix à mi-chemin entre la peur et la stupéfaction.

À peine eut-elle le temps de terminer sa phrase que la crosse du fusil de Kyle lui frappa la tête de plein fouet. La femme tomba brusquement sur le sol.

— Qu'est-ce que tu fous ! ? s'écria Dean d'un air ahuri.

— Elle m'a vu, elle m'a regardé dans les yeux !

— Parle moins fort, putain !

Dean savait ce que cela impliquait. Le cœur battant, il consulta sa montre. Il leur restait moins de trente secondes. *Merde !*

Contre toute attente, de nouveaux bruits de pas se firent entendre, mêlés de voix qui paraissaient s'éloigner dans le couloir central. Kyle croisa le regard terrifié de Dean ; la femme au sol venait d'ouvrir les yeux et cherchait à se redresser. Avant qu'elle n'ouvre la bouche pour appeler à l'aide, Kyle lui flanqua un second coup de crosse en plein front et elle retomba de tout son poids sur le carrelage.

— On dégage, dit-il en se retournant d'un bloc.

Dean ne tarda pas à sentir les battements de son cœur frapper sa poitrine. Sous l'effet de la panique, il sortit son Glock avec silencieux. Son visage était devenu livide.

— Fais pas ça, maugréa Kyle en cherchant à retenir la main de son coéquipier. C'est bon, elle est H.S.

Nul sacrifice, nulle victoire, se disait Dean en braquant

son arme sur la femme. L'espace d'un instant, il fut brusquement ramené à Bassorah, en 2008, lorsqu'il avait descendu un civil au sniper du haut d'un toit. L'homme était sorti en courant d'une habitation et, dans la surprise, Dean avait appuyé sur la détente. Il ne lui restait en mémoire que cette puissante gerbe de sang et les morceaux de cervelle qui avaient volé en éclats. Jamais il n'était parvenu à chasser ce souvenir de son esprit.

Fais pas ça...

Lorsqu'il sentit la main de Kyle se poser sur son bras, Dean baissa son arme dans un geste lent. Ses jambes fourmillaient.

L'instant d'après, l'alarme du Musée se mettait en marche. Ils se précipitèrent vers la sortie.

Chapitre 47

ARABIE SAOUDITE

13 juillet 2017

À bord du C-17

Assise dans un fauteuil isolé sous une flopée de gros casques jaune, Kate s'appliquait à dégager au grattoir le second fragment de la tablette d'une gangue de terre rougeâtre et calcinée. À la demande du professeur, elle s'était empressée de sortir le matériel de sa sacoche, qu'elle avait rassemblé sur un plateau à peine plus grand que l'écran de son laptop. Eh ben, c'est pas gagné...

Quelque peu désorientée, Kate éprouva d'abord un grand vide ; travailler sur un si petit artefact lui était totalement inconnu. Elle ne savait ni par où ni par quoi commencer. Après tout, elle était habituée à restaurer des objets de grande taille, pas à les extraire d'un morceau de terre aussi dur qu'un bloc de plâtre, et encore moins dans la soute d'un avion militaire dépourvu d'éclairage. De plus, le regard indiscret et menaçant des soldats assis en ligne face à Greg la rendait extrêmement nerveuse.

Reste calme et concentre-toi... Tu peux le faire...

Quelques minutes plus tôt, le professeur et elle avaient méticuleusement déroulé les couches de papier qui protégeaient l'objet. En l'espace d'une seconde, ils furent tous deux projetés des millénaires en arrière. Ils n'étaient plus dans cet avion, mais bien 1 200 ans av. J.-C, dans la cité d'Assur, la capitale Assyrienne, où le poème de l'Enūma Eliš avait été composé. Le petit artefact d'argile s'échappait de la matrice du sol et laissait entrevoir quelques signes à peine perceptible à l'oeil. Kate sentit les pulsations de son cœur s'accélérer et la peur de l'échec l'envahir. La Tablette VI était-elle réellement si petite ? Elle qui avait pour habitude de restaurer de la vaisselle, des jarres, des statues et des bustes, elle faisait face à quelque chose d'inédit dont la tâche nécessitait bien plus de précision et de minutie que d'ordinaire.

— Je vais avoir besoin de plus de lumière, lança-t-elle en manipulant l'objet entre ses doigts.

— Je crains qu'il faille se satisfaire de celle déjà présente, lui répondit Nikita Braguine en haussant les sourcils.

— Professeur... je n'ai jamais travaillé sur un si petit objet. Je ne suis pas certaine de...

Le vieil homme lui tapota l'épaule.

— Ne vous laissez pas impressionner, ma chère, dit-il d'un ton presque paternel.

Au bout d'une heure, après avoir nettoyé à la brosse les plus infimes incisions, la Tablette VI se trouvait nue devant eux. Nikita Braguine réajusta ses lunettes, il attendait ce moment depuis des années. La partie manquante de la carte se trouvait finalement sous ses yeux.

Kate réprima un bâillement. Bien qu'exténuée, elle crut reconnaître dans la figure endommagée le curieux mécanisme d'une machine antique.

— Ce tracé me fait vaguement penser à la machine d'Anticythère, lança-t-elle en faisait glisser son doigt sur les interstices de la figure. Vous ne trouvez pas ?

Le professeur prit un air dubitatif.

— Qu'est-ce que la machine d'Anticythère ?

— La machine d'Anticythère est le plus vieux mécanisme à engrenage connu. Elle permettait à l'époque de la Grèce antique de calculer des positions astronomiques. Ce calculateur analogique comprend des dizaines de roues dentées disposées sur plusieurs plans, à la manière d'un mouvement horloger.

Nikita Braguine était captivé.

— De quand date cette machine ? s'informa-t-il.

— Eh bien, elle a été datée comme antérieure à 87 av. J.-C. C'est Albert Rehm, un philosophe allemand qui, le premier, comprit qu'il s'agissait d'un calculateur astronomique. On pense aujourd'hui que l'on doit cette prouesse technologique à Archimède, mais rien est sûr. Je vous dis ça parce que la figure que nous avons sous les yeux présente une ressemblance frappante.

Le professeur se caressa le menton, porta son regard sur la tablette et ouvrit de grands yeux.

Bonté divine… ce schéma serait-il une carte du ciel ?

À bien y regarder, l'emplacement des différentes inscriptions semblait faire référence à une série d'étoiles. Le point inférieur droit pouvait-il représenter Rigel ? Celui présent dans l'angle supérieur gauche Bételgeuse ? Et les trois cercles alignés au centre le Baudrier d'Orion ?

Ce serait trop beau pour être vrai !

Le vieil homme ferma les yeux un court instant, ce qu'il ressentait allait bien au-delà des mots. Et dire qu'il avait passé des heures entières à étudier cette représentation schématique sans que l'idée ne lui traverse l'esprit. Pourtant, il ne le savait que trop bien, nombreux étaient les sites antiques construits en corrélation avec les étoiles. Des pyramides de Gizeh à la ville antique de Teotihuacan au Mexique, en passant par Thornborough Henges au nord de l'Angleterre, ou encore Nabta Playa et Stonehenge, on retrouve aux quatre coins du monde d'anciens monuments sacrés étroitement alignés avec la constellation d'Orion, comme si les civilisations d'antan avaient cherché à nous faire passer un message sur nos origines.

Malgré la réjouissance de cette découverte, le visage du

professeur s'obscurcit. S'il lui fallait fouiller chacun de ces sites pour s'en assurer, alors il lui faudrait plusieurs vies pour retrouver Adam. Peut-être n'y parviendrait-il jamais !

Il ouvrit la bouche pour parler, mais rien n'en sortit.

— Qu'y a-t-il ?... demanda Kate, ressentant le tourment du professeur.

Le vieil homme porta des yeux médusés sur la conservatrice.

— Orion... laissa-t-il échapper en esquissant un demi-sourire. Il s'agit de la constellation d'Orion.

Kate nageait dans le flou le plus total. Je ne vous suis pas... aurait-elle voulu dire. Au lieu de ça, elle resta tétanisée face à l'expression tout à coup joyeuse du vieil homme.

— Dites-moi où nous allons, professeur ? osa-t-elle demander.

— À Jabal Al-Lawz. Nous allons rencontrer le prince.

À l'instant, la voix du pilote grésilla au travers de la soute, ordonnant à l'équipage de se préparer pour l'atterrissage. Kate fut frappée par la rapidité avec laquelle le professeur s'empara de la tablette. On aurait dit qu'il avait peur qu'elle le lui vole. Que craignait-il au juste ? se demanda-t-elle en ne le lâchant pas du regard.

— Dépêchez-vous de ranger vos affaires, lui enjoint un soldat.

La voix était âpre, tranchante, irritante. Kate ne prit même pas la peine de se retourner pour voir à qui elle avait affaire, elle se contenta de ranger son matériel dans sa sacoche et de faire profil bas.

Lorsque la rampe de chargement s'abaissa pour les laisser sortir, Greg comprit que leurs chances de fuite étaient nulles. Le drapeau vert qui flottait au-dessus des blindés n'avait eu aucun secret pour lui. L'Arabie saoudite.

Devant trois véhicules, huit hommes des forces armées

saoudiennes les attendaient, carabines sur le poitrail, main posée sur la crosse.

Greg jeta malgré tout un regard circulaire autour de lui, espérant trouver un moyen de s'échapper. La base aérienne était encadrée de hauts grillages et de barbelés, derrière lesquels s'étendait une plaine désertique complètement nue et sablonneuse. Aucune issue possible. De plus, les soldats l'avaient à l'œil, aussi bien les Saoudiens qui se tenaient devant lui que les Américains dans son dos. S'il venait à s'enfuir, il se prendrait une balle à la première enjambée. Même pas la peine d'y penser. De toute façon, il ne comptait pas abandonner Kate. Soit ils fuyaient ensemble, soit ils se pliaient aux ordres – la seule solution qui s'offrait à eux pour le moment.

Ils descendirent de l'avion au son des hélices qui brassaient l'air chaud et salé de la base aérienne de Médina. La tension était palpable. Deux officiers se saisirent de Kate et l'embarquèrent à bord d'un char. « Lâchez-la ! » hurla Greg en croisant les yeux affolés de la conservatrice. Le journaliste courut au-devant d'elle mais des bras costaux l'agrippèrent à la seconde, le privant de tout mouvement. Furieux, il jeta un regard noir au Professeur Braguine.

– Je sais que c'est vous ! Je sais ce que vous avez fait ! Vous êtes un traître !

Une main s'abattit brusquement sur sa bouche, interrompant ses cris. Nikita Braguine monta à bord de l'un des blindés en lui jetant un regard en biais. Greg continuait de pester dans la main de l'officier, seulement on ne l'entendait plus. On ne devinait que la rage sur son visage et l'envie furieuse de se jeter sur le professeur.

Plusieurs heures durant, le convoi roula vers le nord en empruntant les étroites bandes de gypse et de gravier d'un massif dunaire. Depuis l'arrière du char où elle était assise, Kate surveillait le compteur kilométrique tout en regardant défiler cet immense corps continu de sable. Bien que des interrogations persistaient dans son esprit, elle n'était pas totalement convaincue de vouloir connaître la vérité. Que savait Greg pour qu'il se mette dans un état pareil ? se demandait-elle, toujours fixant le paysage sans pour autant l'observer. Le Professeur Braguine pouvait-il être à l'origine de son enlèvement ? Sa mère était-elle au courant de quelque chose ?

Je n'ai même pas envie d'y penser…

Le convoi quitta la route pour emprunter un chemin sinueux qui se perdait entre de hautes montagnes émaillées de neige. Tandis que le véhicule cahotait sur la piste, Kate se donnait une peine immense pour rester sur son siège. Au terme de nombreux détours, le véhicule déboucha sur une carrière gigantesque au milieu de laquelle trônait un palais flambant neuf. Par-delà les miradors qui jonchaient la zone, les squelettes d'acier et les grues à tour qui se chevauchaient en pente douce vers les rives de la mer rouge, des navires de charge brassaient les eaux sous un soleil de plomb. Kate était stupéfaite face à l'étendue du chantier. Celui-ci faisait bien la taille d'une ville, si pas plus ! De toute part, des milliers d'hommes travaillaient à la sueur de leur front sous la surveillance de l'armée.

— Qu'est-ce qu'ils construisent ? demanda-t-elle, sans détourner le regard des tranchées creusées dans le sol. Où sommes-nous ?

— À Deorum, répondit le lieutenant avec un accent à couper au couteau. C'est le nouveau projet du prince héritier. On ne sait pas trop ce qui se prépare ici. Mais ce qu'on sait, c'est qu'il y en a pour des centaines de milliards !

— Et nous, on bosse comme des connards ! fit le militaire assit à l'avant.

Les trois hommes se pouffèrent de rire, mais aussitôt une voix les interrompit.

« À toutes les unités, ici le lieutenant-général Nuruddin Al-Ghamdi, un avion de transport militaire a été repéré dans l'espace aérien. Je répète, avion militaire en approche. Demande intervention immédiate d'une escouade d'assaut au Deorum Bay Airport pour vérification de l'appareil. »

Le conducteur soupira et porta le téléphone satellite à hauteur de sa tête. Avant qu'il n'ait eut le temps d'ouvrir la bouche, une nouvelle voix se fit entendre.

« Ici le colonel Saleem, déploiement immédiat de mon unité. »

« Reçu colonel Saleem. »

Kate observait le ciel à travers la vitre, cherchant quelque part un avion. Mais elle ne vit rien. Le véhicule franchit d'abord une guérite, puis s'arrêta plus loin face à une clôture mobile. On entendit à nouveau le conducteur communiquer par radio. Peu de temps après, un garde vint leur ouvrir l'accès et le convoi s'engagea dans un tunnel qui descendait sous le mur d'enceinte du palais princier. Au sortir des blindés, des gardes se saisirent de Kate et Greg pour les conduire à l'intérieur du bâtiment. La conservatrice remarqua que le professeur n'empruntait pas le même chemin qu'eux. Où l'emmenait-on ?

Au bout d'un long couloir, on les fit entrer dans une petite pièce sommairement meublée, sans fioritures : deux lits, deux étagères, un lavabo, une toilette et une cabine de douche. Le minimum vital. Sans un mot de la part des gardes, la porte se referma sur eux. Le bruit du verrou leur fit comprendre qu'ils ne pourraient pas en sortir, qu'ils étaient pris au piège.

Kate se précipita aux toilettes et ferma la porte.

– J'aurai aimé t'en parler plus tôt, lui lança Greg en s'asseyant au bord du lit voisin, seulement je n'avais pas envie de te blesser...

Il y eut un silence gêné. Kate tira la chasse d'eau pour

étouffer le bruit de son jet d'urine. Elle rouvrit la porte, dévisageant Greg d'un air méfiant.

— La nuit dernière, poursuivit le journaliste, il était bien minuit passé, j'ai entendu des voix derrière la tente de l'antenne chirurgicale. J'ai reconnu celle du professeur. Le savoir debout aussi tard m'a semblé louche, je me suis donc levé, j'ai tout de suite senti qu'il se passait quelque chose de bizarre. Je suis sorti hors du poste médical et l'ai suivi jusqu'à une tente. Je suis resté dehors à écouter. Le général Camden était là aussi. Ils ont d'abord parlé de la tablette, puis de toi. Le général disait que tu serais relâchée avant le lever du soleil. C'est là que j'ai compris que ton enlèvement était un coup monté. D'une certaine façon, ça m'a remonté le moral, parce que je savais tu étais sauve.

Sous l'effet horrifiant des mots, Kate éprouva une très vive colère et se sentit manipulée.

— Tu le savais et tu ne m'as rien dit ! s'emporta-t-elle.

— Je comptais bien te le dire, tempéra Greg, tu peux me croire.

— Pourquoi auraient-ils fait une chose pareille ?

Greg cligna plusieurs fois des paupières.

— Eh bien… je ne suis pas certain d'avoir tout compris, mais ils ont aussi parlé de deux corps. Lesquels ? J'en sais rien. Mais de ce que j'ai pu entendre, ta mère aurait cédé sous la pression d'une vidéo.

La peau de Kate se hérissa lorsqu'elle revit avec effroi le caméscope braqué face à elle. Et cette machette, aussi, dont elle garderait un souvenir très net et glacial. Elle se sentait maintenant humiliée d'avoir servi de marionnette dans une opération factice dont le professeur avait orchestré chaque rebondissement.

— J'aurais donc servi d'appât… argua-t-elle, le visage blanc comme un linge.

— As-tu déjà entendu parler de ces corps ? l'interrogea

Greg.

Kate cilla.

— J'en ai vaguement entendu parler il y a des années, j'étais très jeune. À vrai dire, je ne suis même pas certaine de m'en souvenir, mais je crois bien que ces corps sont gardés cachés dans les réserves du British Museum.

Étonnamment, les souvenirs lui revenaient peu à peu.

— Le Professeur Braguine a pendant longtemps réclamé des analyses ADN sur les sujets, reprit-elle, mais elles lui ont toujours été refusées, j'ignore pourquoi. Je sais juste que ma mère interdisait à quiconque d'ouvrir les boîtes, elle était catégorique à ce propos. Je crois qu'elle-même redoutait quelque chose.

Greg la fixait.

— Eh bien, sache que ces corps sont ici.

Kate était sans voix.

Dans la foulée, le journaliste sortit son téléphone portable de sa poche et lui demanda de s'approcher.

— Regarde, dit-il en orientant l'écran face à Kate, il y a eu un attentat à Londres hier, juste à côté du British Museum. C'est partout sur les réseaux.

Kate resta un instant la bouche entrouverte.

Chapitre 48

NEW YORK

13 juillet 2017

Hôpital Mont Sinaï, Upper East Side, Manhattan.

On tira le rideau, la lumière entra, inondant l'espace d'une clarté de plus en plus vive. Les infirmières de garde poussèrent le lit roulant à l'intérieur de la chambre. Ariane s'avança vers son père, le regard inquiet, les joues rosées par le sel de ses chaudes larmes. Elle le découvrit dans un état pire que ce qu'elle avait imaginé.

— Papa ?

Albert Fuchs avait le visage neutre et les yeux fermés. Il semblait avoir quitté ce monde.

L'une des infirmières relia son corps à un électrocardiographe. Le moniteur sur chariot affichait maintenant différents oscillogrammes jaunes, verts et bleus. Ariane dévisagea la femme en blouse avec de grands yeux. Qu'est-ce que ça veut dire ? Contre toute attente, la réponse sortit de la bouche de l'autre infirmière.

— L'activité cardiocirculatoire de votre père demeure instable, expliqua-t-elle. Son cœur bat trop lentement et de façon irrégulière. Il est très faible. Il va avoir besoin de beaucoup de repos.

Le sang d'Ariane s'était figé dans ses veines.

— Peut-on vous offrir quelque chose à boire ? proposa celle qui avait branché les fils.

— Vous auriez un soda ? répondit Ariane en s'asseyant sur l'unique fauteuil de la chambre.

— Je vais voir ce que je peux faire, attendez ici, le Docteur Pereira va venir vous voir.

Ariane se retrouva seule avec le son pulsant et chuintant du respirateur qui alimentait son père en oxygène. Sur le mur en face d'elle, elle aperçut son reflet dans l'écran du téléviseur. Elle était assise sur le fauteuil d'une chambre d'hôpital, son père inerte allongé sur un lit juste à côté. Tout avait basculé si vite...

Ariane se tourna vers son père et lui agrippa la main. Elle se mit à chuchoter.

— Papa, c'est moi... Ariane... est-ce que tu m'entends ?

Une frêle silhouette fit apparition dans la chambre. L'homme, longiligne et sec portait une blouse blanche.

— Ne vous arrêtez pas, lança-t-il à Ariane d'une voix pleine de gentillesse. Parlez-lui, au contraire, c'est très bien !

Gênée, Ariane regarda l'homme s'avancer vers elle. De grosses taches de rousseur mouchetaient son visage pâle et flétri. Il avait le cheveu poivre et sel et le front marqué par des rides creuses. Si ses yeux sombres ne le rajeunissaient pas, un grand sourire éclairait néanmoins son visage.

— Je suis le Docteur Pereira, neurochirurgien à l'hôpital Mont Sinaï. Je présume que vous êtes la fille de Monsieur Fuchs ?

— Oui, répondit timidement Ariane. Quand est-ce que mon père va se réveiller ?

Le Docteur Pereira fléchit les jambes pour se mettre au niveau d'Ariane.

— Suite à son accident, votre père a écopé d'un léger traumatisme crânio-cérébral, expliqua-t-il d'une voix mielleuse, ce qui a provoqué une perturbation de son état de conscience.

— Vous voulez dire qu'il est dans le coma ? en déduit rapidement Ariane.

— C'est le cas, acquiesça le docteur, ce changement d'état de conscience peut être de très courte durée ou se prolonger pendant plusieurs semaines, mais, rassurez-vous, votre papa est entre de bonnes mains, il va rester avec nous jusqu'à ce qu'il puisse assurer lui-même ses fonctions vitales. D'ici là, nous allons mettre en place des routines précises pour l'ensemble des soins qui seront répétées à l'identique chaque jour afin d'offrir à votre père des points de repère temporels. Nos infirmières lui parleront et le masseront pour solliciter ses capacités cérébrales, voilà pourquoi je vous ai encouragée à lui parler lorsque je suis entré dans la chambre.

— Donc mon père peut nous entendre ?

— Bien sûr, votre père ne perçoit pas consciemment les informations que nous lui envoyons, il ne peut pour le moment pas les ingérer ou leur donner du sens, mais cela n'enlève rien à l'importance de cette stimulation. Parlez-lui, je suis sûr qu'il en sera très heureux.

Le Docteur Pereira tendit à Ariane un formulaire à remplir.

— C'est une sorte de « questionnaire de vie », dit-il d'un air amusé, cela nous permettra de préparer à votre père des plats selon ses goûts, de lui faire écouter de la musique qu'il apprécie. En somme, d'adapter son traitement à ce que l'on sait de sa personnalité.

— Et il se réveillera ? demanda une nouvelle fois Ariane avec insistance.

— Eh bien... personne ne se réveille d'un coup, c'est un processus qui demande un certain temps, mais oui, nous gardons l'espoir qu'il se réveille.

Nous gardons l'espoir... Ariane n'aimait pas les mots qu'elle venait d'entendre. De toute évidence, le Docteur Pereira n'avait pas la moindre certitude.

À cet instant, l'infirmière entra dans la chambre avec

un plateau. Ariane reconnut la canette rouge qui se tenait dessus.

— Merci, dit-elle en prenant le verre et la boisson.

Le Docteur Pereira se releva et se dirigea vers la sortie.

— Restez autant de temps que vous le souhaitez, lança-t-il, je reviendrai dans deux heures contrôler l'état de votre père.

Ariane observait le formulaire avec découragement. Toutes ces cases à cocher lui donnèrent l'impression de passer un examen. Haricot, courgette, céleri, betterave... La liste était longue et Ariane commençait à se dire qu'elle ne connaissait pas son père aussi bien que ça, qu'elle ignorait tout de ses goûts et de ses passe-temps. Elle tenta de se remémorer ce qu'il avait mangé la veille, au restaurant, avant qu'elle ne se lève et lui tourne le dos. Du canard ou du bœuf ?

Chapitre 49

LONDRES

12 juillet 2017

British Museum.
15h30.

BBC News

BREAKING NEWS
UNE FOURGONNETTE PIEGEE
EXPLOSE AU COEUR DE LONDRES

L'attaque a eu lieu sur Upper Woburn Place à 14 h 49 face au restaurant *Number Twelve*, dans le quartier de Bloomsbury. Le commissaire adjoint Edmond Peel du *Metropolitan Police Service* affirme qu'il s'agirait probablement d'un acte terroriste : « Pour le moment, nous considérons cela comme un acte terroriste ». En effet, le passeport d'un homme d'origine syrienne répondant au nom de Farid Babouri, a été retrouvé à l'arrière du véhicule. Particulièrement endommagé, le document appartiendrait à un membre présumé de L'État islamique. L'homme, actuellement recherché, aurait pris la fuite avant l'explosion. Reconnu coupable d'une série d'attaques à l'arme blanche, Farid Babouri, âgé de 35 ans, avait déjà été incarcéré en 2013. L'identité du conducteur, mort dans l'explosion, est actuellement sous enquête. Selon les experts de la Police scientifique, une faible quantité d'explosif aurait été placé dans le compartiment moteur. Certains Londoniens, présents sur les lieux, sont paniqués.

« Tout ce que j'ai entendu, c'est un grand boom, et les flammes sont arrivées. J'ai eu très peur. » rapporte un commerçant. La Police scientifique et les services antiterroristes Britanniques prennent l'incident au sérieux. Londres redoute une nouvelle attaque terroriste.

Dans son bureau situé au deuxième étage du British Museum, Sarah Johnson était scotchée devant le téléviseur. Les images qui défilaient sous ses yeux lui paraissaient irréelles tant la scène était saisissante. La fumée répandue par la fourgonnette avait plongé Upper Woburn Place dans un brouillard dense, rendant presque invisibles les rubalises hachurées bleu et blanc de la police londonienne. Le SCO19 quadrillait maintenant la rue d'un bout à l'autre et les gyrophares des ambulances et des véhicules de police aspergeaient l'écran.

Aux alentours des 21 heures, après avoir fait sa déclaration à la police et donné plusieurs interviews aux journalistes, Sarah quitta le British Museum dans un état profond d'agitation ; mentir pendant des heures s'était avéré particulièrement pénible et éprouvant. Elle sortit par la porte de service d'un pas pressé et remonta la rue jusqu'à sa voiture. Elle remarqua que les lampadaires n'étaient pas encore allumés. En ouvrant la portière, son téléphone portable se mit à sonner. Elle sortit l'appareil de sa veste et consulta la messagerie. Un numéro inconnu de son répertoire venait de lui envoyer un fichier. Étrangement, l'indicatif téléphonique correspondait à un numéro irakien. Sarah pensa aussitôt à sa fille. Kaitlyn lui avait-elle envoyé un message depuis un autre portable que le sien ?

Elle s'assit au volant de sa voiture, songeuse et loin d'imaginer ce qu'elle était sur le point de découvrir. Elle ouvrit d'abord le message, puis le fichier. Une vidéo démarra. Quelqu'un était assis dans un fauteuil de bureau, un sac en toile sur la tête. Elle comprit que c'était une femme. Deux hommes armés de fusils se tenaient derrière. L'un brandissait le drapeau de l'EI et l'autre une machette. Sarah agrandit la vidéo avec son pouce et son index, scrutant chaque détail. Elle s'affola lorsqu'elle reconnut le pendentif de Kate autour du cou de l'otage. Kate ! ? Un sentiment d'impuissance la traversa instantanément. Qu'était-il arrivé à sa fille ? Dans le fond du fauteuil, Sarah était comme pétrifiée. À cet instant précis, elle aurait tout donné pour prendre la place de Kaitlyn. Je n'aurai jamais dû l'envoyer là-bas... regrettait-elle amèrement.

Assaillie par la culpabilité, elle sentit une douleur vive, comme une décharge électrique, survenir au niveau de sa poitrine. Mais Sarah n'était pas au bout de ses peines. En voyant la machette s'approcher du cou de sa fille, elle crut un instant que son cœur avait cessé de battre. Que voulaient ces gens ? s'interrogeait-elle. Un début de question lui vint à l'esprit en découvrant ce qui était écrit sur le morceau de carton qu'un homme tenait maintenant face à l'objectif : « remettez-nous les corps ». Sous l'effet de la panique, Sarah ferma la vidéo et lança un appel sur le numéro irakien, déterminée à sauver sa fille.

*

Après plus de trente minutes passées sur l'autoroute M3, la Honda Civic emprunta une sortie pour rejoindre la A3011 en direction de Farnborough, dans le nord-est du Hampshire.

Brittany suivait derrière à moto, en compagnie de Kyle.

En passant le petit village de Lightwater le ciel s'était dégagé, les bancs de brouillards avaient cédé la place à quelques gros nuages épars en altitude.

« At the roundabout, take the 4th exit and continue along the A3011 onto Holly Bush Lane heading to Farnborough. »

— La 4e sortie, répéta machinalement Maddison qui suivait les instructions du GPS à la lettre.

Dick Sawers était assis derrière elle, sous la surveillance de Dean. L'agent du MI6 avait les mains liées entre elles dans son dos et le Glock de l'agent Smith pointé sur lui depuis qu'ils avaient quitté Londres.

Dean jeta un regard par la fenêtre. Le ciel était maintenant limpide, d'un bleu lumineux. Ted Adams, j'en étais sûr ! pensa-t-il, la main serrée sur la crosse de son pistolet. En échange d'un croissant, Sawers avait finalement craché le morceau, et même si ça ne changeait rien aux faits, Dean était soulagé de savoir qui l'avait balancé aux services de renseignement.

La Honda Civic longea des rangées de maisonnettes en briques à deux étages sur une centaine de mètres. De gros arbres au feuillage verdoyant bordaient la route de chaque côté.

— Prenez la deuxième sortie, indiqua Sawers, c'est un raccourci.

Maddison s'exécuta.

Ils passèrent devant le musée militaire d'Aldershot et quittèrent le village au profit d'une forêt de hauts épineux. Puis s'en vint une vaste étendue de landes où quelques bovins écossais à poils longs levèrent la tête à leur passage. Plus loin, un panneau signalait l'aéroport.

Sawers leur indiqua de prendre la première à droite. La petite rue sans issue se terminait devant la clôture en treillis du centre aérospatial de Farnborough. Sur la gauche, quelques véhicules étaient stationnés sur un parking.

Maddison parqua la Honda Civic face à une haie d'arbustes. Par-delà la clôture, elle aperçut un ensemble de conteneurs de bureaux et une fourgonnette blanche.

— Votre contact est à l'intérieur ? demanda-t-elle en se retournant vers Sawers.

— Oui, affirma l'espion. Donnez-moi mon portable, je vais lui dire que je suis là. Il ouvrira le portail.

— Un instant, objecta Dean en examinant l'entrée à travers le pare-brise. Si nous passons cette porte tous ensemble, votre homme risque de se douter de quelque chose.

— Je lui dirai que vous êtes avec moi, répliqua Sawers. Après tout, vous êtes de la Special Branch et moi du MI6, cela ne devrait pas trop le surprendre !

— Quand il verra votre tête je doute que si, rétorqua Maddison avec un sourire crispé et narquois.

— C'est un ami, poursuivit Sawers, un ancien commandant de la garnison d'Aldershot, il me croira sur parole, on se connaît depuis le lycée.

Dean jeta sur l'espion des yeux perçants.

— Y'a plutôt intérêt.

Il libéra les mains de Sawers et, une fois le message envoyé, chacun attendit de voir la clôture s'ouvrir. Bien qu'il ne détectait aucune présence à la ronde, Dean considérait les locaux avec beaucoup d'anxiété. Le périmètre semblait vide et les fenêtres des conteneurs de bureaux étaient éteintes.

— Le rendez-vous était prévu demain matin, dit Sawers, il n'est peut-être pas là.

— Bordel de merde, lâcha Dean en frappant le repose-tête du siège devant lui. On fait quoi maintenant ?

À l'instant, Sawers désigna les bureaux d'un mouvement de tête. L'une des fenêtres jouxtant la porte d'entrée des bureaux venait de s'allumer.

— On dirait que vous êtes chanceux, dit-il.

Il y eut ensuite un son métallique qui ne dura que l'instant d'une seconde, puis le portail se mit à coulisser.

— On y va, déclara Dean. Mad, tu restes derrière nous !

Ils sortirent de la Honda et marchèrent en direction du

portail. Brittany passa devant Maddison et s'avança vers Dean d'un pas plein d'allant.

– C'est la camionnette blanche ! lui glissa-t-elle.

– Qu'est-ce que tu veux dire ?

– C'est cette camionnette qui a fait entrer le liquide explosif à Thames House. Le feu arrière droit est brisé, comme sur le véhicule qui me précédait à l'entrée du parking il y a trois jours.

– Tu es certaine de ce que tu avances ?

– Oui, affirma Brittany, je mettrais ma main à couper.

La porte des conteneurs à bureau s'ouvrit et un homme de bonne stature apparut, vêtu d'une combinaison bleu marine.

Dick Sawers leva aussitôt la main pour saluer le nouveau venu.

– On avait pas dit demain matin ? lança d'une voix âpre l'homme barbu et grisonnant. Qui sont ces gens avec toi ?

– Nous sommes des amis, dit Maddison avant même que Sawers ne réponde.

– Ils m'ont sauvé la mise, ajouta l'espion en pointant son propre visage. Comme tu peux le voir, j'ai eu quelques ennuis.

Le brigadier demeura un instant immobile, l'air grave et suspicieux. Il caressa son crâne dégarni avant de reculer de quelques pas pour regagner le conteneur.

Lorsque Kyle l'aperçut tendre un bras pour saisir quelque chose dans l'encoignure de la porte, il brandit aussitôt son pistolet sur lui.

– Plus un geste ! ordonna-t-il en s'avançant sur le gazon. Les mains derrière la tête !

L'homme leva les bras et resta parfaitement statique. D'un geste de la main, Kyle lui fit signe de reculer.

– Eh ben dis donc… ces salopards t'ont pas loupé, lança l'homme en découvrant le visage de Sawers. T'as une vraie tête de chiotte !

Brittany s'interposa.

— Trêve de plaisanterie, nous savons que vous avez fait entrer du liquide explosif à Thames House, quand l'explosion aura-t-elle lieu ?

L'homme pouffa.

Tous entrèrent dans le conteneur. Dean referma la porte derrière lui.

— Kyle, fit-il en braquant son arme sur le brigadier, contact le service de sécurité à Thames House, qu'il sécurise la zone et en informe la police, le bâtiment doit être évacué au plus vite.

Kyle se retourna et sortit son portable pour lancer l'appel. Sawers profita de ce relâchement pour tenter de s'emparer du pistolet. Il agrippa l'arme de toutes ses forces mais un violent coup de coude l'envoya aussitôt promener. Il se retint in extremis à un meuble et se redressa d'un bond, une rage profonde sur le visage, avant de se jeter sur Maddison et de planter ses dents dans son cou.

— Fils de pute ! pesta Maddison en se débattant.

Brittany saisit Sawers par les cheveux et le tira des deux mains vers l'arrière. L'espion libéra un cri de douleur et tomba à genoux. C'est là qu'il aperçut le guidon du pistolet pointé sur lui. Sans hésiter, Kyle pressa la détente et un flot de sang éclaboussa le meuble. La tête de Dick Sawers fit un aller-retour puis son corps tomba sur le sol. Son sang bouillonnait maintenant sur le carrelage blanc.

Kyle resta un instant sans bouger, les yeux rivés sur le corps inerte et les mains tremblantes. Qu'est-ce que je viens de faire ?

— Ça va vous coûter cher, lança le brigadier.

Dean avait les yeux imbibés de colère.

— La ferme ! fulmina-t-il en frappant l'homme au visage d'un coup de crosse. Emmenez-nous à l'avion, maintenant !

— Vous ne savez pas ce qui vous attend là-bas, poursuivit le brigadier, une main posée sur sa mâchoire. Vous n'en reviendrez pas vivants, laissez-moi vous proposer un marché.

— Ta gueule et magne-toi ! renchérit Dean en agitant son pistolet.

— Il a peut-être raison, intervint Maddison. Donne lui la tablette et partons d'ici, ce ne sont plus nos affaires !

— Tu oublies la fille de Sarah Johnson ! objecta Brittany.

Dean était partagé, il ne savait plus quelle décision prendre.

— Bute-le et cassons-nous ! suggéra Kyle.

Maddison s'avança vers Dean et protesta :

— Non, ne fais pas ça !

Dean tentait de se raisonner, mais l'excitation autour de lui lui donnait du fil à retordre.

— Si on s'arrête ici, on va tous se faire coffrer, déclara-t-il sèchement, et tout ça n'aura servi à rien ! Il tourna la tête vers le brigadier, prêt à entendre sa proposition. « Quelle est votre offre ? »

L'homme ricanait. Son visage était agité de tics.

— Pas folle la guêpe ! dit-il en abaissant ses mains. Remettez-moi l'objet, et je vous aiderai à retrouver la fille que vous cherchez.

— Vous savez où Kaitlyn Johnson se trouve ? interrogea Brittany.

— Elle est retenue captive au pied du Jabal Al-Lawz, dans le Nord-Ouest de l'Arabie saoudite. C'est là que je suis censé livrer la tablette.

Sur ces mots, Dean sortit le coffret du fond de sa poche.

— Très bien, alors allons-y, dit-il en remettant la boîte au brigadier. Brittany vient avec moi, la suite de cette opération ne regarde que nous. Mad, Kyle, débarrassez-vous du corps de l'agent Sawers et foncez à

Thames House alerter Lady Victoria Moore, le bâtiment doit être évacué de toute urgence.

Chapitre 50

JABAL AL-LAWZ, ARABIE SAOUDITE

13 juillet 2017

Deorum Bay Airport

L'Aiburs A400M Atlas se posa à pleine vitesse sur le tarmac brûlant de l'aéroport. À bord d'un camion blindé, une unité militaire de l'armée de terre saoudienne escortait l'appareil dans sa fin de course.

— Quel comité d'accueil... fit remarquer Dean en considérant le véhicule.

— Dis-moi que tout ira bien, lança Brittany.

Comme elle s'avançait vers lui, Dean ouvrit grand les bras pour la recevoir. Je ne sais pas, faillit-il dire en toute franchise. Au lieu de ça, il l'agrippa tendrement et plongea son nez dans ses cheveux sans pour autant lui donner de réponse. Brittany n'aimait pas ce silence pesant, et encore moins cette étreinte qui semblait dénoter une séparation à venir. Pourquoi tu ne dis rien ? Un mauvais pressentiment s'insinuait en elle. Elle se détacha de Dean et répéta, avec une inquiétude toujours plus prononcée :

— Dis-le moi, je t'en prie.

Égal à lui-même, Dean esquissa un petit sourire en coin.

— Tout ira bien.

L'aéronef s'immobilisa à l'instant. Le blindé vira à droite pour s'arrêter en travers de la piste. Les militaires en sortirent à la chaîne, encadrant l'avant de l'appareil. Le colonel Saleem ordonna à ses hommes de se mettre en position de tir. Aussitôt, les huit officiers posèrent un genou à terre, la carabine tenue à deux mains, appuyée sur l'épaule de visée, prêts à ouvrir le feu.

— On dirait bien que ça se corse, lâcha Dean sur un tout autre ton.

Saisissant son Glock par la crosse, il se dirigea vers le cockpit de l'Airbus d'un pas on ne peut plus engagé. Un frisson glacé étreignit le cœur de Brittany. « Qu'est-ce que tu fais ? », l'interpella-t-elle.

D'une poigne ferme, Dean ouvrit la porte et attrapa le brigadier par l'épaule, le tirant violemment hors de son siège. Viens par ici !

En cherchant à se dégager, l'homme sentit le canon du pistolet de Dean se coller dans son dos.

— Tu nous l'avais pas dit, celle-là, espèce d'enfoiré !

— Si j'étais vous, je ne ferai pas ça, répliqua le brigadier en désignant le blindé d'un mouvement de tête.

— La tablette, tout de suite ! exigea Dean.

Avec le canon de son pistolet, il poussa l'homme vers la porte de l'habitacle. Ce dernier sortit le coffret de sa veste et le porta lentement à hauteur de sa tête. Dean s'en empara d'un geste vif puis le remit à Brittany. Il saisit ensuite le brigadier par le col.

— Très bien, déclara-t-il sèchement. À partir de maintenant, cette tablette est ta porte de sortie. Nous, ce qu'on veut, c'est récupérer la fille, capeesh ?

Brittany observait Dean avec la peur sur le visage.

— Dean, à quoi tu joues ! ?

— On va devoir négocier, autrement on est fichu, dit-il en donnant un coup de guidon dans le dos du brigadier. Maintenant ouvre la porte !

L'homme s'avança vers l'issue de sortie et désarma le dispositif. Il leva la poignée d'ouverture puis poussa la porte vers l'extérieur. Celle-ci coulissa sur le côté et se bloqua. Les rafales cuisantes des turbopropulseurs s'engouffrèrent brutalement par à-coups. Brittany leva un bras pour se protéger le visage, la lumière blanche du soleil la forçait à plisser les yeux.

— Reste dans l'avion, lui intima Dean.

Au pied des marches, quatre militaires le tenaient en joue. Dean avait toujours le canon de son arme pointé sur le brigadier. Il s'apprêtait à descendre les escaliers en utilisant l'homme comme bouclier humain, quand il jeta un regard autour de lui. Il n'y avait rien que des grillages, des antennes et du sable. Une chaîne de montagnes au loin, la mer sur le côté. Et le désert, partout.

— Levez vos mains ! lui enjoint-on sur un ton catégorique.

Dean chercha du regard celui qui venait de lui donner un ordre. Avec leurs casques beiges, leurs lunettes larges et leurs masques sur le visage, les militaires se ressemblaient tous. De plus, le bruit assourdissant des turbines ne favorisait en rien les échanges.

— Levez vos mains, c'est un ordre ! répéta la voix qui semblait venir de droite.

— Nous avons ce que vous voulez, déclara Dean en luttant contre les bourrasques. Remettez-nous Kaitlyn Johnson, et vous aurez l'objet !

— Restez où vous êtes ! Les mains au-dessus de la tête !

Cette fois-ci, l'ordre provint de l'officier qui se trouvait directement face à lui. Dean fit une tentative d'approche, mais aussitôt le militaire braqua sa carabine.

Le brigadier sentit le besoin d'intervenir.

— Je suis le général Zacari Lewis, nous sommes en mission pour le lieutenant-général Nuruddin Al-Ghamdi, cela concerne le projet ADAPA. Notre rencontre était prévue ce soir, seulement nous sommes en avance.

— Qu'est-ce que tu fiches ? lui glissa Dean à l'oreille.

— J'essaie juste de faire baisser la tension.

— Joue pas au con avec moi !

— Mettez vos mains au-dessus de votre tête ! réitéra le colonel Saleem, autrement nous serons dans l'obligation d'ouvrir le feu !

À contrecoeur, Dean fit le choix d'obtempérer. Fait chier ! Il leva les bras au ciel, dévoilant son arme qui était maintenant visible de tous. Sitôt, une balle perfora son épaule gauche. La détonation causa une peur panique à Brittany qui s'éloigna davantage de l'issue. Elle comprit que le tir était venu de l'armée saoudienne, car Dean venait de changer son pistolet de main à cause d'une douleur à l'épaule. Ils lui ont tiré dessus ! À cet instant, une sombre pensée s'imposa à elle. Si Dean riposte, il va y passer ! Maddison avait vu juste, ils auraient mieux fait de remettre la tablette au brigadier et mettre un terme à cette histoire.

— Posez votre arme sur le sol et avancez les mains en l'air ! cria-t-on au-dehors.

Dean savait qu'il devait renoncer maintenant, mais une colère obstinée grondait en lui. Il avait aucunement l'intention de se rendre sans avoir obtenu ce qu'il voulait.

Nul sacrifice, nulle victoire... songea-t-il en scrutant les alentours.

Foutu désert... foutu pays ! Foutu merdier !

Risquant le tout pour le tout, il colla son arme sur la tempe du brigadier dans l'espoir de faire avancer les négociations. Sa tête était pleine de vertiges et il crut un instant tomber à la renverse.

— Remettez-moi Kaitlyn Johnson, autrement j'abats cet homme !

— Nous ignorons de quoi vous parler, rétorqua le colonel Saleem. Déposez votre arme, sur-le-champ !

Le gémissement des turbines était trop fort à présent. La lumière du jour trop aveuglante. Dean plissait les yeux pour mieux voir mais cela ne changeait rien. Il porta péniblement une main sur son front pour braver le soleil, avec la certitude de pouvoir encore convaincre l'armée saoudienne, mais dans sa tête ses esprits s'embrouillaient terriblement. Il reprit calmement son souffle, s'efforçant vainement de mettre de l'ordre dans ses idées. Un sentiment de défaite pesait désormais sur lui.

— Faites venir Kaitlyn Johnson immédiatement ! s'évertua-t-il à crier.

La douleur s'intensifiant, Dean relâcha son bras, ce qui ne l'empêcha pas d'enserrer davantage la crosse de son pistolet. Il était prêt. Prêt à tirer. Une seconde balle l'atteignit cependant à la cuisse, comme une piqure. Dean entendit à peine le coup partir. De suite, le brigadier sauta sur l'occasion pour se dégager d'un mouvement de bras, repoussant l'arme loin de lui. Dean grimaça de douleur mais, animé par un dernier élan d'adrénaline, il redirigea son pistolet sur l'homme qui s'était gentiment éloigné. Une troisième balle le toucha au bras, ce même bras qui tenait l'arme qu'il était sur le point d'utiliser. Mais qu'attendait-il, au juste ? Vas-y, tire ! Redoublant d'efforts, Dean plissa un œil et orienta le guidon du pistolet en direction de sa cible. Sa main tremblait mais il la tenait en joue, il la tenait comme cet homme qu'il avait abattu au pied de l'immeuble à Bassorah. Il fit feu.

Deux balles partirent en même temps. L'une d'elles toucha Dean en plein thorax, l'autre vint se loger dans la tête du brigadier. Comme par miracle, Dean tenait toujours sur ses deux jambes. Je ressuscite, se dit-il en levant les yeux au ciel. Il avait presque envie d'en rire mais n'en trouvait plus la force. Dans une revue de presse, quelques semaines plus tôt, il avait lu qu'en hébreu « ressusciter » se disait « tenir debout sur ses pieds ». Il eut soudain très froid. Des flots de sang se déversaient sur sa poitrine. Sa respiration était courte.

Deux bras l'enlacèrent lorsqu'il tomba enfin à genoux. Puis il y eut une odeur qu'il crut reconnaitre. Familière, réconfortante, apaisante... Cela lui rappela le parfum de la chevelure de Brittany au réveil. Il la revit s'avancer vers lui dans sa robe de chambre, fraîche comme une fleur, souriant avec les yeux. Elle venait prendre son petit déjeuner. Ce matin-là, Dean s'était imaginé pour la première fois vivre avec elle. Il avait d'ailleurs songé lui proposer de rester, sans avoir eu le courage de le faire. Sans doute parce qu'en son for intérieur il cultivait l'idée qu'elle méritait quelqu'un d'autre. Quelqu'un de meilleur que lui.

— Tu m'avais promis ! lâcha Brittany en le serrant de toutes ses forces.

Trop faible pour parler, Dean resta muet. C'est alors qu'elle lui dévoila ce qu'elle lui cachait depuis des jours.

— Je suis enceinte, Dean, tu vas être papa !

Il y eut un silence, comme un film qu'on met sur pause. Puis Dean releva la tête de quelques centimètres. Il crut avoir imaginé ce qu'il venait d'entendre. Papa ?

— Qu'est-ce que tu viens de dire ? articula-t-il sans y croire.

— Je suis enceinte de toi, dit-elle à nouveau, les lèvres tremblantes et les yeux emplis de larmes.

Dean s'abandonna un instant dans ses réflexions. Il contempla le ciel bleu au-dessus de sa tête. Les rayons du soleil ne le gênaient plus. Il était bien. Il était en paix. À sa place.

— C'est merveilleux, prononça-t-il dans un dernier souffle.

Autour d'eux, les soldats avaient chacun l'œil collé au viseur de leurs fusils. Brittany se dressa lentement sur ses jambes, les bras levés au-dessus de la tête. Elle n'avait d'autre choix que de se rendre.

Chapitre 51

NEW YORK

13 juillet 2017

Hôpital Mont Sinaï, Upper East Side, Manhattan.

Ariane était assise seule à la cafétéria du premier étage. Cela faisait déjà deux heures qu'elle était sans nouvelle du Docteur Pereira. Qu'est-ce qu'ils foutent, bordel ?

Je reviendrai vers vous lorsque ce sera terminé, lui avait-il dit sans apporter de plus amples explications. Aussi lui avait-il indiqué la cafétéria, un étage en dessous, où elle pourrait manger et boire quelque chose en attendant la fin de l'opération.

Ariane avala la dernière gorgée de son soda. Trois canettes vides reposaient maintenant devant elle sur la table. Quelque chose l'agaçait depuis plusieurs minutes et elle venait de comprendre quoi. Elle n'arrivait pas à se défaire des paroles d'une chanson de John Lennon qui était passée à la radio quelques minutes plus tôt. Elle répétait le premier couplet en boucle dans sa tête.

Imagine there's no heaven
It's easy if you try
No hell below us
Above us, only sky…

Les jambes sans repos, Ariana tapota du doigt l'écran de son smartphone pour afficher l'heure. 16h42. Etaient-ils toujours en train d'opérer son père ? Et surtout, pourquoi l'opérait-on ?

Son portable se mit à vibrer sur la table. C'était Gary.

Vas-y j'arrive, m'en tape, je sèche les cours.

Ariane lui répondit aussitôt.

Nan tkt, je vais bientôt rentrer t'façon.

À cet instant, le Docteur Pereira franchit la porte de la cafétéria. L'expression de son visage n'avait rien de réjouissant. Ariane se leva de la chaise, le regard empli d'inquiétude. Elle s'attendait au pire.

— L'opération s'est déroulée avec succès, déclara-t-il sur un ton formel.

Ariane crut perdre connaissance.

— Que s'est-il passé ?

Le Docteur Pereira s'avança vers elle et prit place sur une chaise de la cafétéria.

— Les radiographies effectuées sur votre père ont révélé la présence d'un hématome en cours de constitution autour de son cerveau. Ce genre de phénomène se déclare habituellement après plusieurs heures, voire plusieurs jours ou plusieurs semaines après le choc, pour autant qu'il fut sévère. Seulement, pour votre père, celui-ci s'est manifesté presque immédiatement. Notre équipe de neurochirurgie a donc procédé à une chirurgie décompressive afin de prévenir d'éventuels symptômes neurologiques. Fort heureusement, nous sommes intervenus à temps. Pour l'heure, votre père va rester sous surveillance clinique afin que nous dépistions les éventuelles complications.

Ariane n'avait pas compris un traitre mot de ce que le Docteur Pereira venait de lui expliquer. Pour elle, l'essentiel était que son père se porte bien. Le reste n'étant que détail.

— Je peux remonter à la chambre le voir ?

Le Docteur Pereira eut un moment d'hésitation. Il semblait chercher ses mots.

— Nous sommes actuellement en train d'effectuer une traction pour stabiliser une lésion de sa colonne vertébrale. Cela va prendre encore quelque temps, mais soyez certaine que votre père vous attendra dans sa chambre demain matin. En attendant, je vous conseille de rentrer chez vous et de vous reposer.

— Mais... je ne comprends pas... s'alarma Ariane, l'aide-soignante m'a dit tout à l'heure que vous aviez fait le nécessaire...

— Oui, assura le Docteur Pereira, c'est ce que nous avons fait, avant de découvrir que le corps de votre père présentait de multiples séquelles. La liaison de sa colonne vertébrale au niveau du cou n'est pas critique en soi, mais nous allons tout de même immobiliser sa nuque afin d'éviter les risques de paralysie.

Paralysie. Le mot hérissa les poils d'Ariane.

— D'ici demain, l'état de votre père se sera déjà amélioré.

Ariane n'arrivait plus à parler, son corps tremblait comme une feuille. Elle tendit le formulaire au Docteur Pereira.

— Merci... à demain... balbutia-t-elle d'une voix éteinte.

on venait de sortir le matériel des cartons. Il n'y avait pas à dire, Amid Aabdi Saoud avait dépensé sans compter. Le laboratoire était équipé d'un parc d'appareils à la pointe de la technologie en matière d'analyses génétiques.

L'équipe médico-légale comptait cinq scientifiques, chacun portant une blouse blanche et des gants bleus en nitrile. L'un des biologistes, assit sur un siège face à une centrifugeuse réfrigérée, se leva en retirant un gant pour serrer la main au professeur.

— Professeur Braguine, je suis le Docteur Andréa Müller, biologiste et anthropologue à l'Université de Bâle, en Suisse. Nous attendions votre arrivée pour commencer l'examen des corps. Si vous voulez bien me suivre.

Nikita Braguine lui serra copieusement la main, puis glissa ses bras dans les manches de la blouse qu'on venait de lui tendre. Après s'être désinfecté les mains, il enfila une Charlotte jetable et une paire de gants. En fin de compte, le laboratoire était bien plus grand qu'il n'y paraissait ; une dizaine d'autres biologistes vaquaient à leurs recherches entre une multitude de tubes, de pipettes et de flacons.

Le Docteur Müller poussa une porte et invita le professeur à entrer dans une salle éclairée par la lumière blafarde d'un rail de lampes halogènes. Derrière une desserte en acier équipée d'outils chirurgicaux, deux tables mobiles étaient recouvertes de draps blancs qui laissaient deviner les corps en dessous. Le professeur s'en approcha avec la peur au ventre. Il était sur le point de remonter le temps.

— Je peux ? lança-t-il en saisissant l'extrémité d'un drap.

— Je vous en prie.

Il s'agissait du squelette de l'homme retrouvé dans la seconde chambre funéraire. Son état de conservation était exceptionnel. Le crâne, rond et bombé, avait simplement diminué de volume, mais on y distinguait encore des cheveux blancs sur les côtés. Quant aux os, ils étaient restés en place et semblaient parfaitement conservés.

Le Docteur Müller s'avança de quelques pas.

– Nous sommes parvenus à récolter des tissus génétiques qui nous permettront d'extraire de l'ADN. Cela n'a pas été facile étant donné...

Nikita Braguine leva une main pour l'arrêter.

– Vous dites que vous avez du tissu de cet homme ?

– Oui, nous avons recueilli des cellules nerveuses dans la moelle épinière, répondit le Docteur Müller avec une satisfaction évidente. Il y a de ça une quarantaine de minutes.

– Eh bien, qu'attendez-vous bon dieu ! ? Démarrez ces analyses !

Face à l'agitation soudaine du professeur, le Docteur Müller resta bouche bée.

– Votre arrivée, professeur... Nous attendions votre arrivée. Ce sont les directives que nous avons reçues.

– Je suis là, alors mettez-vous au travail !

Désemparé, le scientifique hocha la tête en signe d'approbation. Puis il s'avança au niveau de la tête du squelette et ajouta :

– Nous avons fait une autre découverte intéressante. Il y a une fissure juste ici, sous le menton.

Nikita Braguine se pencha pour mieux voir.

– Notre radiologue médico-légal a passé le corps aux rayons X pour comprendre ce phénomène étrange.

– Et qu'avez-vous trouvé ?

– En examinant les scans nous avons remarqué que le larynx était séparé de la trachée, d'où cette profonde entaille dans la gorge, qui selon toute vraisemblance est le signe d'une blessure mortelle.

– Cet homme aurait donc été assassiné... en déduit le professeur.

— Il y a de fortes chances que ce fut le cas, mais l'hypothèse d'un suicide n'est pas non plus à exclure. Venez, suivez-moi, j'ai autre chose à vous montrer.

Nikita Braguine emboita le pas du Docteur Müller. Ils regagnèrent la première salle, où un écran d'ordinateur affichait la radiographie du corps.

Qu'est-ce que c'est que ça ? se demanda le professeur en découvrant l'image 3D.

Le Docteur Müller posa un doigt sur l'écran.

— Ce que vous voyez ici, sous le menton, est une petite étiquette de bois qui fait office d'épitaphe. Nous ignorons comment elle s'est retrouvée là, mais l'inscription qui y figure est très claire. Nous pensons qu'elle pourrait nous apporter des informations sur l'identité de cet homme. Seriez-vous en mesure de la décrypter ?

En observant les symboles gravés, Nikita Braguine constata que l'inscription était incomplète, mais cela ne l'empêcha pas d'arborer un sourire qui fit rayonner son enthousiasme. Pour lui, le peu qu'il avait sous les yeux relevait déjà du miracle. C'est un jour béni des dieux !

— L'avez-vous daté ? s'informa-t-il.

— Nous avons fait des analyses comparatives sur les échantillons sélectionnés. La datation au carbone 14 nous a permis d'apprendre que les ossements de cet hominidé ont plus de 40 000 ans.

Le professeur était tout ouïe et impatient. Je le savais ! J'en étais sûr ! Les données relevées par le géographe lors de l'expédition de 1976 ne pouvaient être que fausses !

— Pour aller plus loin dans nos recherches, poursuivit le Docteur Müller, mon équipe et moi-même avons décidé de procéder à une datation directe par la spectrométrie gamma non destructive et la résonance de spin électronique. Les résultats obtenus avec ces méthodes nous laissent penser que les ossements fossiles datent d'il y a environ 400 000 ans, soit dix fois plus. Ce ne sont que des mesures préliminaires, bien entendu, une analyse précise nécessite en moyenne 2 à 3 semaines, comme vous le savez. Par conséquent, la fiabilité de ces mesures est incertaine, mais suffisante pour reconnaître la qualité des échantillons.

400 000 ans. Le Professeur Braguine n'en croyait pas ses oreilles. Les mystères du génome humain étaient-ils sur le point d'être percés ?

— Ce qui nous remonte au Pléistocène moyen, argua-t-il, l'expression neutre.

— Sauf qu'il semblerait qu'il y ait une anomalie de mesure, car le crâne de cet hominidé ne présente pas de traits morphologiques typiques d'un homme de Néandertal, pas même d'une quelconque autre sous-espèce d'Homo erectus, mais bien de ceux d'un Homme moderne.

Le professeur resta muet de stupeur. Ce qu'il venait d'entendre lui fit dresser le poil sur les bras. Un Homo sapiens ! Il réajusta ses lunettes, les yeux toujours rivés sur les symboles de l'épitaphe qu'il avait interprétés au premier coup d'œil. Tant que les corps n'auraient pas dévoilé tous leurs secrets, il ne dirait rien à personne, mais il se pouvait bien qu'il soit sur le point de réécrire l'histoire !

À cet instant, une biologiste de l'équipe vint les trouver. Elle agitait une feuille qu'elle tenait dans la main, comme porteuse d'un important message.

— Docteur Müller, annonça-t-elle avec un agréable accent français, les résultats de la LSO effectuée sur les échantillons de sédiments prélevés sur les ossements confirment ceux de la spectrométrie gamma, ce squelette a précisément 403 200 ans !

L'émotion était trop forte pour que Nikita Braguine exprime sa joie. C'est un miracle, marmonna-t-il pour lui-même.

Le Docteur Müller pivota d'un bloc sur son siège. Il

arracha la feuille des mains de la biologiste pour examiner le spectre gamma de ses propres yeux.

– Mais... c'est impossible... balbutia-t-il, interdit. Les premières découvertes archéologiques d'Homo sapiens remontent à 300 000 ans et proviennent de la vallée de l'Omo en Éthiopie. Les seuls restes fossiles d'Hommes modernes retrouvés sur la péninsule arabique datent de 110 000 ans !

Nikita Braguine riait intérieurement.

– Rien n'est impossible, dit-il en posant une main sur l'épaule du scientifique, seules les limites de nos esprits définissent certaines choses comme inconcevables.

– Marc Lévy ? lança la biologiste française, tout sourire.

– Et si c'était vrai... précisa le professeur.

Ils échangèrent un sourire complice, puis le vieil homme se leva doucement de son siège et retira la Charlotte de sa tête. Un frisson lui parcourut l'échine quand les paroles du Seigneur Enki retentirent dans son esprit : « Laisse-moi te confier un secret, un secret qui pèse sur mon cœur ».

– Mettez les corps dans la salle blanche et faites venir le Docteur Johnson, exigea-t-il sur un ton incisif.

Chapitre 53

JABAL AL-LAWZ, ARABIE SAOUDITE

13 juillet 2017

Deorum – Zone 13

L'article ne s'ouvrait pas. Son téléphone portable était sur Edge. Greg tenta une nouvelle fois de rafraîchir la page. Sans succès.

— Y a pas de réseau dans ce trou ! s'énerva-t-il.

— Approche-toi de la porte, lui suggéra Kate, sait-on jamais.

Dans le doute, Greg se leva et marcha quelques pas en direction de la porte. Il appuya à nouveau sur la flèche pour charger la page. Cette fois-ci, le chargement semblait progresser. Au bout de quelques secondes, l'article s'ouvrit enfin.

— Ça fonctionne !

Kate se précipita vers lui. Tous deux étaient maintenant plongés sur l'écran.

BBC News

BREAKING NEWS
UN PROJET À 425 MILLIARDS DE DOLLARS

Deorum, ou Providence Divine, c'est le nom du projet faramineux qu'entend bâtir le prince héritier d'Arabie saoudite Amid Aabdi Saoud, dit AAS, une méga-cité à la pointe de la technologie dirigée par un gouvernement artificiel. Située dans le nord-ouest du pays, Deorum deviendrait un haut lieu de l'Arabie saoudite. « Avec Deorum, je souhaite établir un islam modéré, tolérant et ouvert sur le monde et les autres religions », rapporte AAS lors de la conférence « Tomorrow is Now » tenue à Riyadh en juin dernier. Au programme, transports autonomes, éducation en ligne, livraison par drones, agriculture verticale, énergie renouvelable, taxis volants... Un monde 100 % écologique et rapide dans lequel les citoyens seront tous interconnectés, guidés par la robotique et la science. Nous apprenons également que le robot humanoïde dénommé Eva a reçu la nationalité saoudienne. Eva a remercié le royaume d'Arabie saoudite de lui avoir fait l'honneur d'être le premier robot à recevoir la citoyenneté d'un pays.

— T'as déjà entendu parler de ce robot ? demanda Greg, éberlué.

— Jamais, fit Kate, mais il me rappelle étrangement le robot de Metropolis qui porte également le prénom Eva.

— Tu veux parler de ce vieux film de 1927 ?

— Oui, un savant fou met au point un androïde dont l'apparence fusionne l'organique et la technologie, exactement comme cette femme.

— C'est vrai que ce Amid Aabdi Saoud a un peu la tête d'un fou, ricana Greg, faut être sacrément fêlé pour mettre au point un robot pareil dans un pays arabe.

— Bref... ça ne nous dit toujours pas ce qu'on fiche ici...

— Mais si, c'est clair comme de l'eau de roche, la détrompa Greg. Le professeur nous bassine avec ses théories depuis le début, comme quoi le Premier Homme aurait été créé par une race extraterrestre... Et s'il se trouvait dans l'une de ces boîtes ?

Un rictus crispa les lèvres de Kate.

— Qui... Adam ?

— Adam ou un de ces Aliens de l'espace, j'en sais rien ! La seule chose que je sais, reprit-il avec énervement, c'est qu'on s'est fait embringuer dans une mission suicide et que j'ai bien failli y laisser ma peau !

Le regard dans le vide, Kate essayait de comprendre.

— Ça ne peut pas être Adam puisque l'expédition consistait à retrouver un fragment de tablette susceptible de nous conduire au Premier Homme. Greg, je l'ai vu de mes yeux, tu peux me croire, il y a véritablement une carte sur cette tablette, qui doit forcément désigner un emplacement bien réel. D'après le professeur, il s'agirait d'un site ancien aligné avec la constellation d'Orion.

— Encore heureux que ce ne soit pas sur Mars... soupira Greg.

— Pourquoi le professeur aurait-il eu besoin de cette carte si Adam se trouvait déjà au British Museum ?

— Peut-être qu'Adam n'est tout simplement pas le Premier Homme... hasarda Greg, évasif.

Kate resta sans voix. Elle était au fait des prétendues visites de routine que donnait régulièrement sa mère à la reine. Visites qui ne duraient généralement pas plus de trente minutes. Chaque fois, elles descendaient directement au département des archives, comme motivées par un but précis. Kate n'était pas autorisée à s'y rendre, elle n'avait d'ailleurs aucune idée de ce à quoi pouvaient ressembler les sous-sols du musée. Mais ce dont elle était certaine, c'est qu'on y avait caché des boîtes scellées découvertes en Irak, quelque quarante années plus tôt. Maintenant qu'elle connaissait la vérité au sujet de son enlèvement, elle se disait que Greg avait sûrement raison.

S'ils s'en fiaient aux théories du Professeur Braguine, ces boîtes devaient renfermer un secret en rapport avec les origines de l'Homme.

— Il faut qu'on trouve un moyen de se tirer d'ici, lâcha soudainement Greg. Je ne sais pas toi, mais moi, je ne tiens pas à finir en méchoui !

À l'instant, Kate posa un doigt sur sa bouche pour lui signifier de se taire. Elle venait d'entendre un bruit dans le couloir. Un bruit qui se répétait, encore et encore, comme un pas lourd qui s'approche. Elle se colla à la porte et tendit une oreille. Quelqu'un était de l'autre côté. Il y eut un court instant de silence puis le bruit du verrou résonna dans la pièce.

Un soldat fit son entrée, l'arme à la ceinture.

— Suivez-moi, ordonna-t-il vertement en désignant la conservatrice.

Kate reconnut l'homme. C'était le lieutenant qui l'escortait à l'arrière du char sur le trajet depuis Médina. Elle décida de prendre les devants en saisissant Greg par la main.

— Il vient avec moi, s'interposa-t-elle en fusillant le soldat du regard. C'est mon mari, nous travaillons ensemble.

Le lieutenant eut d'abord un temps d'arrêt, puis il les laissa tous les deux sortir. Kate et Greg traversèrent un long tunnel en marchant devant le soldat qui les guidait sans un mot. Des guirlandes d'ampoules répandaient une faible lumière. Greg sonda les parois à la recherche d'une coursive par laquelle s'échapper. Il n'y en avait aucune. Le couloir filait droit sans interruption. Au loin, un rai de lumière jaillissait d'une fente. Une salle ? Une sortie ? Une fois parvenu au bout du tunnel, il réalisa que ce n'était rien que la lumière d'un petit tube LED. Mais il y avait un ascenseur. Le lieutenant enfonça un bouton rouge et le moteur s'activa. Ils prirent ensuite place dans la cabine étroite. Greg songea un instant à s'emparer du pistolet du soldat. La liberté est à moins de cinquante centimètres. C'était peut-être leur seule chance de survie ! Au moment où il se décida enfin à saisir l'arme, l'ascenseur s'arrêta brusquement.

Ils suivirent le soldat dans un couloir encore en chantier, dans un autre passage, puis vers une porte gardée par deux militaires. On fit entrer Kate dans la salle. Greg dû rester dehors. Une femme était assise sur une chaise pliante face à une table. Ses vêtements étaient maculés de sang.

Kate s'avança avec retenue. Elle sentit son pouls s'accélérer quand la femme leva les yeux sur elle. Son visage était jeune mais abattu, comme plongé dans les ténèbres. Malgré la fatigue qui accentuait ses traits, Kate remarqua qu'elles devaient avoir le même âge. Que lui était-il arrivé ? La connaissait-elle ? Aussi loin qu'elle s'en souvienne, Kate n'avait jamais vu cette femme de sa vie. Elle s'avança encore un peu et prit place sur la chaise en face d'elle. Étonnamment, le regard de la femme exprimait maintenant un profond soulagement.

— Bonjour Kaitlyn, commença la femme d'une voix encore sous le choc de quelque chose.

Kate eut un hoquet de stupeur. Elle connaît mon nom ?

— Je suis l'agent Brown du MI5, à Londres. Je suis une amie de votre mère.

Chapitre 54

NEW YORK

14 juillet 2017

Hôpital Mont Sinaï, Upper East Side, Manhattan.

Ariane était exténuée, mais trop agitée pour trouver le sommeil. Trois heures durant, allongée sur son lit avec sa guitare, elle avait couché sur papier tout ce qu'elle avait sur le cœur. Elle n'avait jamais autant retravaillé un texte que celui-ci, mais elle en était satisfaite, se disait-elle. C'était la première fois qu'elle écrivait et composait une chanson pour son père.

Avant de se coucher, Ariane avait sorti son jeu de tarot du tiroir de la table de nuit. Elle n'avait pas fait appel à l'invisible depuis la mort de celle qui l'avait initié à cet art divinatoire : sa maman. Pour effectuer son tirage, elle avait utilisé trois cartes : le Bateleur pour « oui », la Papesse pour « peut-être », le Mât pour « non ». Elle les avait mélangées 7 fois en posant sa question à voix haute : « Mon père va-t-il reprendre connaissance ? ». Ariane avait ensuite disposé les trois cartes face retournée sur sa couette et s'était laissée guider par son intuition. De la main gauche, elle avait retourné la carte du milieu.

La Papesse. Peut-être...

La signification de cette lame l'avait laissé furieuse et sans réponse. Peut-être quoi ? Peut-être que oui ? Peut-être que non ?

À sept heures tapantes, Ariane quitta son appartement. Elle remonta jusqu'à la 96e rue en métro, le dernier arrêt de la ligne Q. En chemin, son portable bipa dans sa poche. Un message de Gary. Ariane se sentit d'un coup toute fragile. Elle vérifia que le message était bien de lui et relut plusieurs fois la fin. Quand elle prit enfin conscience de la substance des mots, elle fondit en larmes au milieu des autres passagers. Des larmes de joie, bien évidemment, car Gary terminait son message par « je t'aime ».

Ariane sortit du métro le cœur gonflé d'amour et d'espoir. Elle marcha jusqu'à l'hôpital d'un pas rapide, transportant sa guitare comme un remède miracle. Si le Docteur Pereira avait raison, alors elle chanterait des chansons à son père jusqu'à ce qu'il rouvre les yeux !

Elle s'annonça auprès de la secrétaire médicale puis appela l'ascenseur. Une fois devant la porte de la chambre 7, elle eut l'impression de tomber dans le vide. Toute sa motivation était retombée comme un soufflé. Elle hésita à frapper à la porte, puis entra. En s'avançant doucement dans la chambre, elle remarqua que son père avait les yeux ouverts.

Ariane se précipita vers lui, un grand sourire aux lèvres.

— C'est moi, papa, dit-elle en déposant sa guitare dans l'angle de la pièce.

Albert Fuchs ne bougeait pas. Son regard était fixe.

— Papa… est-ce que tu m'entends ?

Ariane passa une main au-dessus du visage de son père. À sa grande stupeur, elle remarqua qu'il ne clignait pas des paupières. Elle commença à s'inquiéter, et sortit de la chambre en appelant à l'aide. Mais il n'y avait personne. Elle courut en direction des escaliers. Elle ne sentait plus ses jambes ni ses pieds qui la portaient. Elle ne sentait seulement pas qu'elle courrait.

— Qu'y a-t-il ? lança soudainement une voix dans son dos.

Ariane se retourna, en larmes. Ses lèvres tremblaient

tant qu'elle n'arrivait plus à parler. Elle agrippa l'infirmière avant de se laisser glisser sur le sol, trop faible pour rester debout.

— Mon père... articula-t-elle d'une voix tremblante, je crois que mon père est mort.

L'aide-soignante l'aida à se relever.

— Votre père va bien, annonça-t-elle d'une voix réconfortante, l'opération s'est déroulée avec succès. Il est en voie de rétablissement.

— Mais... je ne comprends pas...

— Vous devriez manger quelque chose, lui recommanda l'infirmière.

— Je n'ai pas faim.

— Je vais vous apporter un soda. Vous avez besoin de sucre.

Ariane était assise dans le fauteuil au chevet de son père quand l'infirmière arriva avec une boisson.

— Si votre père a les yeux ouverts, expliqua-t-elle, c'est parce qu'il est passé d'un coma profond à un état végétatif. Bien qu'il ne puisse toujours pas communiquer verbalement ni percevoir les choses de façon consciente, votre père réagit maintenant aux stimuli douloureux, ce qui est une excellente nouvelle. D'ailleurs, nous lui avons fait écouter le morceau que vous avez mentionné dans le formulaire. Je suis convaincue que cet exercice, ou plutôt cette expérience, a porté ses fruits.

Il s'agissait de Das Rheingold, un opéra allemand de Richard Wagner mêlant l'être et la nature. Ariane ne s'était souvenue que du deuxième acte : Entry of the Gods into Valhalla, que son père écoutait généralement le soir en fumant un cigare dans son fauteuil club. L'ensemble de cuivres résonnait à travers le corridor jusqu'à la chambre d'Ariane qui n'en était pas indifférente. Elle appréciait la mythologie nordique et sa Valhalle – la demeure des dieux où les valeureux guerriers défunts étaient amenés –, et trouvait dans cette musique au caractère velléitaire une sonorité à la fois majestueuse et céleste.

Comment son père pouvait-il apprécier un opéra tiré des mythologies païennes alors qu'il avait rejeté en bloc tout ce dont ils avaient parlé la veille ?

— Je vais devoir vous laisser, annonça l'infirmière, je dois consulter le patient de la chambre 9. S'il y a quoi que ce soit, vous savez où me trouver.

La femme quitta la chambre en laissant Ariane seule avec le sifflement du respirateur.

Immobile, Albert Fuchs avait toujours les yeux grands ouverts, rivés sur le plafond. Une minerve immobilisait sa tête et une sonde naso-gastrique lui administrait une solution nutritive directement dans l'estomac. Ariane en était toute chamboulée.

Elle se leva du fauteuil pour prendre sa guitare. Sitôt l'instrument en mains, elle sentit le courage la regagner, comme un nouveau souffle. Elle ferma les yeux et commença par jouer les quatre accords de la chanson « Creep » de Radiohead. Ariane gratta les cordes avec son plectre durant quelques minutes pour s'échauffer, avant d'entamer la chanson qu'elle avait écrite pour son père. Elle frissonna au moment où elle ouvrit la bouche pour chanter.

Hey dad, what did you do to us ?
Why am I here ?
Why am I lost ?

Elle se redressa et prit une profonde inspiration, avant de donner de la voix.

I wish I never jumped in that yellow cab, never
Never have pushed this door and gone out, never

But I did
And it's not fine
No dad, it's not fine

Ariane se racla la gorge. Sa voix s'était mise à trembler.

Please give me a sign
A blink, a word, a sound
Do anything, but do something
Please do it now
Because dad, I am not fine

Ariane avait l'impression de flotter en apesanteur dans la pièce. Elle ne sentait plus le grattement des cordes sous sa main. Elle était complètement dans sa bulle.

Tell me everything will be alright
Tell me you're coming home tonight
Move these eyes, jump on these feet
Trust me dad, I am sure you gonna make it
I am sure everything will be fine

Elle se mit à pleurer.

I remember the days with you and mom
Sunday grills, all playing cards
Going hunting with your big white car
Bringing back candies, donuts and lucky charms
Oh dad, that, that was fine

I wish I never jumped in that yellow cab, never
Never have pushed this door and gone out, never
But I did
…

Silence.

Ariane n'eut pas la force de terminer sa chanson. Lorsqu'elle rouvrit les yeux, son père était toujours raide comme la mort. À bout, elle plongea sa tête dans le creux de ses mains et fondit en sanglots. De l'autre côté du lit, le respirateur chuintait dans le silence de la chambre.

Pfff… tchhhh… clac. Pfff… tchhhh… clac.

Chapitre 55

JABAL AL-LAWZ, ARABIE SAOUDITE

13 juillet 2017

Deorum – Zone 13

À plusieurs reprises, Kate se fit la remarque que l'agent Brown était une belle femme. Le visage fin, les lèvres voluptueuses, des yeux légèrement tirés et des sourcils épais. Elle dégageait un charme provoquant, presque déstabilisant.

— Ce n'est pas le mien, déclara Brittany en voyant la conservatrice horrifiée par le sang qui couvrait ses vêtements.

— Que s'est-il passé ? se renseigna kate.

La mâchoire de Brittany se crispa à l'instant. Elle prit une longue inspiration, avant d'expliquer qu'un agent de la Special Branch avait perdu la vie au cours de leur mission. Brittany voulait tout déballer, mais elle se retint, l'heure n'était pas aux lamentations, se raisonna-t-elle.

— Il y a trois jours, j'ai rencontré votre mère au British Museum, dit-elle d'une voix encore vibrante d'émotion. Elle m'a brièvement parlé de votre expédition sur le site antique de Ninive.

Brittany sortit de sa poche le coffret noir qu'elle déposa au milieu de la table, avant de le faire glisser du bout de ses doigts en direction de Kate.

— Qu'est-ce que c'est ?

— Le premier fragment de la Tablette VI.

Kate n'était pas dupe, les seules raisons qui pousseraient sa mère à sortir un tel objet du musée seraient soit pour le placer dans un autre musée, soit pour le vendre aux enchères, soit encore pour le mettre à l'abri dans un coffre-fort.

— Agent Brown, lança-t-elle en dévisageant Brittany d'un air méfiant, je doute sincèrement que ma mère vous ai confié un fragment de l'Enūma Eliš. La valeur de cet objet est inestimable. Des collectionneurs du monde entier cherchent à se l'approprier.

Brittany retourna le coffret.

— Voyez par vous-même.

Kate reconnut aussitôt l'écriture inclinée du professeur sur la pastille adhésive bleue collée au dos du socle de la boîte. NB-6. Brittany saisit son portable, pianota sur le clavier et porta l'écran face à Kate.

— Un attentat a eu lieu la nuit dernière au quartier général du MI5. Savez-vous pourquoi ?

— Je l'ignore, admit Kate, la gorge serrée.

— Parce que cette tablette devait être livrée hier et que mes coéquipiers et moi-même ne sommes pas parvenus à respecter le délai.

Kate frémit en voyant Thames House encadré d'ambulances et de camions de pompiers. Elle fut aussi frappée par les épais drapés de fumée noire qui bondissaient des fenêtres comme les vapeurs d'un volcan. L'attentat sur Upper Woburn Place lui revint alors en mémoire. Si ces deux attaques avaient un lien en commun, alors une guerre sur Londres était à l'oeuvre !

— Ces gens sont capables du pire, Kaitlyn, reprit vertement Brittany. Et ils frapperont encore, jusqu'à ce que le Professeur Braguine retrouve Adam.

Kate poussa un soupir de découragement.

— Alors c'est ça... balbutia-t-elle après quelques instants. Je vois que vous en savez plus que moi sur ce qui se passe ici...

— Je vois que le professeur s'est bien gardé de vous en parler.

— Disons que nous avons longtemps tourné autour du pot. D'ailleurs, j'ai des raisons de penser qu'il n'est pas étranger à cette affaire, et qu'il agit sous le joug de personnes haut placées.

— Je sais ce que vous avez enduré, dévoila Brittany avec empathie. Votre mère m'a envoyé la vidéo, elle était complètement désemparée. Elle a pris la décision de se soumettre à la volonté de vos ravisseurs, avant de réaliser que votre enlèvement n'était autre qu'un simulacre.

Elle se pencha vers l'avant et reprit :

— Kaitlyn, le Professeur Braguine ne vous a pas fait venir pour que vous restauriez de vieux artefacts, il s'est délibérément servi de vous pour forcer votre mère à sortir du musée deux corps gardés cachés dans les réserves, deux corps que lui et son équipe de fouille ont découvert en Irak en 1976.

Kate avala difficilement sa salive.

— Est-il possible que le corps d'Adam se trouve dans l'une de ces boîtes ?

— Je l'ignore, répondit Brittany, votre mère est restée de marbre quand j'ai cherché à en savoir plus. Par contre, j'ai appris qu'une commission baptisée projet ADAPA avait été mise en place par le prince héritier d'Arabie saoudite, dont l'objectif central est de retrouver Adam en agissant conjointement avec les Forces armées américaines. Le Professeur Braguine est pris dans ce bourbier, tout comme nous !

L'agent Brown avait l'air sincère, ce qui perturba Kate.

— Sachez que l'armée américaine a trouvé le second fragment de la tablette, annonça Kate avec positivité. Le Professeur Braguine l'a avec lui, je l'ai vu, il est intact. Il m'a chargé de le nettoyer. La carte qui y figure est extrêmement détaillée. Le professeur est certain qu'elle représente la constellation d'Orion.

Brittany l'interrompit d'un geste.

— Il y a quelque chose que je dois vous dire.

— Quoi donc ?

L'agente s'avança au-dessus de la table.

— L'Adam de la Bible n'est pas celui que vous croyez.

— C'est ce que j'ai cru comprendre... balbutia Kate.

— Votre mère s'est montrée particulièrement sceptique à ce propos. Lors de notre rencontre, elle a évoqué un mythe, celui d'Adapa, ce qui m'a aussitôt mis la puce à l'oreille étant donné que le projet du prince héritier porte ce nom... J'ai donc fait des recherches de mon côté, et ce que j'ai découvert remet en cause des dogmes fondamentaux. Si ces informations venaient à se savoir, cela ébranlerait les plus intimes convictions de l'humanité.

— Il faut croire que la théorie des anciens astronautes est contagieuse... voulut plaisanter Kate.

— Je crains que vous n'ayez pas compris, rétorqua Brittany, on ne peut plus sérieuse. Kaitlyn, je ne fais pas allusion au Premier Homme, mais à Adapa, le Premier Homme Civilisé. La figure de l'Adam biblique est un mélange de ces deux individus.

Le regard de Kate se durcit. Deux Adams ?

— Je ne vous suis pas... fit-elle, confuse. Le Professeur Braguine n'a jamais fait mention d'un quelconque Adapa...

— Je pense qu'il est dans son intérêt de garder secret cet épisode de l'histoire. La vérité concernant Adam pourrait être dévastatrice.

— J'en ai bien peur... oui.

— Avez-vous lu le dernier ouvrage du professeur, Nibiru ?

— Je n'en ai pas encore eu l'occasion. Ces trois derniers jours étaient... comment dire... plutôt chargés.

— Si je vous dis « Adamu », ça vous dit quelque chose ?

— Le Travailleur Primitif ? Oui, bien sûr, j'ai eu droit à quelques petites leçons d'histoire depuis le début de l'expédition. J'avoue avoir du mal à croire cette version de la genèse.

Brittany fixa Kate dans le blanc des yeux.

— Peu importe que vous croyiez à ces Êtres venus du Ciel, peu importe que vous croyiez à cette modification génétique. S'il y a bien une chose que vous devez croire, c'est que cette carte conduit au couple originel de la Genèse, c'est pourquoi il est impératif que je vous parle d'Adapa.

Kate était tout ouïe.

— Je vous écoute.

— Alors voilà, commença Brittany. Après que les Anunnaki ont créé l'Homme, la prolifération des Terriens mena à un manque de nourriture. Pour remédier au problème, le Seigneur Enki décida de créer un Homme Civilisé, un homme capable de semer et de cultiver des graines, de s'occuper du bétail. Cet homme serait un Agbal, l'un des Sept Sages créés par Enki pour apporter la civilisation à l'Humanité.

— Vous voulez parler d'un nouvel Être ?

— Parlons plutôt d'un nouveau patrimoine génétique, reformula Brittany. Les Terriens remplissaient leurs fonctions dans les mines, mais à cause de leurs copulations répétées, ils régressaient vers leurs ancêtres sauvages. Une sorte de « mise à jour », si l'on peut dire, était nécessaire à la survie de chacun.

Vous êtes sûre de travailler au MI5 ? voulut lui demander Kate. Mais Brittany enchaîna aussitôt :

— Un jour où Enki marchait dans les marais avec son vizir, poursuivit-elle, il remarqua deux femelles Terriennes en train de gambader sur la berge. Leur beauté sauvage et leur poitrine ferme eurent raison de lui : Enki s'accoupla avec elles. La première femelle enfanta un garçon, la seconde une fille. Enki ordonna à son vizir de garder le secret, car ces deux enfants étaient de consanguinité semi-divine. Les nouveau-nés furent apportés à Eridu, où Enki annonça qu'il les avait trouvés dans des paniers au milieu des joncs.

— À la manière de Moïse... observa Kate. Décidément, le temps est circulaire et l'histoire se répète.

Brittany hocha la tête.

— Les nouveau-nés furent présentés à Ninki, la femme d'Enki, qui fut aussitôt prise d'affection pour les deux enfants. Ninki les éleva comme s'ils étaient les siens. Elle nomma le garçon Adapa, « l'Enfant Trouvé », et la fille Titi, « Celle qui a la Vie ».

— L'idée d'une génération spontanée germa ainsi dans l'esprit de chacun, nota Kate.

— Oui. L'Homme Civilisé sur terre était apparu plus rapidement que tout autre !

— Darwin serait ravi de l'entendre, pouffa Kate.

Un petit rire gagna Brittany.

Kate baissa les yeux sur le fragment de la Tablette VI.

— Cette carte mènerait-elle à Adapa, selon vous ?

Brittany semblait hésiter. Après un court instant de silence, elle répondit :

— Je pense plutôt qu'Adapa se trouve dans l'une de ces boîtes.

Avant que Kate ne puisse dire quoi que ce soit, un bruit soudain et violent suspendit leurs échanges. Puis le bruit se répéta, encore et encore. Cela venait de derrière la porte. Des masses humaines qui s'entrechoquent, des sons de voix étouffées, des gémissements aussi.

Kate fut prise d'un haut-le-cœur quand elle reconnut la voix éraillée de Greg. Greg s'étouffe ! Elle sauta de sa chaise et se précipita vers la porte qu'elle ouvrit sans réfléchir.

— Greg ?... Greg ! ! !

Un homme était à terre, inconscient. Fort heureusement, ce n'était pas Greg, mais l'un des gardes qui surveillaient la porte. Greg était plus loin, dos au sol au milieu du couloir, les jambes refermées sur le corps du second garde qui lui serrait la gorge à pleine main. Pourquoi ne le lâche-t-il pas ? C'est alors que Kate comprit qu'ils se battaient pour la même chose : un pistolet. L'arme se trouvait devant elle, à ses pieds. Greg avait probablement essayé de s'en emparer mais, à l'évidence, il n'avait pas été assez rapide.

Fermement décidée à agir, Kate empoigna l'arme qu'elle trouva étonnamment lourde. La vache ! Tandis qu'elle s'avançait vers le militaire en braquant le pistolet sur lui, elle vit l'arme trembler entre ses doigts. S'efforçant de maîtriser ses émotions, elle s'approcha doucement, le doigt sur la détente, et plissa un œil. Elle allait tirer quand on la retint par l'épaule. Elle remarqua que l'agent Brown tenait dans une main un dispositif noir. Un chargeur ? En jetant un coup d'œil sous la crosse, Kate sentit le sang lui monter aux joues. L'emplacement du chargeur était vide ! Elle remit l'arme à Brittany qui saisit à pleine main le militaire par le col de sa chemise. Dans un mouvement brusque, elle le tira vers l'arrière et colla le canon du pistolet contre sa tempe. Pris de court, l'homme s'immobilisa aussitôt et leva les bras au-dessus de sa tête en signe de reddition.

— Lève-toi ! lui ordonna-t-elle sévèrement.

Le garde s'exécuta et Greg recula en donnant des coups de jambes, une main posée sur sa gorge violacée, se demandant qui était cette femme.

— Où est le Professeur Braguine ?

Le militaire ne répondit pas.

— Parle ! hurla Brittany sur un ton si autoritaire qu'il se figea sur place. Autrement je t'explose la cervelle !

La sincérité dans la voix de l'agente fit vite comprendre au garde le danger qui le menaçait. La femme qui l'avait mis en joue était tout à fait capable de faire feu.

– Au Centre de recherche moléculaire, c'est au deuxième sous-sol, bafouilla-t-il dans un anglais laborieux.

Brittany dévisageait l'homme avec hostilité, sentant monter l'adrénaline précédant un tir. Elle appuya sur la détente et une gerbe de sang jaillit de la tête du garde, aspergeant le mur derrière lui. L'écho du tir se perdit dans le couloir et l'homme s'effondra sur le sol en béton.

– Ça, c'est pour Dean ! cracha-t-elle en relâchant son bras.

Mais alors qu'elle se retournait, elle surprit Kate les mains en l'air et le regard figé. Le garde devant la porte avait repris connaissance. Toujours prostré sur le flanc, il pointait la conservatrice avec son arme. On sentait qu'il était encore sonné, trop faible pour appuyer sur la détente, et pourtant, lorsqu'elle le vit ajuster son tir, Brittany se jeta sur Kate pour lui faire éviter la balle. Le coup parti au moment où les corps des deux femmes s'entrechoquèrent. Tout se passa si vite qu'elles se demandèrent si l'une d'elles était touchée. Ce n'est qu'une fois au sol que Brittany sentit la douleur, une douleur horrible dans les poumons. Elle se recroquevilla sur elle-même et se mit à gémir.

Greg flanqua un coup de pied dans le visage du garde pour l'assommer. La tête de l'homme partit en arrière et l'arme lui sauta des mains. En ramassant le pistolet, les séquelles de l'explosion de la veille lui rappelèrent la chance qu'il avait d'être toujours en vie. Il s'avança vers la femme qui hurlait à s'en arracher les cordes vocales. Si elle ne baissait pas d'un ton immédiatement, l'armée saoudienne allait vite rappliquer. Greg s'agenouilla pour observer la blessure. Le sang s'épanchait d'un trou profond situé entre les seins. Il comprit tout de suite qu'elle ne survivrait pas.

— Il faut faire quelque chose, lança Kate, affolée.

Tout en perdant son souffle, l'agente sortit de sa poche le coffret noir. Kate fixa un instant l'objet d'un air défait, avant de le glisser dans sa veste.

— Il faut qu'on y aille, déclara sèchement Greg. On ne peut rien pour elle.

L'instant d'après, le visage et le regard de Brittany se figèrent.

Chapitre 56

JABAL AL-LAWZ, ARABIE SAOUDITE

13 juillet 2017

Deorum – Zone 13

Kate enfonça le bouton rouge de la commande de l'ascenseur et la grille s'ouvrit dans un cri glaçant. Le tube LED était toujours allumé, diffusant une lumière blanche rayonnante. En entrant dans la cage en fer recouverte d'un grillage, elle sentit la main de Greg se poser sur son dos. Elle se retourna et se laissa aller dans ses bras. Un flot de larmes se mit à couler sans qu'elle ne puisse le retenir. Pourvu que nous sortions d'ici vivants, songeait-elle en rendant à Greg le sourire qu'il venait de lui adresser. Leurs yeux se croisèrent juste quelques secondes, et cela suffit à Kate de comprendre qu'il se passait quelque chose d'extraordinaire entre elle et lui, et que ce quelque chose était fait pour durer.

Deux flèches sur la commande indiquaient le haut et le bas. Kate jeta un coup d'œil dans la cage d'ascenseur ; l'enceinte était étonnamment profonde, une faible lueur orangée signalait le niveau inférieur une vingtaine de mètres plus bas. Si le Centre de recherche moléculaire se trouvait au deuxième sous-sol, se dit-elle, alors il leur fallait descendre. Elle enfonça la flèche du bas en gardant son doigt posé dessus. La cabine hoqueta au démarrage puis ils plongèrent dans le noir.

Une fois au niveau inférieur, Greg tira la grille. Kate et lui sortirent de l'ascenseur sans trop savoir où aller ; il faisait sombre dans tous les couloirs. Ils marchèrent à l'aveugle quelques instants, jusqu'à ce qu'une série de plafonniers s'allument sur leur passage, révélant des étagères accolées aux parois du tunnel, toutes remplies d'instruments de laboratoire.

Greg jetait un regard circulaire comme s'il cherchait une issue. « Cet endroit est un immense complexe scientifique », observa-t-il.

C'est à cet instant que Kate comprit ; étant donné qu'aucune analyse ADN n'avait été conduite sur les corps découverts à Eridu, le Professeur Braguine avait tout mis en œuvre pour les transférer dans ce centre de recherche caché en plein désert.

En s'engageant à pas lents dans le couloir, Kate crut déceler une ombre à la périphérie de son regard. Elle perçut des voix quand deux silhouettes apparurent au fond du tunnel. Ce n'était pas des gardes, mais des techniciens en blouse blanche, un homme et une femme, marchant d'un pas pressé dans leur direction, comme s'ils venaient les chercher.

— Docteur Kaitlyn Johnson ? l'interpella l'homme.

Kate affichait un air d'incompréhension.

— Qui êtes-vous ? s'interposa Greg, le pistolet pointé sur lui.

— Docteur Andréa Müller, et voici et le Docteur Rosa Costa, spécialiste de l'ADN. Nous travaillons tous deux dans ce Centre de recherche moléculaire avancée. Baissez votre arme, je vous prie.

— Que voulez-vous ?

Greg fixait intensément l'homme, mais ce fut la femme qui répondit.

— Le Professeur Braguine vous demande de toute urgence.

Quand Kate franchit la porte du laboratoire, tout le

monde la regarda entrer. Même si son cœur était encore plein de rancune et de colère, elle accepta l'étreinte du professeur en dissimulant son mépris. Comment avez-vous pu ! ? avait-elle envie de crier. Vous avez bien failli ruiner ma vie… j'ai vécu un véritable cauchemar !

— Allons… venez, l'invita-t-il en faisait signe au Docteur Müller de les conduire à la salle blanche. Je tenais à partager ça avec vous !

Ils traversèrent plusieurs laboratoires où des scientifiques s'affairaient autour de cuves, de centrifugeuses, de microscopes et d'écrans d'ordinateurs. Kate fut frappée par toutes ces installations et tous ces équipements, mais aussi par l'agitation des biologistes. Ces personnes étaient-elles en train d'analyser l'ADN des corps ? D'après la conservatrice, l'activité de ce laboratoire témoignait bien d'une chose : retrouver Adam était possible !

Ils parvinrent finalement au seuil d'une porte blindée de couleur bleu, surveillée par un garde. Le Docteur Müller entra un code sur un petit clavier et la porte se déverrouilla.

— Pour accéder à la salle blanche, expliqua-t-il, vous allez devoir suivre des directives strictes. Je vais tout vous expliquer.

La porte s'ouvrit sur un vestiaire équipé d'une large penderie et de deux grands lavabos. Kate eut l'impression d'entrer dans les toilettes d'un énorme avion. Tout était simple, propre, unicolore, à l'exception des surchaussures bleues et des masques chirurgicaux mis à disposition.

— Je vous laisse le soin de vous laver les bras et les mains à l'aide de la solution située à côté des lavabos, après quoi vous enfilerez chacun un scaphandre complet que vous trouverez suspendus aux cintres derrière vous. Vous n'enfilerez vos surbottes qu'une fois dans la salle grise, c'est impératif pour ne pas contaminer la salle.

— Vous faites ça à chaque fois ? s'enquit Greg d'un air dépassé.

— Dans une unité de haut niveau de propreté comme celle-ci, cela fait partie du protocole, argumenta le Docteur Müller. Tous les membres du personnel de salles propres ainsi que les visiteurs, tels que vous aujourd'hui, doivent être parfaitement stérilisés pour entrer.

Dans le fond du lavabo, l'eau devint rouge quand Kate mit ses mains sous le robinet. L'image de la poitrine ensanglantée de l'agent Brown lui revint aussitôt à l'esprit. Elle en frissonna. Greg lui tendit une serviette blanche et lui demanda si tout allait bien. Elle releva la tête avec dignité et acquiesça malgré la douleur.

Une fois leur combinaison enfilée, le petit groupe ressemblait à une équipe d'astronautes prêts à partir en mission. Ils quittèrent l'antichambre et franchirent un premier sas qui menait à une seconde salle.

Le Docteur Müller désigna du doigt le prochain sas à traverser.

— La transition de la zone grise à la zone blanche s'opère lors de l'enfilage des surbottes. Prenez soin de ne pas toucher le sol de la zone grise. Pour ce faire, veuillez passer la jambe au-dessus du banc de séparation au moment de l'enfilage de chaque botte.

Le scientifique enfila l'une des surbottes sans toucher le sol puis passa sa jambe par-dessus le banc. Il répéta la même action pour la seconde.

— On aura tout vu… lâcha Greg d'un air railleur.

Kate lui donna un léger coup de coude en ouvrant de grands yeux pour lui signifier qu'il exagérait.

Ils franchirent tour à tour le second sas et débouchèrent sur une nouvelle salle vide. Seul un tapis violet était posé au sol dans le sens de la longueur.

— C'est un tapis de contrôle de la contamination,

expliqua le Docteur Müller en réponse à l'étonnement des visiteurs. Cela nous permet de nous assurer que les semelles des chaussures sont totalement vierges de particules.

À l'autre extrémité de la pièce, une porte blindée pourvue d'un hublot barrait l'accès à la salle blanche. Le scientifique suisse désarma le dispositif de sécurité et ouvrit la porte. Il attendit que le petit groupe fût devant lui pour poursuivre.

– Je vais devoir vous laisser quelques instants, annonça-t-il, on m'attend au laboratoire d'ADN fossile. Professeur Braguine, je n'ai pas besoin de vous montrer le chemin.

Nikita Braguine le remercia chaleureusement puis s'engagea dans une allée. Kate et Greg lui emboîtèrent automatiquement le pas.

Sous son scaphandre, le journaliste brûlait d'impatience face à la perspective d'assister à une découverte inédite. Il s'imaginait déjà devant un Alien digne de la saga de Ridley Scott, ou quelque chose du genre. Sansass ! Mais la surprise se révéla beaucoup moins impressionnante que prévu : des ossements en piteux état reposaient sur deux tables mobiles au milieu d'un grand espace.

– Le squelette de gauche est celui d'un homme, commença le professeur. Celui de droite, d'une femme.

Greg s'approcha du corps de l'homme pour mieux le voir. Un effet de distorsion désagréable semblait étirer le crâne de la dépouille à son approche, comme si la visière en plexiglas de son scaphandre était grossissante. Si ce n'était pas une illusion d'optique, alors la capacité crânienne de cet homme était bien plus volumineuse que celle de n'importe quelle autre espèce du genre Homo.

De son côté, Kate était absorbée par le travail d'embaumement des corps : ceux-ci ressemblaient davantage à des momies desséchées qu'à de simples squelettes découverts au fond d'une fosse. De fait, on les avait entièrement vidés de leurs viscères puis oints d'onguents et de résine. Même le cerveau et les yeux avaient été retirés. Elle s'approcha de plus près encore et remarqua que les paupières de l'homme étaient peintes et ses traits rehaussés de noir, un air empreint d'obstination et de sagesse perçait toujours sur son visage. Ses avant-bras étaient croisés, posés sur le torse. Kate constata la présence de champignons sur les téguments, des colonies de cryptogames dégradaient le corps lentement mais sûrement.

— Un bain complet au mercure lui ferait pas de mal, suggéra-t-elle.

Puis une question lui vint à l'esprit : comment savoir si les ossements de ces individus étaient ceux des prétendus Adam et Ève de la Bible ?

— Il y a quarante et un ans, se prononça soudainement le professeur, Hasan, mon équipe de fouille et moi-même avons découvert au sud de l'Irak un extraordinaire cimetière dont les tombes avaient été creusées dans des couches très anciennes. Dans l'une des chambres funéraires se trouvait un homme de grande taille. Les bijoux qui recouvraient entièrement son corps ont été retirés, à l'exception des dix bagues en or que vous pouvez observer à ses doigts.

L'or… la chair des dieux, pensait Kate.

Le professeur désigna le larynx de la dépouille et poursuivit :

— Une radiographie du corps de cet homme a révélé la présence d'une petite étiquette de bois coincée sous son menton, juste ici.

— Un genre d'épitaphe ? supposa Kate en haussant les sourcils.

Le professeur exposa l'objet à la vue de la conservatrice.

— Une épitaphe, exactement. L'inscription est incomplète, mais le peu de symboles qui y figurent m'ont aidé à y voir plus clair. Cet homme était un personnage de très haut rang, les symboles que vous pouvez voir ici nous disent clairement qu'il était un roi d'Eridu. Je me suis longtemps interrogé sur sa datation, sans ne jamais avoir eu de preuve tangible. Mais aujourd'hui, grâce au travail du Docteur Müller et de son équipe nous en apprenons un peu plus. D'après leurs analyses, les ossements de cet homme ont été datés de 403 200 ans !

Kate eut soudain un éclair de lucidité : la suture entre les deux supposés Adam Biblique, Adamu, le Premier Homme, et Adapa, le Premier Homme Civilisé, résidait dans le fait qu'ils avaient tous deux été élevés dans la ville sainte d'Eridu. Si l'homme qui se trouvait devant elle était un roi, alors Adapa était le candidat parfait !

— Je crois savoir qui c'est, lança-t-elle en portant son regard sur le professeur.

— Vous croyez ?

— Eh bien... si je me réfère au mythe d'Adapa, le dieu Enki créa un Homme Civilisé pour guider le peuple. Enki dota cet Homme de nombreuses qualités telles que la sagesse et la prudence, il lui enseigna les bases d'un mode de vie civilisé. À l'instar de Jésus-Christ, Adapa délivrait les hommes de la maladie en usant de sa magie et de sa médecine. Si Enki a fait de lui son prête dans la cité d'Eridu, pourquoi ne l'aurait-il pas nommé roi de cette ville ?

Nikita Braguine se mit à rire. D'un rire étouffé et incontrôlable.

— Qui y'a t-il de si drôle... ? s'offusqua Kate.

— Ne vous moquez pas d'elle, protesta Greg. Même si j'ignore qui est Adapa, cette réflexion me semble tout à fait pertinente !

Le professeur essayait tant bien que mal de recouvrer son calme, la visière de son scaphandre et les verres de ses lunettes étaient couverts de buée.

— Monsieur Evans… mâchonna-t-il après quelques instants, je ris parce que c'est vrai !

Le journaliste posa son regard sur le squelette de l'homme, redoublant d'efforts pour canaliser son agacement.

— Même si le corps de cet homme est celui d'Adapa, et alors ? De toute façon, rien ne nous prouve que c'est lui…

— Vous avez raison, reconnut le professeur. Mais sachez qu'après que la royauté soit descendue du ciel elle alla à Eridu. À Eridu, Alulim devint roi pour un règne de 8 shars, soit 28 800 ans. Selon la Liste royale sumérienne, Alulim était le premier roi antédiluvien de Sumer, l'homme que les dieux ont choisi pour lui confier le pastorat des humains.

— On peut effectivement identifier ce roi à Adapa… constata Kate.

Nikita Braguine hocha la tête et reprit :

— À l'instar d'Adapa, Alulim était un Agbal, l'un des sept demi-dieux sages aillants apportés le savoir essentiel à l'être humain. Si vous additionnez 403 200, la datation du corps de cet homme, et 28 800, la durée du règne d'Alulim, vous obtenez la date exacte du début de la royauté sur terre, soit 432 000 ans avant le Déluge comme l'annonçait Bérose. Ajoutez à cela 13 000, la datation du Déluge, et vous obtenez la date d'arrivée des Anunnaki sur Terre, c'est-à-dire 445 000 ans avant Jésus-Christ comme les Sumériens l'annonçaient.

Greg frappa dans ses mains.

— La boucle est bouclée ! fit-il, lassé par les propos qu'on lui infligeait. Encore une fois, rien ne nous dit qu'Adapa était l'Adam de la Bible, et encore moins un roi au même titre qu'Alulim !

— Greg n'a pas tout à fait tort, reconnut Kate. Et puis, l'histoire d'Adapa reste un mythe...

Nikita Braguine prit une expression rieuse.

— Et pourtant, rétorqua-t-il, ce mythe nous dit clairement qu'Adapa était le roi de la cité d'Eridu.

— Je ne vois toujours aucun parallèle avec Adam... s'entêta Greg.

— Eh bien, si, il y en a un, le contredit le professeur en manifestant une gaité soudaine. Le mythe d'Adapa, dont s'est fait l'écho la Bible à travers l'histoire d'Adam et Ève au jardin d'Eden, nous explique clairement pourquoi nous ne sommes pas dotés d'une longévité à l'égal de celle de nos Créateurs. Dans ce mythe, tout comme dans le Livre de la Genèse, les personnages subissent un test face à la Divinité : Adapa est testé avec le pain de la vie et l'eau de l'éternité, tandis qu'Adam et Ève se laissent tenter par le fruit de l'arbre de la connaissance du bien et du mal. Dans les deux récits, les personnages échouent et conservent leur condition fatale de mortels.

— Je vois, dit Kate, les deux histoires se rejoignent, en effet. Mais pourquoi Adapa aurait-il échoué ? S'il était le fils d'un dieu, du sang divin coulait donc naturellement dans ses veines.

Nikita Braguine leva l'index.

— Parce qu'Adapa a été conçu par un dieu et une Terrienne ! Ce nouvel Être, le fils caché d'Enki, était doté d'une grande intelligence, ce qui étonna les Anunnaki au point qu'Anu, le père des dieux, le fit demander. Adapa voyagea donc jusqu'à Nibiru et, une fois devant Anu, on lui apporta la nourriture et la boisson de la vie éternelle afin de lui offrir la possibilité de devenir immortel. Seulement Enki veilla à ce qu'il n'y touche pas, sans quoi il n'aurait pu retourner chez les mortels les faire bénéficier de son savoir. Adapa suivit les conseils de son père et refusa prudemment d'absorber la nourriture. Puis la vérité éclata : Ningishzidda séquença l'ADN d'Adapa et découvrit qu'il descendait d'Enki et d'une Terrienne. Enki reconnut alors que son enfant n'était qu'un demi-dieu !

— Il est vrai que le raisonnement d'Enki semble similaire à celui de Yahvé dans le livre de la Genèse, nota Kate. Après qu'Adam et Ève eurent été maudits pour avoir mangé de l'arbre de la connaissance du bien et du mal, Yahvé les chassa avant qu'ils ne puissent également manger de l'arbre de vie.

— Oui. Adapa devait rester sur Terre et y mourir, il devait rester mortel ! Anu le renvoya en lui expliquant toutefois qu'il avait perdu la possibilité de devenir un dieu. Néanmoins, Adapa deviendra le premier roi sur Terre, le père des Hommes Civilisés. D'après l'alliance scellée avec Anu, Dieu tout-puissant dans la Bible, sa descendance peuplera la Terre, labourera les champs et élèvera les animaux en vue d'engendrer une grande nation. Voici, déclara le professeur avec une bienveillance religieuse, le squelette de l'homme reposant devant vous est celui d'Adapa, le premier prophète, prêtre et roi de la création. Il est l'Adam de la Bible, le père de l'humanité !

— J'ai besoin de m'asseoir, réagit Kate.

Greg était abasourdi.

— C'est impossible, protesta-t-il en se grattant la tête par-dessus son scaphandre. Si Adapa était le fils d'Enki, alors cela revient à dire que le Dieu de la Bible est un extraterrestre...

— Moi qui croyais que pour un journaliste toute probabilité était une vérité, lui glissa le professeur avec un regard malicieux.

— Pour autant que cette probabilité reste dans le champ des possibles, rétorqua Greg. Mais là, la réalité dépasse largement la fiction ! J'avoue que cette histoire a tout pour séduire, moi le premier, seulement elle sonne faux ! Je n'ai pas fait mon catéchisme, professeur, mais comme tout le monde je sais qu'Adam a vécu 930 ans, et non des millénaires comme ce roi que personne ne connaît. Admettez qu'il y a quand même quelques incohérences de taille, que la vérité n'est tout simplement pas à la portée de l'homme !

À ces mots, Kate tira sur la fermeture éclair de sa combinaison et plongea une main dans la poche de sa veste.

— 930 ans, c'est l'âge d'Adamu ! supposa-t-elle en tendant le coffret noir au professeur.

Lorsqu'il aperçut ses initiales sur la boîte, Nikita Braguine resta figé d'étonnement.

— Où avez-vous trouvé ça, ma chère ?

Avant que Kate ne réponde, deux scientifiques frappèrent à plusieurs reprises contre l'une des vitres qui les séparait. Kate et Greg reconnurent le Docteur Müller et le Docteur Rosa Costa, tous deux leur faisaient signe de les rejoindre au plus vite. À en juger par la pâleur de leurs visages, on aurait dit qu'ils avaient vu le Messie.

Chapitre 57

JABAL AL-LAWZ, ARABIE SAOUDITE

13 juillet 2017

Deorum – Zone 13

Chacun prit place face au terminal. Les lettres capitales en haut à gauche de l'écran sautèrent immédiatement aux yeux de Kate. Il était clairement écrit : « PROJET ADAPA ». Au centre, un document était ouvert, où plusieurs colonnes de paires de filaments de différentes hauteurs représentaient les chromosomes mâles et femelles apparentés.

– Ce que vous voyez, expliqua le Docteur Costa, est l'ADN provenant des tissus que nous avons prélevés sur la dépouille de l'homme.

– Vous avez extrait du matériel génétique de ses os ? s'enquit Greg.

La généticienne pivota sur sa chaise en lui adressant un mince sourire.

– Il se trouve que les corps ont été entièrement oints de résine. On pensait que ces tissus ne contiendraient plus d'ADN, ou bien qu'ils seraient trop fragmentés pour être utilisables, mais la résine a fait office de couche protectrice, empêchant l'ADN d'entrer en contact de l'air et d'être brouillé avec celui de bactéries.

– Mais la résine contient des propriétés chimiques qui détruisent l'ADN, fit remarquer Kate.

– Vous avez raison, convint la généticienne, mais pour une raison qui nous échappe nous sommes parvenus à séquencer les génomes complets de ces deux humains archaïques, alors que leurs ADN étaient très endommagés. Les résultats ont été obtenus à partir de cellules nerveuses situées dans la moelle épinière.

– Comme s'ils voulaient qu'on les découvre un jour, laissa échapper le professeur.

Le Docteur Costa pointa du doigt l'écran et poursuivit ses explications.

– Nous avons procédé à une analyse nucléaire, mitochondriale et à un test Y-STR. Je suppose que vous savez ce que ces termes signifient ?

Kate s'empressa de répondre.

– L'ADN mitochondrial est transmis par la mère, il permet de retracer la transmission de chromosomes d'origine exclusivement maternelle. Quant au test Y-STR, il est l'équivalent de l'analyse mitochondriale, mais pour le phénotype masculin. L'analyse nucléaire, elle, est une analyse standard du génome.

– Très bonne explication, reconnut la généticienne d'un air amusé.

À ces mots, le Docteur Müller pianota sur le clavier et une nouvelle image apparut. Sur celle-ci on pouvait voir des dizaines de filaments entortillés.

– Pouvons-nous agrandir l'image ? demanda le Docteur Costa.

Le scientifique sélectionna une partie de l'un des chromosomes et l'image s'agrandit, dévoilant une structure en double hélice d'ADN parfaitement détaillée.

Kate brûlait de curiosité. Se pouvait-il que ce soit l'ADN d'Adam ?

– Voici l'acide désoxyribonucléique, ou ADN, expliqua le Docteur Costa en déposant sur le bureau une fiole remplie d'un liquide blanchâtre, presque laiteux. Les deux brins enroulés en spirale que vous pouvez voir sont liés l'un à l'autre par des nucléotides. Chaque gêne en est composé de quatre, d'où les quatre lettres présentes ici : A pour Adénine, C pour Cytosine, G pour Guanine et T pour Thymine. En somme, l'ADN est une grande molécule formée d'un grand nombre de nucléotides qui constituent notre patrimoine génétique. C'est l'ordre de ces lettres qui définit le code qui nous rend unique.

— Et ces lettres se répètent sur des milliards de gènes ? s'enquit Greg.

La généticienne réprima un petit rire.

— Pas des milliards, non. Le nombre de gènes humains n'est estimé qu'à 21 000. Et oui, ces lettres se répètent dans tous les ordres sur plus de 3 milliards de paires de bases, et ce chez tous les êtres humains sur Terre.

Le Docteur Müller pianota de nouveau et des colonnes de chiffres apparurent, toutes aussi incompréhensibles que les précédentes.

Qu'est-ce que tous ces codes pouvaient bien vouloir dire ? s'interrogeaient Kate et Greg, les yeux rivés sur l'image.

Le scientifique suisse fut le premier à reprendre la parole.

— Voici les correspondances entre l'ADN mitochondrial de l'homme et celui de la femme. Les résultats les font situer parmi les Homo sapiens, comme nous nous y attendions. L'analyse nucléaire montre qu'ils avaient pour ancêtre commun Homo erectus, ce qui témoigne d'hybridations antérieures.

Greg cherchait l'erreur.

— Rien d'étonnant à cela… nota-t-il.

— Jusqu'ici, non, admit le Docteur Costa. Mais attendez d'entendre la suite.

Tous restèrent silencieux un instant.

La généticienne pointa du doigt une série de codes et expliqua :

— On obtient des différences significatives entre les deux échantillons. Comme vous pouvez le constater, les paires de bases A-T et G-C ne sont pas dans le même ordre.

— Qu'est-ce que ça veut dire ? demanda Kate.

— Cela veut dire que les deux individus ne partageaient pas la même mère, en somme, qu'ils n'avaient pas de lien de sang du côté maternel.

Nikita Braguine expliqua que ces deux individus étaient unis par les liens du mariage, et qu'il était donc normal qu'ils n'aient pas la même mère.

— C'est justement là que ça devient intéressant, annonça le Docteur Müller. On peut en effet supposer que ces deux individus étaient mari et femme, seulement l'analyse Y-STR, qui retrace l'ADN d'origine paternelle, montre qu'ils partageaient le même père. Ils étaient donc frère et sœur.

Un bonheur immense envahit le professeur. Au nom des lois successorales Anunnaki, la lignée royale devait impérativement se transmettre par la branche masculine. Le mariage entre frère et sœur était donc de rigueur pour éviter toute souillure avec des races moins nobles. À l'instar des pharaons d'Égypte, les dieux et demi-dieux du Proche-Orient ancien puisaient dans ce rituel la légitimation de leur règne et celle de leur succession. Abraham le disait lui-même en parlant de Sarah, sa femme : « [...] il est vrai qu'elle est ma sœur, fille de mon père ; seulement elle n'est pas fille de ma mère ; et elle est ma femme » (Genèse 20 :12).

Quand le Docteur Costa ouvrit une nouvelle image, les yeux du professeur se mirent à briller avec éclat.

Tous crurent un instant rêver.

— Qu'est-ce que... ? s'ébahit Kate.

— Nous avons eu la même réaction que vous, répondit la généticienne en souriant. La séquence génétique portée par le chromosome Y ne ressemble à rien de connu.

— Comment ça, rien de connu ? interrogea Greg.

Le Docteur Costa fit le tour des regards.

— Eh bien, déclara-t-elle, le chromosome Y du sujet ne correspond à celui d'aucun groupe d'Hominines jusque-là identifiés. En résumé, cette séquence génétique n'est pas d'origine terrestre, elle proviendrait d'une race génétiquement supérieure à l'Homme.

Voici, je suis né dans l'iniquité. Ma mère m'a conçu dans le péché (Psaume 51 :5).

Tous gardèrent le silence, les yeux jonglant entre la fiole et le terminal.

Nikita Braguine se leva de sa chaise et s'avança vers l'écran. Son corps était parcouru d'un étrange frisson. Depuis toujours, l'opinio communis voulait qu'Homo sapiens ait acquis un bouquet de gènes énigmatiques par le biais d'une infection bactérienne. Il se mit à rire, s'imaginant sans doute un groupe de bactéries proclamer : « Faisons l'homme à notre image... ».

— Mais alors... se prononça Greg, pourquoi dit-on que nous avons 98 % de gènes communs avec le chimpanzé ?

La généticienne rejeta l'argument d'un geste de la main.

— C'est la théorie la plus stupide du monde ! s'esclaffa-t-elle. En réalité, cette comparaison porte uniquement sur les gènes codants, ceux qui expriment une protéine nucléaire. Ces derniers ne comptent que pour 1.5 % de l'ADN total, ce qui veut dire que nous avons en commun avec le chimpanzé que 98 % de 1.5 % de notre ADN, ce qui est dérisoire.

Greg ne savait plus où se mettre, mais il s'obligea tout de même à sourire.

— Et moi qui pensais que l'évolution d'une espèce était essentiellement linéaire, avoua-t-il d'une voix basse et déconfite.

Le scientifique suisse ouvrit la bouche pour parler, mais le professeur s'interposa précipitamment :

— Connaissez-vous le concept du chaînon manquant ? demanda-t-il au journaliste.

Greg réfléchit un instant.

— Je ne crois pas, répondit-il honnêtement.

— Le chaînon manquant désigne l'ancêtre qui rattache une espèce évoluée à l'espèce primitive dont elle s'est séparée. Il est la forme intermédiaire, en quelque sorte, entre deux espèces.

— Ah, vous faites référence au « grand bond en avant » ? Au « trou » dans l'évolution ? répliqua Greg. Oui, ça, je connais ! On s'est toujours demandé comment une nouvelle espèce d'homme surgit de nulle part avait fait disparaître toutes les espèces aillant existé avant elle.

— C'est tout à fait ça, approuva le Docteur Costa.

La femme ouvrit à nouveau une image. Celle-ci présentait un nombre considérable de gênes.

— Eh bien, poursuivit-elle, ce chaînon manquant se trouve sous vos yeux. Les gênes de droite proviennent de l'ADN nucléaire de la dépouille, ceux de gauche sont ceux contenus dans le génome humain actuel. L'analyse comparative révèle une correspondance de 223 gènes ! Exactement le nombre de gènes qui nous différencient des autres vertébrés. Autrement dit, ces gènes n'ont aucun prédécesseur sur l'arbre de l'évolution génétique ! Ce qui signifie qu'aujourd'hui, les 1.5 à 7 % d'ADN strictement uniques à l'Homme moderne proviennent du père de cet individu. C'est fantastique ! Ça confirme l'idée selon laquelle le code souche de l'Homo sapiens est d'origine extraterrestre !

Tous fixèrent la fiole d'un émerveillement mêlé d'inquiétude.

— L'Adam génétique d'il y a 195 000 ans n'est plus le bon,

enchaîna le scientifique suisse, tout l'arbre phylogénétique est à reconstruire. C'est une révolution !

Car voici, le royaume de Dieu est au-dedans de vous (Luc 17 :21).

Nikita Braguine sourit intérieurement ; l'ensemble des données prouvaient que ces découvertes s'intégraient parfaitement dans une chronologie historique et biblique. L'homme ne descendait pas directement du singe, mais de l'union d'un hominidé et d'un extraterrestre. Ces 223 gênes, qui nous firent passer de l'état d'hominidé sauvage à celui d'homme moderne, en étaient la preuve.

– Et ce n'est pas tout, ajouta le Docteur Costa, impatiente d'en dire plus. Nos programmes ont identifié sur le chromosome 19 de la dépouille deux gênes très actifs comme la source de mécanismes auto-régénérants. Ces deux gènes sont très particuliers et déjà connus des chercheurs, ils s'appellent SIRT6 et FOXO, et sont présents dans le code génétique de chaque être humain ! Leurs protéines chefs d'orchestres ont pour rôle de réparer l'ADN.

– Autrement dit ? demanda Kate, confuse.

– Autrement dit, les cellules de cet Adam archaïque se divisaient indéfiniment sans que ses fonctions vitales s'épuisent, étalant sa durée de vie sur plusieurs millénaires. Cela paraît impensable et pourtant, selon notre base de données, cet homme aurait vécu plus de 30 000 ans ! C'est comme s'il était immortel !

Nikita Braguine se trémoussait de joie sur sa chaise. Ce n'était pas au-delà de ce qu'il imaginait, mais exactement comme il l'avait toujours imaginé.

– Ces gênes, dont vous parlez, sont-ils différents des nôtres ? interrogea Kate.

– Ils ne sont pas différents, seulement beaucoup plus nombreux avec de multiples variants. Les uns régissent la durée de vie tandis que les autres maintiennent le dynamisme des cellules pour réparer l'ADN. Lorsque ces gênes sont peu actifs, en l'occurence à cause de métissages successifs, cela entraîne le vieillissement des cellules et un affaiblissement du système immunitaire, nous rendant plus vulnérables aux maladies, causant notre mort... Mais grâce à ce nouvel ancêtre commun à tous les hommes modernes, que nous nommons « Adam Y-chromosomique », il nous suffira de copier-coller son alphabet génétique pour prolonger nos vies !

— C'est une véritable fontaine de jouvence, s'exclama le Docteur Müller, c'est comme si nous avions découvert le Saint Graal ! Cet individu est un don des dieux !

— Un don des dieux, en effet... répéta Nikita Braguine, un sourire dans la voix.

Adamu, le Premier Homme, n'avait peut-être pas hérité de la Branche de Longue de Vie des Anunnaki, mais Adapa, le Premier Homme Civilisé, avait hérité du matériel génétique de son père, le Seigneur Enki, un dieu venu d'une planète située au-delà de Saturne, que les Sumériens nommaient Nibiru.

La main du professeur vint tapoter amicalement l'épaule du journaliste.

— Je sais que ça froisse le bon sens dont vous êtes pourvu, dit-il joyeusement, mais remarquez que vous tenez là un sacré scoop !

Chapitre 58

NEW YORK

14 juillet 2017

Hôpital Mont Sinaï, Upper East Side, Manhattan.

Lorsqu'elle le vit franchir la porte, c'est la lumière qu'Ariane vit entrer. Elle se leva précipitamment, le visage illuminé par un sourire puis, sous le coup de l'émotion, elle fondit en larmes dans les bras de Gary.

— Comment va ton père ? demanda-t-il.

— Ils disent que tout va bien, mais j'ai un mauvais pressentiment...

Gary l'enserra fort contre elle. Il était triste de trouver Ariane dans cet état. Au moment où il releva la tête pour l'embrasser, une infirmière arrivait.

— Votre père nous a répondu, lança la femme, le visage plissé en un large sourire.

Ariane se détacha de Gary. Ce qu'elle venait d'entendre semblait sortir d'un rêve.

— Il a parlé ?

L'infirmière prit alors conscience de sa maladresse.

— Pas exactement... la détrompa-t-elle. Grâce à l'IRM fonctionnelle, votre père nous a répondu uniquement par sa pensée.

— Je ne comprends pas... dit Ariane d'une voix chevrotante.

— Nous lui avons demandé : « Votre fille s'appelle-t-elle Ariane ? », et il a répondu par « oui » en activant une aire cérébrale spécifique de son cortex moteur, ce qui prouve que votre père est partiellement conscient !

La déception se lisait sur le visage d'Ariane.

— Je peux aller le voir, maintenant ?

L'infirmière acquiesça. Ariane prit Gary par la main et le tira en direction de la porte de la cafétéria. En traversant le long couloir qui menait à la chambre de son père, elle remarqua que deux agents du FBI étaient postés devant l'entrée, en compagnie du Docteur Pereira qui semblait avoir perdu toute contenance.

— Pourquoi les flics sont devant la chambre de ton père ? s'informa Gary.

— Je ne sais pas... ils n'étaient pas là tout à l'heure. Ils doivent enquêter sur l'incident.

Ariane passa devant les agents sans leur adresser un regard. Elle se contenta d'écouter la conversation qu'ils avaient avec le Docteur Pereira. « Je suis navré, mais pour le moment le patient est dans un état végétatif. Il est actuellement sous assistance respiratoire et est dans l'incapacité de bouger. » Ariane eut un sursaut de peur lorsqu'elle entendit la réponse des agents : « Cet homme est en état d'arrestation. » « Il va être jugé par le Tribunal criminel. »

Criminel. Le mot eut sur Ariane l'effet d'une gifle. Alors qu'elle enfonçait la clenche de la porte de la chambre, elle aperçut une paire de menottes dans la main de l'un des agents. Elle se dépêcha de faire entrer Gary et referma la porte derrière elle, qu'elle verrouilla ensuite. Les battements de son cœur frappaient de plein fouet sa poitrine.

— T'as entendu ?

— Ouais, fit Gary. C'est chaud.

Nerveuse au possible, Ariane faisait les cent pas dans la chambre. Son père aurait-il commis un meurtre ? Elle s'avançait au bord du lit quand un gros titre à la télévision attira son attention. Elle s'arma de la télécommande et monta le volume.

« Greg Evans, notre envoyé spécial de la BBC, aurait été retenu captif dans un complexe scientifique au nord-ouest de l'Arabie saoudite avant d'être conduit en Turquie orientale par les forces armées saoudiennes. D'après ses dires, il aurait été témoin d'une découverte stupéfiante. Mêlé malgré lui a un projet hautement confidentiel du prince héritier, Amid Aabdi Saoud, Greg Evans dit avoir connaissance du mystère à l'origine de l'humanité. En effet, deux biologistes auraient séquencé dans le plus grand secret l'ADN des ossements d'un homme vieux de 403 200 ans ! D'après leurs analyses, les 223 gênes énigmatiques qui nous firent passer de l'état d'Homo erectus à celui d'Homo sapiens ne seraient pas de ce monde ! »

Une voix marmonna soudainement :

— Tu avais raison.

Ariane fit volte-face.

— Papa... ? s'étonna-t-elle en découvrant son père réveillé.

Une lueur traversait les yeux mi-clos d'Albert Fuchs. Il avait tout l'air d'avoir repris ses esprits. Pendant un court instant, il eut un air contrarié qui fut rapidement remplacé par un timide sourire de gratitude.

— Ta chanson était magnifique, articula-t-il avec difficulté.

Ariane était estomaquée. Son regard alla de son père à sa guitare. Elle n'avait pas chanté toute seule, il l'avait écouté !

— Je te demande pardon, ma chérie.

— Moi aussi, papa.

Ariane lui caressa tendrement la main. Elle ne se souvenait pas avoir déjà entendu son père admettre une erreur. Il n'était jamais trop tard pour bien faire, pensa-t-elle en lui souriant de bonheur.

— Papa… pourquoi les fédéraux sont devant la porte ?

Les yeux de son père s'affolèrent d'un coup. Il tentait désespérément de rafraîchir sa mémoire quand il aperçut ses effets personnels sur la table de nuit. Il y avait deux téléphones portables. Fuchs ne savait plus à qui appartenait le second.

— Comment suis-je arrivé ici ? s'enquit-il.

— Tu as été victime d'une agression, la nuit dernière, alors que tu rentrais chez toi.

Cette explication lui suffit pour que les souvenirs reviennent. Le téléphone portable était celui de Frank Winter, dont il s'était débarrassé du corps dans l'Hudson, peu de temps avant de remonter chez lui en taxi. Si le FBI était là, c'était sans doute parce qu'il avait localisé la position de l'appareil.

Il pencha douloureusement sa tête vers sa fille, prêt à lui faire une confidence.

— J'ai vengé la mort de ta mère, lui souffla-t-il.

— Quoi ?.. s'alarma Ariane. Maman est morte dans un accident de voiture !

Son père lui raconta l'histoire en détail, de l'appel téléphonique de son collègue qui lui demandait de revenir au bureau, à celui qu'il avait eu avec sa femme juste après. Ariane ne trouvait pas les mots pour répondre.

On essaya d'ouvrir la porte. Puis on frappa à plusieurs reprises.

— FBI, ouvrez !

À la demande de son père, Ariane mit le portable de Frank Winter dans la poubelle située à côté du lit. Puis elle lança un regard affolé à Gary qui était resté en retrait, près des toilettes. Le jeune homme ouvrit les mains, l'air de dire : « Qu'est-ce qu'on fait ? ».

— Faites-les entrer, murmura Fuchs.

Les deux agents du FBI firent leur apparition dans la chambre et avancèrent jusqu'au bord du lit.

— Albert Fuchs, commença l'un d'eux, vous êtes en état d'arrestation.

L'espion fit l'étonné, comme s'il était au courant de rien.

— Je peux savoir pourquoi ?

— Pour le meurtre de Frank Winter.

L'agent sortit d'une mallette noire un sac de preuve, au fond duquel se trouvait un minuscule dispositif.

— Nous avons trouvé dans votre bureau ce micro-enregistreur caché dans le bouchon d'une bouteille de bourbon.

Albert Fuchs ricana de nervosité. Sale enfoiré ! bafouilla-t-il en pensant à l'analyste. La sentence allait être lourde ; il avait volontairement tiré sur son collègue avec une arme à feu, avant de l'achever d'un coup de bouteille. Il écoperait au minimum de trente années de réclusion criminelle et terminerait ses jours derrière les barreaux.

— Vous allez rester sous surveillance permanente jusqu'à ce que vous puissiez marcher, enchaîna l'agent.

Il y eut un court silence, puis son équipier ajouta :

— À moins que vous coopériez. Nous avons besoin d'une information que vous détenez. Si vous nous la donnez, vous serez acquitté de meurtre, mais toujours coupable d'homicide par négligence. Vous écoperez seulement de trois années de prison avec sursis partiel.

Même si la proposition était difficilement refusable, Albert Fuchs s'attendait au pire. Cependant, si la question était trop embarrassante pour lui, il aurait le droit de ne pas y répondre et de faire appel à un avocat.

— Je vous écoute.

— Nous recherchons Raul Houdan, le tueur à gage que vous avez mandaté pour faire disparaître le corps de Frank

Winter. Cet homme, qui se fait appeler « Le Loup », est suspecté d'avoir assassiné une trentaine de personnes. Vous savez sans doute où nous pouvons le trouver ?

L'officier supérieur de la NSA ressentit d'un coup une profonde joie intérieure. Un sourire de soulagement illuminait maintenant son visage.

— Oui, bien sûr, dit-il.

Chapitre 59

JABAL AL-LAWZ, ARABIE SAOUDITE

13 juillet 2017

Deorum – Zone 13

Quelque chose inquiétait visiblement Kate. Et si tout ce projet était une menace ? Les propos du Docteur Müller avait fait écho dans son esprit et elle commençait gentiment à discerner les contours du projet ADAPA. « Il nous suffira de copier-coller son alphabet génétique pour prolonger nos vies », avait prononcé la généticienne. Kate était sceptique : le prince héritier d'Arabie saoudite cherchait-il à accéder à l'immortalité biologique en modifiant son propre ADN ? Après tout, cet homme était pris par la folie des grandeurs, il venait d'octroyer la nationalité saoudienne à un robot et bâtissait actuellement une ville du futur en plein désert. Pour un mégalomane de son espèce, l'immortalité allait de pair avec le reste.

– Peut-on savoir en quoi consiste le projet ADAPA ? osa-t-elle demander.

La question laissa les deux scientifiques momentanément sans voix. Comment cette femme était-elle au courant de ce projet ultra-secret ? semblaient-ils se demander.

– Je vous demande pardon ? répondit le Docteur Müller, pris de court.

Kate sentit la gêne s'installer.

– C'est écrit en haut à gauche de votre écran, dit-elle en pointant un doigt en direction du moniteur. En quoi consiste ce projet auquel se consacre le complexe scientifique ?

Le Docteur Costa intervint, son accent portugais fut d'un coup beaucoup moins plaisant.

— Nous ne sommes pas autorisés à divulguer ces informations qui sont strictement confidentielles, déclara-t-elle en signifiant à son confrère de se retirer. Je suis navrée, mais le devoir nous appelle…

À ces mots, le Docteur Müller prit la fiole d'ADN du bout des doigts et s'écarta lentement. Greg empoigna aussitôt le pistolet du garde qu'il avait flanqué dans sa surbotte. Il déposa l'arme sur sa cuisse, à la vue de tous, un doigt posé sur la détente.

Kate fut soudain figée comme dans la pierre. Qu'est-ce que tu fiches ?

Le journaliste leva lentement l'arme en direction du Docteur Müller.

— Veuillez vous rasseoir, ordonna-t-il sur un ton exempt d'hésitation.

Nikita Braguine était paralysé, cloué à sa chaise. Derrière sa visière, ses petits yeux ronds semblaient pris de panique à l'idée que la vérité sorte.

— Que faites-vous malheureux ? bégaya-t-il. Baissez cette arme !

— Vous, la ferme ! lui assena Greg en gardant les yeux rivés sur les deux scientifiques. Répondez à la question du Docteur Johnson, maintenant !

Le scientifique suisse se rassit dans son siège et inspira profondément. La vapeur de son souffle embua un moment la visière de son scaphandre.

— Notre champ de recherche consiste à mettre fin à l'obsolescence programmée du corps, expliqua-t-il à regret. Autrement dit, nous cherchons à dompter la mort et le vieillissement, car la vie, je veux dire le vivant dans son ensemble, c'est le contraire de la mort, c'est l'immortalité.

— Vous voulez parler de transhumanisme ? s'enquit Kate, les sourcils froncés.

— Oui, grâce aux progrès de la biotechnologie et de l'intelligence artificielle nous serons bientôt capables de créer un post-humain, c'est-à-dire un être humain aux capacités supérieures à celles des êtres humains actuels. Le Docteur Costa et moi-même sommes chargés de trouver un moyen d'acquérir cette immortalité de façon biologique. Nous pourrions ainsi reprogrammer les gènes humains afin de renverser le processus de vieillissement et d'éradiquer la maladie. Nous sommes en train de réaliser, en quelque sorte, ce que les religions ont appelé des miracles !

— Mais l'immortalité est immorale ! rétorqua Kate. La mort est un événement naturel conforme aux lois de la nature, elle fait partie du destin inéluctable de la vie individuelle. On ne peut pas y échapper !

La généticienne s'interposa.

— Détrompez-vous, Docteur Johnson, car l'immortalité biologique existe déjà dans la nature.

— Quoi ! ? fit Greg, éberlué.

— Oui, la méduse Turritopsis nutricula en est l'exemple absolu, poursuivit-elle. À n'importe quel moment, ce petit être transparent peut décider de retourner à l'état de polype, c'est-à-dire à la plus jeune étape de sa vie, comme si une grenouille redevenait œuf, puis embryon, puis têtard. Pour cet animal marin, la vie est un éternel recommencement, ajouta-t-elle en se tournant vers son confrère. Le Docteur Müller et moi-même sommes convaincus que cette méduse détient la clé de la longévité chez les humains.

Kate contesta aussitôt.

— Mais la logique de la vie est faite de générations qui se succèdent. C'en est ainsi depuis trois milliards d'années !

Nous ne sommes pas formidables au point de mériter de vivre infiniment ! Et puis, il y a d'autres façons de ne pas mourir, comme faire des enfants ou créer des œuvres d'art, faire de la musique, devenir célèbre... Sur cette terre, c'est de cette manière que l'on continue de vivre après la mort !

– Je suis entièrement d'accord, convint Greg, la vie individuelle n'est en rien un absolu. L'âme a d'autre besoin que de rester enfermé dans une enveloppe de chair limitée, elle a d'autres projets. Pourquoi croyez-vous que les musulmans, les chrétiens, les hindouistes, les bouddhistes et les juifs croient en la résurrection, d'autres en la réincarnation ? Si la mort n'existait plus, ce serait le début de la misère spirituelle ! En créant l'immortalité, vous allez bouleverser l'équilibre et le cycle naturel de la vie, ainsi que les croyances de milliards de fidèles. Est-ce là ce que vous cherchez à faire ?

Le Docteur Müller affichait un sourire innocent.

– Contrairement à la religion, se prononça-t-il, la science croit que nous ne sommes pas faits pour mourir, mais pour vivre. Nous croyons que l'idée de la mort empoisonne l'existence, voilà pourquoi nous cherchons un moyen d'y remédier. En biologie cellulaire, le terme « immortalité » désigne non pas la capacité de vivre éternellement, mais l'aptitude pour nos organismes à renouveler ses cellules un nombre de fois illimité. Il s'agit en réalité d'« amortalité », c'est-à-dire une prolongation de la vie pour une période non définie.

– Bla-bla-bla... fit Kate. Ce n'est pas la science le problème, mais ce que l'humain en fait ! Derrière la science il y a l'humain, et derrière l'humain il y a l'ignorance ! Vous pensez maîtriser ce que vous faites, mais vous agissez sans savoir ! Si elle venait à exister, l'amortalité comme vous dites aurait des conséquences désastreuses sur l'écologie, l'économie et la société, sans parler du boom démographique que cela engendrerait sur toute la surface du globe !

— Le Docteur Johnson a raison, soutint Greg, l'espèce humaine est déjà trop envahissante, et les ressources sur terre ne seront pas disponibles pour toujours. Et puis, c'est avant tout une question de moralité et d'éthique, je veux dire, aucun avenir n'a d'importance si l'on est immortel, seul un but individuel pourrait justifier un tel besoin.

Le journaliste agrippa fermement la crosse du pistolet et dirigea le canon de l'arme en direction du scientifique suisse. Il reprit sèchement :

— Maintenant arrêtez de tourner autour du pot. En quoi consiste le projet ADAPA, au juste ?

Après quelques instants, le Docteur Müller se résigna face à la menace.

— Comme vous l'aurez compris, commença-t-il en fixant le journaliste, le projet ADAPA ne concerne pas l'humanité entière, c'est un projet privé. Avant de rejoindre le complexe, le Docteur Costa et moi-même avons participé à une réunion du conseil saoudien des oulémas à Riyad. Nous nous attendions à rencontrer le roi, mais c'est son fils, le prince héritier, qui nous a reçus. Au début, nous ne comprenions pas ce que nous faisions là, mais très vite nous en sommes venus à parler du « clonage humain ». Nous avions déjà réalisé des expérimentations de clonage thérapeutique sur bon nombre de mammifères, et venions d'annoncer la naissance de deux macaques en bonne santé, quand toutes les expériences effectuées sur les primates avaient échoué jusqu'alors. Diverses questions islamiques ont ensuite fait débat, certains membres du comité insistèrent sur la nécessité de préserver la dignité et la nature innée de l'homme, quand d'autres rappelèrent qu'Allah avait enseigné à l'Homme son savoir et lui avait ordonné la recherche.

Nikita Braguine hocha la tête.

— Il est vrai que l'Islam n'érige aucun obstacle à la liberté de la recherche scientifique, souleva-t-il. Pour les musulmans, c'est un moyen de découvrir l'ordre établi par Allah dans Sa création.

— Oui. Toujours est-il qu'au sein du comité les avis étaient partagés, poursuivit le Docteur Costa. Les savants plaidaient en faveur d'une science utile pouvant servir l'intérêt de l'homme et le prémunir contre le mal, tandis que les experts religieux clamaient que le clonage transgressait la Charia et était contraire à l'enseignement du Coran.

— « Ce qu'Allah a créé ne saurait être modifié », cita Kate en fixant la fiole que le scientifique manipulait entre ses doigts.

La généticienne se tourna vers elle.

— Le prince héritier s'est d'ailleurs rattaché au Coran pour défendre son point de vue. Lors de la réunion, il a cité : « L'homme ne sait-il pas que Nous l'avons créé d'un liquide insignifiant ? » (Sourate Ya-sin, Verset 77). Nous n'avions jamais entendu cette phrase, mais comprenez que pour des scientifiques comme nous, ce liquide ne pouvait être que du sperme. Le prince héritier partageait d'ailleurs cet avis. Selon lui, ce liquide faisait référence à la semence des dieux descendus sur Terre dans un passé lointain. Il a ensuite mentionné votre nom, professeur, et évoqué certaines de vos découvertes, affirmant que vous prétendiez pouvoir prouver qu'Adam fut génétiquement programmé.

Greg gloussa en sourdine et lança :

— Pour des radicaux de leur nature, la pilule n'a pas dû être facile à avaler...

Nikita Braguine se mit à ricaner et déclara :

— Et pourtant, la naissance de Jésus dans le récit coranique fait directement référence à la création de l'Homme par des dieux.

— Je ne vous suis pas, fit Greg.

— C'est pourtant simple. L'ange Gabriel a été envoyé par Dieu pour annoncer à Marie qu'elle allait enfanter le Messie. Après que Marie eut accepté que s'accomplisse à travers elle le dessein divin, Gabriel lui insuffla le souffle de vie pour qu'elle tombe enceinte. Cet épisode ne vous rappelle donc rien ?

Kate sentit un frisson lui parcourir l'échine.

— Cette histoire est la même que celle contée dans le mythe sumérien d'Enki et Ninmah, fit-elle remarquer, lorsque Ningishzida, Enki et Ninmah créèrent l'Adam dans la Maison de Shimti.

— La Maison de quoi... ? répéta le Docteur Costa, stupéfaite d'entendre ce mot.

— Shimti, ce mot signifie littéralement « là où le vent de la vie est soufflé ». C'est le nom du laboratoire où les Nephilim de la Bible façonnèrent l'Adam à partir de leur ADN. Lorsque le récit coranique dit que Gabriel souffla sur Marie, il fait en réalité référence à l'insémination artificielle menée par le dieu Ningishzida sur la déesse Ninmah, dont le nom signifie « Grande Dame ». Le but de cette opération fut d'introduire un spermatozoïde extraterrestre dans un ovule de femelle terrienne. L'embryon formé fut ensuite fixé dans la matrice de la déesse-mère, que l'on retrouve dans les religions du Livre sous les dénominations « Vierge Marie », « Sainte Vierge » ou encore « Notre-Dame ».

Les deux scientifiques demeurèrent un instant sans parler. Sans doute étaient-ils en train d'appréhender tout ce que la conservatrice venait de dire.

— Je sais... reconnut Kate, c'est pas facile à comprendre.

— Au contraire, ce que vous dites est très intéressant, répliqua la généticienne, car Shimti est justement le nom de ce complexe scientifique.

Cette fois-ci, ce fut au tour de Kate de rester bouche bée.

– Après nous avoir présenté son projet de ville du futur, reprit le Docteur Müller, le prince héritier nous a parlé d'un parc d'attractions gigantesque qui abriterait un jardin portant le nom d'« Eden ». Naturellement, nous avons imaginé un jardin botanique qui favoriserait l'enseignement des sciences naturelles, sans penser une seule fois que celui-ci avait un lien avec cette affaire de clonage.

Kate n'avait plus le moindre doute. Dans son esprit, toutes les pièces du puzzle étaient maintenant en place.

– Amid Aabdi Saoud veut cloner Adam et Ève, n'est-ce pas ? lança-t-elle soudainement. Il veut recommencer cet épisode de l'histoire ?

Le malaise s'installa.

Derrière leurs visières, Kate et Greg fixaient le Docteur Müller d'un air inquisiteur, mais la réponse tant attendue ne vint pas de lui.

– Oui, c'est ça, confirma la généticienne. Le robot Eva, mis au point dans ce complexe scientifique est une prouesse technologique de taille. Seulement, pour le prince héritier, ce robot reste une machine…

Chapitre 60

JABAL AL-LAWZ, ARABIE SAOUDITE

13 juillet 2017

Deorum – Zone 13

En ce temps-là, un arbre, un seul arbre, un arbre huluppu fut planté sur les bords de l'Euphrate. [1]

Nikita Braguine posa le coffret noir sur la table et souleva le couvercle. Il retira le morceau de coton puis sortit délicatement la tablette d'argile. Après quoi, il fit pivoter son buste et demanda qu'on ouvre son scaphandre pour accéder à la poche de sa veste. Le temps était compté. Bientôt le lieutenant général arriverait et lui demanderait des comptes. Il avait plutôt intérêt à sortir quelque chose de son chapeau, et vite !

– En voulant accéder à l'immortalité et en recréant Adam et Ève, commença-t-il, il ne serait pas étonnant qu'Amid Aabdi Saoud fomente le dessein de faire de l'islam la première religion du monde. Selon le récit religieux musulman, la langue arabe aurait été révélée à Adam lorsque Dieu fit descendre l'islam du Ciel. « La vraie religion pour Allah, c'est l'Islam » dit le Coran.

Cette réflexion accentua gravement l'inquiétude du Docteur Müller.

– Alors le prince héritier chercherait à dominer les autres religions... ? exposa-t-il froidement.

– Oui, reprit Nikita Braguine. Il est fort probable qu'Amid Aabdi Saoud voit dans cette immortalité un

1. « Gilgamesh et le Pays des Morts », (Tournay-Shaffer, 1994)

moyen de se comparer aux dieux, ou à Dieu… afin de devenir le nouveau prophète admiré de l'Islam. Car le Coran montre que l'Islam était la religion d'Adam et de tous les prophètes jusqu'à Mahomet.

— Ce n'est pas le judaïsme ?… demanda le scientifique d'un air dubitatif.

Kate s'interposa.

— Peu importe, vociféra-t-elle en se levant de sa chaise. Ce que vous devez comprendre, c'est que la chronologie de la Bible et du Coran est fausse ! Adam n'est pas né 4'000 ans avant Jésus-Christ comme le disent les textes sacrés, comme il n'était pas plus musulman que juif ou chrétien. Il était païen, pour avoir été créé il y a 432 000 ans par les dieux de l'Antiquité. La preuve est là, dans la fiole que vous tenez dans vos mains !

Le Docteur Müller observa un instant le contenu de la petite bouteille en verre, puis il posa des yeux effarouchés sur la dépouille de l'homme de l'autre côté de la vitre.

— Attendez… répliqua-t-il, vous êtes en train de dire que l'ADN contenu dans cette fiole est celui de l'Adam de la Bible ?

— Oui, soupira Kate en le toisant du regard. Du moins, de l'un d'eux…

— Nossa Senhora ! laissa échapper la généticienne. Mais alors, pourquoi chercher Adam et Ève si leurs corps reposent derrière cette vitre ?

Nikita Braguine ne voulait pas entrer dans ce débat. Le temps pressait. Il ajusta soigneusement les deux fragments de la tablette au toucher. Ceux-ci s'imbriquèrent parfaitement. Après quoi, il s'immobilisa un instant, comme plongé dans ses pensées, puis poussa un long soupir. Il pensait manifestement : Encore une nouvelle énigme…

— Je peux regarder, lança Kate en approchant sa chaise.

La conservatrice s'avança au plus près de la tablette. Elle remarqua que deux traits parallèles partaient du haut de la carte depuis une forme ovoïde. Elle prit un instant pour réfléchir, et réalisa qu'il s'agissait de caractéristiques hydrologiques et topographiques.

— Professeur, ce n'est pas une carte du ciel ! s'écria-t-elle d'une voix pleine d'aplomb. Regardez ces deux traits, on dirait le Tigre et l'Euphrate prenant leurs sources dans les montagnes. Il y a un petit rectangle au milieu. Cette zone doit sûrement désigner le sud de la Turquie.

Après s'être penché sur la tablette pour s'en assurer, Nikita Braguine planta ses yeux dans ceux de la jeune femme.

— On dirait bien que vous avez raison, observa-t-il sans y croire, ce sont les fleuves du paradis prenant leurs sources dans le jardin d'Eden. Ceux-ci s'écoulent vers le bas et traversent ce gros rectangle qui doit représenter...

— Babylone, lâcha Kate. Le nombril de la Terre avant le Déluge.

— Assurément, trépigna Nikita Braguine, c'est une carte du monde Babylonien ! Regardez... ce que nous avions pris pour des étoiles sont en fait les cités antédiluviennes !

Kate tourna ses yeux étincelants vers le Docteur Costa.

— Auriez-vous quelque chose de fin et pointu ?

— Comme un scalpel ?

— Oui, ça fera l'affaire. Et une brosse aussi.

Après que la généticienne eut stabilisé les outils, Kate termina de débarrasser les interstices des résidus de sol qu'elle n'avait pas eu le temps de dégager dans l'avion. Elle s'attarda sur les fines couches de sédiments qui recouvraient la partie supérieure de la carte. Là, un symbole minuscule apparut. On aurait dit une fleur, ou un trèfle.

— Il y a une inscription particulière, annonça-t-elle en plissant les yeux. J'ai du mal à comprendre ce que c'est...

Tout en gardant l'arme braquée sur le scientifique, Greg se pencha sur la tablette et essaya de comprendre à quoi pouvait ressembler le symbole.

— On dirait un arbre, hasarda-t-il. Attends... tu as bien dit que cette partie de la carte représente le sud de la Turquie ?

— C'est ce que je pense, oui.

Greg rafraîchit un moment sa mémoire. Comment se faisait-il que cet arbre, s'il s'en fut un, lui rappelle quelque chose ? Où l'avait-il vu ? C'était pourtant encore au frais dans sa tête, ça ne remontait qu'à quelques jours... Il avait entendu son nom... mais où ?

— Dans un documentaire, balbutia-t-il finalement.

— Quoi ?

— J'ai vu cet arbre dans un documentaire, répéta-t-il, encore plongé dans ses pensées. La veille du départ, à la télé, ils passaient un documentaire sur un site préhistorique en Turquie. C'était la seule chose intéressante à regarder. Je commençais à piquer du nez quand ils parlèrent d'un arbre antique, un arbre solitaire... un « arbre aux vœux »...

Il sortit son portable et fit une recherche sur internet.

— Oui, c'est ça, l'arbre aux vœux, reprit-il en montrant une image à l'écran. Cet arbre se trouve au sommet d'un mont désertique appelé la « colline ventrue ». Les habitants de la région disent qu'il leur fait penser à l'Arbre de vie du Coran.

En découvrant l'image, Nikita Braguine manqua de tomber à la renverse : la Tablette VI ne représentait peut-être pas une carte du ciel, mais elle indiquait un temple dans l'Eden dont les piliers avaient été bâtis en relation avec la constellation d'Orion.

— La « colline ventrue » est le nom du tertre artificiel sur lequel repose le jardin de pierre de Göbekli, expliqua-t-il presque joyeusement. Il s'agit d'un sanctuaire mégalithique complètement isolé au sud-est de la Turquie.

Ce lieu de culte païen, vieux de plus de 12 000 ans, réunissait divers clans de chasseurs-cueilleurs pour de grandes cérémonies religieuses. Aujourd'hui, deux niveaux d'occupations ont pu être relevés sur Göbekli Tepe et seulement une petite partie du site a été fouillée. Les prospections géomagnétiques ont établi qu'il existait au moins 15 enclos supplémentaires enfouis sous le sol, chacun comptant une dizaine de piliers en forme de T qui ressemblent à des hommes. Et ce n'est pas tout, les prospections muographiques ont révélé la présence d'un gigantesque vide de 60 à 70 mètres de hauteur, ce qui signifie que cette colline est en partie creuse.

Kate se montrait pensive.

– Qui dit sanctuaire dit tombes, n'est-ce pas ? observa-t-elle.

– Eh bien, répondit le professeur, l'archéologue américain Peter Benedict mentionnait dans un rapport l'existence d'un cimetière sous Göbekli Tepe, mais sa datation n'a jamais pu être précisée. Les tombes musulmanes étant des zones interdites aux fouilles, toute recherche archéologique a été étouffée dans l'oeuf...

Kate se souvint alors que sept mâles et sept femelles avaient été créés sur le modèle d'un couple originel pour peupler la Terre et servir les dieux. Adamu et Ti-Amat ! Sept guérisseuses Anunnaki avaient porté en leur sein les premiers représentants de l'espèce Homo sapiens : les Travailleurs Primitifs. Se pouvait-il que leurs corps se trouvent sur ce site ?

Tandis qu'elle cherchait des réponses dans les incisions de la tablette, le son strident d'une sirène survint tout à coup.

« VIOLATION DE SÉCURITÉ. »

L'avertissement sortit d'un haut-parleur se répétait en boucle.

Kate leva les yeux au plafond ; une lumière rouge clignotait à toute vitesse. Que se passe-t-il ! ?

— Il faut évacuer la salle blanche de toute urgence, décréta le Docteur Müller en plongeant la fiole d'ADN dans la poche de sa combinaison.

Voyant les deux scientifiques prendre leurs jambes à leurs cous, Greg tira dans le plafond.

— Un pas de plus et la prochaine est pour vous, ahana-t-il sévèrement en pointant l'arme sur le scientifique. Remettez immédiatement la fiole au Professeur Braguine !

Tirant parti de la situation, Kate ouvrit une armoire anti-feu, de laquelle elle sortit un bidon d'acide chlorhydrique. Elle se précipita vers la porte qu'elle ouvrit avec force et s'avança vers les deux corps en débouchant le bidon. Elle déversa énergiquement le produit chimique sur les ossements et les crânes. D'ici quelques heures, l'acide aura complètement dissout la matière organique et détruit l'ADN, ne laissant aucune preuve.

La voix du Docteur Costa lui parvint.

— Vous avez perdu la tête ! ?

Kate se tourna vers la généticienne, le regard fougueux.

— Je sauve la civilisation, Docteur.

Après avoir enfermé les deux scientifiques dans la chambre froide du laboratoire, Kate, Greg et le professeur regagnèrent les vestiaires. Le lieutenant-général Al-Ghamdi et quatre gardes les attendaient derrière la lourde porte blindée.

Chapitre 61

JABAL AL-LAWZ, ARABIE SAOUDITE

13 juillet 2017

Deorum – Zone 13

Kate connaissait la pièce. C'était dans cette même salle qu'elle avait rencontré l'agent Brown dont le corps reposait toujours derrière le mur, aux côtés de ceux des deux gardes. Elle était assise sur la même chaise pliante, mais cette fois-ci face au lieutenant-général Al-Ghamdi, dont le profil d'aigle et le menton court lui donnaient froid dans le dos. Autour d'eux, quatre soldats surveillaient le Professeur Braguine et Greg. Ces derniers avaient reçu l'ordre de garder le silence et de rester face au mur sans bouger.

– Ne me forcez pas à me répéter, reprit le commandant. Quelle est l'identité de cette femme ? Quels sont les motifs de sa présence ?

Kate ne répondit pas. Son regard était posé sur ses cuisses.

– Qui est cette femme ! ? insista l'homme en frappant du poing sur la table. Pourquoi a-t-elle demandé à vous voir ?

Cette fois-ci, Kate ne put s'empêcher de sursauter. Elle allait ouvrir la bouche quand le professeur répondit à sa place.

– Pour ceci, dit-il en sortant le coffret noir de sa poche.

D'un signe de main, le lieutenant-général commanda à l'un des soldats de s'emparer de la boîte.

– Qu'y a-t-il à l'intérieur ? interrogea-t-il sèchement.

Au même moment, la porte de la salle s'ouvrit, livrant passage à un homme au visage jeune et fier, escorté par deux soldats des forces armées royales saoudiennes.

Même si elle l'avait imaginé plus grand, Kate le reconnut tout de suite. Amid Aabdi Saoud... Le prince héritier était exactement comme sur la photo de l'article que Greg lui avait fait lire sur son portable : barbe épaisse, peau lisse, sourcils fournis, turban rouge et blanc maintenu par une corde noire serrée sur un noyau de laine. Le lieutenant-général se leva de la chaise pour le saluer, puis un silence lourd s'installa dans la salle, chacun observait le fils du roi avec crainte et stupéfaction. Que diable faisait-il ici ?

Amid Aabdi Saoud prit place sur la chaise vacante et, dans un geste lent, sortit une chicha électronique de sa abaya blanche qu'il porta à sa bouche en fixant Kate. Il inspira d'abord profondément, avant de souffler un épais nuage de vapeur entre elle et lui, puis il posa son regard sur le plafond, l'air parfaitement décontracté. En repoussant la vapeur d'un revers de main, Kate huma une odeur de mangue glacée.

— J'espère pour vous que les nouvelles sont bonnes, fit-il, les yeux toujours en l'air.

D'évidence, la question s'adressait au professeur. Maintenant que l'ADN d'Adapa était en sa possession, ce dernier avait décidé de mener en bateau le prince héritier.

— Je crains avoir fait fausse route, mentit-il, ces corps ne sont pas ceux d'Adam et Ève. Ils sont tout ce qu'il y a de plus ordinaire...

Avec un mouvement de recul, Amid Aabdi Saoud redressa la tête en haussant les sourcils. Après avoir tenu la pose un instant, sans bouger, il se pencha en avant.

— C'est regrettable...

Puis il se leva de la chaise en faisant un signe de tête aux gardes. « ...vraiment regrettable. »

Les soldats se saisirent du professeur qu'ils allongèrent sur le dos. L'un d'eux se mit debout sur chacune de ses mains, un autre sur chacun de ses pieds, tandis que les deux derniers sortirent de la salle à fond de train. Le vieil homme était maintenant cloué au sol, le visage transi de peur, se demandant ce qui était en train de se passer.

– Qu'est-ce que vous faites ! ? s'écria Kate, livide.

Dans un geste rapide, l'un des gardes sortit un tissu blanc de son uniforme, avec lequel il recouvrit la tête du professeur. Quelques instants plus tard, les soldats revenaient munis de bidons remplis à ras bord.

Le simulacre de noyade, murmura Greg à Kate. Les fils de putes !

Pris d'une rage folle, la conservatrice se positionna devant le professeur pour faire barrage, mais une violente baffe la ramena aussitôt dans les bras du journaliste qui la retint de justesse. D'un hochement de tête, le prince héritier signifia aux gardes de démarrer le processus.

– Je crains que nos chemins se séparent ici, annonça-t-il en portant la e-chicha à sa bouche.

L'un des gardes porta le récipient au-dessus du visage du professeur et l'eau se mit à couler. Nikita Braguine secoua la tête à plusieurs reprises, mais le débit était si important qu'il n'avait plus d'air pour respirer. Le liquide lui rentrait à la fois par le nez et la bouche, entravant sa respiration.

Kate ne parvenait pas à contenir la rage qui irriguait ses veines.

– Arrêtez, je vous en prie ! sanglota-t-elle.

Greg la serrait fort contre elle pour qu'elle ne puisse intervenir. Il pouvait la sentir trembler de la tête aux pieds.

– Dites-moi ce que c'est, lança Amid Aabdi Saoud en présentant le coffret noir.

Le cœur de Kate battait à tout rompre. Si elle ne disait

rien, le professeur plongerait dans les affres d'une mort prochaine. Elle devait agir immédiatement.

— Le premier fragment de la Tablette VI. Nous savons où les trouver, avoua-t-elle, nous savons où trouver Adam et Ève !

Amid Aabdi Saoud se laissa aller contre le dossier de la chaise, l'air soudainement amusé.

— Et où sont-ils… ?

— Mettez un terme à ce supplice, et je vous le dirai, tenta Kate.

Le prince héritier hocha à nouveau la tête. Le soldat qui écrasait les mains du professeur avec ses bottes bascula alors sur ses talons pour augmenter la pression. L'eau qui s'écoulait empêchait d'entendre les gémissements du vieil homme, mais, à travers le tissu blanc, on devinait la terrible douleur qu'il endurait. Kate finit par céder.

— Dans la province de Şanliurfa, révéla-t-elle. C'est en Turquie, près de la frontière syrienne. Ce que vous tenez dans votre main est une carte désignant cet emplacement.

Le visage du prince héritier se crispa. Visiblement, ces informations n'étaient pas suffisantes pour qu'il ordonne aux gardes d'arrêter la torture.

— Pourquoi faut-il toujours en arriver là ?… soupira-t-il, avant de hocher à nouveau la tête.

Tandis que le garde débouchait le second bidon, Greg s'interposa.

— Sur le site de Göbekli Tepe, précisa-t-il. Maintenant libérez cet homme, par pitié !

Cette fois-ci, Amid Aabdi Saoud semblait considérer l'information. Il laissa passer quelques secondes, le temps de dévisager Greg pour s'assurer que celui-ci ne lui mentait pas. Autour de lui, les soldats attendaient les ordres.

— Très bien, déclara-t-il finalement en signifiant de stopper la torture.

Lorsque les gardes se détachèrent du professeur, Kate se précipita vers lui et ôta le tissu de sa tête. Le regard du vieil homme était vide et ses yeux écarquillés, son visage entier exprimait à la fois de la peur et du regret. Par instinct, Kate fit basculer le corps sur le côté et frotta le dos de toutes ses forces. Alors qu'elle perdait tout espoir, une grande quantité d'eau sortit de la bouche du professeur. Elle frotta d'autant plus fort, cette fois-ci avec les deux mains. Vous pouvez le faire ! Dans un soubresaut, Nikita Braguine cligna soudainement des paupières. Il se mit à ahaner péniblement en essayant de reprendre son souffle.

Amid Aabdi Saoud souffla un nuage de vapeur en scrutant le vieil homme.

— Ça tombe bien, lâcha-t-il. Nous avons encore besoin de lui.

Puis il s'adressa au lieutenant-général Al-Ghamdi.

— Lancez une opération de reconnaissance aérienne sur Göbekli Tepe. S'il y a des gens sur place, déclenchez une frappe pour les faire fuir.

— À vos ordres, votre altesse.

Tout en faisant rouler sa e-chicha entre ses doigts, Amid Aabdi Saoud semblait évaluer les risques qu'il encourait. Il toisa tour à tour le professeur et Kate avec une moue d'hésitation.

— Et rapportez-moi ces corps, bordel ! brailla-t-il.

Chapitre 62

PROVINCE DE ŞANLIURFA, TURQUIE ORIENTALE

14 juillet 2017

Dans la nuit

À basse altitude, le raid aérien survolait des étendues sans fin dans l'obscurité. Les deux Faucons noirs franchirent la frontière turque après moins de deux heures de vol. Loin à l'ouest, les lumières de Şanliurfa flamboyaient comme un brasier. Le radar du cockpit affichait au sol de gros blocs basaltiques dispersés un peu partout. Pour l'instant, aucune trace du monument mésolithique en vue.

— Quatre minutes, annonça le pilote dans le microphone de son casque. En attente ouverture des portes.

Les soldats à l'arrière de l'appareil mirent leurs casques équipés de lunettes à vision nocturne. L'un d'eux, qui fredonnait maladroitement « Lucy in the Sky with Diamonds » avait manqué l'information. Pour le rappeler à l'ordre, un camarade lui assena une tape sur le genou et, lorsqu'il enleva finalement ses écouteurs, Nikita Braguine ne put se retenir de faire un commentaire.

— Il est amusant que vous écoutiez cette chanson maintenant.

— Pourquoi ? fit le sergent sur un ton irrité.

— Parce que cette chanson a donné son nom à l'australopithèque Lucy, découverte en 1974 par un groupe de chercheurs qui écoutaient ce titre lors des fouilles.

— Quel rapport ?

— Eh bien... nous sommes venus chercher Adam, sourit le professeur.

Il y eut un silence. Puis le sergent ouvrit à nouveau la bouche.

— C'est qui Adam ?

Neutre au possible, Nikita Braguine détourna son regard vers le hublot de l'habitacle.

— Trois minutes, annonça le pilote.

Kate s'agitait sur son siège inconfortable. Elle se demandait comment Greg avait pu s'endormir. Il était assis à côté d'elle, la tête penchée en avant et la bouche entrouverte. Tout au long du vol, elle s'était efforcée de ne pas se laisser aller au sommeil. Son esprit s'affolait de bien trop de questions : Où devraient-ils chercher les corps ? Par quel moyen ? Qu'allaient-ils inventer s'ils ne trouvaient rien ? Sortiraient-ils vivants de cet enfer ?

Soudain, une voix grésilla dans ses oreilles.

— 6-2, on plonge. Terminé.

Les deux hélicoptères entreprirent leur descente, volant maintenant en rase-mottes au-dessus d'un gigantesque plateau calcaire profondément entaillé par l'érosion. Au-delà d'une petite dépression, une nouvelle éminence s'élevait sur plusieurs centaines de mètres. Ils progressèrent prudemment, jusqu'à faire face à une puissante colline de terre divisée en plusieurs croupes. Au point culminant du plateau, quelque chose attira l'attention du pilote : un dôme rocheux couvert de terre s'ouvrant comme un éventail, une étoile vers les quatre points cardinaux.

— Qui a pu entasser autant de terre au sommet de cette colline ? lâcha-t-il en observant le radar.

L'officier aux commandes du second appareil réagit.

— Ici 6-1, pourquoi dites-vous cela ?

— Parce qu'elle n'est pas naturelle, argumenta le pilote.

Le vent peut accumuler du sable en dunes hautes, mais pas dans les régions désertiques comme celle-ci. Et nous ne sommes pas non plus sur un cône volcanique.

Kate avait tout entendu. La colline ventrue, songea-t-elle en se rappelant que le professeur avait parlé d'un tertre artificiel. C'est ainsi qu'elle comprit qu'ils étaient arrivés à Göbekli Tepe. Elle se pencha pour regarder à travers la fenêtre carrée et, d'un seul coup, son esprit passa de la léthargie à l'excitation. Plus l'hélicoptère avançait, plus les collines se métamorphosaient en d'imposantes ruines desquelles saillaient des cercles de monolithes s'apparentant à des géants de pierre. Kate se mystifia à l'instant ; elle n'avait jamais vu un tel sanctuaire de ses propres yeux. Dans le faible faisceau des projecteurs, elle remarqua combien ces enceintes circulaires étaient larges et nombreuses.

Des deux côtés du fuselage, les portes coulissantes s'ouvrirent et un souffle puissant d'air chaud s'engouffra à l'intérieur de l'appareil, réveillant Greg.

— Nous y sommes, fit Kate, en détachant son harnais de retenue.

Les Faucons noirs se posèrent sur un champ caillouteux en pente, à proximité de l'édifice. Sans plus attendre, les soldats sortirent des appareils avec leurs fusils d'assauts, se mêlant à la nuit.

— On reste groupés, commanda le général en scrutant les alentours.

Kate sortit de l'hélicoptère en se protégeant le visage. Elle remarqua que des milliers de pièces de silex couvraient la surface du sol : des éclats, des lames, des débris taillés... autant d'artefacts fabriqués par l'homme, étalés devant elle en un tapis immense. Elle leva les yeux en direction des ruines. De toutes parts, des amas de pierres formaient de longs murets qui sillonnaient la colline. Elle prêta main-forte au professeur pour descendre de l'appareil. Ce dernier resta sans voix face à cette excroissance qui semblait émerger du sol comme un gigantesque ventre.

— Nous ne les trouverons jamais... souffla-t-il en glissant quelque chose dans la main de Kate.

En recevant l'objet, une peur glacée s'empara de la conservatrice ; le professeur venait de lui confier la fiole contenant l'ADN d'Adapa...

— Gardez-la en sûreté, ajouta-t-il en refermant les doigts de la jeune femme sur le récipient.

Confuse, Kate rangea précieusement la fiole dans la poche intérieure de sa veste.

Tandis que les rotors des hélicoptères ralentissaient, le bêlement d'un troupeau de moutons se fit entendre. Un vieillard enrubanné apparut dans les faisceaux lumineux des projecteurs. C'était un berger menant son troupeau. Il portait un pantalon bouffant et une large ceinture en tissu. Kate trouvait étrange que cet homme soit debout au beau milieu de la nuit.

— C'est sans doute l'un des gardiens, devina Greg d'un air inquiet. Il est venu voir ce que nous faisons.

À la vue de l'unité saoudienne, le vieillard s'immobilisa. Les moutons s'attroupèrent autour de lui. Dans un geste lent, il leva une main pour saluer les nouveaux venus, montrant ainsi son inoffensive identité. C'est alors qu'il s'avança et commença à parler en kurde à voix haute et intelligible. Les soldats échangèrent un regard d'incompréhension. Qu'est-ce que cet homme venait de dire ? À son tour, le général s'avança en lui faisant signe de circuler. Peu de temps après, le vieillard reprit son chemin calmement, menant ses moutons avec un bâton, puis il disparut dans la nuit comme il était venu.

— C'est la merde, annonça Greg en désignant la lumière des phares d'un véhicule qui descendait de la colline nord-ouest.

À l'instant même, une détonation résonna dans le ciel. La roquette atteignit sa cible en moins de deux secondes, provoquant l'explosion du second Faucon noir.

— À couvert ! hurlèrent les soldats à l'unisson.

Des flammes bondirent vers le ciel et une fumée épaisse submergea l'appareil. Les soldats se mirent à courir sous les débris de l'impact qui tombaient en pluie sur le sol caillouteux. Impossible de savoir où étaient retranchés leurs assaillants.

Tous les sens en alerte, Greg saisit Kate par le bras. Ils ne pouvaient pas rester là où ils se trouvaient, ils devaient se mettre à l'abri au plus vite. À peine eurent-ils le temps d'entamer leur course qu'un nouveau tir longue portée s'éleva dans les airs.

— Mais merde, d'où est-ce qu'on a tiré ? demanda Kate.

Cette fois-ci, Greg comprit que le danger venait du sommet de la colline.

— Il y a un sniper planqué dans les ruines, lança-t-il en obligeant la conservatrice à s'allonger sur le sol.

En avançant vers l'édifice, l'unité saoudienne maintenait la pression sur l'ennemi qui ripostait. Des balles fusaient à tout bout de champ. Trois soldats tombèrent sous les yeux de Kate et Greg qui rampèrent pour se mettre à couvert le long d'un muret d'épierrement. Celui-ci était à peine plus haut que le fusil que Greg venait d'ôter du corps de l'un des hommes.

Lorsqu'elle reprit enfin son souffle, Kate se rendit compte que le professeur n'était pas derrière eux. Elle risqua un œil, regarda dans toutes les directions, et se rencogna vite derrière le muret. Le vieil homme avait tout bonnement disparu, comme volatilisé.

— Où est le professeur ? s'inquiéta-t-elle. Où est-il ! ?

Greg devina à la voix de Kate qu'elle avait peur. Il se

retourna à son tour, cherchant Nikita Braguine du regard. Ce dernier ne les avait pas suivis.

— Il a dû se réfugier quelque part, supposa le journaliste.

N'écoutant que son courage, Kate se dit qu'elle devait agir. Mais se risquerait-elle vraiment à retourner dans la lumière des projecteurs de l'hélicoptère et s'exposer à l'ennemi ? Dans un mouvement d'hésitation, elle s'accroupit sur ses jambes, le dos collé aux blocs de basalte et, quand elle prit enfin la décision de se lever, le souffle d'une balle perdue effleura sa joue. Par instinct de survie, Greg se rua vers elle et l'attrapa par la manche, la tirant vers lui de toutes ses forces.

— T'es dingue ! lui hurla-t-il dessus. Tu veux crever ! ?

— On doit faire quelque chose !

— Oui, sauver notre cul !

Greg jeta un regard circulaire par-dessus le muret de pierre. Un cercle de monolithes enfoncés dans le sol se trouvait juste de l'autre côté. S'ils couraient suffisamment vite, ils pourraient s'y cacher.

— On va aller se planquer dans ce trou, indiqua-t-il. À mon signal, cours aussi vite que tu peux !

En observant l'enceinte qui se trouvait derrière le muret, Kate sentit son cœur battre si fort qu'elle en eut la nausée. T'es sérieux ?

— Maintenant !

En toute hâte, ils enjambèrent les blocs de basalte et se mirent à courir en zigzag sous le feu d'un ennemi invisible. Greg tirait à l'aveugle avec son fusil. Sous la mitraille du camp adverse, des morceaux de silex volaient en éclats partout autour d'eux. Une fois parvenus à l'enceinte, ils se laissèrent glisser dans la fausse et se retrouvèrent entourés de gigantesques piliers qui faisaient penser à des mâts totémiques. Les deux plus gros se trouvaient au centre, et c'est justement là qu'ils trouvèrent refuge. Les autres piliers faisaient saillie vers l'extérieur, reliés entre eux par des banquettes en pierre qui courraient le long du cercle.

Kate resta coite face à l'énormité des monolithes. Il y en avait plus d'une dizaine dans l'enceinte et chacun devait peser entre 30 et 50 tonnes. Malgré la très forte corrosion, on pouvait clairement voir qu'ils étaient ornés de reliefs et de protomes grandeur nature qui semblaient scintiller à la lueur de la lune. Des séries d'animaux y étaient représentées : fauves, sangliers, scorpions, taureaux, renards, vautours ou encore des gazelles et des lions. Des créatures hybrides aussi, tel que des hommes oiseaux porteurs de masques en forme de bec.

Ceux qui du Ciel vinrent sur la Terre, songea Kate.

En observant tour à tour les mégalithes centraux de l'enceinte, elle devina des visages sur les faces frontales, des bras coudés sur les côtés et des mains croisées sur les faces avants. L'un était gravé d'une ceinture et l'autre d'un pagne en peau de renard. Leurs têtes en forme de T possédaient deux visages stylisés, comme si ces grandes stèles anthropomorphes contemplaient à la fois le Ciel et la Terre. Qui ces êtres de pierre incarnaient-ils ? s'interrogeait Kate. Des Hommes ? Des dieux ? Des ancêtres ?

« Ils ressemblent à des hommes mais ce ne sont pas des hommes », lui avait dit le professeur.

En scrutant la voûte céleste constellée d'étoiles, Kate se prit à penser que ces blocs n'étaient pas des éléments structurels de l'édifice, mais qu'ils constituaient le cœur même de l'enceinte. À bien y regarder, chaque pilier semblait pointer quelque chose en particulier. Un observatoire astronomique ! Kate en avait maintenant le cœur net ; la fonction première de ces monolithes étaient de figurer la position des constellations au moment où ils furent érigés.

Göbekli Tepe est une carte du ciel !

Au fond de cet enclos à ciel ouvert, elle aperçut la constellation d'Orion briller au loin dans le ciel nocturne. Son pouls se mit à accélérer lorsqu'elle renversa la tête en arrière ; quelques milliers d'années plus tôt, Orion passait au-dessus du site, célébrant le mariage du Ciel et de la Terre.

Orion. Un point de repère. Un guide.

Dans cet instant de totale sérénité, un souvenir vague lui revint à l'esprit, celui d'une nature abondante arrosée par l'eau d'un fleuve. Kate traversait maintenant les galeries et les salles de la Pinacothèque vaticane, qu'elle avait visitée avec Silas lors d'un week-end romantique à Rome. Dans un effort intense de mémoire, elle se souvint s'être assise sur une chaise en bois placée face à une œuvre singulière. D'après le cartel, la toile au cadre doré comptait 240 espèces animales différentes ; un bestiaire d'une immense richesse à l'image de celui qu'elle avait maintenant sous les yeux. Au pied d'un arbre, un homme et une femme nus vivaient en harmonie avec les animaux, ils n'avaient qu'à tendre le bras pour cueillir des fruits ou pêcher des poissons.

Adam et Ève au paradis terrestre !

L'œuvre de Johann Wenzel Peter avait retenu l'attention de Kate pendant plusieurs minutes. La conservatrice savait que le mot « paradis » dérivait du vieux perse. Le mot paridaizam désignait un parc ou un jardin arboré entourant une résidence royale. Dans un sursaut de conscience, un passage de la Genèse résonna dans sa tête : « Yahvé planta un jardin en Eden, à l'Orient, et il y plaça l'homme qu'il avait formé ». C'était justement là qu'elle se trouvait, à l'ouest de l'Assyrie et à l'est de l'Eden selon la Bible, un lieu situé entre le Tigre et l'Euphrate. La source des fleuves du paradis, songea-t-elle, un sourire amusé au coin des lèvres. En observant alternativement les blocs, elle sentit une énergie l'envahir, comme si ces géants de pierre cherchaient à lui révéler un secret. Autour d'elle semblait résonner un chant mystique qu'elle ne pouvait percevoir mais que son corps entier absorbait. À l'évidence, cet ensemble monumental donnait corps à un épisode fameux de l'histoire. Mais quelque chose échappait encore à Kate... Aucune représentation féminine ne figurait dans l'enceinte, or elle savait que les animaux du jardin d'Eden étaient toujours associés à la Grande Déesse Mère, maîtresse des bêtes sauvages et source de fertilité des êtres vivants. Si elle se trouvait bien au paradis terrestre, alors Göbekli Tepe était forcément dédié au culte de la mère.

— Kate...

Un bras la secoua, la ramenant à la réalité.

— Quoi ? répondit-elle, désorientée.

Greg lui plaqua la main sur la bouche et lui fit signe d'écouter. Les tirs avaient cessé, le silence était retombé. Kate jeta un bref coup d'oeil par-dessus les murs de l'enceinte, pour regarder en direction de l'hélicoptère. Toujours aucune trace du professeur... Dix minutes plus tôt, elle était certaine d'avoir décelé un sentiment de défaite dans la voix du vieil homme. « Nous ne les retrouverons jamais », avait-il dit en lui remettant la fiole. Kate devait l'admettre, pour franchir le fossé entre les millénaires, les fouilles de ce site prendraient encore des années, sinon des décennies. Chercher à retrouver les premiers êtres humains créés par Dieu était peine perdue...

Kate sortit la fiole de la poche intérieure de sa veste. En examinant le contenu, elle se dit que malgré les bâtons qu'on lui avait mis dans les roues, le professeur n'avait jamais renoncé à sa quête. C'est là qu'elle remarqua quelque chose d'intéressant en observant le pourtour de l'enceinte. Des têtes de piliers en forme de T étaient à fleur de terre, ce qui signifiait qu'il y avait d'autres structures mégalithiques enfouies dans le sol. Un temple bâtit sur les ruines d'un autre… Assurément, elle et Greg se trouvaient sur le niveau d'occupation le plus récent. Kate réfléchissait en silence. En se rappelant que le Professeur Braguine avait fait mention de deux niveaux, elle commençait à se demander s'il n'y en avait pas davantage encore. Il avait même parlé de tombes et d'un vide au cœur de la colline.

— Suis-moi, lui chuchota Greg en contournant le pilier.

Des bruits des pas descendaient du sommet à une vitesse soutenue. Ils restèrent un moment cachés de l'autre côté du géant de pierre qui semblait veiller sur eux comme un gardien. Greg pencha légèrement la tête et vit passer, entre deux monolithes, les casques de quelques soldats saoudiens qui semblaient battre en retraite. L'instant d'après, on entendit le rotor de l'hélicoptère se mettre en marche.

— Ils capitulent, murmura Greg.

Kate se redressa et gravit le mur de pierre fait de mortier et d'argile, laissant juste dépasser ses yeux. Dans le faisceau lumineux de l'hélicoptère, elle aperçut la silhouette du professeur encadrée de soldats qui étaient en train de le faire monter à bord. Il est vivant ! En l'espace de quelques secondes à peine, l'hélicoptère s'éleva au-dessus du champ de basalte, puis disparut peu à peu dans un gros nuage de poussière. Kate se laissa glisser au fond de la fosse pour se protéger du souffle violent. Elle écrasa sa tête entre ses mains, les poings serrés contre ses joues dans le vain effort de calmer sa colère.

ÉPILOGUE

J'aime ton espèce, Homme, car même s'il t'est difficile de porter la lourdeur, tu restes ma création. [1]

Kate ouvrit difficilement les yeux. Une forme floue flottait au-dessus d'elle, comme une apparition divine...

Elle releva la tête. Quelle était cette main qui baignait dans la lumière de l'aube en agitant un collier qu'elle croyait reconnaître ?

La médaille de la Vierge à l'Enfant, tous deux auréolés sous la protection de l'étoile divine, lui était étrangement familière.

Mon pendentif !

Par automatisme, elle porta une main à son cou. Depuis quand l'avait-elle égaré ?

– Greg ? appela-t-elle.

Encore étourdie, elle prit appui sur ses coudes pour se redresser et aperçut le journaliste allongé à côté d'elle, toujours endormi, la tête posée sur son dossard. Quelques heures plus tôt, ils avaient arpenté la colline en traversant divers cercles de monolithes, jusqu'à atteindre celui dans lequel ils étaient finalement tombés d'épuisement.

Kate plissa les yeux et tendit la main pour saisir son pendentif. Une petite fille aux cheveux d'un noir brillant et aux yeux vert émeraude la regardait avec un sourire espiègle.

– Mom, dit soudain l'enfant, avant que ses lèvres s'étirent et que son sourire s'agrandisse, révélant de jolies

1. Parole de Ninmah

pommettes.

Kate était embarrassée et cela se voyait sur son visage. Pourquoi l'appelait-elle « maman » ?

La petite fille tendit alors un doigt en direction du pendentif, indiquant la médaille, puis elle tourna le dos à Kate et disparut entre les piliers de la fosse.

La conservatrice regarda autour d'elle. À son grand étonnement, les premiers rayons du soleil faisaient apparaître des choses restées invisibles durant la nuit. Elle se leva, contemplant les sept blocs bruts maladroitement taillés qui s'élevaient vers le ciel comme de gigantesques phallus.

Encore un symbole masculin... songea-t-elle.

Tandis que la lumière filtrait à travers l'enceinte, Kate remarqua que sept piliers en saillie étaient gravés d'un serpent qui ondulait vers le haut entre deux bandes verticales, droites et parallèles, qui couvraient tout le côté ventre. Là où les archéologues auraient vu de simples reptiles, Kate y devina des spermatozoïdes dans le ventre de sept femmes, comprenant que la scène qui se dressait sous ses yeux représentait l'alliance génétique entre les Dieux et les Hommes.

Tout ce qui passe n'est que symbole !

À cet instant, elle eut l'impression de sentir une énergie créatrice descendre du ciel et monter des entrailles de la Terre. Un pouvoir ancestral. Une puissance absolue. Elle songeait au mythe d'Enki et Ninmah, à la création des premiers êtres humains par des dieux... Nikita Braguine l'avait toujours su et voulait faire savoir la vérité.

Mythe, symbole, pratiques religieuses... Du fond des âges à nos jours, chaque civilisation rendait un culte à une Mère universelle : la Magna Mater. Chaque culture, chaque peuple, d'un bout à l'autre de la planète, lui avait attribué un nom différent : Isis en Egypte, Déméter et Aphrodite en

Grèce, Cybèle en Asie Mineure, Astarté en Phénicie, Ishtar, Ninhursag et Ninmah en Mésopotamie…

Mom… murmura Kate en répétant ce que la petite fille venait de lui dire. Mais oui ! Bien sûr ! L'origine du mot maman remontait à la déesse Anunnaki qui avait enfanté le Premier Homme, Adamu, le Terrien. Nul n'avait touché d'aussi près au Verbe incarné que l'enfant de sa propre chair, le fruit de ses entrailles.

Ninmah ! s'émerveilla Kate, le visage nimbé de lumière. Le féminin est la matrice de la création !

La flaque dorée coiffait maintenant les sept obélisques en calcaire, éclairant leur capuchon de son puissant rayonnement. Kate sentit un frisson la parcourir alors que les piliers semblaient se dresser à mesure que la lumière les embrasait. Bientôt les serpents sur leur ventre se mirent à étinceler.

Elle manipula la médaille du pendentif entre ses doigts, et se sentit envahir par une force intime, inébranlable. Ce n'était plus Jésus dans les bras de Marie qu'elle voyait, mais Adam, dorloté dans les bras de la Déesse-Mère.

Sauf le respect que nous devons à Dieu, c'est bien une femme qui nous créa, songea-t-elle.

Son regard se posa alors sur une tête qui sortait du mur de l'enceinte, au visage mi-homme mi-serpent, gravée en haut-relief dans un seul bloc de calcaire. Ses lèvres étaient plissées, ses joues gonflées, ses yeux tirés vers l'arrière comme si ce géant s'apprêtait à évacuer quelque chose par la bouche. [2]

Le souffle de vie !

Il y a 12 000 ans, l'Homme avait bâti une gigantesque structure commémorative à la force de ses mains, un mémorial à ciel ouvert afin de garder vivant le souvenir de ses origines, le « point zéro » de son histoire.

2. Karahan Tepe est un site archéologique de la province de Şanlıurfa en Turquie.

Kate se protégea les yeux et regarda l'horizon éblouissant. À l'est, au sommet du mont le plus haut se dressait un arbre, un seul, dont l'épais feuillage contrastait avec le jaune orangé de l'aube. Elle reconnut l'Arbre aux vœux dont avait parlé Greg.

Elle sortit de la fosse, le visage brillant d'un vif éclat, et marcha dans sa direction. Les rayons du soleil frappaient maintenant si fort qu'elle ne distinguait plus rien autour. Une attirance magnétique semblait la guider vers cet arbre. Kate ne s'était jamais sentie aussi légère, aussi vivante qu'à cet instant. À chaque pas effectué, elle avait l'impression de remonter le temps sur cette terre que des êtres venus du ciel avaient foulé bien avant l'Homme. Dans les Temps Anciens, ce site sacré avait tenu lieu de résidence aux premiers êtres humains sur la Terre. Un secret qui, depuis lors, restait enfoui sous une colline qui prenait la forme d'un ventre rond.

Kate s'agenouilla au pied de l'arbre, le sifflement du vent sur la colline aride avait un doux son flûté. Elle écouta un instant cet air mélodieux qui se mêlait parfaitement au bruissement des feuilles.

Dans un geste lent, elle sortit la fiole de sa poche, se rappelant que l'Arbre de vie du paradis de Dieu symbolisait à la fois la création et l'immortalité. Kate tenait entre ses doigts un mélange des deux.

En proie à une profonde émotion, elle regarda la fiole une dernière fois, avant de creuser un trou et de l'enterrer sous les racines de l'arbre.

Un jour viendront ici des élus, songea-t-elle, et apprendront ce qu'il s'est réellement passé…

En se redressant sur ses jambes, elle sentit un bras s'enrouler autour de sa taille. Elle se rapprocha de Greg, l'enlaça à son tour puis posa sa tête sur son épaule. Tous deux regardaient maintenant vers le levant, là où la lumière du jour naissant faisait disparaître les étoiles. Dans la chaleur du soleil, Kate ressentit quelque chose dont la profondeur dépassait l'intelligence et les émotions.

Et elle savait ce que c'était : la foi.

REMERCIEMENTS

Un merci infini à Véronique Goerg, spécialiste en communication et relations publiques, qui a été là pour moi du début à la fin et dont la critique constructive et les précieux conseils m'ont énormément apporté. Tu es un ange !

Je tiens également à remercier mon bêta-lecteur, Cyril Destoky ; L'équipe Librinova ; Christian Lecompte, écrivain et journaliste au Temps ; Renata Libal, rédactrice en chef du magazine Encore ! ; Julie Vasa, chroniqueuse littéraire et culturelle au magazine ELLE Suisse ; Jean-Christophe Paolini, quelqu'un dont les mots m'ont donné la force de poursuivre ce projet ; Gregorio De Feo, pour nos passionnants échanges sur le sujet ; ma communauté Instagram, pour être restée fidèle tout au long de l'aventure ; et enfin, ma femme Elvira, puits sans fond de confiance, d'amour et de motivation, et à toute ma famille.

Et bien sûr à vous, d'avoir eu la curiosité de lire jusqu'ici.

QUELQUES RÉFÉRENCES

Textes religieux :

La sainte Bible – Société Biblique de Genève
Le Coran – traduit et annoté par AbdAllah Penot

Textes scientifiques :

Le Premier Temple – Klaus Schmidt
Histoire de la Mésopotamie – Pascal Butterlin
Premiers Récits de la Création – Stéphanie Anthonioz
Atlas des Origines de l'Homme – les éditions du Sens

Textes ésotériques :

La 12e Planète – Zecharia Sitchin
Code Cosmos – Zecharia Sitchin
Les Chroniques Anunnaki – Zecharia Sitchin
La Fin des Temps, Les Prophéties du Retour – Zecharia Sitchin
Cosmo Genèse – Zecharia Sitchin
Quand les Géants dominaient sur Terre – Zecharia Sitchin
Le Livre Perdu du Dieu Enki – Zecharia Sitchin
Les Degrés du Ciel – Zecharia Sitchin
Chroniques de la 12e Planète, Le Feu du Ciel – Zecharia Sitchin
Le Choix Atlante – Guillaume Delaage
Le Kybalion – par Trois Initiés

Littérature Proche-Orient :

L'Epopée de Gilgamesh – traduit par Abed Azrié
Enūma Eliš, *Lorsqu'en Haut* – les éditions du Cerf
Gilgamesh, La Quête de l'Immortalité – Stephen Mitchell

La Mésopotamie, de Gilgamesh à Artaban – les éditions Belin

Table des matières

Dépôt légal juin 2024

Librinova

www.librinova.com

Achevé d'imprimer chez SoBook le 12-06-2024
Linselles - France

Nos papiers sont issus de forêts gérées durablement

N° impression : 915 740